KB174101

한국 현대 소설의 주체와 타자

주지영

1973년 서울 출생
성신여자대학교 졸업
서울대학교 대학원 석사, 박사 졸업
2008년 ≪서울신문≫ 신춘문예 문학평론 등단
2014년 계간문예지 『문학나무』 소설 등단
2015년 『젊은소설-힘센 소설가 7인』에 「사나사나」가 선정됨
현재 군산대학교 교양교육원 강의전담교수
문학평론집으로 『황홀한 눈뜸』(2015) 출간

한국 현대 소설의 주체와 타자

초판 1쇄 인쇄 2018년 12월 18일
초판 1쇄 발행 2018년 12월 24일

지 은 이 주지영
펴 낸 이 이대현

책임편집 임애정
편   집 이태곤 권분옥 홍혜정 박윤정 문선희 백초혜
디 자 인 안혜진 홍성권
마 케 팅 박태훈 안현진

펴 낸 곳 도서출판 역락 / 서울시 서초구 동광로46길 6-6 문창빌딩 2층(우06589)
전   화 02-3409-2058 FAX 02-3409-2059
이 메 일 youkrack@hanmail.net
홈페이지 www.youkrackbooks.com
블 로 그 blog.naver.com/youkrack3888
등   록 1999년 4월 19일 제303-2002-000014호

I S B N 979-11-6244-301-9 93810

＊정가는 뒤표지에 있습니다.

＊이 책의 판권은 지은이와 도서출판 역락에 있습니다. 서면 동의 없는 무단 전재 및 무단 복제를 금합니다.
＊잘못된 책은 바꿔 드립니다.
＊이 도서의 국립중앙도서관 출판예정도서목록(CIP)은 서지정보유통지원시스템 홈페이지(http://seoji.nl.go.kr)와
  국가자료공동목록시스템(http://www.nl.go.kr/kolisnet)에서 이용하실 수 있습니다.(CIP제어번호: CIP2018041442)

한국 현대 소설의 주체와 타자

주지영

역락

책을 펴내며

억압이 욕망을 만든다,는 말을 스승을 모시고 함께 한 술자리에서 들었다. 문학하기가 어려운 시절에 문학하는 너희들을 보니 가슴이 아프다,며 창밖으로 고개를 돌리는 백발의 노스승을 뵈면서, 제자들은 누가 먼저랄 것도 없이 다들 고개를 끄덕이며 죄스런 마음으로 어찌할 바를 몰라 했다. 문학을 떠나서는 살 수가 없는 게 너희들의 운명이야, 하시던 말씀에 가슴 저 바닥에서부터 울컥 무언가가 올라왔다.

모두를 고개 끄덕이게 하고, 많은 것을 생각하게 하고, 다시 한번 오기를 다지게 만든 스승의 그 말씀을 다시금 되뇌어 본다. 박사를 졸업하고도 자리를 잡지 못해 강사로 떠도는데도 문학 연구라는 그 언저리를 떠나지 못하게 만드는 욕망은 어디에서 비롯된 것인가. 욕망이 있다면 억압도 있어야 할 터인데, 그렇다면 문학 연구에 발을 묶어놓는 억압은 대체 무엇이란 말인가.

열 한 편의 논문을 한 권의 책으로 묶으면서 욕망과 억압의 자리를 되짚었다. 이광수, 이상, 김남천, 최인훈, 김승옥, 이청준, 조세희 등의 작가, 그리고 박영한과 황석영을 위시한 베트남 전쟁을 다룬 작가들, 또한 전쟁 미체험 세대로서 전쟁을 다룬 방현석과 김연수와 정미경……. 그러고 보니 작가를 선정하고, 작품을 고르면서, 그리고 그 작품을 읽어내는 방법론적 시선을 마련하면서 벌써 연구자로서의 욕망이 꿈틀댔다는 것을 부인할 수가 없다.

조선에서 태어나 식민 지배에 저항하며 독립선언서를 기초했던 이광수는 왜 변절자가 될 수밖에 없었는가, 오롯이 식민 지배하의 조선에서 살다 간 이상은 무엇에 그토록 환멸을 느꼈을까, 1960년대와 1970년대 문학의 풍요로움은 무엇에 기인하는가, 또 그 시대를 주름잡았던 걸출한 작가들에게서 발견할 수 있는 새로운 징후는 무엇인가, 베트남 전쟁은 도대체 무엇이기에 1970년대뿐만 아니라 현재까지 반세기가 넘도록 반추되고 덧쓰이는 소재가 되었는가, 한국전쟁은 직접 경험하지 못한 세대들에게 어떻게 이해되는가.

그런 질문은 꼬리에 꼬리를 물고 이어졌다. 그리고 나는 그런 질문들을 통해 한국 문학은 타자의 자리에서 식민지와 전쟁과 분단, 독재라는 거대한 담론에 균열을 가하는 징후의 일종임을 이해할 수 있었다. 그걸 찾아보겠답시고 작가를 선정하고, 작품을 읽고, 분석했던 것은 아닌가. 내 나름의 해석의 잣대를 들이대면서 작가에게 종주먹을 휘두르고, 윽박지르고, 협박하지 않았는가. 작품에 난 길을 오려내고 이어 붙여 마음대로 내 길을 만든 건 아니었는가.

그렇지만 문학사 속에서 어떤 작가를 찾아내고, 작품을 읽고 하는 일들은 어쩌면 내가 속한 한국 사회의 현실과 제도에 대한 나름의 탈출구 찾기이자 나의 욕망 분출이 아니었을까 싶다. 논문을 쓰면서, 한편으로는 파행적인 한국의 역사에서 그 칠흑의 어둠을 뚫고 민족적 주체를 확립하려는 작가의 처절한 몸부림을 보고 가슴 아파 했고, 또 한편으로는 자본주의에 길들여진 폭력적인 주체를 비판하면서 타자와 더불어 공존하는 세계를 강렬하게 지향하는 작가의 아름다운 영혼과 교감하면서 문학하는 것에 대한 자부심을 느꼈다. 억압이 욕망을 부른 그 세계는 경이로웠고, 아름다웠고, 때로는 고통스러웠고 가슴 아팠다. 그 세계 속에서 글을 쓰는 동안은 즐겁고 행복했다는 걸 잊지 않고 싶다.

문학하기 어려운 시대가 내게 억압이라면, 그 억압은 앞선 작가들이 부딪친 억압에 비해 너무 하잘 것 없지 않은가. 나에게 가해지는 억압이 암흑의 시대에서 비롯된 억압인지, 내 개인의 좌절에서 비롯된 억압인지를 생각해 본다. 시대의 절망에도 불구하고 문학의 열정을 불사르면서 장렬히 사라져 간, 그러나 우리들에게 말할 수 없는 감동을 주는 작품을 남긴 작가들을 나는 생각한다. 이 책을 내면서 다시는 그런 사소한 억압으로 짓눌린 욕망에 휘둘리지 않겠다고 마음먹는다. 이제는 시대의 억압에 맞선 문학의 욕망을 분출하고 싶다.

한 권의 책을 묶어 내면서 가지런히 두 손을 모은다. 학문하는 길에 들어서면서 연구자로서의 무지와 게으름과 나태와 방만함을 깨우쳐 준 스승을 만나지 못했더라면 이 한 권의 책은 세상에 나오지 못했을 것이다.

출판을 흔쾌히 맡아준 도서출판 역락의 모든 분들께 진심으로 고마움을 표한다. 그리고 무엇보다 정신적으로 크나큰 지주가 되어주신 부모님과 묵묵히 곁을 지켜주는 동생들에게 감사와 사랑을 함께 보내며 이 책을 바친다.

내 욕망이 억압을 이겨낼 수 있기를.

2018년 12월 군산에서

차 례

1부 절망과 모색 사이의 이중적 주체

3부 타자에 대한 새로운 인식과 주체의 반성적 성찰

1부
절망과 모색 사이의 이중적 주체

제 1 장

신라 재현과 이중적 포즈에 의한 이중적 글쓰기 : 이광수

1. 머리말

해방 이후 반세기가 훌쩍 넘어버린 시기에서 식민지 문학을 바라본다는 것, 그것은 식민지 공간을 보다 적극적이고 객관적으로 바라볼 수 있는 위치에 놓여 있음을 의미한다. 더구나 해방 공간에서 문학인들을 편 가르기 하였던 '친일이냐, 아니냐'라는 윤리적 잣대가 판단 주체의 주관성으로부터 결코 자유로울 수 없다고 비판받는 상황이고 보면, '본다' 혹은 '평가한다'의 문제는 그 주체의 가치 척도를 만들어주는 이데올로기 혹은 주체를 둘러싼 패러다임의 영향으로부터 결코 자유로울 수 없음을 시사한다. 식민지 문학을 바라보는 양분된 기존의 관점에서 벗어나 시각을 다각화시켜야 할 필요성이 요구되는 시기에 이른 것이다.

그러한 의미에서 최근 이광수에 대한 재조명은 그 깊이와 넓이를 확보해 나가고 있는 것으로 보인다. '친일 행위'에 의해 가려진 이광수의 내면에 대한 고찰을 바탕으로 하여 심층 의식을 규명하는 데까지 나아간 김윤식의 저작1)은 그 중에서도 돋보인다. 그 저작은 '친일/독립운동' 혹은 '협력/저항'의 이분법적인 잣대에서 벗어나 식민지 문학 연구의 새로운 틀을 제공한 것으로 평가받을 수 있다.

이와 관련하여 '친일'을 바라보는 시각의 변화 과정에 주목할 필요가 있다. 먼저 '친일'을 '독립운동'의 대립항으로 사고하는 경우이다. 이광수의 삶 자체가 독립운동에서 친일로 변화하는 과정을 보여주었다는 점은 특히 문제적이다. 그러나 '친일'은 개화기의 '친일/친러' 등의 개념과 변별되지 않는다는 문제에 봉착하게 된다. 따라서 '친일'이라는 모호한 의미의 개념보다는 새로운 시각에서의 접근이 요청된 것이다.

다음, 이에 따라 친일/독립운동의 대립항은 이후 '협력/저항'으로 변화되어야 함을 주장하는 의견2)들이 제시되기 시작하였다. '협력/저항'의 대립항은 그 하위 범주에 '적극/소극'과 같은 구분을 둠으로써 '적극적 협력/소극적 협력/적극적 저항/소극적 저항'과 같은 분류항으로 나뉘게 된다. 이러한 주장은 이전의 친일/독립운동의 대립항을 바라보는 관점과는 확연히 다른 시각에서 도출된 것이다. 친일/독립운동의 경우와는 달리, 협력/저항의 대립항은 보이는 것의 이면에 있는 보이지 않는 유형, 무형의 것까지도 모두 포함하는 시각이라 할 수 있다. 이러한 시각에서는 침묵까지도, 그리고 지도자급이 아닌 다수의 민중들까지도 포함함으로써 그 범위를 확장하는 동시에, 한편으로는 행위의 경중을 예각화한다. 이렇게 볼 때 기존의 연구에서 '친일'로 규정된 것들은 다시금 '협력/저항'의 차원에서 세분화되기에 이른다.

이러한 관점에서 보자면, 춘원의 대일 협력은 수양동우회 사건으로

---

1) 김윤식, 『일제말기 한국 작가의 일본어 글쓰기론』, 서울대학교출판부, 2003.
2) 박지향, 『제국주의』, 서울대학교출판부, 2000.; 윤해동, 『식민지의 회색지대』, 역사비평사, 2003.; 김재용, 『협력과 저항』, 소명, 2004.

인한 피검3) 이후 적극적인 것으로 변화한다. 피검의 시기는 이광수에게 있어 아버지와도 같았던 안창호를 잃게 된 시기와 맞물려 있으며, 이 시기가 분기점이 되어 소극적인 태도와 적극적인 태도로 나누어지는 것이다.

그런데 이 경우 '소극'과 '적극'의 구분 기준이 명확하지 않다는 문제점을 지닌다. 소극적 대일 협력의 시기를 보면, 이 시기에 춘원은 일제의 식민 지배에 대한 저항이라 할 수 있는 면모를 보인다. 수양동우회 활동이 그것이다. 한편 적극적 대일 협력의 시기에 춘원은 창씨개명을 하고, 각종 단체에 가입4)하여 문인의 수장으로서 대일 협력을 전면적으로 표방한다. 이 시기 춘원은 대동아공영권 등의 내선일체 사상을 포회하면서, 일문 창작 또한 활발하게 진행하였다. 따라서 적극적인 대일 협력 시기는 분명하게 드러나는 듯 보인다. 그러나 적극적인 대일 협력이라고 하더라도 그 가운데에는 협력에 대한 '부분적'인 거부도 포괄하고 있다. 춘원 자신은 "조선의 이해와 이익"에 부합5)하는 것을 협력의 조건으로 분명하게 제시하고 있다. '조선의 이해와 이익'이라는 조건과 관련된 이광수의 심층 심리에 대해서는 후술하겠지만, 무엇보다 적극적 협력 시기에도 그가 협력의 조건을 내세웠다는 점은 간과되어서는 안 된다. 따라서 소극적이라는 태도는 물론이고, 적극적인 것 또한 신중한

---

3) 수양동우회 사건으로 인한 입검, 반민특위에 의한 피검 등은 춘원의 대사회적인 입지를 위협하는 중요한 사건들이다. 이 사건을 전후로 하여 춘원의 창작 방법 또한 변화하는데, 각 사건의 이전 시기에는 작품에 사상이 크게 부각되는 경향을 보인다. 반면에 입검, 혹은 피검된 이후의 시기에는 그와 반대로 자전적이거나, 고백적인 성향을 띤 창작 방법이 두드러지게 나타난다.

4) 조선임전보국단 전시생활부장, 임전대책협의회 참석 발언, 조선문예회 발기인, 황군위문작가단 발기인 대회 사회, 조선문인협회 회장, 황도학회 발기인 대표, 1회 대동아문학자대회 참석, 조선문인보국회 이사 및 평의원 역임, 조선언론보국회 명예회원, 大義黨 발기인 및 위원. 이상의 내용은 임종국, 『친일문학론』, 민족문제연구소, 2002 참조

5) 이광수, 「동포에 고함」, 김원모・이경훈 편역, 『동포에 고함』, 철학과현실사, 1997.

판단을 요한다.

마지막으로, 앞의 문제 제기와 관련하여 협력/저항의 차원에서 포괄되지 않는 제3의 영역을 어떻게 할 것인가라는 문제에 봉착하게 된다. 협력이냐, 저항이냐의 사고에는 적극적이냐, 혹은 비자발적이냐를 판단하는 주체의 주관이 개입되기 마련이다. 이처럼 그 정확한 근거 기준이 도출될 수 없는 바, 이 문제는 따라서 심층 심리의 영역으로까지 심화되기에 이른다. 이 지점으로 나아간 것이 김윤식의 『이광수와 그의 시대』라고 할 수 있다. 그렇다면 이제 '대일 협력'의 문제는 윤리적 차원의 가치판단을 넘어서는 것이 된다.

이 글은 바로 제3의 영역에 놓여 있는 심층 심리의 차원이야말로 이광수 문학에 대한 외재적인 접근 방식으로부터 벗어나 문학 고유의 미적 가치에 접근할 수 있는 유효한 근거가 된다고 판단하였다. 따라서 이 글에서는 대일 협력이냐, 혹은 저항이냐를 판가름하는 데 주안점을 두기보다는 오히려 협력 혹은 저항의 근저에 감추어진 심층 심리를 밝힘으로써 이광수의 문학적 행보가 의미하는 바를 이끌어내고자 한다. 이를 위해 이 글은 '신라'의 재현 양상에 대한 고찰을 통해 이광수의 심층 심리에 주목하고자 한다.

2. 신라사(史) 재현에 나타난 역사 인식

2-1. 「가실」과 「대동아」 사이의 거리

「가실」(1923)과 「대동아」(1943) 사이에는 20년의 편차가 존재한다. 또한 「대동아」는 기존의 논의에서 대동아공영권의 사상을 포회하고 있다는 점에서 적극적 대일 협력이 나타난 작품으로 간주된다. 작가의 의도에 있어 두 작품은 차이를 보이지만, 이들 작품의 서사는 공통적으로 '만남-떠남-재회'의 구성 방식을 취하고 있다.

「가실」에서 '가실'은 동네 늙은이의 딸과 혼인을 약속한 상황에서 전쟁에 나가 싸우다가 포로로 잡혀 종살이를 하게 된다. 그러다가 주인의 마음에 들어 사위가 되기를 부탁받지만 이를 거절하고 고국으로 향한다. 「대동아」에서 중국인 범우생은 일본인 교수 가께오를 통해서 일본을 알게 된다. 그리고 가께오에게 배운 것들을 실천하기 위해 노력한다. 그러다가 중국에서 전쟁이 벌어지자 참가하기 위해 떠나면서 가께이 아까미에게 살아서 동경으로 돌아오겠다고 약속한다. 가께오 박사의 말대로 전쟁이 끝나자 상해의 치외법권이 폐지된다. 얼마 후 아까미는 우생이 동경에 도착한다는 전보를 받는다.

이 두 작품에서 공통적으로 추출할 수 있는 서사는 사랑하는 사람을 두고 전쟁에 참가하기 위해 떠났다가 전쟁에 패하고 다시 사랑하는 사람이 있는 곳으로 온다는 것이다. 그런데, 왜 사랑하는 사람이 있는 곳으로 돌아가려 하는가. 이 문제의 중심에는 '신의(信義)'를 지키는 것의 중요성이 자리 잡고 있다. '신의'란 두 작품에서 공통되게 약속을 지키는 것으로 나타난다.

그런데, 「대동아」에는 이 외에도 가께오 박사가 범우생에게 한 약속을 지키는 것이 부가된다. 가께오 박사는 범우생에게 일본 정신의 현현으로서 '고노에의 성명'에 믿음을 부여하도록 만들고, 범우생은 가께오 박사의 공언을 받아들인다. 이것이 둘 사이에 이뤄진 약속인 셈인데, 가께오 박사의 약속이 지켜지자 범우생은 동경으로 돌아온다. 여기서 짐작할 수 있듯, 이들에게 '신의'는 약속의 조건을 바탕으로 '교환'되는 것처럼 여겨진다. 바로 이 점에서 「가실」과 현격한 차이를 갖는다. 조건을 바탕으로 신의를 지키는 것, 그것이야말로 일본이 주장하는 대동아 공영권을 사고하는 이광수의 논리적 준거이다.

20년의 편차를 두고 '사랑'(「가실」)에서 '일본 정신'(「대동아」)으로 믿음의 대상이 변화하는 것은 이광수의 전체적인 문학적 행보와 상응하고 있는 것인가. 「대동아」에서 이야기된 '신의(信義)'란 이광수의 표현에 따르면 '성(誠)'이다.

> i) 상대를 존경하고 상대에게 감사하는 근본 마음은 하나다. 그것이 성(誠)인지, 거짓인지에 달려있네. 그렇다네. 범군, 오늘날의 자네 나라의 예의에는 성(誠)이 있는가, 아니면 거짓이 많은가, 솔직히 말해보게.6)

> ii) 범은 누구보다도 자기 나라 사람들의 거짓이나 이기주의, 사대주의, 권모술수 등을 증오하고 있으며, 또한 일본인의 정직함을 부러워하고 있다.7)

'성(誠)'이란 일본 정신을 대표한다. 반면에 범의 조국 중국은 '거짓'으로 가득하다. '성(誠)/거짓'은 '일본/중국(조선)'8)으로 대치된다. 가께이 박사가 범에게 '고노에 성명'9)이 지켜질 것이라고 말한 것은 '고노에 성명'=성(誠)이라는 것을 뜻한다. 그런데, 이 작품에서 이광수가 범으로

---

6) 이광수, 「대동아」, 이경훈 편역, 『진정 마음이 만나서야말로』, 평민사, 1995, 391면.
7) 위의 책, 392면.
8) 작품에서는 '거짓'의 나라가 '중국'으로 등장하고 있으나, 그것은 곧 조선에도 해당하는 것이므로 치환 가능하다.
9) 고노에의 삼 원칙은 "동아신질서의 건설"을 주장하며 내세운 "선린우호", "방공공동방위", "경제제휴"를 말한다. 이광수, 「대동아」, 앞의 책, 394면.

하여금 약속을 지켜 동경으로 돌아오게 한 까닭은, '거짓'으로 가득 찬 나라에서도 '신의(信義)'를 지키는 '성(誠)'이 있음을 말하고자 했기 때문이다.

당시 일본인들의 조선인에 대한 인식은 "개인성이 매우 유치한 상태"에 있으며, "혐오스러운 풍속 습관"을 가졌고, "국가적 관념이 결핍된" 민족이자, "근면역행의 개인성을 갖지 못한 백성"10)이라는 것이 일반적이었다. 일본인은 조선인들을 "옷을 잘 입은 아이누", "두 발로 서서 걷는 원숭이", "더럽고, 게으르고, 무지하고 비위생적이고, 냄새나고, 심한 육체노동에는 적합하지만 복잡한 과제를 행할 능력은 없으며, 복종적이고, 따라서 어린애로 다루어져야 하는" 열등 인간으로 간주하였다.11)

이러한 일본인의 시각을 교정하고 바로잡아 주고자 한 것이 이 작품을 쓰게 된 하나의 동기로 작동하고 있다. 「대동아」가 일문(日文)으로 씌어졌다는 점은 이러한 가능성을 배제할 수 없게 한다. 곧 이광수의 일문 소설은 일본인들의 조선인에 대한 인식을 바꾸고자 하는 의도를 갖고 있다. 당시 일문을 읽을 수 있었던 인구가 1940년 현재 15% 정도에 불과하다는 것12)은 일문 소설의 주요 독자가 누구인가에 관한 중요한 시사점을 제공한다. 나머지 85%는 전혀 일본어를 이해하지 못하는 사람들이다. 15% 안에는 '조금 이해하는 사람'과 '보통 회화에 지장이 없는 사람'이 포함되어 있다. 정확히는 알 수 없으나 15%의 절반 정도만이 일문 소설을 제대로 이해할 수 있다고 해도 과언은 아닐 듯하다. 그렇다면 일문 소설의 독자란 소수에 지나지 않았고 결국 일문을 읽는 사람들의 대부분은 조선인이라기보다는 일본인이었을 것이다. 따라서 이광수는 그러한 일본인 독자들을 염두에 두고 글을 창작하였을 것이라

---

10) 강동진, 『일본 언론계와 조선 1910~1945』, 지식산업사, 1987.
11) 최유리, 『일제 말기 식민지 지배정책연구』, 국학자료원, 1997, 277면.
12) 위의 책, 155면.

그렇다면, 이광수는 어떠한 방식으로 조선 혹은 조선인을 일본 혹은 일본인과 종속적인 관계가 아닌 대등한 관계의 지위에까지 올려놓고자 하였는가. 이 점은 조선인의 정체성 회복과 밀접한 관련을 맺고 있다.

2-2. 안 / 밖 구획에 따른 내면의 형성

이광수에게 있어 조선인의 정체성 찾기란 어떠한 방식으로 기획되었는가. 그것은 이광수가 비교적 초기에서부터 관심을 두고 작품으로 혹은 논설로 풀어내었던 '신라'에서 찾아볼 수 있다.

춘원이 신라 문화 혹은 고구려, 백제를 포함하는 상고 시대의 문화를 형상화한 작품으로는 「가실」, 「마의태자」, 『이차돈의 사』, 『원효대사』, 「원술의 출정」,16) 「꿈」(중편), 『사랑의 동명왕』 등을 꼽을 수 있다. 이 가운데서 『사랑의 동명왕』을 제외하고 모두 신라를 배경으로 하여 역사적 사건을 취했거나, 신라 시대의 인물을 주인공으로 취하고 있다.

이광수는 이상에서 언급한 작품들을 바탕으로 신라의 역사, 언어, 문화, 종교를 상세하게 그려내고 있다. 위의 소설 대부분은 불교적인 색채를 강하게 띠고 있으며, 더불어 『이차돈의 사』, 『원효대사』 등의 장편에서는 신라어에 대한 고증 작업까지 이뤄놓고 있다. 그가 신라의 역사와 언어를 위시한 문화 전반을 그려내고자 하였던 의도는 무엇이었을까.

으로 볼 수 있는 측면이 다분하다. 여기서 소극적인 저항이란, 일본인에 의해 조선이 야만국으로 폄하되고, 조선의 문화가 말살되는 것에 대응하여 조선적인 것을 지켜내려는 의지라고 할 수 있다. 따라서 협력/저항의 시각으로 이광수 문학을 판단할 경우 그 판단에 휘둘려 작가의 심층적인 의식에 접근하는 것이 어려워진다.

16) 신라 문화를 다루고 있는 작가 의도의 측면에서 보건대, 「원술의 출정」은 다른 작품들보다 두드러지게 전쟁참여론을 형상화하고 있다는 점에서 현격한 편차를 보인다. 또한 이 작품은 일문(日文)으로 발표되었다는 점에서 다른 작품들과 다르다. 그것은 신라정신이 당대적인 의미에서 어떻게 전유되고 있는가라는 문제와 맞물려 있다.

1910년대 일본의 언론계에서는 조선의 식민지 정책을 논하는 여러 학자들의 글들[17]이 쏟아져 나왔다. 동화정책 수행을 위해서는 조선인 생도들에게 자국의 역사·지리를 가르치지 말고, 그 대신에 일본의 역사·지리만을 일본어로 교수함으로써 민족의식의 말살을 도모해야 한다는 것이 식민 지배 초기의 교육정책 틀을 이룬다.[18] 당시 학교에서 가르치는 조선 역사란 분량도 적고, 고대는 만선사(滿鮮史), 근대는 일본사의 부수적 부분으로서 조선 반도사로 되어 있었고, 그나마도 제 모습을 찾아볼 수 없을 만큼 해체된 것이었다.[19] 따라서 사료를 바탕으로 하여 신라 및 백제 등의 역사를 다루고 있는 역사소설은 조선 민족의 역사를 되살려 놓는다는 중요한 의미를 갖는다.

이광수는 중학교에서부터 와세다 대학 시절까지 대부분의 시간을 동경에서 보냈다. 그 결과 그는 조선의 역사 및 전통문화와 접할 수 있었던 기회가 거의 없었던 것으로 보인다. 달리 말하자면 이광수에게 있어 조선의 문화는 관념적인 것으로서만 존재했다. 그에게는 조선보다는 오히려 동경, 상해, 해삼위, 치따 등의 해외 문물이 경험의 영역 안으로 밀려들어와 있었을 것이다.[20] 그런 상황에서 이광수에게 조선은 태어나서 유년 시절을 보냈던 고향과 같은 곳에 지나지 않는다. 그는 조선을, 타향에서 향수병에 시달리면서 그리워했을 법한 대상으로서의 고향

---

17) 조선인으로 하여금 피식민자라는 인식을 스스로 재생산하도록 강요하는 한편으로, 조선의 역사를 왜곡·왜소화시킴으로써 지금에 이르러 식민지로 전락하는 것이 필연적인 것임을 자각하게 만들고자 하였다.

18) 이와 관련하여 최초의 제창자는 澤柳政太郎이다. 澤柳政太郎, 「조선교화의 방침」, 『讀賣』, 1910. 8. 28(강동진, 앞의 책, 33면에서 재인용).

19) 위의 책, 33면.

20) 이광수는 각국의 여행을 마치고 여러 기행문들을 남겼다. 「상해인상기」, 『청춘』 3, 4호, 1914. 12; 「해삼위로서」, 『청춘』 6호, 1915. 3; 「동경잡신」, 『매일신보』, 1916. 9. 27~11. 9.

으로 인식했을 가능성이 높다. 그렇다면 이는 곧 생래적인 차원으로서의 조선에 대한 갈구라 할 수 있다.

그렇다면 조선이 막연한 그리움의 대상이 아닌, 하나의 국가와 민족의 총체로서 그의 인식의 영역에 포섭되기 시작한 시기는 언제였을까. 이는 곧 조선적 정체성의 추구가 싹트기 시작하는 시기를 의미한다.

그것은 「오도답파여행」21)에서부터 시작된다. 이 기행을 통해서 이광수는 신라 및 백제의 문물을 직접 보게 된다. '실재로서의 조선'의 발견이 이 여행을 통해 이루어진 것이다. 말하자면 여행은 그에게 생래적인 차원에서만 존재해 있던, 그리고 막연한 관념으로서 존재해 있던 조선을 '실재의 조선'으로 바꿔주는 계기로 작동한다.

> 茶를 勸ᄒ고 眷戀 한 個를붓치더니 「엇더시오 京城을 써날찌에 朝鮮觀과 只今의 朝鮮觀과에 差異가 업소」 異常ᄒ게뭇는다. 質問ᄒ러간 너가 逆으로 質問을 밧게되얏다. 나는 그 質問의 精銳 홈에 놀너엿다. 未嘗不 差異가 잇셔요 前에도 <u>朝鮮을 안줄로 自信ᄒ엿더니 그것은 根據업는 한 想像에 지너지 못ᄒ엿셔요. 實地로 處々에 단이며보니 想像턴바와는 퍽다릅데다</u>ᄒ엿다.22) (밑줄: 인용자)

위 인용문에서 이광수는 예전에 알았던 조선이 "根據업는 한 想像"에 지나지 않는 것이라고 말한다. 이광수에게 조선이 "想像"이던 것에서 "實地"로 변화한 것이다. 이는 이광수에게 자리 잡고 있었던 조선이 관념적 차원에서 벗어나 경험에 바탕을 둔 실재의 조선으로 변화한 것을

---

21) 이 기행문은 1917년 6월 29일부터 9월 12일에 걸쳐 『매일신보』에 발표된다. 충남, 전북, 전남, 경남, 경북을 두루 다니면서 신문에 연재한 것이다. 실제 여행은 6월 26일부터 8월 18일에 걸쳐 이루어진다. 이 기행문을 쓰는 중에 『경성일보』로부터도 청탁을 받게 되어 우리말과 일본말로 동시에 써 보내게 된다.

22) 이광수, 「오도답파여행」, 『매일신보』, 1917. 8. 16.

의미한다. 이미 여정을 통해서도 짐작할 수 있듯, 이 경험은 조선의 문화에 대한 관심을 촉발시킴으로써 역사소설을 쓸 수 있는 기반을 마련해 준다.

유년을 제외하고 대부분의 시기를 일본의 동경에서 보냈기 때문에 그에게는 조선적 정체성이라는 것이 마련될 기회가 없었다. 정체성이란 조선 밖의 동경을 외부로, 즉 타자로서 자각했을 때 구조화되는 것이다. 그것은 조선의 역사, 문화, 언어 등 모든 것을 아우르는 자리에서 발생한다. 그가 와세다 대학 예과를 마치고 방학을 틈타 여행했던 조선의 반도는 '관념으로서의 조선'을 '경험적 실재'로서의 조선으로 뒤바꿔버린 것이었기에 조선적 정체성 찾기를 향한 갈급은 무엇보다 클 수밖에 없었다. 이광수는 어떠한 계기에 의해 역사소설을 쓰게 되었는가라는 물음은 그가 식민 지배하에 놓인 피지배자라는 점과 결코 무관하지 않다. 따라서 그에게 동경이 더 거대해질수록 그의 정체성 찾기는 더더욱 치열해지는 것이다.

이광수의 첫 역사소설은 『마의태자』이다. 1926년 5월 10일부터 1927년 1월 9일까지 『동아일보』에 연재된 이 작품은 신라 경문왕부터 고려 태조까지의 격동기를 다루고 있다. 그러나 신라에 대한 관심, 혹은 역사에 대한 관심이 작품으로 표출되기 시작한 것은 「가실」(『동아일보』, 1923. 2. 12~2. 23)부터이다. 신라 진흥왕, 김유신이 고구려, 백제와 전쟁을 하던 때를 배경으로 한 이 소설은 비록 설화를 소재로 하고 있으나, 그 배경으로서 신라를 형상화하고 있기에 이 시기부터 역사에 대한 관심이 이미 시작되고 있었음을 확인할 수 있다.

이광수가 역사에 대한 관심을 표명한 것은 따라서 「가실」이 발표된 이후라고 볼 수 있다. 그는 1921년 상해에서 돌아온 다음해 수양동맹회를 결성한다. 이 시기는 그에게 있어 타자로서의 일본이 보다 더 강력한 힘을 가진 것처럼 여겨질 때라고 할 수 있다. 상해에서 돌아온 후 사랑을 위해 민족을 버린 변절자로 낙인찍히는 가운데, 수양동맹회 결성을 계기로 이를 쇄신하기 위한 노력을 경주할 때였다. 스스로 짊어진 굴레로부터 벗어나고 동시에 민족 운동가의 한 사람으로서 자신을 바로 세우기 위한 방식으로 선택된 것이 역사 인식의 강화인 것이다.

그 하나의 방식으로 이광수는 이중적인 포즈를 취한다. 이는 일제의 지배 정책을 눈에 띄게 거스르지도 않으면서 정작 자신이 하고 싶은 말은 감추지 않고 드러내는 태도라 할 수 있다.

> 더구나 법흥왕 때부터 써 내려오던 신라의 연호를 폐하고 당나라의 정삭을 받는 일은 신라를 당나라의 속국을 만드는 일이어늘 춘추가 자의로 당태종과 약속을 하였고, 또 그와 함께 당태종이 내린 면복을 왕더러 입으라고 강청하였다.[23]

신라의 연호를 폐하고 당나라의 연호를 사용하는 일, 이는 신라가 당의 속국이 되는 일이라고 묘사하고 있다. 말하자면, 조선이 대정(大正), 소화(昭和)라는 일본의 연호를 사용하는 일이란 일본의 속국이 되는 일이라고 파악할 수 있다. 그런데, 춘추가 왕위에 오른 후 처음으로 궁을 나서게 되었을 때, 당나라의 면복을 입지 않고 예로부터 내려오는 신라 옷을 입고 행차한다. 첫 행차에서 신라의 옷을 입고 나가는 일이란 이제는 더 이상 당의 간섭을 받지 않겠다는 왕의 다부진 결심을 반영한다. 이광수가 작품의 중심 내용과는 큰 관련이 없어 보이는 장면을 이와 같은 의미를 부여하며 서술하고 있는 이유는 무엇인가.

---

23) 이광수, 「원효대사」, 『이광수 전집』, 삼중당, 1972, 24면.

만일 국선도가 조선 문화의 본류라고 한다면, 금후의 조선 문화는 어떤 방향을 취할 것인가.

위에 논한 것으로써 조선 문화의 본류가 얼마나 일본 문화의 본류와 비슷한가 하는 것을 알 수·있었을 것이다. 아니, 비슷하기보다는 동일하다고 할 수 있을 것이라고 생각한다. <u>어느것이 먼저이고 어느것이 나중인지는 사가의 연구를 기다려야 하겠지만</u>, 그 내용이 동일하다는 것만은 사실이라고 단언할 수 있다고 생각한다.[24] (밑줄: 인용자)

조선의 문화로서 '국선도'를 이야기하고 나서 이광수는 "어느것이 먼저이고 어느것이 나중인지는 사가의 연구를 기다려야 하겠지만"이라는 '가정'을 내세운다. 이는 굳이 말하지 않아도 되는 표현에 지나지 않는다. 일본의 『고사기』 및 『일본서기』를 배우고 익히 알고 있었던 그가 이러한 포즈를 취하고 있는 까닭은 앞서 지적했듯이 바로 그 '가정'이야말로 말하고 싶은 것이었다는 심리가 그 이면에 깔려 있기 때문이다.

결국 이광수는 일제 당국의 심리를 거스르지 않으면서도 자신이 말하고 싶은 것을 굳이 숨기지 않고 드러내는 방식으로 우회적인 표현을 선택했던 것이다. 이러한 이중적인 포즈는 그가 역사소설을 그리고 신라를 배경으로 한 소설을 써낼 때 더욱 두드러진다.

3. 신라어 재현에 나타난 언어 인식

3-1. 이중적 포즈, 황국신민의 옷을 입고 '신라어'로 말하기

이광수가 작품 안에서 이중적인 포즈를 취하고 있는 만큼, 그의 작품

---

24) 이광수, 「조선 문화의 장래」, 김원모·이경훈 편역, 『동포에 고함』, 앞의 책, 48~49면.

을 이해하기 위해서는 보다 심층적인 차원에서의 접근이 필요하다. 이광수가 신라어를 재현하고자 한 작품으로는 『이차돈의 사(死)』와 『원효대사』를 꼽을 수 있다. 이들 두 작품은 신라를 배경으로 불교와 관련된 인물들을 주인공으로 내세우고 있다. 『원효대사』는 1942년 3월 1일부터 10월 31일까지 『매일신보』에 연재(6월 18일~7월 6일까지 휴재)되었는데, 춘원의 이전 작품들과 비교해 볼 때 『원효대사』는 사적(史的) 고증과 방대한 불교 사상을 담고 있어 그 사상적 깊이까지도 갖춘 훌륭한 작품으로 꼽힌다. 이 작품이 발표되던 당시 『매일신보』는 우리말로 된 유일한 신문이었다. 이 시기 춘원 소설의 대부분은 일문으로 씌어 졌으며, 내선일체와 대동아공영이라는 사상을 포회한 작품이 많았기 때문에, 춘원이 이 작품에서 신라어를 재현하고자 의도한 것은 남다른 의미를 갖는다.

그런데, 그가 대일 협력에 적극적인 태도를 보이면서 "오늘부터 국어(일본어)를 배우자"라는 것을 제일 요건으로 내세웠다는 점에 주목해 볼 때, '신라어 재현'은 쉽게 이해하기 어렵다. 서재에 일장기를 걸고, 길거리에서 궁성요배를 하는 등의 행위를 보여주었던 그였기에 더욱 그러하다. 왜 춘원은 신라어에 관심을 가졌던 것인가.

> 이광수: 반도인이 가장 근심하는 것은(단 저는 중학부터 쭉 동경에서 교육되었지만), 언제나 언문으로 쓰고 있으니까 국문으로 쓰게 되면, 별로 자유롭게 쓸 수 없습니다. 어떻게 쓰면 좋은 것일까, 나쁜 것일까 헷갈리고 있습니다.[25]

위의 인용문은 이광수가 당시 총독부 학무국장(1937. 7. 3~1941. 3. 25) 이었던 鹽原時三郎을 검열자로 상정하고 있었음을 짐작케 한다. "중학

---

25) 이광수, 「반도의 문예를 말하는 좌담회」, 『친일문학전집 II』, 이경훈 편역, 평민사, 1995, 465면.

부터 쭉 동경에서 교육되었"음에도 불구하고, 또 한편으로는 "중학부터 쭉 동경이니까, 민족의 감정을 말하면 아무것도 없는 셈"인데도 그는 "국문(일문)"으로 자유롭게 글을 쓰지 못한다고 언급한다.

일종의 내면 고백이라고도 할 수 있는 이 토로에는 식민지 조선인으로서의 자의식이 감추어져 있다. 위에서 언급한 총독부 학무국장, 일본의 소설가이자 극작가이고, 잡지 『문예춘추』를 창간한 菊池寬, 비평가 小林秀雄, 그리고 정인섭 등이 「반도의 문예를 말하는 좌담회」에 참석하였다. 정인섭을 제외한 세 사람은 모두 일본의 문학계와 관련된 사람들이었다. 자신이 피식민자의 자격으로 참석한 것임을 알고 있는 이광수로서는 이 사람들을 의식하지 않을 수 없었다.

바로 위의 좌담회에서 이광수는 어수룩한 사람인 양 포즈를 취하면서 자기 정체성 추구에 대한 강한 욕망을 저버리지 않는다. 그가 '신라'의 역사, 언어, 문화, 종교 등을 형상화해 내고자 한 근저에는 자신의 정체성을 찾고자 하는 욕망이 번뜩이고 있었던 것이다. 이광수가 자신을 두고 스스로 '아Q'라고 명명하였던 이유를 여기에서 짐작해 볼 수 있다.

『원효대사』의 말미에 실린 이병주의 글은 당시 어떠한 배경에 의해 이광수가 이 작품을 집필하게 되었는가를 언급하고 있다.

> 본래 일제가 선생에게 『원효대사』의 집필을 허하고, 더구나 총독부의 기관지인 『매일신보』에 연재케 한 속셈은 기실 원효가 승병을 일으켜 나라에 충성한 불효불굴의 정신을 비상체제하의 한인에게 알려, 이른바 '국가 총동원'의 선전성을 노린 것이었으나 선생은 이를 역이용하여 한민족의 정기를 부어 일으키는 천재일우의 기회로 삼았다 해야 마땅하다.26)

원효의 "승병"이야기로 "국가 총동원"을 선전하고자 하였던 일제의 의도는 이광수에 의해 전복된다. 이병주의 말에 따르면 이광수는 "한민족의 정기"를 일으키는 계기로 삼았다는 것인데, 바로 이러한 태도는 그의 자의식의 발현이라고 할 수 있다. 그런데, 왜 원효이고, 신라였는가. 그것은 '불교' 때문이었다. 그것이야말로 일제가 내세웠던 동조동근(同祖同根)설에서 조선이 우위에 설 수 있는 방식이었다. "일본에 불교가 전래된 것이 백제에서부터였고, 쇼토쿠 타이시에게 법화경을 강의한 것은 고구려의 중 혜자"[27]였다는 이광수의 발언은 이를 방증한다.

춘원의 신라어 재현이란 '동조동근설'에서 한 치도 벗어나지 않은 자리에 놓여 있지만,[28] 겉으로 표나게 드러나는 의도 이면에는 춘원이 노렸음직한 기획들이 은밀하게 숨겨져 있다. 『원효대사』의 걸출한 승려인 '원효'를 통해서는 신라의 불교문화에 기대어 민족 지도를 위한 이념 전파의 수단으로 활용하는 한편, 조선 불교의 우수성과 민족적 우월성

---

26) 이병주, 「작품해설」, 『이광수 전집』, 삼중당, 1972.

27) 이광수, 「동포에 고함」, 앞의 책, 21면.

28) 일본인 언어학자 가나자와 쇼사부료(金澤庄三郎)의 『일조양국어동계론』이 1910년에 간행되었는데, 그는 이 책의 서설에서 "조선의 언어는 우리 대일본제국의 언어와 동일계통에 속하는 것으로서 우리 국어(일본어)의 일분파에 지나지 않음은 마치 류큐(琉球) 방언이 우리 국어에서 차지하는 바와 같은 관계에 있는 것이다."라면서 결론에서 다음과 같이 말한다. "이리하여 일조 양국민 서로 국어를 요해하여 마침내 고대에 있어서와 같이 또다시 동화의 실을 이루게 된다면 진실로 천하의 경사라 할 수 있을 것이다." (김수경, 『고구려·백제·신라 언어연구』, 평양출판사(한국문화사), 1989, 105면 참조)
이광수의 『원효대사』에는 다음과 같은 구절이 나온다.
"이제 신라에서 존숭하던 중요한 신을 통틀어 말하면, 가나라사아다. 이것을 한꺼번에 읽으면 '거느리시와'가 된다. 거느리시와는 나라를 다스린단 말이요, 일본어의 'カナラス'와 같은 말이다. 백제가 가나다, 또는 가나다라(クダラ)라고 하는 것과 같다."(이광수, 『원효대사』, 우신사, 1985, 172면 참조)
여기에서 이광수가 일본어와 상고 시대 언어와의 유사성에 기반하여 언어를 형상화하고 있음을 지적할 수 있으나, 이러한 점은 이광수의 역사 및 전통에 대한 의식이 얼마나 취약한가를 드러내주는 좋은 예라고 할 수 있다.

을 강조하는 효과를 누리고자 하였던 것이다.

> 그들은 신라의 신앙과 신라의 문화 속에서 나고 자란 것이다. 여기
> 민족의 공동 운명성이 있는 것이다. (…) 그 고신도와 거기서 나온 화
> 랑과 역사에 남아 있는 기록으로, 또는 우리 말에 풍겨 있는 뜻으로
> 당시의 사상과 풍속을 상상하려 하였다. 특별히 나는 '말은 역사'하
> 는 것을 믿음으로 우리 말에서 문헌에 부족한 것을 찾아서 보충하려
> 하였다. (…) 신라로 말하면, 이차돈의 피가 인연이 된 법흥왕의 불교
> 숭상과 진흥왕의 화랑 장려가 인물이 쏟아져 나오는 정신적 원천을 지
> 은 것이었다.[29]

이광수는 「내가 왜 이 소설을 썼나」에서 '말=역사'의 관계를 이야기
한다. 그리고 이어지는 글에서 '원효'는 '민족'의 등가개념이었음을 밝
힌다. "지금은 비록 간 데마다 수모를 당하더라도 오늘날에는 가장 높
은 영광이 그를 위하여 준비되어 있는 것이다. 거랑방이 행세로 뒤웅박
을 두들기고 돌아다니는 원효대사는 우리 민족의 한 심벌이다"라고 언
급한다. 이광수는 조선어로 집필하면서 신라어를 재현하고자 했는데,
그의 의도는 '민족정신'을 지키는 데 있었다. 이미 그에게는 대동아공
영권에서 일본인과 조선인이 동등한 지위로 함께 설 수 없다는 자각이
있었던 것으로 보인다. 그러하기에 '적어도' 조선어 혹은 조선의 역사
를 지키기 위해 안간힘을 썼던 것이다. 그가 조선어로『원효대사』를 쓰
는 일은 일상생활에서도 일본어로 대화하기를 요구하는 일본의 정책에
간신히 맞설 수 있는 유일한 방책이었던 것인 동시에 오로지 그에게만
허락된 호기였던 셈이다.

그가 「반도의 문예를 말하는 좌담회」에서 "모두 국어를 아는 조선인

---

29) 이광수, 「내가 왜 이 소설을 썼나」,『이광수 전집』, 삼중당, 1972.

이 되기까지는, 일시적이더라도 언문문학이 아니면 안 된다고 생각합니다."30)라고 말할 수 있었던 것은 그가 요구했던 "의무교육"이 아직 이루어지지 않았기 때문이었고, 한편으로 일본이 조선인을 위해 "의무교육"을 실시할 것인가에 대해서도 회의적이었기 때문이었다. 아마도 그는 "의무교육"을 위시하여 참정권 등의 권리가 결코 조선인에게 주어지지 않을 것이라는 짐작을 했을는지 모른다. '조선어'를 일본의 지방어 차원("언문")으로 전락시키기까지 하면서 언어를 지켜내야만 했던 이유는 그러했다.

3-2. 일문으로 신라 문화 재현하기－이중어 글쓰기와 전복의 서사

내선일체 사상이 나타나는 적극적인 대일 협력 작품의 경우, 가령 「진정 마음이 만나서야말로」나 「소녀의 고백」과 같은 작품들은 일문으로 씌어졌고, 일선통혼의 문제를 다루고 있다. 이 작품들은 동조동근(同祖同根)설에 기반한 대동아공영의 논리에 기대고 있다. 동조동근설은 식민 지배를 용이하게 하는 방식으로서 일본 문화에 대한 거부감을 무력화시키는 정책이었다. 그런데, 그것이 한민족의 우월성을 이야기하고자 하는 의도31)에서 사용된다면 문제가 달라진다. 역사적 고증에 의해 일본인들에게 조선의 우월한 민족정신을 이야기함으로써 동조동근설 속에 녹아 있는 일본의 의도를 전복하는 결과를 초래하게 된다.

---

30) 「반도의 문예를 말하는 좌담회」, 「국어보급의 기간」, 『친일문학전집 II』, 1995.
31) 이러한 점과 관련하여 야나기 무네요시의 조선 예술에 대한 견해를 이광수가 받아들이고 있다는 점은 특기할 만하다. '선'의 아름다움에 대한 것이라든지, 호류사나 나라의 문화재가 조선의 영향을 많이 받았다는 것, 백제 관음, 경주 불국사 조각, 고려 도자기 등 조선의 독보적인 문화를 말하는 야나기의 논의는 이광수의 작품을 통해서도 발견된다.

이광수는 일문으로 씌어진 작품을 조선 문학의 범주에 포함시키지 않았다. "朝鮮사람에게 '읽히우기' 위한 文學이란, 朝鮮'글'로 씌워진 것이여야 할 것이다", "朝鮮文學이란 '朝鮮文으로 쓴 文學'이라!"[32]라고 대답한다. 따라서 그는 일문으로 쓴 자신의 작품은 조선 문학의 범주에 결코 포함되지 않는다고 판단하였을 것이 분명하다. 결국 그는 일문으로 쓴 작품[33]의 독자를 일본인으로 상정한 셈이다.

이광수는 일문 소설에서 다음 두 가지를 의도한 것으로 보인다. 하나는 일본인의 입을 빌어 조선 문화의 우월성 드러내기. 다른 하나는 일본 정신이라고 할 수 있는 '성(誠)'으로 일본인 비판하기. 이광수는 일본인 미술학자, 사학자의 입을 빌어 조선 문화의 우월성을 이야기한다.

> i) 쇼우토꾸 타이시(聖德太子)의 스승님이 고구려의 승려 혜자법사였던 일이나, 대화법륭사의 설계자가 백제의 승려 혜총이라는 것, 유명한 그 절의 벽화가 고구려의 승려 담징이 그린 것이라는 사실 등, 그 외에 저로서는 처음 듣는 말들을 많이 들려 주셨습니다. 또 지원(祇園)의 팔판신사(八坂神社)는 이자나기노미고또(伊弉諾尊)께 제사 지내고 있지만, 이는 원래 고구려 이주민이 건립한 신사라는 것, 똑같이 쿄오또의 평야신사(平野神社)는 칸무텐노(桓武天皇)님 모후의 선조님이 백제로부터 이주해 만드신 것이라는 사실.[34]

> ii) 가령 호류사의 금당을 장식하는 가장 우수한 불상은 지금 '백제관음'이라 불리고 있지 않은가. 오랫동안 비전(秘傳)되어 온 유메도노

---

32) 「조선문학의 정의」, 『삼천리』, 1936. 8, 83면.
33) 이광수가 쓴 일문 소설은 「사랑인가愛か」, 「만영감의 죽음」(1936. 8), 「진정 마음이 만나서야말로」(1940. 3~7), 「山寺사람들」(1943. 4), 「가가와 교장」(1943. 10), 「군인이 될 수 있다」(1943. 11), 「대동아」(1943. 12), 「파리」(1944. 5), 「원술의 출정」(1944. 6), 「두 사람」(1944. 8), 「소녀의 고백」(1944. 10) 등이 있다.
34) 이광수, 「소녀의 고백」, 『진정 마음이 만나서야말로』, 앞의 책, 431면.

(夢殿)에 있는 같은 관음의 입상도 그 양식에 있어서나 미에 있어서 틀림없는 조선의 작품이 아닌가. 쥬큐사(中官寺)나 고류사(廣隆寺)에 보존되어 있는 생각에 잠긴 듯한 그 아름다운 미륵 반가상도 양식은 중국을 모방하고 있으나 틀림없이 조선에서 전래했을 것이다. (…) 쇼토쿠 태자 천삼백년 제의 법회 때, 특별히 전람된 많은 황실 소장품, 또는 쇼소인에 보존되어 있는 여러 가지 옛 작품, 그 작품의 대부분도 아마 조선에서 전래되었을 것이다.[35]

야나기 무네요시는 일본의 예술품, 특히 스이코(推古)의 황금시대의 유물은 거의 조선으로부터 전래된 것이라고 주장한다. 이러한 야나기의 언급은 이광수의 「소녀의 고백」이란 작품에 그대로 드러나고 있다. 이 외에도 이광수는 「진정 마음이 만나서야말로」에서는 '아사까와(淺川伯敎)'라는 조선 미술 권위자의 입을 빌어 조선 미술의 특징을 언급하고 있다. 일본인의 입을 빌어 조선 문화의 우수성을 자각하지 못하는 일본인들을 위해 이 글을 썼다고 해도 과언이 아닐 정도로 「소녀의 고백」은 백제 예술과 일본 예술의 관계에 대해 많은 부분을 할애하고 있다.

다음으로, '성(誠)'으로 그렇지 못한 일본인들의 이중성 비판하기이다.

  i) 내가 항상 역설하는 〈내선일체〉는 서로 손을 잡거나 융합하는 것 같은 미지근한 것이 아닙니다. 손을 잡은 사람은 손을 놓으면 또 따로따로가 됩니다. 물과 기름도 무리하게 뒤섞으면 융합한 모습이 되지만, 그것으로는 안됩니다. 모습도 마음도, 피도 몸도 모두 일체가 되지 않으면 안됩니다. 현하 세계 추세의 획기적 변화를 동기로서 전향해야 할 사람은 마땅히 빨리 전향하라. (…) 내선일체의 강화 구현이야말로 동아 신건설의 핵심이므로, 그것이 불가능하고서는 만주국을 형제국으로 하며 중국과 제휴하는 것 등은 말할 수 없는 것입니다. 일

35) 야나기 무네요시(柳宗悅), 『조선과 그 예술』, 이길진 옮김, 신구, 1994, 82~83면.

본과 조선은 융합하거나 악수하는 것이 아니라, 몸과 마음이 함께 진실로 일체가 되지 않으면 안됩니다.[36]

ii) 우선 평등하게 하는 일이다. 우선 양민족을 평등한 지위에 두고서부터 부족한 점을 보충하는 것이다. 우선 부족한 한쪽을 부족하지 않게 한 뒤에 평등하게 한다면, 그런 날은 영원히 오지 않는다. 왜냐하면 부족한 쪽이 국민적 감격을 갖지 않기 때문이다.[37]

iii) 저는 제 아이가 훌륭하게 타니무라가와 결혼할 수 있게 된 후가 아니면, 아이를 낳고 싶지 않습니다.
선생님. 저도 이제는 조선동포도 천황의 백성이 되었다는 것을 알고 있습니다. 우리 남자 형제들은 내지의 형제들과 똑같이, 육군에도 해군에도 들어갈 수 있게 되었다는 사실도 알고 있습니다. (…) 아버지나 아버지 친구들은 자기들 불행의 책임을 다른 사람들에게 전가하는 듯합니다만, 저는 그렇게 생각하지는 않습니다. 어디까지든 우리들 자신의 책임이라고 생각하며, 우리들이 노력만 하면 지금 한번 노력하면 반드시 만족하게 된다고 생각합니다.[38]

위의 인용문에서 내선일체를 주장하면서 조선인에게 일본인 되기를 요구하는 일본의 정치가들의 의견은 권리도 주지 않은 채 의무만을 강조하는 것에 지나지 않는다는 이광수의 비판을 읽을 수 있다. 「진정 마음이 만나서야말로」에서 김영준이 이야기하고 있는 내용이나, 「소녀의 고백」에서 이야기되고 있는 것들은 모두 일본인이 스스로 '조선인=일본인=황국신민'을 깨뜨리고 있다는 데에 기반하고 있다.

---

36) 미나미 총독이 1939년 5월 30일 '국민정신총동원조선연맹역원회' 석상에서 내선일체에 대해 이야기한 내용이다. 이상의 글은 이경훈 편역, 『진정 마음이 만나서야말로』, 37면 참조.
37) 이광수, 「진정 마음이 만나서야말로」, 위의 책, 37~38면.
38) 이광수, 「소녀의 고백」, 위의 책, 437면.

특히 「소녀의 고백」에서는 조선 소녀를 한갓 성적 노리개로서 수단시하는 일본 귀족이 나온다. 백제 관음상이니, 반가사유상이니 하는 백제의 유물들이 일본의 문화에 큰 영향을 미쳤다고 일본인의 입을 빌어 이야기한 다음, 그 일본인 귀족의 아들은 소녀와 밤을 같이 보낸다. 그러나 그는 정혼한 여자와 결혼하고, 소녀는 공장에 들어갈 결심을 한다. 이 작품의 전체적인 서사를 살펴보면 우선 조선의 문화는 약탈당하고 조선인은 결국 한갓 경제적인 도구로 이용될 뿐이라는 함의를 담고 있는 것으로 이해해 볼 수 있다. 이렇게 본다면 이 작품을 두고 위안부되기를 강요하는 것[39]이라고 보는 평가는 적절하다고 보기 어렵다.

이광수는 반민특위의 조사 과정에서 "12월 8일 대동아전쟁이 일어나자 나는 조선민족이 대위기에 있음을 느끼고 일부인사라도 일본에 협력하는 태도를 보여줌이 민족의 목전에 임박한 위기를 모면할 길이라 생각하고 기왕 버린 몸이니 이 경우에 희생이 되기를 스스로 결심하였다"[40]고 말하였다. 이와 관련하여 아래의 인용문에서 이광수가 왜 "백일몽"이며, "엉망진창"이라고 언급하고 있는지, 또 그가 한 말이 어떠한 심경을 반영하고 있는지를 생각해 볼 필요가 있다.

> 이렇게 되면 이미 내선일체라는 말도 단지 역사적 용어로서만 사용되게 될 것이네. 그때에는 군의 자식도 내 자식도 서로 원적지(原籍地)를 찾아보아야 겨우, 아아 군은 조선인이었구나—정도의 것이 이야기될 것이네. 나는 그때가 반드시 온다, 그리고 그것은 멀지 않았다고 믿고 있네.
> 군은 내 말을 <u>백일몽</u>이라고 생각하는가. 만일 그렇다면 확실히 말

39) 이경훈, 『이광수의 친일문학연구』, 태학사, 1998, 344~345면.
40) 「皇道의 賣文家 春園 李光洙(香山光郎)」, 고원섭 편, 『反民者罪狀記』, 백엽문화사, 1949.

해주게. 아니, 결코 군은 그렇게 생각하지 않으리라고 믿네. 불행하게
도 군이 내 말을 백일몽이라고 생각한다면 모든 것은 <u>엉망진창</u>이네.41)
(밑줄: 인용자)

4. 신성성으로서 민족 정체성 회복하기와 그 한계

상고 시대에 대한 이광수의 관심은 해방 이후에도 이어진다. 이광수
가 해방 이후에까지 상고 시대에 대해 관심을 갖고 있었다는 점은 분명
중요한 의미를 갖는다. 그가 이미 「가실」을 발표하였던 1921년 이후부
터 『사랑의 동명왕』을 발표한 1950년에 이르기까지 지속적으로 상고
시대의 문화 및 역사와 언어를 형상화하고자 한 것은 신라 및 고구려,
백제를 조선적 정체성 찾기 및 전통의 수호와 보존이라는 의도하에 사
고하였다는 점을 보여준다. 그렇지만, 이에 대한 반론이 없을 수는 없
다. 바로 일제의 식민 사관에 영합한다는 것이 그것이다. 그러나 이러한
주장은 그가 해방 이후에까지 지속적으로 관심을 표명했다는 사실이
갖는 의미를 제대로 설명해 주지 못한다. 따라서 이광수의 상고 시대에
대한 관심은 '조선적 정체성 찾기'의 과정으로 사고되지 않으면 안 된다.
해방 이후, 신라와 고구려 등 상고 시대를 배경으로 삼고 있는 작품
은 「꿈」, 『사랑의 동명왕』을 꼽을 수 있다. 「꿈」은 1947년 6월 면학서관
에서 간행된다. 「꿈」은 해방 전에 쓰기 시작해서 해방 이후에 완결하여
출판된 작품이다.42) 이 작품에서 신라는 다만 '모례'라는 인물이 '신라'
의 화랑이었다는 점을 제외하고는 크게 부각되지는 않는다. 따라서 이

---

41) 이광수, 「동포에 고함」, 앞의 책, 25면.
42) 이광수, 「나의 고백」, 『이광수 전집(16)』, 삼중당, 1972, 332면.

작품에서는 '모례'라는 등장인물에 주목할 필요가 있다. 이미 『이차돈의 사』와 『원효대사』에서 언급된 바 있는 '모례'를 이 작품에 등장시키고 있는 이유는 무엇인가.

> i) 아도대사는 왼손에 금고리 단 석장(錫杖)을 들고, 오른손에는 옥으로 만든 바리때를 들고, 몸에는 안개 장삼을 입고, 입으로는 화전(花詮)을 부르며 신자 모례의 집에 왔다.
> 모례가 나가 보고 깜짝 놀라며,
> 「접때에 고구려 중 정방(正方)이 우리 나라에 들어왔을 때에 임금님과 신하들이 상서롭지 못한 것이 왔다고 하여서 죽였고, 또 멸구자(滅垢毗)라는 중이 고구려에서 왔을 때에도 전같이 죽였는데 대사는 무엇하러 오셨소? 어서 문안에 들어서오. 이웃 사람 보리다.」[43]

> ii) 모례아손, 이제 내 마음은 작정되었소. 나는 이 길로 가서 자현하려오. 나는 남의 아내를 유인하고 남의 목숨을 끊었으니, 내가 나라에서 받을 벌이 무엇인지를 아오. 나는 앙탈 아니하고 내게 오는 업보를 달게 받겠소. 내게 이런 마음이 나도록—나를 오래 떠났던 본심에 돌아가도록 이끌어 준 아손의 자비 방편을 못내 고맙게 생각하오.[44]

「꿈」의 주인공은 '조신'이다. 그를 쫓는 자로 등장하는 인물이 화랑 '모례'이다. 모례는 (i)에서 불교의 수호자로 등장한다. 반면에 (ii)에서는 자신의 정혼자를 가로챈 조신을 단죄하는 인물로 나온다. 왜 이광수는 동일한 역사적 인물로서 '모례'를 작품 속에 끌어들이고 있는가. 춘원이 '모례'를 언급함으로써 얻을 수 있는 효과는 '모례=신라'로 놓았을 경우, 혹은 '모례=불교'로 놓았을 경우 쉽게 짐작할 수 있다.

---

43) 이광수, 『원효대사』(하), 앞의 책, 45면.
44) 이광수, 「꿈」, 『이광수 전집(10)』, 삼중당, 1963, 542면.

『이차돈의 사』나 『원효대사』에서 언급되고 있는 불교의 수호자로서 '모례'란 '(신라=)불교=모례'라는 것으로 이해될 수 있다. 반면에 조신의 단죄자로서 '모례'란 조신이 곧 이광수 자신을 의미하는 한에서 '조선 민족의 정체성=모례'라는 대응이 만들어진다. 이 경우 전자와는 달리 후자에서는 조선 민족의 정체성을 유린하는 행위를 자행한 것이 바로 '조신', 즉 이광수 자신이라는 죄의식의 고백이 드러난다. 따라서 불교의 수호자이자, 화랑의 표상 그 자체로서 '모례'는 「꿈」에서 그 진면목을 가감 없이 드러내기에 이른 것이다. 조신이 이광수 자신을 반영한 인물이라는 점에서 본다면, 모례는 이광수에게 있어서는 초자아이자, 심문관으로서 기능한다.

결국 춘원은 「꿈」에서 그 스스로 식민 치하에서의 자신의 행위가 조선 민족의 정체성을 유린하는 행위였음을 드러내고 있는 것이다. 그렇다면 춘원에게 있어 『사랑의 동명왕』은 어떠한 의도와 의미를 갖는 것인가. 그는 이 작품에서 잃어버렸던 민족의 정기를 회복하고 정체성을 다시금 바로 세우고자 한 것으로 보인다. 「사랑의 동명왕」에서 춘원은 주몽이 고구려를 세우는 과정을 그림으로써 '나라 세우기'의 전범을 보여주고자 했다.

> 큰 나라가 나기 전, 큰 임금이 자리에 오르기 전 순간의 고요함이었다. 움직이는 것은 네 귀에 피워 놓은 네 무더기 관솔불의 춤춤이었다. 검붉은 불길은 한아름이나 굵고 천 갈래로나 갈려서 늠실거렸다. 그 빛에 사람들과 나무들이 보였다 숨었다 컸다 작았다 하였다.
> 즉위식이 행할 둥근 단만이 비워 있었다. (…) 주몽은 북향하여 천지신명의 앞에 뫼와 종이로 폐백을 바치고 임금으로서 백성을 다스릴 것을 서약한 뒤에 오이와 재사가 받들어 드리는 왕관을 쓰고 졸본 왕녀와 낙랑 왕녀 두 소녀가 받들어 올리는 황포를 입었다. 관은 태백,

소백의 두 봉우리를 상징한 검은 관에 장끼의 깃 둘을 꽂은 것이요,
포는 누른 바탕에 해와 달과 용을 수놓아 일월지자 하백지손(日月之子
河伯之孫)을 상징한 것이었다.[45]

위의 인용문에서 볼 수 있듯이, 춘원은 동명성왕의 즉위식을 형상화
함으로써 그 신성성과 장엄함 속에 민족의 정기를 부여하고자 하였다.
"해와 달과 용"을 수놓은 포와 "태백, 소백"을 상징하는 관을 쓴 주몽의
모습은 흡사 하늘의 자손으로서 그 위엄과 정당성을 스스로 체현하고
있는 듯 보인다. 말하자면, 상고 시대의 역사 및 문화에 대한 이광수의
관심은 이 작품에 이르면 그것이 민족의 정체성의 회복과 밀접하게 관
련을 맺기에 이른다.

이광수의 『사랑의 동명왕』은 『삼국유사』의 기록을 바탕으로 하고 있
다. 그는 고구려를 세운 동명성왕 주몽의 일대기를 형상화함으로써 건
국의 신성성과 당위성을 펼쳐 보이고자 하였다. '건국', 즉 나라 세우기
라는 점을 염두에 둘 때 「마의태자」와 『사랑의 동명왕』은 둘 다 '건국'
을 다루고 있다는 점에서 동일하다. 그럼에도 불구하고 분명 두 작품에
는 시각의 차이가 존재한다. 전자의 경우 신라의 패망이 그 중심에 놓
여 있는 반면, 후자의 경우에는 고구려의 건국이라는 것이 중심에 놓여
있기 때문이다. 전자의 작품에서 제목으로 내세운 주인공은 '마의태자'
이지만, 작품 속에서의 중심인물은 '궁예'이므로 건국을 다루고 있다고
보는 것도 작품에 크게 어긋나는 해석은 아니라 할 수 있다.

그러나 동일한 '건국'을 테마로 하고 있지만 각 작품을 당대의 역사
적 상황과 밀접하게 관련지어 볼 경우 해석은 상이할 수밖에 없다. 「마
의태자」는 일본의 식민지 정책에 부응하는 작품으로 해석하고 있으며,

---

45) 이광수, 『사랑의 동명왕』, 우신사, 1985, 180~181면.

『사랑의 동명왕』의 경우에는 해방 이후 혼란한 정국에서 '나라 세우기'의 모델로 제시된 작품이라 해석하고 있다는 점에서 그러하다.

이러한 점을 염두에 둘 때, 작가 자신이 포회한 이념은 무엇이며, 그리고 그 이념이 올바른 역사적 방향성과 관련하여 정당한 것인가를 따지는 일이 얼마나 중요한 것인가를 지적할 수 있다. 춘원이 「마의태자」를 서술할 때, 그리고 그가 『사랑의 동명왕』을 서술할 때 그 스스로 내세운 집필 의도야말로 그의 이념이 역사적 방향성과 관련하여 얼마나 허술한 것이며, 또한 당대의 시류에 편승한 무자각적인 태도에 불과한 것인가를 여실히 보여준다.

5. 맺음말

이 글은 이광수의 작품에 내재된 심층 심리를 밝혀내고, 이광수의 문학적 행보에 놓인 의미를 탐구하는 것을 목적으로 하였다. 이광수의 작품에 드러나는 신라 및 상고 시대의 역사와 문화 등에 대한 관심은 매 시기별로 변화되기에 이른다. 그러나 신라를 위시한 상고 시대에 대한 관심이 이광수 문학의 심층 심리를 보여준다는 차원에서 파악해 볼 때, 그 의미가 중요하게 부각된다.

그것은 처음에는 단순히 외국의 혹은 문명국의 문화와 변별되는 지점에서 민족에 대한 관심이 싹트는 것으로 시작한다. 그러다가 민족의 정체성을 지키고자 하는 의지로 발현되는데, 이러한 작가의 의도는 철저히 심층에 감추어져 있다. 오히려 그의 대일 협력 행위가 부각되면서 작가의 정체성을 지키고자 하는 의지는 왜곡되거나 은밀하게 감추어지는 것이다.

해방 이후에 이르면 이처럼 감추어진 의도는 표면에 부상하면서 정체성에 더하여 신성성과 정당성이라는 측면이 강조된다. 한편으로는 정체성을 유린하였다는 스스로에 대한 단죄 의식까지도 발현된다. 이러한 특징은 종국에는 이광수가 민족의 정체성 찾기 및 그 회복을 완성하는 것으로 드러나기에 이른다.

그럼에도 불구하고 이광수의 신라 및 상고 시대에 대한 관심은 그것이 작품으로 형상화되었을 때, 올바른 역사적 방향성을 포회하지 못한다는 점, 그리고 현실에 대한 투철한 인식에 바탕을 두지 않은 채 시류에 편승하는 모양새를 취하고 있다는 점 등으로 인해 그 한계를 드러낸다. 그의 작품이 당대의 배경 속에서 읽힐 때 비판받을 수밖에 없는 것은 바로 이러한 점 때문이다.

이광수가 당대의 현실을 극복하는 방식으로 신라 및 상고 시대를 내세웠던 것이라 하더라도 그가 그 역사적 인물들이나 사건들을 식민지 치하의 자신의 행위를 합리화하려는 방편으로 전유하고 있다는 점은 가장 치명적인 한계라고 할 수 있다.

두 개의 태양, 그리고 여왕봉과 미망인의 거리: 이상 「날개」

1. 머리말

모더니즘 문학의 최고 작가로 손꼽히는 이상(李箱)은 26세의 나이에 그의 대표작으로 평가받는 「날개」를 발표했다. 1936년 9월 『조광』에 실린 이 작품은 지금까지도 많은 논자들에 의해 거듭 논의될 만큼 중요한 작품으로 꼽힌다. 이상 소설의 3부작이라 불리는 「날개」, 「동해」, 「종생기」는 '연애'와 '생활'을 중심으로 남녀 관계를 다루고 있어 그 연관성이 주목된다.

이 글에서는 이상의 작품 가운데에서도 「날개」를 중심으로 논의를 펼치고자 한다. 지금까지 이상의 「날개」에 관하여 많은 논자들이 다양한 각도에서 접근하고자 하였다. 이 글에서 주목하고자 하는 것은 작품의 구성과 관련한 논의들이다. 특히 에피그램과 그 뒤에 이어지는 서사와의 관련성을 언급하고 있는 연구들에서는 김윤식의 논의가 주목할 만하다. 그는 에피그램과 그 이후에 이어지는 서사를 각기 (A), (B)로 나누고, 전자가 후자의 설계도의 역할을 담당하며, 두 서사는 원상과 가상의 관계에 해당한다고 지적한다. 그리고 에피그램 부분을 "굿 빠이"에 주목하여 네 부분으로 나눈다.[1] 대개의 논자들이 언급하고 있는 서사 구조는 이러한 구분으로부터 크게 벗어나지 않는다.

그러나 이러한 구분은 에피그램과 그 이후 이어지는 서사와의 밀접한 관련성을 치밀하게 읽어내지 못했음을 시사한다. 네 부분으로 나뉘는 방식이 "굿 빠이"라는 표현에 근거하고 있다면, 이후 이어지는 본 서사에서의 연관성이 드러나야 하는데 그러한 설명은 여전히 불충분하다. 에피그램은 그 각각의 부분이 나뉘는 동시에 이후 서사에 대한 내용까지도 미리 언급하고 있는 격이어서 에피그램과 본 서사와의 관련성을 염두에 둔 구조 파악이 요구된다.

이 글은 이러한 논의를 바탕으로 하여 크게 두 가지 문제에 주목하고자 한다. 하나는 이상의 「날개」가 이상 텍스트 전반에 걸쳐 나타나고 있는 '거울 이미지'에 기반을 두고 있다는 점이다. 김진경은 「날개」에 나타난 '거울 이미지'를 '거울 속의 나'와 '거울 밖의 나'라는 단순한 대립으로 파악하고 있다.[2] 그는 공간을 일상의 공간과 일상 공간으로부터의 도피로서 나타나는 공간으로 이분하고, 전자를 안해의 방, 후자를 '나'의 방으로 구분하고 있다. 그럼으로써 이상의 「날개」역시 이상 텍스트의 주된 이미지라 할 수 있는 '거울 이미지'에 기반하고 있음을 밝혀내고 있다.[3] 이 글은 김진경의 논문에서 주목하는 '거울 이미지'를 바탕으로 「날개」를 살펴보고자 한다. 「날개」의 본 서사의 구성 방식이

---

1) 김윤식, 「봉별기 속의 날개」, 『이상문학 텍스트 연구』, 서울대학교출판부, 1998.
2) 김진경, 「이상 시에 나타난 거울이미지 연구」, 서울대 석사논문, 1983.
3) 김진경의 논문은 그 대상이 시에 국한되어 있어 소설 「날개」에 대한 면밀한 분석이 전개되고 있지 않다.

면서 동시에 에피그램과의 관련성을 가장 잘 드러내주는 것이 바로 '거울 이미지'이다. 이 글에서는 바로 이러한 점을 밝히고자 한다.

또 한 가지, 이상의 「날개」에 대한 주석 달기 역시 부족한 부분이 제기된다. 지금까지 많은 논자들에 의해 언급되었음에도 불구하고 에피그램에 등장하는 기표들에 대한 충분한 논의가 이루어지지 않은 것으로 보인다. 특히 에피그램의 마지막 부분에 해당하는 "여왕봉"과 "미망인"의 기표가 함의하고 있는 바에 대한 논의는 아직까지 밝혀진 바가 없다. 이러한 점은 이상 텍스트의 함축적이고도 고도의 비유적인 상징성으로 인해 겪을 수밖에 없는 어려움이지만, 이상 연구를 위해서는 반드시 이루어져야 하는 작업이기도 하다.

이 글은 이러한 문제 제기를 바탕으로 하여 논의를 펼쳐보고자 한다. 특히 「날개」는 이상 문학의 중요한 모티프인 '거울 이미지'를 바탕으로 해석할 때 새로운 의미를 획득할 수 있는 것으로 보인다. 또한 '여왕봉'과 '미망인'이라는 기표에 대한 분석을 함으로써 「날개」, 「동해」, 「종생기」로 이어지는 '연애'의 문제와 '생활'이라는 것의 의미에 접근하고, 동시에 이 삼부작의 연결 고리를 밝혀내는 기초를 마련할 수 있을 것으로 본다. 이 글은 이를 위해 1936년 9월 『조광』에 발표된 「날개」를 주텍스트로 삼고자 한다.

2. '두 개의 태양'에 이르는 독법

「날개」는 모두 9개의 내용 단락으로 구성된 에피그램을 서두에 제시하고 있으며, 에피그램 뒤에 본 서사가 뒤따르는 서사 구성을 취하고 있다. 서두에 제시된 에피그램은 다음과 같은 내용으로 묶어볼 수 있다.

	나(작가 이상)	그대(독자)	나(작가 이상)
방 밖의 나	1-1. 剝製가되어버린天才	(끝 빠이) 2-1. 아일로니의 실천 2-2. 그대자신을 僞造	3-1. 感情(포-스)공급정지
방 안의 나와 안해	1-2. 위트, 파라독스 1-3. 여인과 생활 설계 (끝 빠이)	2-3. 十九世紀 精神의 封鎖 (끝 빠이)	3-2. 世上을 보는 眼目 3-3. 女王蜂과 未亡人 (끝 빠이)

9개의 에피그램은 크게 세 부분으로 나뉜다. 「날개」는 소설로 분류되지만, 위에서 나누어 본 에피그램은 각 부분별로 "끝 빠이(끝 빠이)"라는 반복되는 구절을 포함하고 있어 시적인 구성처럼 느껴지기도 한다. 시적인 에피그램의 소설화라고도 이해할 수 있는 측면이다. 이 점은 「날개」의 서사 구성에 비추어 볼 때 더욱 뚜렷하게 드러난다.

세 부분으로 나뉜 에피그램의 각 부분은 '나' 혹은 '그대'를 지칭하면서 전개되고 있다. 우선 '나'는 작가를, '그대'는 독자를 지칭하고 있는 듯 보인다. 1의 부분에서는 작가가 작품의 중심 내용과 기법에 대해 말하고 있고, 2의 부분에서는 작가 스스로 독자에게 어떠한 독법이 요구되는가를 말하고 있으며, 3의 부분에서는 작가가 그럼으로써 이끌어내고자 하는 의도가 무엇인가를 말하고 있다. 이상의 문제들에 대해 작가 이상은 위 에피그램 이후 전개된 「날개」의 본 서사에서 그 답을 보여준다.4)

4) 이러한 관점은 김윤식, 「봉별기 속의 날개」에서도 발견할 수 있다. 김윤식은 에피그램

말하자면, 「날개」를 읽는 독법에 관한 한 가지 방식을 먼저 제시하고 있는 셈이다. 다소 불친절한 이상식의 독법으로 「날개」를 읽는다면, 이 작품으로부터 작가의 현실에 대한 태도와 더불어 그가 비판한 19세기 적인 정신이란 무엇인가, 그리고 그 속에서 여성은 어떠한 위치에 놓여 있는가를 충분히 짐작할 수 있을 것이라 판단된다.

이러한 전제를 놓고 볼 때, 「날개」의 에피그램(1-3)에서 "女人과 生活을 設計하오"라고 말한 부분이 보다 중요해진다.

> 나는또 女人과生活을 設計하오. 戀愛技法에마자 서먹서먹해진, 智性의極致를 흘낏 좀 드려다본일이있는 말하자면 一種의 精神奔逸者말이오. 이런女人의牛—그것은 온갖것의牛이오—만을領受하는 生活을 設計한다는말이오. 그런生活속에 한발만 드려놓고 恰似두개의太陽처럼 마조처다보면서 낄낄거리는 것이오. 나는 아마 어지간히 人生의諸行이 싱거워서 견댈수가없게쯤되고 그만둔모양이오. 꾿 빠이.5)

위에서 '나'는 여인과 생활을 설계하는데, 그 여인이란 "一種의 精神奔逸者"이다. '나'에게 있어 여인은 "온갖 것의 牛"에 해당하고, 또한 생활은 그러한 여인의 "牛"만을 영수하는 것에 지나지 않는다. 더불어 '나' 역시 그 생활 속에 "한 발"만 들여놓고 있을 뿐이다. 말하자면, '나'에 의해 설계되는 삶이란 '반'쪽의 삶에 지나지 않는다.

그런데, 이 부분에서 또 하나 주목할 것이 있다. 바로 "두 개의 太陽처럼 마주 쳐다보면서 낄낄"거린다는 표현이 바로 그것이다. "낄낄"거리는 태도는 마치 인간의 생활에서 빚어지는 희노애락을 모두 초월한

과 그 이후에 이어지는 서사를 각기 (A), (B)로 나누고, 전자가 후자의 설계도이자 두 서사는 원상과 가상의 관계에 해당함을 언급하고 있다. 그는 '꾿 빠이'에 주목하여 서 사를 네 부분으로 나누고 있으나, 이 글에서는 이를 세 부분으로 나누어 보고자 한다.
5) 이상, 「날개」, 『조광』, 1936. 9, 196면.

듯한 초연함을 연상케 한다. 혹은 그렇게 초연한 작가 이상이 생활에서 벗어나지 못하는 인간의 삶을 조소하고 있는 듯하다. 그런데 이 작품에서 "두 개의 태양"이란, 그리고 "마주 쳐다"봄이란 과연 무엇을 의미하는 것인가.

이 글에서는 이상의 「날개」를 읽어나가는 데 있어 바로 "두 개의 태양"이 환기시키는 의미망을 고찰함으로써 이 작품 곳곳에 놓여 있는 기표들을 따라가 보고자 한다. 물론 「날개」를 읽어내는 것은 이상의 다른 텍스트들을 참조해야 가능한 일이다.[6]

3. 일상의 반영으로서의 장지에 비친 태양

앞서 언급한 인용문에서 다음의 표현에 주목해 보자.

(i) 그런生活속에 한발만드려놓고 恰似두개의太陽처럼 마조처다보면서 낄낄거리는 것이오.[7]

(ii) 이런이방 이가운데장지로말미암아 두칸으로 난호여있었다는 그것이 내운명의상증이였든것을 누가알랴?[8]

'나'의 방은 "가운데 장지"에 의해 아내의 방과 '나'의 방으로 나뉜다.

---

6) 이 글에서는 「날개」 이외의 작품을 인용하고자 할 경우 김윤식이 엮은 문학사상사판 『이상문학전집』 2(1991)를 텍스트로 삼고자 한다. 앞으로 인용문은 면수만 표시하도록 한다. 이상의 「날개」와 관련하여 참고할 만한 수필로는 「早春點描─都會의 人心」, 「東京」, 「十九世紀式」, 「私信(七)」 등이 있다.
7) 이상, 「날개」, 앞의 책, 196면.
8) 위의 책, 199면.

원래 하나였던 것이 두 개로 나뉜 셈이다. 가운데 장지가 없어진다면, 방은 다시 하나가 된다. 두 개가 하나가 되기도 하고 하나가 두 개로 나뉘기도 한다는 이 역설은 다층적인 의미를 내포하고 있는 듯 보인다.

우선 두 가지 방식의 생활이 존재한다. 하나는 아내의 생활이고, 다른 하나는 '나'의 생활이다. 생활의 방식을 염두에 둔다면, 매춘을 일삼는 아내의 생활은 '육체' 중심의 생활에, 그 옆 골방에 박혀 있는 '나'의 생활은 '정신' 중심의 생활에 가깝다. 물론 '나'의 생활이란 것은 적극적인 정신의 생활은 아니다. 오히려 '정신'의 폐기 상태를 자초한다. "肉身이흐느적흐느적하도록 疲勞했을때만 精神이 銀貨처럼 맑소"라고 에피그램에서 언급하고 있는 부분을 통해 보자면, '은화'는 '정신'에 비유된다. 그런데 '나'는 '은화'를 받으면 '벙어리'에 집어넣거나 혹은 화장실 변기 속으로 던져 넣어 버린다. 이러한 행위를 통해 볼 때 '방 안'의 '나'는 정신 활동을 전혀 적극적으로 궁리하지 않고 있다는 것을 알 수 있다.[9]

다음으로, '나'의 '생활'은 '방'이라는 공간을 경계로 하여 '방 안'과 '방 밖'의 생활로 나뉜다. '나'의 생활은 '방 안'으로부터 '방 밖'으로 그 중심이 이동한다. 다섯 번의 외출은 중심이 어떻게 이동하는가를 극명하게 보여준다.

첫 번째 외출에서 '나'는 은화를 지폐로 바꾸어 5원을 갖게 되지만, 돈을 쓸 엄두를 내지 못하고 돌아온다. 그리고 돌아와서 아내에게 돈 5원을 주고는 아내의 이불 위에 "엎드러"진다. 이 행위를 통해 '나'는 "쾌감"을 느끼고, 내객들이 아내에게 돈을 놓고 가는 심리와 아내가

---

9) 이와 관련된 내용은 다음의 인용문에 잘 드러난다. "나는 그러나 그런 이불 속의 사색 생활에서도 적극적인 것을 궁리하는 법이 없다. 내게는 그럴 필요가 대체 없었다. 만일 내가 그런 좀 적극적인 것을 궁리해 내었을 경우에 나는 반드시 내 아내와 의논하여야 할 것이고 그러면 반드시 나는 아내에게 꾸지람을 들을 것이고―나는 꾸지람이 무서웠다느니보다도 성가셨다."(위의 책, 324면)

'나'에게 돈을 놓고 가는 심리를 짐작한다. 두 번째 외출에서는 2원을 가지고 나가지만 쓰지 "않고" 돌아와 또 아내에게 2원을 주고 아내 방에서 잠을 잔다. 세 번째 외출에서는 돈이 없어 나가지 못하다가 아내가 돈을 주어 나갈 수 있게 된다. 그리고 경성역 티룸에서 커피를 마시느라 돈을 지출한다. 네 번째 외출에서는 '아달린'만을 들고 나갔다가 돌아온다. 다섯 번째 외출에서는 가진 돈을 모두 집에 놓아두고 도망치듯 나온다. 이 외출에서 '나'의 생활의 중심이 '방 안'에서 '방 밖'으로 이동하는 결정적인 조건은 '돈'과 '쾌락', 그것도 학습된 것으로서의 '돈'과 '쾌락'이다. 이러한 것들은 「날개」에 나타나는 표층적인 차원에서의 생활의 나뉨을 설명해준다.

그렇다면, 심층적인 차원에서 '나뉨'이란 어떻게 파악할 수 있을까. (i)과 (ii)의 인용문을 통해 본다면, 하나에서 두 개로 나뉘는 상황이란 "가운데 장지" 즉, '분리'가 '막'에 의해 이루어지는 것을 의미한다. 이러한 분리는 하나의 태양이 두 개의 태양이 되는 상황을 야기한다. 그것은 거울 이미지에 의해 그 가능성을 획득한다.

거울을 놓고 볼 때, '나뉨'은 두 가지 양상을 보인다. 우선, '거울을 보는 나'와 '거울에 비친 나'가 그 하나이고, 다른 하나는 '거울에 보이는 나'와 '거울에 보이지 않는 나'이다.

〈주체의 상황〉		〈주체의 분열〉		〈공간〉
거울을 보는 나	⟶	나	⟶	나의 방
거울에 비친 나	⟶	안해	⟶	안해의 방
거울에 보이는 나	⟶	방 안의 나	⟶	나와 안해의 방 안
거울에 보이지 않는 나	⟶	방 밖의 나	⟶	나와 안해의 방 밖: 거리

우선 '거울을 보는 나'와 '거울에 비친 나'는 '나'와 아내로 볼 수 있다. '거울을 보는 나'의 내면이란 거울에 비추어지지 않는다. 다만 육체의 실루엣만이 보일 뿐이므로, '거울을 보는 나'는 정신을, 그리고 '거울에 비친 나'는 육체를 의미하는 것으로 해석할 수 있다. 그러나 더 심층적인 차원에서 '거울에 비친 나'─아내─는 일상적인 삶, 거울이라는 사각의 테두리 안에 갇혀 있는 현실의 모사로서의 삶, 현실의 제도, 관습 등에 의해 끊임없이 재생산되는 삶이라 할 수 있다. 이와 같은 거울에 비친 기성품적인 삶의 이미지는 "회탁의 거리" 이미지에 그대로 투영된다.

'거울' 이미지가 중심이 되고 있는 이상의 다른 텍스트에서 '거울'이 갖는 의미를 살펴보고, 이를 바탕으로 「날개」를 분석해 들어갈 때 비로소 이 작품에서 거울 이미지가 어떠한 의미를 갖는가를 유추해 볼 수 있다. 「날개」의 거울 이미지의 의미를 유추해 볼 수 있는 시로 「烏瞰圖─詩第十五號」와 「거울」이 있다.

   (i) 내가缺席한나의꿈. 내僞造가登場하지않는내거울. 無能이라도좋은나의孤獨의渴望者다. 나는드디어거울속의나에게自殺을勸誘하기로決心하였다. 나는그에게視野도없는들窓을가리키었다. 그들窓은自殺만을爲한들窓이다. 그러나내가自殺하지아니하면그가自殺할수없음을그는내게가르친다. 거울속의나는不死鳥에가깝다.[10]

   (ii) 거울속에는소리가없소
        저렇게까지조용한세상은참없을것이오

        거울속에도 내게 귀가있소

---

10) 이상, 「詩第十五號」, 『이상문학전집』 1, 문학사상사, 1989, 49면.

내말을못알아듣는딱한귀가두개나있소

거울속의나는왼손잡이오
내握手를받을줄모르는―握手를모르는왼손잡이오[11]

　위의 두 시를 살펴보면, 모두 '거울속의 나'와 '(거울 밖의) 나'로 분리
되어 있음을 발견할 수 있다. "내가결석한" 상태는 "내위조가등장하지
않는내거울"의 상태에 해당한다. 곧 거울 속에 내가 비추어지지 않는
상황을 말하는데, 이 상황은 "결석" 혹은 "위조"로 표현된다. "위조"라
는 말이 환기하듯, 진짜와 가짜를 구별하려는 의도가 이 시에 담겨 있
는데, "위조"를 없애기 위한 단 한 가지 방식은 자살하는 것밖에 없다.
물론 그것은 거울 속의 '나'를 없애려는 포즈이다. 표면적으로는 이러
한 의미를 갖고 있으나, 실상 이 작품이 환기하는 바는 「거울」의 이미
지와 관련하여 살펴보면, 좀 다른 방식으로 드러나는 것을 알 수 있다.
　「거울」에서는 거울 속의 세상과, 거울 속의 '나'를 중심에 내세우고
있다. 이 장면에서 거울 속의 '나'는 소리가 없고, 조용한 세상에 있다.
반면에, 작품에 드러나 있지 않지만, 거울 속의 세상과 대비하여 거울
밖의 세상을 유추해 본다면, 오히려 소리로 가득 차 있는 세상이 거울
밖의 세상이 될 것이다. 여기에서 주목할 것은 '소리'이다. 그것은 말이
기도 한 동시에, 거울 밖의 세상을 규율하고 제어하는 제도이자, 법이
고, 규범이라 할 수 있다. "왼손잡이"와 '바른손잡이'의 대립 역시 이러
한 의미에서 파악해 본다면, 거울 속의 '나', 즉 왼손잡이는 거울 밖의
세상에 결코 적응할 수 없는 상황에 놓인 '나'의 상황을 환기하는 것으
로 읽을 수 있다.

11) 이상, 「거울」, 위의 책, 187면.

이들 시에 나타나 있는 '거울'과 '거울 속의 나'와 '거울 밖의 나'는 보다 세밀한 분석이 요구되지만, 「날개」와 관련하여 거울을 중심으로 분열되어 있는 '나'의 상황을 안과 밖으로 나누어 보자. 이 경우 분열되어 있는 '나'의 상황은 '말'로 표상되는 거울 밖의 세상에 결코 적응할 수 없는 '나'의 상태를 환기시키는 것으로 이해해 볼 수 있다. 이러한 점은 보다 면밀한 검토를 요구하지만, 「날개」와 관련지어 본다면, '나'와 안해, 그리고 방 안의 '나'와 방 밖의 '나'를 가름하는 하나의 막으로서 거울이 기능하고 있음을 짐작해 볼 수 있다.

그렇다면, 다른 하나, 즉 '거울에 보이는 나'와 '거울에 보이지 않는 나'는 무엇을 의미하는가. 원래 '나'는 한 몸이지만, 거울을 가운데에 두고 '나'의 반쪽만 거울에 비추어질 뿐이며, 다른 한 쪽은 거울 밖, 수은이 도말된 뒤쪽에 놓여 있다. "한발만 드려놓고" "낄낄거리는 것"이란 표현에서 짐작할 수 있듯, 텍스트 전체의 시선을 통제하는 "剝製가되어버린天才"의 반쪽은 방 안에, 나머지 반쪽은 방 밖에 놓인 상황을 이끌어 낼 수 있다. 이러한 상황은 '방 안'의 '나'와 '방 밖'의 '나'에 대응한다. '방 안'의 '나'는 거울에 비추어진 영상을 볼 뿐이며, '거울'이 표상하는 반영, 모사의 이미지처럼, 현실의 제도와 관습 등에 의해 교육된 것들을 답습한다. 여기서 모방의 대상은 '여인'이 된다. 그 여인은 "智性의極致를 흘낏 좀 드려다본일이있는" "精神奔逸者"이다. 따라서 '여인'을 모방하는 것은 모방의 모방에 불과하다. 왜냐하면 여인은 자신 스스로 지성의 극치를 체현하는 것이 아니라 '흘낏 들여다본' 경험만 가지고 있기 때문이다.

반면에, '방 밖'의 '나'는 제도 일반의 지배에 의해 길들여지지 않은 자유로운 정신(영혼), 혹은 현실의 제도에 의해 육체와 정신까지 지배되

고 있음을 이미 알고 있는 깨어 있는 정신의 소유자로서의 '나'를 의미
한다.12) 이 경우 '나'는 적극적인 궁리하에 여인(안해)의 의도를 예리하
게 간파해낸다.

「날개」에서 '나'의 외출하는 횟수가 누적됨에 따라 변화하는 행위의
양태-무엇보다 돈과 관련되어 있는-들은 돈과 쾌락의 관계를 습득해
가는 '거울에 보이는 나'의 모습과 밀접하게 관련되어 있다.13) 그렇지
만, 그 횟수가 거듭되어 갈수록 오히려 '거울에 보이지 않는 나'의 모습
이 또렷하게 부각되기 시작한다. 몽롱한 정신의 사유가 지배적이었던
'방 안'의 사유로부터 벗어나 보다 "적극적인 궁리"를 하기 시작한 것
이다. '나'가 아내의 행위-아스피린이 아닌 아달린을 먹인-에 대하여
연구하고, 그 결과 "번개처럼" 결론에 도달할 수 있다는 것은 그 증거
이다.

이상의 '나뉨'이 갖는 심층적인 의미는 왜 내가 아내의 행위에 의혹

---

12) '방'의 의미와 관련하여서는 「街外街傳」에 주목할 필요가 있다. 이 작품에서 "厖大한
방"의 이미지("厖大한房은속으로곰아서壁紙가가렵다. 쓰레기가막붙는다")와 '접시위
에삶은鷄卵한개-포-크로터뜨린노란자위겨드랑에서난데없이孵化하는勳章型鳥類-
푸드덕거리는바람에方眼紙가찢어지고氷原위에座標잃은符牒떼가亂舞한다."에서 보이
는 계란의 이미지는 「날개」의 마지막 장면과 유사한 측면이 있다. 이 부분에 대한 심
도있는 고찰이 요구된다.
김진경은 「이상시에 나타난 거울이미지 연구」에서 「날개」의 '거울 이미지'를 밝히고
있다. 그러나 그는 '나'와 '거울 속의 나'라는, 즉 거울 밖과 거울 속의 대립으로만 파
악하고 있다. 거울 밖과 거울 속을 이어주는 통화구로서 '나'를 설정하면서 '나'가 일
상성으로부터 벗어나지 못하는 이상 '거울 속의 나' 역시 타인의 시선으로부터 자유
롭지 못한 것으로 파악하고 있다. 실내, 즉 '방'은 타인 혹은 부의 시선을 막는 장치
이며, 거울 또한 이중적으로 그렇다고 지적한다. 말하자면, '방'은 일상적 삶으로부터
도피해간 장소라는 것이다. 그러나 이 글에서 언급하고 있는 바, '방'은 도피의 공간
이라기보다는 일상의 공간, 즉 현실에 안주하는 생활에 더욱 가까운 것으로 판단된다.
13) 외출과 관련한 이미지가 나타나는 작품으로 시 「明鏡」이 있다. 이 작품에서는 「날개」
에 등장하는 '나'와 아내의 관계가 전도되어 있다. 또, 「날개」에 등장하는 아내의 세
수하는 모습은 시 「追求」에서 찾아볼 수 있다.

을 갖고 집으로 돌아갈 때 "말"을 잊어버렸는지를 짐작할 수 있게 한다. '나'는 외출에서 돌아갈 때 아내의 방 앞에서 "거북살스럽게 기침"을 하지만, 그 다음 귀가에서는 "얼떨김에 노크하는 것을 잊"는다. 그런데, 그 다음 귀가에서는 "너무 급해서 그만 또 말을 잊어버"린다.

이처럼 '나'는 정신이 또렷해질수록, 아내로부터 혹은 현실의 제도로부터 배웠던 관습의 "예의(禮儀)"14)와 같은 것들을 점차 잊어가는 것이다. 외출과 귀가에서 보이는 이러한 변화는 '방 안', 즉 거울 안의 세계로부터 점차 벗어나 '방 밖', '거울 밖'의 세계로 나아가는 과정에 상응한다. 바로 이 부분에서 「날개」의 서두에 나왔던 에피그램 중 "한 발만 들여놓"는 포즈가 갖는 의미를 이끌어 낼 수 있다. 즉, 이러한 '나'의 포즈는 한 발은 생활에, 그리고 다른 발은 생활을 초월한 이상(理想)에 걸치고 있는 현재의 심리 상태를 반영한다.

'방'이란 말하자면 '수족관 내부의 풍경', 즉 '쇼윈도우 안의 풍경'이자, 회탁의 거리가 그대로 담겨 있는 '십구세기적인' 생활공간을 표상한다. 특히 '안해'의 방은 그러한 의미에 더욱 가깝다. 여기에서 '두 개의 태양'이란 '방 안'에 있는 모방의 대상으로서 '안해'와 그 안해를 모방하려는 '나'를 지칭한다. 그렇지만 모방의 대상으로서의 '안해'는 '지성의 극치를 흘낏 들여다본' 것에 불과하므로, 둘 다 모방품, 위작에 지나지 않는다.15) 이런 점에서 「동해」에 나오는 다음 구절은 "십구세기의

---

14) "예의"는 한자로 "禮儀"라고 표기되어 있다. 이는 일종의 강조처럼 보이는데, 아내의 내객들이 아내에게 돈을 주는 행위를 "禮儀 관념"라고 말하고 있다. 이후 이어지는 서술에서 "그것은 그저 禮儀에 지나지 않는 것일까. 그렇지 않으면 혹 무슨 代까일까 보수일까."(327면)라는 표현이 나온다. 이상의 서술에서 한자는 아내의 매춘 행위를 강조하고 희화화한다.

15) 문흥술은 「이상문학에 나타난 주체분열과 반담론에 관한 연구」(서울대 석사논문, 1991, 88면)에서 "두 개의 태양"을 "욕망의 태양"과 "일상적 생활의 태양"으로 나누어 살펴보고 있다.

정신"이라는 것의 한계를 잘 드러낸다.

> 몽고르퓌에 兄弟가 發明한 輕氣球가 結果로 보아 空氣보다 무거운 飛行機의 發達을 훼방놀 것이다. 그와 같이 또 空氣보다 무거운 飛行機 發明의 힌트의 出發點인 날개가 도리어 現在의 形態를 갖춘 飛行機의 發達을 훼방 놓았다고 할 수도 있다. 즉 날개를 펄럭거려서 飛行機를 날으게 하려는 努力이야말로 車輪을 發明하는 대신에 말의 步行을 본떠서 自動車를 만들 궁리로 바퀴 대신 機械裝置의 네 발이 달린 自動車를 發明했다는 것이나 다름없다.16)

'말의 보행'이나 '새의 비상'을 본떠 새로운 기구를 만들고자 하는 의지란 다분히 상식적인 선에서의 "가짜 모조품"만을 양산할 뿐이다. 그것은 기존의 사상이나 제도만을 답습하는 삶, 현실에 안주하는 삶을 비판한다. 결국 '나'의 반쪽이 보여주는 현실의 반영, 모사 등으로 점철된 '방 안'의 삶이란 작가 이상에 의해 '포즈'화된 것에 지나지 않는다.

4. 게으름, 혹은 잠에 나타나는 파라독스

'방 안'의 '나'가 보여주는 "그대 자신을 위조"하고 "제일 싫어하는 음식을 탐식하는 아이러니"는 '게으름' 혹은 '잠'이라는 행위 속에 감추어져 있다.

> (i) 그냥그날그날을 그저 까닭없이 펀둥펀둥 게을느고만있으면 만사는 그만이였든 것이다.

16) 이상, 「동해」, 김윤식 편, 『이상문학전집』 2, 앞의 책, 280면.

내몸과마음에 옷처럼 잘맞는 방속에서 딩굴면서 축처저있는것은 행복이니 불행이니하는 그런세속적인 계산을떠난 가장 편리하고 안일한 말하자면 절대적인상태인것이다.17)

(ii) 내가 제법한사람의사회인의 자격으로일을해보는것도, 안해에게 사살듣는것도 나는 가장게을은 동물처럼게을는것이 좋았다. 될수만있으면 이 무의미한인간의탈을 버서버리고도싶었다.18)

(iii) 그후에도 나는 더러 은화를 그벙어리에 넣은것을기억한다. 그리고 나는 게을렀다. (중략) 그러나 나는 드디어 머리맡에놓였든 그 벙어리에손을대이지않고 말았다. 내게을름은 그런것에 내 주의를환기 식히기도 싫었다.19)

(iv) 나는 늘 우人방에서 나혼자서 밥을먹人고 잠을잦다. 밥은 너무 맛없었다. 반찬이 너무 엉성하였다. 나는 닭이나강아지처럼 말없이 주는 모이를 넙적넙적 바다먹기는했으나 내심 야속하게생각한적도 더 러 없지않다. 나는 안색이 여지없이 창백해가면서 말러드러갔다.20)

'나'의 게으름은 사실상 세속적인 현실로부터 벗어나고자 하는 욕망 으로부터 나온다. 그것은 인용문 (i)과 같은 상태이며, 마치 '자궁'과도 같은 절대적인 공간을 지향하는 것으로 보인다. 그러나 이러한 바람들 은 (ii)에서처럼 '인간' 혹은 '사회인'으로서 길들여지는 과정을 밟아야 하는 인간에게는 허락되지 않는 실현 불가능의 것이다. 결국 (iii)에서처 럼 '나'는 은화를 벙어리 금고에 넣는 행위 양식을 습득하지만, 은화를

---

17) 이상, 「날개」, 『조광』, 1936. 9, 199면.
18) 위의 책, 200면.
19) 위의 책, 201면.
20) 위의 책, 202면.

사용하지 않는다. 그로 인해 '나'가 습득한 행위 양식조차도 폐기되고 주체는 더 이상 길들여지지 않는다.

혹은 '나'가 바라는 삶이라는 것이 (iv)에서처럼 "닭이나 강아지"와 같은 동물적인 삶일 수도 있다. 그러나 사육당하는 동물임에도 살이 찌지 못하고 야위어가는 것을 볼 때 '나'는 동물과 같은 삶을 살고자 한 것도 아님을 알 수 있다. 「지주회시」에서 "양돼지모양으로살이쪘"던 전무 혹은 "R까페뚱뚱주인"과 같은 동물적인 본능에 충실한 삶과 대비되는 삶의 자리에 '나'가 놓여 있다. 따라서 '나'의 게으름은 위에서 볼 수 있듯, 경제적인 것 혹은 사회인의 한 사람으로서의 자격에 걸맞은 행위 양식을 배우는 것으로부터 벗어나고자 하는 '게으름'인 것이다.

그로 인해 '나'의 연구는 '방 안'에서 이루어질 경우, "속이 무명 헝겊이나 메밀껍질로 뗑뗑찬 한 덩어리 베개와도 같은 한벌 神經"으로 전락하고, "내가 잠이 드는 것과 동시에 내 방에 담겨서 철철 넘치는 그 흐늘흐늘한 공기에 다 — 비누처럼 풀어져서 온 데 간 데가 없"어진다. 반면에 '방 밖'에서 연구가 이루어질 경우 비로소 "적극적인 궁리"에 다가갈 수 있게 된다.

> 나는 내가 지구우에살며 내가 이렇게 살고있는지구가 질풍신뢰의속
> 력으로 광대무변의공간을달니고 있다는것을생각했을때 참허망하였다.
> 나는 이렇게 부즈런한 지구 우에서는 현기증도날ㅅ것같고해서 한시바
> 삐 나려버리고싶었다. (중략) 벙어리도 돈도 사실에는 안해에게만필요
> 한 것이지 내게는 애초부터 의미가전연없는것이었으니까 될수만있으
> 면 그 벙어리를안해는 안해방으로갖어갔으면하고 기다렸다.[21]

---

21) 위의 책, 203면.

'나'의 '게으름'이란 또한 가공할 속도의 굴레로부터 벗어나는 적극적인 행위이기도 하다. 시간과 경제의 생산성이라는 것이 결코 나누어질 수 없는 근대의 사고방식하에서 '게으름', 혹은 '나태'라는 것은 가장 먼저 제거되어야 할 행위 양태인 것이다. 그럼에도 '게으름'을 고수하는 '나'의 행위로부터 근대의 파시스트적인 속도를 경계하고자 하는 의도를 읽을 수 있다. 외출을 하면서도 결코 기계의 물리적인 힘을 빌지 않는 '나'의 산보는 바로 이러한 의미망 아래에 놓인다.

5. '여왕봉'과 '미망인'의 거리

앞서 언급했던 아이러니, 위트, 파라독스, 위조 등의 태도란 결국 19세기 정신의 봉쇄를 위한 포우즈라 할 수 있다. 이러한 태도로부터 드러나는 "세상을 보는 안목"이란 어떠한 것인가. 그것은 특히 '여인', 그리고 '여인을 보는 윤리' 속에 녹아 있다. '나'의 사고로부터 촉발되는 "세상을 보는 안목"이 해명된다면, 앞서 언급했던 "두 개의 태양"이 환기시키는 심층적인 의미까지도 도출될 수 있을 것이다.

「날개」에서 '여왕봉'의 모습이란 아내의 매춘 행위에서 찾아볼 수 있다.

> 그러나 내안해를가운데 서너사람의래객들은 늘비교적점잖았다고 볼수있는것이 자정이 좀 지나면 의례히 도라들갔다. 그들가운데는 퍽 교양이옅은자도 있는듯싶었는데 그런자는 보통 음식을사다먹고논다. 그래서 보충을하고 대체로 무사하였다.[22]

---

22) 위의 책, 201면.

아내와 내객들 사이에서 교환되는 것은 '돈'과 '성(性)'이다. 이 교환관계만으로 아내와 내객들 간의 관계가 "여왕봉(女王蜂)"과 "웅봉(雄蜂)"의 관계에 비유되는 것은 아니다. 아내의 옆에 벙어리 금고를 두고 그 안에 아내가 주는 은화를 넣는 '나'가 있음으로 인해 "여왕봉"으로서의 지위가 부각된다. 그렇다면 '나'는 "웅봉"인가.

시 「생애(生涯)」에서 '나'는 "여왕봉", '신부'는 "웅봉"에 비유된다.

> 내頭痛위에新婦의장갑이定礎되면서내려앉는다. 써늘한무게때문에 내頭痛이비켜설氣力도없다. 나는견디면서女王蜂처럼受動的인맵시를꾸며보인다. 나는己往이주춧돌밑에서平生이怨恨이거니와新婦의生涯를侵蝕하는내陰森한손찌거미를불개아미와함께잊어버리지는않는다. 그래서 新婦는그날그날까무러치거나雄蜂처럼죽고죽고한다. 頭痛은永遠히비켜서는수가없다.[23]

이 시에서 '나'의 '두통'은 무엇에 연유하는 것인가. 「가정(家庭)」이라는 시와 연결해서 볼 때, 그것은 삶의 무게에 의해 생겨나는 것이 아닌가 짐작해 볼 수 있다. 삶이라는 것이 경제적인 생활과 결코 분리될 수 없는 것인 만큼 경제적인 생활을 책임지는 가장의 역할에 두통이 연유하고, 또 무엇보다 "내음삼한손찌거미"를 잊지 않는 폭력적인 태도로서 관계를 유지하는 한에서 '나'는 '여왕봉'이고, '신부'는 손찌검 아래 "까무러치"는 '웅봉'이 된다. 이러한 장면은 「날개」에서도 발견할 수 있는데, 말도 없이 문을 열고 들어와 결코 보아서는 안 될 장면을 본 '나'에게 아내가 덤벼들어 물어뜯는 장면이 바로 그것이다. 결국 누가 경제적인 주도권, 즉 가장으로서의 책임을 하고 있느냐의 문제에서 '여왕봉'

---

23) 이상, 「생애(生涯)」, 『이상문학전집』 1, 앞의 책, 89면.

과 '웅봉'이 나뉘고 있는 것이라 짐작해 볼 수 있다.

그렇다면, '미망인'이란 무엇을 의미하는 것인가. 미망인이란 '남편이 죽고 홀로 사는 여자', '아직 죽지 못한 사람'이라는 사전적인 의미를 갖는다. 단순히 남편이 죽은 것만을 보고 미망인이라고 지칭하였다면, "여인의 전부가 그 일상에 있어서 개개 <미망인>"이라고 한 표현과 모순된다. "본질적으로 이미 미망인"이자 "여인의 전부가 그 일상에 있어서" 미망인이라고 말할 수 있는 이유는 무엇인가.

'미망인'과 '여인', 그리고 "여성에 대한 모독이 되오?"라는 표현들을 서로 관련지어 생각해 본다면, '미망인'이라는 것은 '여성'에만 국한되는 의미로 읽어야 한다. 그러나 「날개」 안에서 남성과 여성을 가르는 것은 큰 의미를 갖지 못한다. '나'와 아내의 관계란 부부 관계라는 현실적인 의미 관계를 떠나 '거울을 보는 나'와 '거울에 비친 나'의 관계를 가리키는 것에 다름 아니기 때문이다. 성의 구분이 중요한 의미를 갖지 않을뿐더러 현실에 안주하는 '나'에서 벗어나 현실을 초월하려는 '나'로 나아가는 것이 무엇보다 중요한 의미를 갖고 있기에 더욱 그러하다. 따라서 '여왕봉'이니, '미망인'이니 하는 것은 그것이 여성과 남성이라는 구분 속에서 읽혀야 한다기보다는 오히려 작품 속에 감추어진 "세상을 보는 안목"과의 관련 속에서 파악하는 것이 더욱 타당할 것으로 보인다.[24]

---

24) "여왕봉"과 "미망인"에 대해 김주현은 그 의미가 「봉별기」의 "여인은 매춘부이다"에서 「공포의 기록」의 "음란한 요물"로, 그리고 「날개」에서 "여왕벌과 미망인"으로, 「지주회시」의 "여인은 거미"로, 「지비」의 "조류"로 변화하고 있다고 지적한다. 각각 「날개」를 중심으로 「봉별기」에 가까울수록 환유의 극으로, 「지비」에 가까울수록 은유의 극으로 치닫고 있다고 지적한다. 이상의 내용은 금홍 계열의 소설에 나타난 '절름발이 모티프'를 중심으로 고찰한 결과를 보여준다.(김주현, 『이상소설연구』, 소명출판, 1999) 김주현의 논의는 기존의 연구에서 크게 벗어나지 못하는 것으로 보인다. 또한 각각의 소설에 나타나는 대체, 혹은 치환된 기표에 대한 논의와 각 기표의 의미를 이

그렇다면, '나'의 다섯 번째의 외출에 드러나 있는 행보 속에서, 즉 현실에 안주하지 않고, 현실의 세속적인 삶에서 벗어나 초월하고자 하는 '나'의 행보를 통해서 "세상을 보는 안목"을 짐작해 보는 것이 필요하다. '나'는 남은 돈을 모두 문지방 밑에 두고 다시 나온다. 나와서 처음 간 곳은 '경성역'이다. 그곳은 세 번째 외출에서 갔던 곳으로 가장 정확한 시계가 있는 곳이자, 더불어 '동경'으로 떠나고자 하는 이상의 욕망이 닿아 있는 곳이기도 하다. 그리고 그 다음으로는 '미쓰꼬시 옥상'으로 간다. 그곳은 일본의 동경에 있는 백화점의 분점으로 가장 현대적인 건물의 위용을 보여주는 건물이다. 그 옥상에 있는 정원에서 '나'는 금붕어도 구경하고 거리도 내려다본다. '나'의 행보가 닿는 '경성역'이나 '미쓰꼬시' 등은 모두 근대 건축물의 첨단을 표상하며, 모두 '동경'과 잇닿아 있다.

이들 공간은 「실화」에 나타난 다음의 구절로부터 그 의미를 짐작해 볼 수 있다.

해가 서산에 지기 전에 나는 二三日內로는 반드시 썩기 시작해야 할 한개 「死體」가 되어야만 하겠는데, 도리는?

도리는 막연하다. 나는 十年 긴—세월을 두고 세수할 때마다 自殺을 생각하여 왔다. 그러나 나는 決心하는 方法도 決行하는 方法도 아무것도 모르는 채다.

나는 온갖 流行藥을 暗誦하여 보았다.

그리고 나서는 人道橋, 變電所, 和信商會 屋上, 京元線, 이런 것들도 생각해 보았다.

나는 그렇다고—정말 이 온갖 名詞의 羅列은 可笑롭다—아직 웃을 수는 없다.[25]

끌어내지 못한 채, 어떠어떠한 기표가 있다는 것을 지적하는 것에 그치고 있다.

「실화」에서 볼 수 있듯이, 각 공간은 자살을 위한 공간으로 남겨져 있다. '나'의 자살이 시도된 방법과—말하자면 유행약의 암송—그리고, 자살이 시도된 공간이 드러난 이 작품에서 보자면 그러하다. 그런데, 자살의 시도 혹은 자살을 시도하여 배회한 공간들이라는 것은 단지 '거울 속의 나', 다시 말하면 위조된 자신에 대한, 혹은 일면 생활인으로서 침잠해 버린 자신에 대한 반동의 움직임으로서만 나타난 것이라 보기 어려운 측면이 있다. 그것은 '나'의 정신적 지향 혹은 이상(理想)과도 관련된 문제이기 때문이다. 따라서 위의 공간이라는 것은 생활에 안주할 수도, 그렇다고 이상(理想)이 있는 곳이라 여겨지는 동경으로 갈 수도 없는 자신의 갇힌 상황을 환기시킨다.

이들 건물들로부터 '나'는 20세기의 정신을 꿈꾸었던 것인가. 그것은 아니다. 그 건물들이 야기하는 거리의 분위기란 '미쓰꼬시 옥상'의 금붕어들이 보여주는 "하늘하늘 손수건을 흔드는" 모양새가 아니라, "흐늑흐늑 허비적"거리고 "끈적끈적한 줄에 엉켜서 헤어나지" 못하는 모양새를 하고 있다. '나'의 "안목"이란 시각을 통해 지각되는 감각의 차원에 있지 않고, 현실의 제도와 관습에 얽매이지 않는 자유로운 정신을 지닌 천재의 지성에 바탕을 두고 있다. 그런 안목에 의해 거리의 감추어진 진실이 드러난다. 근대의 첨단이라 생각되는 동경을 모방한 건축물들에 둘러싸인 거리는 마치 거미줄에 걸려 꼼짝하지 못하는 희생양, 거미의 포획물에 지나지 않는다.

'나'의 20세기란 '미쓰꼬시 옥상'을 넘어선 곳에 있으며, 또한 19세기란 옥상 아래로 내려다보이는 '회탁의 거리' 속에 침잠해 있다. 말하자면, 식민지 조선의 현실이란 도스토예프스키와 위고로 표상되는 서구의

---

25) 이상, 「실화」, 『이상문학전집』 2, 앞의 책, 364면.

19세기적 근대라는 이차원적인 평면거울에 갇혀 있다. 반면에 '나'가 꿈꾸는 20세기란 시간과 공간의 좌표축이 만들어내는 현재라는 제약을 벗어난 곳에 있다. 결국 19세기와 20세기의 차이는 현실의 '나'(안해)와 현실을 초월하려는 '나' 사이에 극복할 수 없는 간극으로 놓여 있으며, "숙명적으로 발이 맞지 않는 절름발이" 형국을 조장한다.26)

이상의 논의를 통해 볼 때, 19세기 정신 속에서 '여왕봉'이나 '미망인' 등은 익히 알려진 문자 그대로의 의미로서, 남성 중심주의를 반영하는 폭력적인 의미로 읽힌다.27) 반면에, 이와 달리 20세기 정신 속에서 이상의 어휘들은 그 중심적인 의미를 상실하고 해체된다. '나' 역시 '거울을 보는 나'와 '거울에 비친 나', 그리고 '거울에 보이는 나'와 '거울에 보이지 않는 나'로 끊임없이 분열되듯, 중심이 의미를 잃고, 여성이나 남성의 구분이 사라지고, 중심과 주변의 경계가 사라지는 가운데, 그것들의 진정한 의미가 포착될 수 있는 것이다.

이때 뚜―하고 정오 사이렌이울었다. 사람들은 모도 네활개를펴고

---

26) '절름발이' 이미지를 형상화하고 있는 시로 「紙碑」를 꼽을 수 있다. 「날개」에 등장하는 '나'와 아내의 이미지와 거의 유사하다. 좀 더 자세히 언급한다면, 표층적인 의미에서 「紙碑」의 '나'는 「날개」의 '거울을 보는 나'에, 그리고 「紙碑」의 '안해'는 '거울에 비친 나'에 해당하는 것으로 파악할 수 있다. 그러나 보다 심층적인 의미에서 본다면, 전자는 '거울에 보이지 않는 나'이고 후자는 '거울을 보는 나'이자 '거울에 비친 나'이고 '거울에 보이는 나'이다.(내키는커서다리는길고왼다리아프고안해키는작아서다리는짧고바른다리가아프니내바른다리와안해왼다리와성한다리끼리한사람처럼걸어가면아아이夫婦는부축할수없는절름발이가되어버린다無事한世上이病院이고꼭治療를기다리는無病이끝끝내있다.) 「紙碑―어디갔는지모르는안해」에서는 「날개」의 아내와 유사한 '안해'(紙碑一)가 등장하며, 이 시에서 '鳥類'라고 표현되는 '안해'(紙碑二)는 「날개」의 "네 활개를 펴고 닭처럼 푸드덕거리는" 사람들의 모습을 환기시킨다. 또 「紙碑三」에서는 '방 안'의 '나'의 모습을 발견할 수 있다.

27) 김윤식은 「봉별기 속의 날개」에서 '미망인'의 의미를 '본질적으로 창녀'(「봉별기」)이자, 「날개」의 '나'가 아내 앞에서 유아기 상태에 멈추어 있다는 것에서 찾고자 한다. 바로 이 부분에 위트와 패러독스가 놓여 있다고 지적한다.

닭처럼 푸드덕거리는것같고 온갖 유리와 강철과 대리석과지폐와잉크
가 부글부글 끓고 수선을떨고 하는것같은 찰나, 그야말로 현란을 극한
정오다.

　나는 불연듯이 겨드랑이 가렵다. 아하그것은 내 인공의날개가돋았
든 자족이다. 오늘은없는 이 날개, 머릿속에서는 희망과야심의 말소된
페-지가 떡슈내리넘어가듯번뜩였다.

　나는 것든걸음을멈추고 그리고 어디한번 이렇게 외쳐보고싶었다.

　날개야 다시 돋아라.

　날자. 날자. 날자. 한번만 더 날자ㅅ구나.

　한번만 더 날아보자ㅅ구나.[28)]

　'정오 사이렌'에 맞춰 거리는 인파로 수선스러워진다. 인파는 마치
사육되는 동물들처럼 정오를 알리는 도시의 소음에 반응한다. 안해의
사육에 내가 동물처럼 길들여지듯, 도시의 사람들 역시 관습과 제도에
길들여지고 있는 것이다.

　"내 자라 온 스물여섯 해를 회고하여" 보지만, 그러나 "몽롱한 기억
속에서는 이렇다는 아무 제목도 불그러져 나오지 않"는다. "내 비범한
발육을 회고하여" "세상을 보는 안목을 규정"한다면, '몽롱한 기억' 속
에서 무엇이 나올 수 있는 것인가. 그것은 그저 '몽롱한 기억'인 것인가.
아니다. 오히려 '뚜렷한 기억'이고 '지울 수 없는 기억'에 가깝다. 현실
과 이상이 "절름발이"처럼 어긋나 있는 상황에서 '나'의 기억이란 거부
할 수 없는 현실을 부정하려는 포즈를 취하고 있는 셈이다.

　"겨드랑이 가렵다"는, 즉 날개가 돋으려는 '나'의 몸의 반응은 "오늘
은 없는" 그러나, "번뜩"이는 "희망과 야심"이라는 정서를 기억하고 있
는 데서 나온다. 마치 난세의 상황에서 아기장수를 기다리는 민중들의

---

28) 이상, 「날개」, 앞의 책, 214면.

그 바람처럼 '나'의 몸도 반응하고 있는 것이다.[29] 현실의 속악한 상황을 극복하는 방식, 그것이 바로 '날개'라는 메타포 속에 응집되어 있다.

　현실의 속악함을 반영하는 것으로서 '여왕봉'과 '미망인'의 의미에 접근해 본다면, 모든 여인들이란 현실에 안주하려는 '나'의 모습이 투영된 모든 인간 군상들을 의미하는 것으로 이해해 볼 수 있다. 현실의 생활이라는 것이 경제적인 주도권을 누가 갖느냐에 의해 재편된다면, '여왕봉'이란 바로 그 경제적인 생활의 주도권을 쥐고 있는 가장을 의미하는 것이며, '미망인'이란 그러한 가장으로서 다른 한쪽의 부(夫) 혹은 부(婦)를 배제하는 자기중심적인, 타자에 대한 배려가 없는 인간을 의미하는 것이 된다. 그것이 여성이든 남성이든 현실에 안주하는 삶으로부터 결코 벗어나지 못하는 사람이라면 ―마치 '나'의 '안해'처럼― 모두 '미망인(迷妄人)'(未亡人이 아닌)에 지나지 않을 따름이다.

　"박제가 되어 버린 천재"의 시각에서 "두 개의 태양"은 현실에 안주하려는 '나'와 '아내'의 자화상에 지나지 않는다. 또한 그는 '거울을 보는 나'와 '거울에 비친 나'의 모습 둘 다에게 조소어린 시선을 내보인다. 그에게는 그 중 하나가 '여왕봉'일 것이며, 둘 다 '미망인'일는지 모른다.

---

29) "겨드랑이 가렵다"는 이미지로부터 유추되는 '날개'의 연상 작용은 시 「月原橙一郎」에서도 찾아볼 수 있다. "달이 둥그래지는 내 잔등을 흡사 墓墳을 비추듯 하는 것이다/이것이 내가 慘殺 당한 現場의 光景이었다."(247면) 이 작품에서 "둥그래지는 내 잔등"은 「날개」의 "굽힌 허리를 좀처럼 펴지 않았다. 등어리가 따뜻하다"와 유사한 연상 작용을 이끌어내고 있다. 이러한 점은 "아기장수 설화" 모티프와 관련지어 볼 때, 더욱 그 의미가 분명해진다. 희망과 야심이 말소된, 박제가 되어버린 천재의 이미지는 용마를 만나지 못한 아기장수의 모습을 환기시킨다. 특히 방 안에 갇혀 사육당하는 '나'와 방 안에 숨겨진 채 커가는 아기장수의 모습은 공간 구조상에서의 유사성까지도 시사한다. 아기장수 설화와의 관련성은 최래옥, 「전설의 날개와 소설의 날개 비교」, 『한국문학』, 1983. 11 참조

6. 맺음말

이상의 논의를 통해 「날개」에서 에피그램의 역할, 그리고 "두 개의 태양"을 통해서 "세상을 보는 안목"이라는 것이 무엇을 의미하는가를 고찰해 보았다. 거울 이미지에 의해 안해와 '나'의 방, 혹은 세계가 나뉘고, 또한 아내와 '나'의 방을 포함한 방 안의 세계와 방 밖의 세계가 대립적으로 만나게 된다. 이러한 상황은 안해와, 그리고 거리로 표상되는 방 밖의 세계에 대한 낯선 시선을 동반한다.

안해와 '나'의 생활 속에는 '나'가 '여성'을 바라보는 시각이 제시되어 있다. 그렇지만 '여성'이란 생물학적인 성 구분에 입각한 여성이라기보다는 '생활인', 즉 일상에 함몰되어 있으면서 식민지 조선의 제도와 관습 등에 육체와 정신마저 길들여진 인간을 지칭한다. 결국 여성은 곧 생활인으로서, 그리고 20세기 근대의 시공간에 있으면서 서구의 19세기 근대를 모방하며 살아가는 인물들을 표상한다.

그러나 본 논의는 작가 이상의 삼부작이라 일컬어지는 「동해」, 「종생기」 등의 작품을 통해 논의될 때 더욱 풍부한 논의가 가능할 것으로 보인다. 특히 이 글에서 자세히 언급하지 못하고 넘어갔던, '연애'와 '생활'의 문제가 함께 논의될 때 위의 삼부작이 갖는 연관성과 그 의미망이 충분히 검증될 수 있을 것이다.

상황이 작가들에게 위기의식을 불러일으켰던 것이다. 특히 몇몇 작가들은 '무엇을' '어떻게' 그릴 것인가에 대한 진지한 고민을 폐기한 채 독자의 흥미에 영합하는 신문소설을 써 냈고, 독자의 폭발적인 반응을 불러일으킨 이들로 인해 신문소설은 계속해서 통속성을 강화하는 길로 빠져들게 되었던 것이다. 신문소설이 갖는 매체의 상업성은 무시할 만한 조건이 아니었고, 그 결과 작가는 신문사와 독자의 이중고에 시달리게 되는 과정을 밟게 되었던 것이다.

이상에서 언급한 바와 같이 신문소설의 병폐에 대한 지적이 바로 초기 장편소설론을 이끌어가는 중심축을 이루었다. 김남천의 「조선적 장편소설의 일고찰」,[10] 이원조의 「신문소설 분화론」,[11] 엄흥섭의 「장편소설시대의 전조」[12] 등이 그것이다.

두 번째 단계는 장편소설에 대한 원론적인 접근을 바탕으로 하여 조선의 장편소설을 파악하고 서구의 장편소설과 비교 고찰하는 논의가 중심을 이루고 있다. 한설야의 「장편소설의 방향과 작가」[13]는 이야기와 로만을 구분하여 논한 다음, 조선의 장편소설 가운데에는 로만이 없고 거의 모든 장편소설이 이야기에 불과하다고 지적하고 있다. 한설야가 비교적 원론적인 논의를 바탕으로 로만에 대한 관심을 이끌어낸 이후 장편소설에 관한 논의는 보다 본격화된다. 최재서는 장편소설에 대한 논의를 직접적으로 이끌어낸 것은 아니지만, 서구의 여러 장편소설들의 조류를 소개하고 있다. 그는 「현대 세계문학의 동향」[14]이란 글에서 연대기 문학과 보고문학의 형식이 서구에서 유행하고 있는 사조라

---

10) 김남천, 「조선적 장편소설의 일고찰」, 『동아일보』, 1937. 10. 19~23.
11) 이원조, 「신문소설 분화론」, 『조광』, 1938. 2.
12) 엄흥섭, 「장편소설시대의 전조」, 『조선일보』, 1938. 2. 16.
13) 한설야, 「장편소설의 방향과 작가」, 『조선일보』, 1938. 4. 2~6.
14) 최재서, 「현대 세계문학의 동향」, 『조선일보』, 1938. 4. 22.

고 소개하였는데, 김남천의 로만 개조론에서 그 영향 관계를 발견할 수 있다. 최재서 자신 또한 이후의 글에서 새로운 장편소설의 일 형식으로 연대기 문학과 보고문학을 내세운다.

한설야의 글이 발표된 이후 장편소설론은 보다 본격화되어 당시 발표되었던 장편소설의 제(諸) 경향－심리소설과 세태소설－에 대한 검토 및 비판으로 이어진다. 그 결과, 로만 개조론의 필요성이 대두되기에 이른다. 심리소설과 세태소설을 모두 비판적인 시선으로 보았던 임화는 「최근 조선 소설계 전망」15)에서 '본격소설론'을 주창한다. 임화의 이 글은 이후 등장하는 논자들의 논의에 많은 영향을 끼쳤는데, 당시 조선에 새롭게 등장하였던 소설들의 사적인 고찰에서 시작하여, 서구의 장편소설과 그 토대를 비교하고 조선적인 특수성을 밝혀내었던 점은 로만 개조론의 수준을 한 차원 높인 뛰어난 시각이라고 할 수 있다.

백철은 「종합문학의 건설과 장편소설의 현재와 장래」16)에서 임화의 시각에 동의하면서도 세태소설은 '사태(事態)소설' 혹은 '소묘(素描)소설'이라는 용어로 바꾸어 사용해야 하며, 이 소설의 경우 장편소설의 한 형태로 인정할 수 있다고 주장하였다. 그리고 그는 미래 사회의 종합적인 성격을 반영하기 위해서는 시, 단편, 희곡, 수필, 일기, 논문 등을 모두 포괄할 수 있는 거대 장르로서의 장편소설, 즉 종합문학론이 필요하다고 주장한다. 이러한 백철의 주장은 그 자신의 표현대로 '망상'에 불과한 것으로 이후의 논자들에게 꾸준히 비판받는 결과를 낳았다.

김남천은 「현대 조선소설의 이념」17)에서 임화의 본격소설론과 백철의 종합문학론을 비판하면서, 풍속의 도입과 가족사, 연대기 소설에 대

---

15) 임화, 「최근 조선 소설계 전망」, 『조선일보』, 1938. 5. 26.
16) 백철, 「종합문학의 건설과 장편소설의 현재와 장래」, 『조광』, 1938. 8.
17) 김남천, 「현대 조선소설의 이념」, 『조선일보』, 1938. 9. 10~18.

한 관심을 피력한다. 그는 이 글에서, 임화의 본격소설론은 작가들에게 구체적인 창작 방법론을 제시해주지 못하는 원론적인 논의라고 지적하였고, 백철의 논의는 현실 상황에서 불가능한 논의라고 비판하였다. 김남천의 로만 개조론은 자신 스스로 『대하』라는 작품을 통해 보여준 바 있는 비교적 생산적인 창작 방법론으로 평가할 수 있다.

장편소설론에 대한 문단의 관심은 '장편소설론의 핵심'이라는 주제를 내걸고 임화, 김남천, 최재서, 이원조, 안함광, 백철 등이 참석하여 논의를 펼친 「문학건설좌담회」[18]에서도 확인할 수 있다.

세 번째 단계에서는 단편소설과 장편소설의 비교 검토 및 중편소설의 가능성이 제기된다. 장편소설이 문단의 관심권 내에 들어오면서부터 단편소설을 중심으로 작품 활동을 펼쳤던 작가들이 반론을 제기하였는데, 그러한 논의로 이효석, 김동인의 글을 들 수 있다. 이들에 의해 단편소설이 당대의 문학에서 갖는 의미가 제기된다.

이들 가운데 주목할 논의로 최재서의 글을 꼽을 수 있다. 그는 「연재소설에 대하야」,[19] 「장편소설과 단편소설」[20] 등의 논의를 통해서 단편소설과 장편소설을 비교하고 있다. 그는 단편과 장편의 중간 정도 분량을 가진 중편소설을 제안[21]하기도 하였다. 그는 출판 현상의 한계로 인해 장편소설이 통속화되는 경향을 지적하였는데, '인문사'에서 그가 기획하고 있는 '전작 장편소설'이 하나의 대안이 될 수 있을 것이라 제안하고 있다. 그는 장편소설의 '사회성'과 '역사성'을 강조하면서 연대기소설, 보고문학, 역사소설 등의 가능성을 내비치고 있다. 이러한 주장은

---

18) 임화 외, 「문학건설좌담회-장편소설론의 핵심」, 『조선일보』, 1939. 1. 3.
19) 최재서, 「연재소설에 대하야」, 『조선문학』, 1939. 1.
20) 최재서, 「장편소설과 단편소설」, 『동아일보』, 1939. 3. 24~25.
21) 최재서, 「중편소설에 대하여-그 양과 질적 개념에 관한 시고」, 『조선일보』, 1937. 1. 29~2. 3.

앞서도 언급했듯이 세계 서사문학의 조류를 반영한 것이다.

최재서의 글은 각 소설 형태의 특성을 명확히 밝히고자 하는 의도를 보여주고 있는 반면에, 임화는 「단편소설의 조선적 특성」[22]에서 단편소설이 그 고유의 특징을 망각하고 통속화되는 경향을 지적하고 있다. 그는 또한 장편의 단편적인 성격도 지적하면서, 장편과 단편의 구분이 통속성으로 인해 모호해지고 장르 본래의 특징을 상실하였다고 우려하고 있다.

당시 장·단편에 두루 나타나는 통속성의 폐해와 각 장르 간의 부정적인 간섭을 지적하는 임화의 논의를 제외하고, 단편소설이나 장편소설의 장르적 특성을 언급하고 있는 논의는 각각의 특성이 분명하다는 점에 따라 별다른 논쟁이 없이 비교 소개하는 원론적인 차원의 논의로 일괄하는 특징을 갖는다. 다만 단편소설 형식 옹호론의 경우에는 장편소설의 대두와 관심으로 인해 상대적으로 단편소설에 대한 관심이 약화된 것에 반발하여, 단편소설 형식을 옹호하는 논자들에 의해 제기된 성격을 갖는다.

이 외에 이 시기 논의의 중심을 이루고 있었던 주제는 성격 묘사에 관한 것이라고 할 수 있다. 장편소설 논의와 직접적인 관련은 그리 크지 않지만, 이 논의는 소설의 방향성에 대한 문제 제기라는 점에서 로만 개조론에 긍정적인 영향을 끼친 것으로 볼 수 있다. 임화의 「최근 소설의 주인공」,[23] 김남천의 「성격과 편집광의 문제」,[24] 「명일에 기대하는 인간 타입─소설가의 입장에서」,[25] 최재서의 「소설의 서사시적

---

22) 임화, 「단편소설의 특성─9월 창작평에 대신함」, 『인문평론』, 1939. 10.
23) 임화, 「최근 소설의 주인공」, 『문장』, 1939. 8.
24) 김남천, 「성격과 편집광의 문제」, 『인문평론』, 1939. 12.
25) 김남천, 「명일에 기대하는 인간 타입─소설가의 입장에서」, 『조선일보』, 1940. 6. 11~12.

성격—마르로의 작품 성격」26) 등이 그것이다. 특히 김남천의 논의는 그가 로만 개조론을 보다 구체화하는 과정에서 제기된 것으로 발자크의 소설론에 기반을 두고 있으며, 최재서의 논의 역시 마르로의 작품에 기반을 둔 논의라고 할 수 있다.

이러한 논의는 논의의 기반을 서구 문학으로부터 차용하였다는 한계를 갖기도 한다. 특히 최재서, 백철의 논의가 그러하다. 그렇지만 김남천의 수용 태도는 이들과는 전적으로 다르다. 김남천은 서구 이론을 직접 수용하기보다는 작품을 통해 스스로 재발견, 재구성하고자 하였다는 점, 그리고 이를 창작을 위한 방법으로서 적극적인 활용을 꾀하고 있다는 점에서 주체적인 수용이라고 평가할 수 있다. 특히 이러한 방식으로 얻어진 창작 방법론을 바탕으로 작품을 발표하고 있다는 점을 높이 평가할 필요가 있다.

네 번째 단계에서는 신문의 폐간으로 인하여 장편소설의 위기에 대한 인식이 고조된 상황에서 전개되었다. 따라서 장편소설의 위기에서 벗어나고자 그 타개책을 마련하려는 논의가 중심을 이룬다. 최재서의 「서사시·로만스·소설」,27) 안함광의 「'로만'논의의 제문제와 「고향」의 현대적 의의」,28) 김남천의 「소설의 운명」,29) 「소설의 장래와 인간성 문제」30) 등의 논의가 그것이다.

이들 논의에서는 일본 제국주의의 횡포가 극심한 상황에서 장편소설의 위기뿐만 아니라 문학의 위기, 나아가 전환기로서의 암울한 현실에 대한 위기 상황이 임박해 왔음을 반영하는 경향을 보인다. 문단 전반에

---

26) 최재서, 「소설의 서사시적 성격—마르로의 작품 성격」, 『인문평론』, 1940. 7.
27) 최재서, 「서사시·로만스·소설」, 『인문평론』, 1940. 8.
28) 안함광, 「'로만'논의의 제문제와 「고향」의 현대적 의의」, 『인문평론』, 1940. 11.
29) 김남천, 「소설의 운명」, 『인문평론』, 1940. 11.
30) 김남천, 「소설의 장래와 인간성 문제」, 『춘추』, 1941. 3.

걸쳐 팽배했던 절망론은 장편소설론 및 로만 개조론에도 반영되어 있어, 이들의 글을 바탕으로 이후 각 작가 및 비평가들이 일본 제국주의에 대해 취하게 될 태도를 짐작해 볼 수 있다.

이상의 네 단계의 과정을 통해 장편소설에 관한 논의가 진행되는 한편으로 두 번째 단계에서 제출된 세태소설과 심리소설 논의를 바탕으로 하여 김남천과 임화의 로만 개조론이 본격화된다. 장편소설의 의의와 필요성에 대해서는 거의 모든 논자들이 한목소리로 주장하고 있으나, 다만, 창작 방법론으로 제기된 로만 개조론은 논자들마다 서로 상이하게 나타난다. 그 대표적인 논자로 본격소설론을 주장한 임화와, 풍속론 및 가족사·연대기 소설을 내세운 김남천, 종합문학론을 제기한 백철, 연대기 소설과 보고문학, 역사소설을 주장한 최재서 등을 꼽을 수 있다. 이들 가운데에서도 임화, 김남천이 논의의 주도권을 잡고 이끌어 나갔다고 할 수 있는데, 따라서 이 글에서는 임화와 김남천의 논의를 중심으로 장편소설론과 로만 개조론을 살펴보고자 한다.

3. 주체 분열에 나타난 이중적 주체성

김남천은 「조선적 장편소설의 일고찰」에서 현대는, 즉 20세기는 "시민사회가 새로운 신세대의 출현과 함께 진보성을 상실하고 그 반대물로 전화할 때"라고 지적하면서 그로 인해 '로만의 붕괴와 분열'이 초래되었음을 언급하고 있다. 김남천은 로만의 붕괴가 서구 사회의 일만은 아니라고 지적하였다. 그의 이러한 판단은 동시대의 서구에서 이미 로만의 붕괴가 엿보이는 위기 상황을 조선에서도 발견하였기 때문에 가능했던 것인데, 조선 장편소설의 위기 상황에 대한 인식은 여러 논자들의 논의에서도 한결같이 나타나고 있다.

김남천이 언급하고 있는 '분열'은 임화에게서 보다 구체화된다. "작가가 주장할려는 바를 표현할려면 묘사되는 세계가 그것과 부합되지 않고, 묘사되는 세계를 충실하게 살리려면, 작가의 생각이 그것과 일치할 수 없는 상태"31)가 분열의 원인이 된다는 것이다. 임화의 지적으로부터 다음과 같은 세 가지의 요소들이 추출된다. 창작의 주체로서 작가, 묘사되는 세계로서 현실, 즉 객관 세계, 그리고 작가의 생각, 작가가 주장하려는 바로서 작가의 세계관 혹은 인식과 전망이 그것이다. 바로 이상의 요소들이 장편소설 및 로만 개조론의 내용을 이루고 있는데, 보다 간명하게 말하자면, 주체, 객체, 불일치가 그 핵심이라고 할 수 있다.

임화는 '주체성'을 "문학하는 작가의 자기에 관한 문제"라고 하면서, "일개의 작가적 현실에서가 아니라 넓은 문학적 현실 그것에 대한 하나의 시대적, 역사적 반성으로 주체의 성질이 물어지는 것"32)이라고 정의 내리고 있다. 임화가 말하고자 한 '주체'는 문학하는 작가라고 일차적으로 규정지을 수 있다. 그러나 주체는 다분히 이러한 의미에서만 언급되고 있는 것은 아니다. 그가 '일개의 작가적 현실이 아니'라고 한 점은 바로 작가 그 자신에만 문제를 국한하는 것이 아니라 시대와 역사 속의 한 주체로서의 성격도 아울러 갖고 있는 의미에서 사용하고 있는 것이다. 말하자면, 바로 시대와 역사가 객체의 위치에 놓이는 것인데, 따라서 주체는 주체만으로 사고할 것이 아니라 주체와 객체의 부단한 교호 작용 속에서 형성되는 것이라는 점을 말하고자 한 것으로 보인다. 이러한 점은 창작 주체로서 작가가 작품에서 인물을 형상화할 때에도 그대

---

31) 임화, 「최근 조선 소설계 전망」, 『조선일보』, 1938. 5. 24~28.
32) 임화, 「현대 문학의 정신적 기축」, 『조선일보』, 1938. 3. 23.

로 반영된다.

"전형적 상황에서 전형적 인물을 그릴 것"[33]이라는 명제는 주체와 객체의 부단한 상호작용에 의한 창작 주체의 세계관을 반영하는 것이라고 파악할 수 있다. 그러므로 '전형적 인물'에도 또한 주체의 인식이 반영된다. 그러한 의미에서 주체는 앞서 언급하였던 창작 주체, 객관 세계와 상호작용 가운데에서 변화되는 주체, 그리고 작가의 창작을 바탕으로 형상화되는 텍스트 내적 주체 등, 이 모든 것들이 임화가 언급하고 있는 '주체'를 구성하고 있는 것이라 할 수 있다. 그러므로 주체는 객체와의 상호작용 속에서 그 영향 관계를 주고받으며, 끊임없이 서로를 변화 발전시켜 나간다는 주객의 변증법적 관계 논리를 강조하고 있는 맥락에서 파악되어야 할 것이다.[34]

임화는 "작가의 내부에 있어서 '말하려는 것'과 '그리려는 것'과의 분열에 있"다고 분열의 구체적인 원인을 지적하고 있는데, 이는 창작 주체의 문제로 환원되는 듯 보이지만, 실상 분열의 문제는 주관과 객관의 불일치에 놓여 있다는 것이다. 이러한 임화의 언급으로부터 그가 정작

---

33) G. Lukács, 「미학의 중심범주로서의 특수성」, 『미와 변증법』, 여균동 역, 이론과실천, 1994.
34) 이 점과 관련하여 임화의 논의는 라캉의 정신분석학에서 논의되고 있는 주체의 의미와 밀접한 관련을 맺고 있는 것으로 보인다. 라캉의 논의가 헤겔의 변증법적인 논리에 기반하고 있다는 점은 이미 밝혀진 바 있다. (이상과 관련한 논의는 김형효, 『구조주의 사유체계와 사상』, 인간사랑, 1989 참조) 헤겔이 역사 전개의 법칙이라고 하였던 '주인과 노예의 변증법'은 인간 존재론에서 공격성의 기능을 이론화한 것으로, 라캉의 상상계, 상징계의 제 발전 단계들은 헤겔의 변증법과 같은 논법을 보여주고 있다. 특히 주체와 객체의 교호 작용을 이야기하는 임화의 논리는 라캉의 논의에서 주체가 상징계로 진입하면서 겪게 되는 과정에 해당하는 것이라 할 수 있다.
따라서 주체를 중심으로 논의를 전개하고 있는 기존의 논의들에서 라캉에 주목하고 있는 것은 바로 이상과 같은 점에 근거한 것이라 할 수 있다. 그러나 라캉을 통해 주체를 연구하는 것은 분석의 대상이 되는 텍스트의 심층을 이끌어내지 않으면 안 된다. 이 글이 주목하고 있는 것은 바로 이 점이다. 기존의 연구들은 다분히 임화와 김남천의 논리 전개를 추수하고 있는 경향을 보이고 있는데, 이러한 환원적인 논의에서 벗어나기 위해서는 논의의 내적 필연성을 먼저 밝혀야 한다.

환기시키고자 하는 것이 무엇인가가 드러난다. '말할려는 것'과 '그릴려는 것'은 주체의 욕망의 차원에 자리 잡고 있는 것이라면, 어떠한 힘이 그것을 발현하지 못하도록 억압하고 있음을 전제한 것이라고 이해할 수 있다. 임화는 이를 '객관 세계'로 지칭한다.

> 이런 현상은 말할 것도 없이 우리가 사는 시대의 이상과 현실이 너무나 큰 거리로 떨어져 있는 현실 자체의 분열상의 반영일 것이다. (…) 성격과 환경의 하아모니가 본시 소설의 원망임에 불구하고 작가들이 이런 조화를 단념한 데서 내성에 살든가 묘사에 살든가의 어느 일방을 자연히 택하게 된 것이다.35)

이상과 현실의 괴리는 주체의 세계관과 현실과의 사이에서 빚어지는 것으로서 이러한 현상은 객관 세계의 내부 모순에 의해 발생한다. 여기에 임화의 세계관이 그대로 반영된다. 즉, 객관 세계를 있는 그대로 파악하는 것이 아니라, 앞서 언급했듯이 시대와 역사, 그리고 그것을 구성해내는 토대와의 관계 속에서 파악36)하고 있는 것이다. 그로 인해 주체는 현실과 조화를 이루지 못하게 되어 결국 내면세계로 침잠하거나 혹은 외부 세계를 묘사하는 결과를 낳게 되었고, 그 결과 내성소설과 세태소설이 파생된 것이다. 이러한 임화의 지적에 모든 논자들이 동의하고 있는 것으로 보아 이러한 인식이 당시의 문단에 팽배해 있었음을 짐

---

35) 임화, 「세태소설론」, 『동아일보』, 1939. 3. 10~14.
36) 바로 여기에서 임화의 논리가 드러난다. 철저히 유물론적인 논리 구조 속에서 주관과 객관의 변증법적인 관계를 사고하고 있는 것으로, 임화의 가장 핵심적인 세계관을 구성한다. 그가 끊임없이 토대와 상부구조의 관계하에 객관 세계의 정세를 파악하고자 하였던 점은 그 증거이다. 이와 관련하여 신두원의 논의는 주목을 요한다. 그는 임화의 주객의 변증법이 사회주의 리얼리즘과 갖고 있는 밀접한 상호 관계를 구명하면서, 임화가 사회주의 리얼리즘을 조선 사회에 맞는 방식으로 발전시켰다고 평가하고 있다. 신두원, 「임화의 현실주의론 연구」, 서울대 석사논문, 1991.

작할 수 있다.

임화는 「세태소설론」에서 세태소설과 심리소설에 관해 보다 자세한 논의를 진전시키고 있다. 심리적 내성적인 소설이라 할지라도 "이상이나 태원의 작품처럼 완전한 인간의 개체나 무력의 고요한 성찰이기보다는 차라리 남천의 그것처럼, 자기라든가 환경이라든가를 어찌할 것을 요망함에도 불구하고 그것을 이루지 못하는 제 자신에 대한 격렬한 분만(憤懣)이 오히려 우리의 문학심리로써 현실적이다"라고 언급하고 있다. 심리소설이나 세태소설이나 모두 분열이라는 현실의 반영임에도 유독 그가 김남천의 소설을 두고 더욱 현실적이라고 주장하는 근거가 무엇인지를 살펴볼 필요가 있다. 이는 임화의 장편소설론의 논리 전체를 관통하는 근거가 되는 것이기도 하다.

이를 위해서 우선 김남천과 임화가 인식하고 있었던 '현실'은 구체적으로 어떠한 현실인가를 살펴볼 필요가 있다. 이들은 조선의 사회·경제 구조를 어떻게 생각하고 있었는가, 달리 말하면, 산업사회의 개화 시기인가, 아니면 산업사회의 쇠퇴기인가라는 점과 이들이 생각하는 사회·경제 구조와 장편소설의 전개 양상이 일치하는가 아니면 불일치하는가의 여부가 분열 현상의 원인을 더욱 분명히 드러내 줄 것이기 때문이다.

　(i) ①세계문학사상에서 시민적 장편소설이 가장 아름답게 나타난 시대는 그것이 사회적 세태적 로만으로서 발흥하였을 시대이었고 이것은 또한 산업자본주의사회가 성장하고 개화한 시대와 일치한다. 그러나 ②조선에 로만이 시민사회의 산물로서 겨우 자기의 시민권을 주장한 시기는 세계적으로는 이미 시민사회가 점진적인 노후와 증대되는 사회적 갈등을 수반하고 임페리얼리즘에의 이행을 시작한 뒤이었다. / 그러므로 시민적 이데올로기가 노쇠를 초래하여 세계적으로 시

민작가의 인식수준이 이미 저하된 뒤이었다. ③ 산업자본의 개화는커 녕 임페리얼리즘의 방문에 의하여 비로소 문호를 개방한 것이 이 땅의 특수성이다.[37]

(ii) 소설은 개인으로서의 성격과 환경과 그 운명을 그리는 예술이 므로 ①′ 서구적 의미의 완미한 개성으로서의 인간 또는 그 기초가 되 는 사회생활이 확립되지 않는 한, 소설양식의 완성은 기대할 수 없는 것이다. / 이런 의미에서 ②′ 진정으로 개성이기엔 다분히 봉건적인 신 문학, 또한 개성적이라기보다는 지나치게 집단적인 경향문학은 결국 조선의 소설양식을 완성할 수 없었다. / 뿐만 아니라 시민적 개성의 문학을 집단적인 개성으로 여과하므로 제 독특한 (19세기의 소설과 구 별되는) 소설 (혹은 서사시)을 형성할 경향문학으로써 아직 시민적 의 미의 개성도 형성되지 않은 땅에서 일을 시작한다는 것은 두려운 모험 이었다. / ②′ 조선의 경향소설은 그런 때문에 개성의 가치를 자기의 입장에서 평가하고 재생시키는 것을 몰각하게 되었다. / 그것은 역시 개성의 가치를 알려 줄 소설의 근대적 전통이 완성되지 않았기 때문이 다. 일방, 본래로 보면 개성의 위대한 기념비를 창조할 신문학은 태준 에 와서 이미 衰微期의 정신으로 나타났다. / 그들은 개성의 사회성을 이해하기엔 너무 비사회적이었다. 즉 ③′ 성장하기도 전에 깊은 분열 상 가운데 빠진 생활 속에 있었던 것이다.[38] (밑줄: 인용자)

김남천의 논의(i)는 원론적인 차원에서 조선 사회의 경제 구조를 언 급하고 있는 반면, 임화의 논의(ii)는 조선의 특수한 상황에 입각하여 조 선 장편소설의 전개 과정을 밝히는 차원에서 이루어지고 있어 보다 구 체적인 논의의 결과를 이끌어 내고 있다. 위의 인용문에서 ①, ②, ③은 각각 ①′, ②′, ③′에 대응한다. 김남천은 1) 서구의 로만 발생 기반, 2) 자

---

37) 김남천, 「조선적 장편소설의 일고찰」, 『조선일보』, 1937. 10. 19~23.
38) 임화, 「최근 조선소설계 전망」, 앞의 글.

으나, 정작 조선의 현실을 반영하고 있는 작가로는 김남천을 꼽고 있다. "현실에 대하여 단순히 환멸, 절망할 따름이 아니라 그 부조화의 감정이 꼬집어 뜯는 정도에서일망정 적극적인 성질로 표현되지 아니할 수 없"다는 것이다. 임화가 김남천의 작품을 두고 이상이나 박태원의 작품보다 더 현실적이라고 한 것은 김남천의 작품에서 '이중의 과제'를 극복하고자 하는 노력을 발견하였기 때문이다.

세태소설은 '이중의 과제' 가운데에서도 '봉건성'을 극복하고자 하였던 소설 형태라고 할 수 있다. 세태소설은 서구의 19세기에 나타났던 소설로 볼 수 있으나, 객관 세계에 대한 묘사가 강화되어 있어 '성격과 환경의 하모니'를 이루지 못한다. 임화는 장편소설의 발흥 과정에서 나타났던 개인 혹은 개성의 완성이 세태소설을 바탕으로 이루어질 수 있을 것이라는 점에서 세태소설을 어느 정도 긍정하고 있다. 그러나 그는 세태소설을 장편소설의 일 형식으로 보기는 어렵고 다만 조선 장편소설의 완성을 위한 과도기적 형태로서 묘사를 난숙시키는 형식이라고 파악하였다.

반면에 심리소설은 '이중의 과제' 중 '식민성'을 극복하려 하였던 소설로서 반제국주의적인 성향을 표출하는 특징을 갖는다. 심리소설은 장편소설의 형식이 붕괴되기 시작하는 서구의 20세기에 나타난 소설로서 이미 개인주의 및 개성이 완성되면서 이에 대한 반발로 인간 이성에 대한 비판이 나타나기 시작한 상황에서 발생한 소설이다. 그러나 조선의 심리소설은 식민지의 한계를 극복할 수 있는 '행동하는 성격의 창조'를 이루어내지 못하고 소극적인 주인공을 내세움으로써 '무력의 고요한 성찰'만을 드러낼 뿐이다. 또한 '성격과 환경의 하모니'를 이루지 못하고 주체의 심리에 대한 묘사가 중심을 이루게 됨으로써 임화가 말했던

'이중의 과제'를 수행할 수 있을 만한 소설이 되지 못하였던 것이다. 이러한 점들을 극복하기 위한 방법으로 임화는 행동하는 성격의 창조를 요구하면서, 주체와 객관 세계가 조화를 이루는 본격소설을 주장하였다.

이상의 논의와 관련하여 한 가지 지적하고 넘어갈 것은 김남천 역시 '봉건성'에 대한 막연한 의식을 갖고 있었다는 점이다. 그가 비록 '시민작가'라는 말을 사용하면서, 당대의 현실을 산업자본주의의 후기에 해당하는 무력의 시대로 인식하고 있었다는 점을 간과할 수는 없으나, 적어도 작가의 예민한 감수성의 차원에서 막연하게나마 의식하고 있었을 것이라고 짐작할 수 있다. 『대하』를 집필할 당시의 글에서 그는 '절게와 막서리'를 언급하면서 그 잔재가 아직 남아 있다고 언급하고 있으며, "최근 노동력의 광산 혹은 토목 방면에의 동원으로 그것은 급격히 없어질 것이 아닌가하고 추상"[42]한다고 말하고 있는 것을 볼 때 당대의 사회구조의 이중성에 대한 의식을 어느 정도 갖고 있었던 것으로 파악할 수 있다.

이들 이외에 당대의 현실에 대한 구조적인 통찰을 시도한 논자는 거의 없었다. 따라서 다른 논자들의 경우, 논의가 추상을 겉돌거나, 여러 서구의 이론들을 조선의 현실과는 무관하게 무자각적으로 받아들이는 태도를 종종 발견할 수 있는데, 이러한 논의들로부터 생산적인 방법론이나 작품이 배태되지 못하였던 것은 당연한 결과라 할 수 있다.

결국 장편소설의 나아갈 바는 이상에서 언급하였던 이중적 주체성을 극복하는 길이어야 할텐데, 따라서 두 번째의 문제, 즉 전형적 인물에 대한 논자들의 인식이 어떠한가라는 점이 제기된다. 전형적 상황에 대한 객관적인 파악이 이루어졌다면, 이를 바탕으로 전형적인 인물을 형

---

42) 김남천, 「절게·막서리·기타」, 『조선문학』, 1939. 4.

상화하는 것이 문제가 되는 것이다. 바로 이 논의에서 임화와 김남천의 논의가 대립한다.

4. 전망 부재의 현실과 주체 재건의 추상성

로만 개조론은 장편소설의 위기 상황에서 작가와 비평가에 의해 제기된 논의였다. 이 논의는 당대 현실에 대한 파악에 기반하여 어떻게 위기 상황에 대처할 것인가라는 전망의 문제와 밀접하게 관련되어 있다. 이와 관련하여 작가의 전망은 장편소설에서 인물을 어떻게 형상화할 것인가를 드러내주는 전형적 인물의 창조에서 가장 잘 드러난다고 할 수 있다. 전형적 인물의 창조, 바로 이 문제가 주체의 재건이라는 문제와 결부되어 있다.

앞서도 언급하였듯이 임화가 주장한 주인공은 "행동하는 성격의 창조"[43)를 바탕으로 형상화된다. 임화나 김남천이 주장하는 로만 개조론의 기저에는 '전형적 상황에 의한 전형적 인물의 창조'가 놓여 있다. 주체는 바로 창작 주체인 작가에 의해 형상화된 '전형적 인물'에 그대로 반영되는데, 바로 이 주체를 논하는 데 있어 임화는 다른 논자들과는 달리 주체 재건의 문제를 먼저 제기하고 주체에 대한 고찰을 전개하였다.

임화의 이러한 태도는 그에게 있어 전망이란 단 하나의 사실밖에 없었다는 점에 기인하는 것이 아닌가 하는 추측을 불러일으킨다. 그 전망이란 '반(反)봉건'과 '반제'에 의해 완성되는 세계로서, '시민적 개성의 완성'과 '사회성'을 겸비한 주체를 배태하는 질서의 세계이자, 주체와 객체

---

43) 임화, 「최근 소설의 주인공」, 『문장』, 1939. 8.

가 조화를 이루는 세계를 의미한다. 그러므로 그가 형상화하고자 하는 전형적인 인물은 현실의 모순을 극복할 수 있는 적극적 인물일 수밖에 없는 것이다.

반면에 김남천의 전망은 불투명하다. 이에 따라 그가 그리고자 하는 인물도 소극적인 인간형으로 변화한다. 임화와 김남천이 보여주는 차이는 전적으로 시인과 소설가, 비평가와 소설가의 차이에서 비롯되는 것이라고 할 수 있으나, 보다 근본적인 차이는 전망의 차이, 더 나아가 현실에 대한 객관적인 정세 파악의 차이에 기인하는 것이다. 그러나 이러한 김남천 논의의 특징은 김남천이 임화와는 달리 역동적인 변화를 보여주는 중요한 근거로 작동한다. 임화의 논리가 세계관과 창작 방법론의 밀접한 관련 속에서 전개된 반면,44) 김남천의 경우에는 논리보다 작가적인 생리가 우선시된다.

김남천의 로만 개조론에 근거하여 보다 구체적으로 살펴보자. 그는 창작 방법론에 있어 다양한 변모 과정을 보여준다. 고발문학론―모랄론―도덕론―풍속론―로만 개조론―관찰문학론 등의 과정이 그것인데, 모랄론과 도덕론은 궁극에 가서는 풍속론으로 포괄되는 개념이므로 크게 세 단계로 나누어 살펴볼 수 있다. 김남천은 자신의 소설론을 이야기할 때 항상 장편소설과 로만 개조를 염두에 두고 창작 방법론을 펼칠

---

44) 안함광 등과 같은 카프 논자들이 김남천에게 요구하였던 바는 먼저 세계관을 개조한 후에 창작에 임해야 한다는 것이다. (M. Rozental, 「창작방법과 세계관의 문제」, 『사회주의 리얼리즘』, 김휴 역, 일월서각, 1987, 10~43면) 이들은 경직된 이론에 근거하여 역동적인 정세의 변화 과정을 염두에 두지 않았다는 한계를 갖는다. 이들의 김남천 비판은 이러한 논리에 근거하고 있다. 이러한 인식은 그러나 임화에게서는 다르게 나타난다. 임화는 김남천과의 논쟁 속에서 김남천의 작가적인 감각을 충분히 받아들이고 이해했던 것으로 보인다. 서로의 논의를 바탕으로 논의의 수준을 높일 수 있었던 것은 임화의 끊임없는 객관 정세의 파악과 더불어 김남천에 의한 창작적 실천을 바탕으로 한 창작 방법론의 상호작용에 근거하고 있기 때문이다. 김남천의 논의가 보여주는 변증법적인 전개 과정은 그 결과이다.

것이라고 이야기하고 있다. 따라서 논의의 대상은 그의 창작 방법론 모두를 포괄하는 것이어야 할 것이다.

우선 고발문학론의 단계이다.[45] 이 시기에 김남천은 주체의 자기 고발을 강조한다. 물론 이는 체험으로부터 우러나와야 하는 것이다. 임화는 이를 두고 내성소설이라고 평하였는데, 소년 주인공을 내세운 고발문학론에서 소극적인 주인공이 나오게 된 배경은 '환경이 주인공을 억압한 결과'[46]라고 지적하고 있다. 현실에 대해 방어적이고 무기력한 결과를 보여주는 이 소설을 임화가 비판하고 있는 것은 그의 소설론에 비추어 볼 때 당연한 결과라 할 수 있다.

임화의 비판 이후 김남천은 모랄론과 도덕론을 거쳐 풍속론을 주장[47]하게 된다. 김남천 스스로도 고발문학론을 통해서 자신이 지향하고자 하는 소설을 만들어내지 못했기 때문이다. 주체의 고발을 통해 주체를 재건한 연후에 사회와의 교섭과 통일이 이루어질 것으로 보았던 것이나, 스스로도 그러한 과정을 소설 속에서 이루어내고 있지 못하였다.

그는 결국 풍속 가운데에서 가족사·연대기 소설[48]을 이루어내고자 하였다. 그 성과물로 나타난 것이 「대하」인데, 스스로도 비판하고 있듯이 성격과 환경, 즉 인물과 풍속이 각기 따로 형상화되었다[49]는 점에서

---

45) 고발문학론에서 제출되었던 김남천의 논의로는 다음과 같은 것들을 꼽을 수 있다. 「조선적 장편소설의 일고찰」, 『동아일보』, 1937. 10~19.; 「11월 창작평」, 『조선일보』, 1937. 11. 2~7.; 「유다적인 것과 문학」, 『조선일보』, 1937. 12. 14~18.; 「자기분열의 초극」, 『조선일보』, 1938. 1. 24~2. 2.

46) 임화, 「최근 소설의 주인공」, 앞의 글.

47) 「도덕의 문학적 파악」, 『조선일보』, 1938. 3. 8~12.; 「일신상 진리와 모랄─'자기'의 성찰과 개념의 주체화」, 『조선일보』, 1938. 4. 17~24.; 「세태·풍속 묘사 기타」, 『비판』, 1938. 5.; 「모랄의 확립─조선문학의 성격」, 『동아일보』, 1938. 6. 1.

48) 「현대 조선소설의 이념─로만 개조에 대한 일 작가의 각서」, 『조선일보』, 1938. 9. 10~18.

49) 「양도류의 도량」, 『조광』, 1939. 7.

김남천이 지향하는 주체와 객체의 교섭과 통일은 이루어지지 못하였다. 그러나 임화는 이 작품에서 역사적 주제가 갖는 의미를 긍정적으로 이끌어내고 있다. 역사적 현실과 현실의 유기적인 관련성이 바로 임화가 긍정하는 부분이다.

김남천은 이러한 성과에도 불구하고 보다 완벽한 주체와 객체의 통일을 지향하고자 하였는데, 그것이 바로 관찰문학론으로 나타난다. 세태소설과 내성소설의 결합을 지향50)했으나, 당대의 시대적 한계와 더불어 작가적인 한계까지도 내포한 채로, 그의 의도는 평자에 의해 세태소설에 지나지 않는 것이라 비판받기에 이른다.

이상의 과정은 김남천의 문학론이 주체 중심에서 주체와 객관의 조화를 이루는 문학론으로 변화되는 변증법적인 과정을 보여준다. 그러나 제국주의 말기라는 당대의 폭압적인 현실로 인해서 객관적인 현실을 포착하는 것이 전적으로 불가능했다는 점에서 관찰문학론은 세태소설의 범주로 떨어지고 만다. 인물의 측면에서 본다면, 고발문학론에서 그는 전형적인 인물이면서도 적극적인 주인공을 구현하고자 하였다. 그러다가 관찰문학론에 오면 소극적인 주인공을 오히려 선호하는 태도를 취한다. 이는 괴테의 견해를 받아들인 것으로 처음에 그가 고리끼의 소설론에 따라 '인물로 된 이데'를 추구하였던 것과 비교하여 볼 때 사상성이 감소되는 경향을 반영한다.

결국 고발문학론에서 로만 개조론에 이르는 시기는 '반봉건'의 성격이 두드러지는 반면, 로만 개조론에서 관찰문학론에 이르는 시기에서는 '반제국주의'의 성격이 두드러지게 나타나는 것이다. 그러나 관찰문학론은 '피안'을 전혀 알 수 없다51)는 그의 표현대로 객관 세계의 파악이

---

50) 「체험적인 것과 관찰적인 것(발자크 연구 4)」, 『인문평론』, 1940. 5.
51) 「소설의 운명」, 『인문평론』, 1940. 11.

불가능했던 만큼 '반봉건'의 성격이 드러나게 되는 결과를 가져온다.

궁극에 가서 김남천이 지향하는 세계는 루카치의 이론에 기대어 펼쳐지고 있다. '집단과 개인의 분리 초극', '행동과 사상이 통일된 완미한 성격', '르네상스 인간형이 아닌', '고대 희랍적인 인간형'52)이 바로 그것이다. 따라서 그가 지향하고자 하는 세계는 현실에서는 불가능한 이상적인 세계에 놓여 있으며, 그가 실제 창작을 통해 보여준 결과나 혹은 창작 방법론 등을 통해 개진하였던 세계는 산업자본주의가 개화하는 단계, 즉 시민사회의 발흥, 개화기에 해당하는 것이었음을 알 수 있다.

5. 맺음말

이상의 논의를 살펴볼 때, 장편소설에 관한 논의는 사회주의 리얼리즘의 영향과 당대 사회의 체제(제국주의)로부터 자유로울 수 없었다. 따라서 현실에 대한 객관적이고 총체적인 인식이 불가능했다는 점은 그 가장 큰 난제였다.

그럼에도 불구하고 장편소설 논의는 당대 문학의 질을 보다 심화시킬 수 있었던 중요한 계기가 되었다. 더불어 로만 개조론은 비록 의식적인 행위에 바탕을 둔 것은 아니나 이중적인 사회 현실로부터 벗어나고자 노력했다는 점에서 보다 실천적인 행위로 파악될 수 있다. 로만 개조론은 실제의 창작에 있어서도 김남천의 『대하』, 이기영의 『봄』, 한설야의 『탑』 등 구체적인 성과를 낳았으며, 이에 기반하여 장르론이나 양식론에 관한 논의가 더욱 풍부해졌다는 결과를 가져왔다. 이러한 점

---

52) 「소설의 장래와 인간성 문제」, 『춘추』, 1941. 3.

은 로만 개조론의 중요한 결과라 할 수 있다.

　카프 시기에 제출되었던 경화된 창작 방법론에 비해 이론의 압박으로부터 자유로울 수 있었다는 점은 다양한 논의가 나오게 되었던 가장 큰 원인이라고 할 수 있다. 논의의 주도자는 물론 구카프의 조직원들이 중심을 이루고 있었으나, 바로 이러한 특징이 논의의 생산성과 논리성을 보다 심화시키는 데 긍정적인 요인으로 작용하였다.

　1930년대에 이루어졌던 대개의 논의들이 서구 이론의 무조건적인 모방과 일본 문단의 논의를 답습하는 양상을 보였으나, 장편소설론이나 로만 개조론은 그 발생 연원부터 자생적인 것이었고, 외국의 이론이라고 하더라도 보다 창의적이고 독자적인 방법에 의거하여 주체적으로 수용, 모색되었다는 점 또한 이 논의가 갖는 중요한 결과라 할 수 있다.

　다만, 김남천의 방법론을 제외하고 임화, 백철 등의 논의는 방법론으로만 제시되고, 창작으로 실천되지 못했다는 점에서 공소한 논의에 그치고 만 한계를 보인다. 그럼에도 불구하고 1930년대 후반에 전개되었던 장편소설론과 로만 개조론은 조선 문학의 특수성에 기반을 두고 그 논의를 펼쳐나갔다는 점과 이를 바탕으로 조선 소설에 대한 사적인 고찰을 시도하였다는 점 등에 주목해 볼 때, 이 시기에 만연해 있던 외국 문학론 일색의 조선 문학론의 풍토로부터 벗어날 수 있게 한 중요한 의미를 갖는다. 이상의 논의는 문학적 실천의 영역인 작품과의 상관관계에 대한 보다 면밀한 검토가 요청된다.

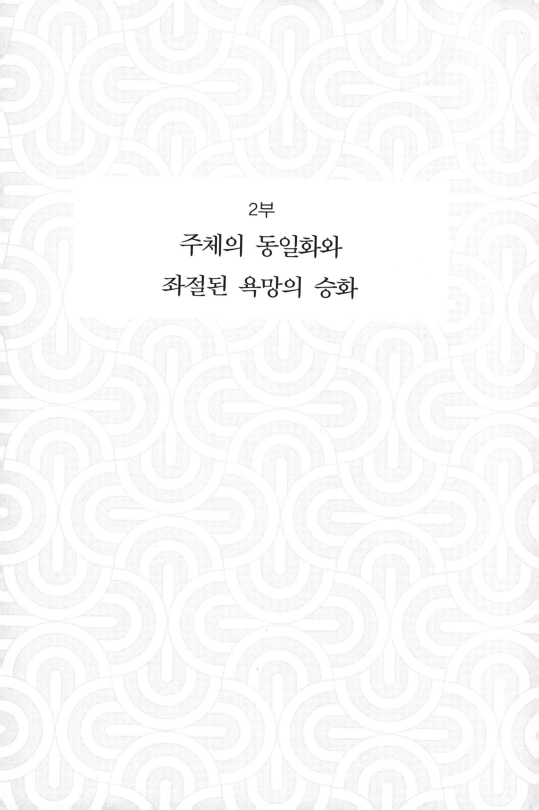

2부

주체의 동일화와
좌절된 욕망의 승화

품은 한국전쟁과 관련된 성장소설5)이라는 관점에서의 접근이 필요하다. 이 작품은 어린 화자 '나'의 시선을 중시하면서, 다른 한편으로 '나'의 눈에 비친 '나'의 아버지와 형들의 모습이 중요한 부분을 차지하고 있다. 이 점에서 이 작품에 대해 어린 화자 '나'의 성장만이 아니라, 어린 '나'와 청년의 '형', 성인의 '아버지' 세대의 인식차를 동시에 점검해야 할 필요성이 제기된다.

셋째, 이 작품의 제목과 관련된 문제이다. 이 작품의 제목이 '건(乾)'이라는 점에 주목하여 텍스트를 독해하는 연구는 거의 전무하다. 김승옥의 다른 작품들에서 제목과 그 내용이 밀접한 상관성을 갖고 있다는 점을 염두에 둘 때, 「건」 해석에 있어서 제목은 중요한 의미를 갖는다고 판단된다.

넷째, 이 작품은 김승옥의 자전적 경험과의 상관성이 강하게 드러나는데, 이는 작품 안에서 공간적 표상과 밀접하게 연결된다. 김승옥의 부친이 좌익 활동을 했다는 사실과 관련하여 작가의 인식을 짐작해 볼 수 있는 작품은 많지 않다. 더욱이 이 작품에 드러나는 공간의 특징은 시대적 상황과 면밀하게 연관되고 있으며, 그것은 다시 여러 인물들의 특성과 그 인물들을 둘러싼 사건과 연결되면서 다층적인 의미망을 형성한다.

이상에서 언급한 문제의식을 바탕으로 이 글에서는 '건'이라는 작품의 제목과 텍스트가 어떠한 상관성을 갖고 있는가에 주목하여 '건'이

---

5) '일반적인 성장소설'은 미성숙한 주인공이 세계 인식과 자기 발견의 체험을 통해 새로운 차원의 단계로 성장하는 내용을 다룬다. 이 경우, 성장에 영향을 미치는 요소는 가족, 친구, 사회 등 다양한 형태를 취한다. M. Marcus, 「이니시에이션 소설이란 무엇인가」(김병욱 편, 최상규 역, 『현대소설의 이론』), 예림기획, 1997, 619~637면. 한편 '전쟁과 관련된 성장소설'은 미성숙한 주인공이 한 단계 성장함에 있어서, 전쟁 체험이 압도적인 요인으로 작용한다.

결과적으로 어떠한 의미로 해석될 수 있는 기표인지를 파악해 보고자 한다. 이 작품의 줄거리를 정리하면 다음과 같다.

남도의 한 시(市)가지에서 빨치산과 방위군의 교전이 일어난 다음 날 아침 '나'는 윤희누나로부터 빨갱이가 죽었다는 소식을 듣는다. 친구들과 함께 시체를 구경하러 간 '나'는 빨갱이가 괴물이 아니라는 걸 알게 된다. 형과 형의 친구들은 간밤의 교전으로 인해 남해안 무전여행을 떠나기로 한 일이 불가능해지자 우울해한다. 아버지는 반장의 부탁으로 빨갱이 시체를 묻어주는 일을 맡게 된다. 형과 형의 친구들, 그리고 '나'는 아버지와 함께 시체를 묻고 돌아온다. 돌아오는 길에 윤희누나와 마주치고, 형들은 윤희누나를 겁탈할 음모를 꾸민다. '나'는 형의 부탁을 받고 윤희누나에게 형이 만나고자 한다는 전언을 전하고, 폐허가 된 방위대 본부를 보러간다.

이런 줄거리에서, '빨갱이 시체 묻어주기'와 '형들의 무서운 음모'와 관련된 서사가 중심 서사를 이룬다. 전자는 아버지와 밀접한 관련을 갖고 있으며 '방위대 본부'와 '벽돌공장'이라는 공간 표상6)과 연결된다. 후자는 형과 밀접한 관련을 갖고 있으며 '미영이네 빈집'이라는 공간 표상과 연결된다. 각 공간은 세대 간의 인식의 차이를 내포하고 있다.

이 글에서는 이와 같은 내용 구성에 주목하여 두 축의 서사, 그리고 그 서사와 관련된 세대 간의 인식 차이가 공간 표상을 통해 드러난다고 판단하였다. 이를 아버지(2장), 형(3장), 그리고 '나'(4장)로 각각 나누어 살펴보고 그것을 작품의 제목인 '건'과 관련지어 고찰함으로써, 작품의 의미를 살펴보고자 한다.

---

6) 공간을 실재하는 그대로 재현하는 것이 아니라, 그 공간에 사회·역사적 맥락의 어떤 관념을 투사하여 공간의 의미를 재구성한 것이 '표상(représent)'이다. M. Foucault, 『말과 사물』, 이광래 역, 민음사, 1987, 94~99면.

2. '돈'에 지배되는 사회구조와 반공 이데올로기의 표상

먼저 아버지와 관련된 사건은 '빨갱이 시체 묻어주기' 서사를 중심으로 전개되면서 '방위대 본부'와 '벽돌공장'이라는 공간 표상과 밀접하게 연관된다. 작품에서 '방위대 본부'와 '벽돌공장'이라는 공간은 다음과 같은 의미를 지닌다. 먼저 방위대 본부이다.

> 방위대 본부는 옛날 어느 굉장한 부호가 살던 저택인데 넓기도 넓지만 우선 나무가 많아서 먼 곳에서 보면 마치 숲이 울창한 공원 같은 느낌이 드는 아름다운 곳이었다. 재작년, 6·25가 터져서 인민군이 진주했을 때, 인민군들이 군사 본부로 사용하며 여러 가지 시설을 해놓았는데 인민군이 쫓겨가고 그 뒤에 시방위대가 생겨서 그 본부로 사용하게 된 것이지만 그러나 6·25도 나기 전엔 그 집은 아무도 살고 있는 사람이 없이 썩어가는 빈집으로서 우리들 아이들의 놀이터가 되어 주었었다.[7]

방위대 본부는 '옛날 어느 굉장한 부호가 살던 저택 → 썩어가는 빈집으로서 놀이터 → 인민군 군사 본부 → 시방위대 본부'로 변화를 거듭한다. 이런 공간 점유자의 변화는 시간의 변화와 밀접하게 맞물리면서 이데올로기적인 의미를 공간에 부여하게 된다. 특히 '옛날 어느 굉장한 부호가 살던 저택'과 '인민군 군사 본부' 사이에 '썩어가는 빈집으로서 놀이터'가 끼어들게 됨으로써 해방 이후와 1950년 '6·25'전쟁 사이의 '빈' 5년이 채워진다. 여기서, '썩어가는 빈집으로서 놀이터'는 좌익과 우익의 이념 대립으로 황폐화된 해방 공간에 대한 은유로, '인민군 본

---

7) 김승옥, 「건」, 『김승옥 소설 전집』 1, 문학동네, 1995, 47면.

부와 방위대 본부'는 한국전쟁이 발발하고, 인민군과 방위대로 상징되는 공산주의와 자유민주주의의 이념 대립이 벌어지는 상황에 대한 은유로 볼 수 있다.

다음, 벽돌공장이다. '지난 밤' 빨치산과 방위군 사이에 교전이 벌어지고 빨치산들이 도망가면서 지른 불로 방위대 본부가 타버린다. 다음 날 아침 시 방위대에 의해 시가지는 안정을 되찾는다. 그리고 교전으로 죽은 빨치산이 '벽돌공장'에서 발견된다. 그 장면에 대한 '나'의 인상은 다음과 같다.

> 땅에 뿌려진 피와 머리맡의 총만 없었다면 그것은 영락없이 만취되어 길가에 쓰러진 한 거지의 꼬락서니였다. 그것은 간밤의 소란스럽던 총소리와 그날 아침의 황폐한 시가가 내게 상상을 떠맡기던 그런 거대한, 마치 탱크를 닮은 괴물도 아니고 그리고 그때 시체 주위에 둘러선 어른들이 어쩌면 자조(自嘲)까지 섞어서 속삭이던 돌덩이처럼 꽁꽁 뭉친 그런 신념덩어리도 아니었다. 땅에 얼굴을 비비고 약간 괴로운 표정으로 죽은 한 남자가 내 앞에 그의 조그만 시체를 던져주고 있을 뿐이었다. (…)
> 내가 몸을 돌렸을 때 두어 발자국 저편에 벽돌이 쌓여 있는 더미의 강렬한 색깔이 나의 눈을 찔렀다. 엉뚱하게도 나는 거기에서야 비로소 무시무시한 의지(意志)를 보는 듯싶었다. 적갈색과 자주색이 엉켜서 꺼끌꺼끌한 촉감의 피부를 가진 괴물이, 밤중에 한 남자가 몸을 비틀며 또는 고통을 목구멍으로 토하며 죽어가는 것을 바로 곁에서 묵묵히 팔짱을 끼고 보고 있다가 그 남자가 드디어 추잡한 시체가 되고 그리고 아침이 와서 시체를 구경하러 사람들이 몰려들었을 때, 나는 모든 걸 다 보았지, 하며 구경꾼들 뒤에서 만족한 웃음을 웃고 있었다.[8]

---

8) 위의 책, 53~54면.

여기에서 주목할 것은 '나'가 '벽돌 더미의 강렬한 색깔'에서 '무시무시한 의지'를 읽었고, 그 '벽돌 더미'를 '적갈색과 자주색이 엉켜서 꺼끌꺼끌한 촉감의 피부를 가진 괴물'로 여겼다는 점이다. 이는 빨갱이 시체를 보기 전, 빨갱이를 '탱크를 닮은 괴물', '돌덩이처럼 꽁꽁 뭉친 그런 신념덩어리'로 인식한 것과 대비된다. 이는 빨갱이라는 괴물을 벽돌이라는 괴물이 대체함을 의미하는데, 이 의미 전이는 '빨갱이'라는 색깔과 '적갈색과 자주색'이라는 색깔의 유사성에 의해 일어난다.

곧 괴물이었던 빨갱이는 '만취되어 길가에 쓰러진 한 거지의 꼬락서니'를 하고 '약간 괴로운 표정으로 죽은' 시체에 불과하다. 그런 시체를 벽돌 더미가 '팔짱을 끼고' '만족한 웃음'을 웃으면서 보고 있다는 것은, 더 이상 시가지에는 빨갱이가 존재하지 않으며, 대신 벽돌이라는 괴물이 시가지를 지배하게 됨을 의미한다. 여기서 벽돌 더미는 불탄 방위대 본부를 비롯한 시가지 재건 사업에 없어서는 안 될 핵심 요소이다. 따라서 벽돌공장은 전후 국가 재건 사업에 필요한 자본주의의 제반 요소를 압축하고 있는 표상으로, 복구될 방위대 본부는 그런 자본주의와 결합할 반공 이데올로기의 표상[9])으로 읽을 수 있다.

이러한 방위대 본부로 표상되는 반공 이데올로기와 벽돌공장으로 표상되는 자본주의라는 괴물은 아버지의 '시체 묻는 사건'을 이끌어 가는 핵심 서사축으로 작동한다. '나'의 아버지는 식육조합원으로 돈을 받고 '빨치산 시체를 묻는 일'을 한다.

---

9) 작품 배경이 되는 1950년대 남한 사회 지배 권력의 핵심인 자유당은 기본 강령 중 하나로 "민주우방과 국교를 돈독히 하며 독재 공산주의 및 '파시즘' 군국주의, 일체의 반동주의를 타도하고 자유와 평화를 신조로 하는 협동 세계를 건설함으로써 항구적 세계평화에 공헌을 기함"을 내세우면서, "반민족적 공산파괴분자는 용납할 수 없는 것이니 이를 철저히 발본색원한다"고 규정했다. 이에 대해서는, 중앙선거관리위원회, 『대한민국정당사 제1집』, 중앙선거관리위원회, 1981, 213면 참조. 이러한 반공 이데올로기는 한국전쟁을 거치면서 더욱 심화되어 1960~1970년대 한국 사회를 지배한다.

반장의 얘기에 의하면, 시 당국에서는 그 시체의 처치를 시체가 있는 장소를 관할하는 동회로 의탁했고 동회에서는 마찬가지 태도로서 반에 의탁해왔는데, 반장의 의견으로서는 시체를 처치하는 데 약간의 보수가 딸렸으니 이왕이면 아버지가 그 돈을 받아보라는 것이었다. 아버지의 직업이 비록 식육조합원이지만 하필 아버지에게 와서 그런 부탁을 하는 반장이 몹시 밉살스러웠다. 그러나 아버지는 의외로 선선한 대답을 하는 것이었다.[10]

여기서 다음 세 가지 점에 주목할 필요가 있다. 첫째, '시체의 처치'와 관련된 명령이다. 이 명령은 '시 당국−동회−반'이라는 위계 구조를 따라 이루어진다. 이 위계 구조에는 '시 당국'으로 표상되는 국가 중심주의가 작동하고 있다. 모든 결정은 국가에 의해 내려지며, 그 결정은 '동회'와 '반'의 위계질서에 따라 삶의 구석구석을 지배하고 있는 것이다. 이처럼 국가가 모든 것을 결정하고 명령을 내릴 때, 개인은 그 사적인 권리와 지위를 박탈당하고 국가의 통제하에 복속, 관리되는 것이다.

다음, 아버지가 식육조합원이라는 점이다. 식육조합원의 손으로 '빨갱이'의 시체를 '처치'한다는 것은 그 시체를 인간의 죽음이 아니라 일개 '식육'에 지나지 않는 죽음으로 바라보겠다는 의도와 다를 바 없다. 이러한 인식의 저변에는 반공 이데올로기가 강하게 작동하고 있다. 곧 반공 이데올로기에 의할 때 '빨갱이'는 '고깃덩이'에 지나지 않는다는 인식이 이러한 정황에 깔려 있는 것이다. 이를 통해, 한국전쟁 이후 반공 이데올로기가 한국 사회를 지배하게 될 것임을 보여준다.

셋째, 아버지가 '돈'이라는 보수를 받고 일을 한다는 점이다. 아버지는 시체를 묻으러 가는 일을 떠맡고도 태연스럽게 밥을 먹고, 시체를

---

10) 김승옥, 앞의 책, 57면.

묻으러 가는 길에도 "돈 벌러 가자"고 한다거나, 우울해하는 대신 미소를 띤다. 이러한 아버지는 전쟁의 와중에도 '돈'에 지배되는 사회구조를 압축하고 있다.

결국 '시체를 묻는 일'과 관련된 서사를 통해, 아버지는 다음 두 가지 측면을 압축적으로 제시하는 역할을 한다. 곧 한국전쟁이 끝나가는 시점에서 앞으로 국가 중심주의와 반공 이데올로기가 한국 사회를 지배하게 될 것이라는 점, 나아가 돈만을 최고 가치로 여기는 자본주의가 재건 사업이라는 이름 아래 한국 사회를 지배하게 될 것임을 압축하고 있다.

3. 자유 담론의 좌절과 폭력적 남성 중심주의의 표상

형과 관련된 사건은 '남해안 무전여행 계획'과 '형들의 무서운 음모' 서사를 중심으로 전개되면서 '매가(賣家)'라는 공간 표상과 밀접하게 연관된다. 형과 형의 친구들은 고등학교 2학년 학생으로 두 가지 사건을 계획, 모의한다. 이 두 가지 사건은 실행된 것이 아니라 계획의 단계에 있는 것이라는 점에 유의할 필요가 있다. 먼저 '남해안 무전여행 계획'이다.

> 고등학교 2학년에 다니는 형은 벌써 몇 주일 전부터 자기 친구들과 함께 남해안으로 무전여행 떠날 계획을 세워왔는데 그날이 바로 출발 예정일이었던 것이기 때문에 형의 불평은 당연한 것이었다. 형의 어둑어둑한 방에 우글우글 모여 앉아서 그들이, 오오 빛나는 남해여, 어쩌고 낯간지러운 몸짓들을 하면서 대단히 열성적인 태도로 계획을 짜온

"재수 더럽다. 시체나 치워야 할 날인 줄은 꿈에도 몰랐지."

하며 투덜거렸다. 그러자 몇 명이 더 투덜댔다. 그들은 검정색 고등학생 제복의 윗도리를 벗어서 어깨에 메고 있었다. 그들의 볼에는 땀이 마른 자국이 있었다. 나는 그런 차림새로 망망한 바닷가에 서 있는 그들을 상상해보았다. 파도가 밀려오고 그러면 그들은 마치 늑대들처럼 우 하고 고함을 지르겠지. 그러나 나는 그 이상은 상상할 수 없었다.[13]

"남해의 파도 소리"를 듣는 대신 시체를 치우고 돌아오는 형들을 통해 아버지에 의해 길들여지는 모습을 파악할 수 있다. 가령, 시체를 묻고 돌아오는 길에 형들은 삽을 질질 끌며 '재수 더러운 날'이라고 투덜댄다. 그런 형들은 '투덜거리'면서도 제복의 윗도리를 벗는 일밖에 하지 못한다. 제복의 윗도리를 벗는 만큼의 자유, 기껏 바닷가에서 '늑대'처럼 '우' 하고 고함을 지르는 자유 정도가 이들에게 허락되었을 뿐이다. 이는 반공 이데올로기와 '돈'에 지배되는 사회구조를 표상하는 아버지라는 기표에 형들의 꿈이 좌절되고, 결국 아버지의 논리에 길들여짐을 의미한다.[14]

다음으로, '형들의 무서운 음모'이다. '크나큰 음모'와도 같았던 무전여행 계획에 대한 이들의 좌절은 그 다음의 '무서운 음모'로 이어진다.

  "쟤가 이윤희란 애지?"

하고 형의 친구 하나가 말했다. 형이 고개를 끄덕였다.

  "즈이 학교에서 일등이라지?"

---

13) 위의 책, 61면.
14) 어린 아이는 말을 배우기 이전인 상상계에서 언어를 통해 사회 문화 규범 체계를 배우는 상징계에 진입할 때, 오이디푸스 콤플렉스 단계에서 아버지로 표상되는 사회 문화 규범 체계를 받아들임으로써 오이디푸스 콤플렉스를 극복하고 하나의 사회 구성원이 된다. 이런 의미에서 '형들은' 아버지로 표상되는 당대 한국 사회의 지배 담론에 길들여지는 것이다.

그 친구가 또 말했다. 형이 또 고개를 끄덕였다.

잠시 후에 다른 친구 하나가

"몸 괜찮은데."

하고 말했다. 그러자 그들의 얼굴을 뒤덮고 오는 소리 없는 웃음을 나는 보았다. 나는 가늘게 몸이 떨렸다. 그만큼 그들의 웃음은 어둠과 음란의 냄새를 내뿜고 있었다. (…)

"저거……우리……먹을래?"

왁 하고 환호가 터졌다. 골목이 쩡 울렸다. 그러자 사태는 급속도로 발전해나갔다. 그들의 눈은 이미 생기를 되찾았고 삽들이 땅에 끌리는 소리가 더욱 요란스러워졌다.

집으로 돌아오자 그들은 형의 방에 들어박혀 쑤군거리기 시작했다. 나는 아버지와 내가 거처하는 방에 드러누워서 이따금씩 웃음소리와 낮은 외침이 터져나오는 것을 들을 수 있었다. 나는 온몸이 나른해지고 잠이 퍼붓는 걸 막아내려고 무진 애를 쓰고 있었다.[15]

형들은 '무서운 음모'를 세우면서 남해안 무전여행을 계획할 때처럼 '생기'를 되찾는다. 그런데 이들이 세운 음모는 이윤희를 '윤간'하는 일이다. 그 음모는 '청춘의 꿈'과는 거리가 먼 '어둠과 음란의 냄새'를 내뿜는 것에 지나지 않는다. 곧 '청춘의 꿈'에 대한 좌절과 우울은 '윤간의 음모'로 대체되는 것이다.

여기서 중요한 것은 앞서 '식육조합원'인 아버지가 '빨갱이 시체'를 '처치'한다는 것에 비견될만한 인식이 이러한 음모에 내재되어 있다는 점이다. 형들은 '이윤희'를 '쟤―애―즈이―몸―저거'로 지칭하면서 '먹을래'의 대상으로 전락시킨다. 형들의 이러한 태도에는 여성을 남성의 성적 쾌락 만족을 위한 하나의 수단 내지 도구로 인식하는 남성 중심주

---

15) 김승옥, 앞의 책, 62면.

의 사고가 깔려 있다. 이는 아버지가 국가 중심주의와 반공 이데올로기, 그리고 '돈'에 지배되는 사회구조에 길들여져 빨갱이 시체를 식육처럼 '처지'하는 것과 동일한 메커니즘[16]이다.

윤희누나는 '한복 차림'으로 친척들 집에 안부를 묻고 돌아오는 어른스러운 면모를 갖고 있으며, '떼를 진 학생들'을 만난 것에 당황해 얼굴이 빨개지기도 한다. 이런 점들을 미루어 볼 때 윤희누나는 '전통적인 가치'를 대표하는 인물이라고 할 수 있다. 그런 전통적 가치가 형들의 폭력에 의해 유린될 위기에 처해 있다는 것이 이 사건을 통해 암시되고 있다.

형들이 그러한 음모를 실행에 옮길 공간으로 제시하는 곳은 '매가'로 제시되는 '미영'의 집이다. 이와 관련하여 '매가(賣家)'의 의미를 살펴볼 필요가 있다.

> (i) 그 중에서도 미영이라는 계집애를 잊을 수가 없다. 내게 크레용을 갖다주기도 하고 학교에서는 연필이나 연필꽂이를 나누어주던 미영이. 1학년 때 어느 날이었던가, 이상스럽게도 둘만 그 지하실에 남게 되었을 때 나는 자신도 알지 못하는 사이에 불쑥 미영이를 꽉 껴안아버렸었다. 그러자 미영이는 깜짝 놀라서 울음을 와 터트리더니 그만 무안해진 내가 손을 풀자 느닷없이 자기가 쥐고 있던 하얀색 크레용을 −분명히 하얀색이었다− 내게 내밀며, 이쁜 꽃 그려봐, 하는 것이어서, 하얀색의 벽에 하얀색의 크레용으로 무슨 그림을 그리라는 말인지, 이번에는 내가 어리둥절해버린 적이 있었다.[17]

> (ii) 두 볼이 유난히 빨갛던 미영이도 지금은 없다. 재작년 6·25 때

---

16) 자본주의는 그 제도 유지를 위해 폭력적인 남성 중심주의를 하나의 중요한 실천 양식으로 삼고 있다. M. Foucault, 『성의 역사』 1권, 이규현 역, 나남, 1990, 145~170면.
17) 김승옥, 앞의 책, 48면.

피난을 아주 멀찌감치 일본으로 가버리고 아직도 돌아오지 않는 것이었다. 미영이네 집은 우리 집과 아주 가까운 곳에 있는데 지금은 그 집 대문에 '매가(賣家)'라는 글이 쓰인 더러운 종이조각이 붙어 있는 빈집이 되어 있었다.18)

(i)에는 한국전쟁 전, 지금 인민군 본부와 방위대 본부가 들어서기 전 '놀이터'일 때, '나'와 '미영'이 그림과 크레용을 매개로 어린 시절의 순수한 사랑과 우정을 나눌 때를 제시하고 있다. (ii)에서 현재 미영의 집은 미영이 가족이 한국전쟁으로 일본으로 피난 가 '매가(賣家)'의 대상이 되었음을 제시하고 있다.

여기서 미영이 가족의 일본 피난행에 주목할 필요가 있다. 미영이 집이 매가가 된 일차적 원인은 한국전쟁 때문이다. 이차적 이유는 일본행이다. 이 일본행은 전후 한국 사회의 독재 정권의 지배 체제를 압축하고 있다. 당시 이승만 정권은 일제강점기 친일을 문제 삼지 않고 당시 일본과의 교역을 주장하는 것이 친일이라면서 야당을 탄압하였다.19) 곧 미영의 집은 한국전쟁의 비극적 결과와 전후 독재 정권의 지배 체제의 모순을 압축적으로 나타내는 표상이다. 그리고 그 공간에서 남성에 의한 성폭력이 일어날 것임을 제시한다는 점에서, 미영의 집은 폭력적인 남성 중심주의가 지배하는 당대 사회를 또한 표상하고 있다. 이러한 측면이 결합되면서 유년기의 순수함을 간직하던 미영이 집은 변질된다.

황폐한 빈집을 초록색의 공기가 휩싸고 있었다. 마당가에 딸린 조

---

18) 위의 책, 48면.
19) 당시 이승만 정권은 '친일'을 규정하면서 과거 일제에 부역한 것은 문제가 되지 않으나, 현재 일본과의 교역을 주장하는 것이 바로 친일이라는 주장을 펼쳤다. '친일'에 대한 규정이 정적을 제거하고 정권에 야합하는 인사들을 비호하기 위해 왜곡되고 있는 것이다. 「親共親日言辭解明하라」, 『동아일보』, 1956. 4. 14일자 참조

그만 밭에는 누가 심었던지 가지나무가 있고 시들은 가지나무 잎 밑에 누런 색으로 찌그러든 가지가 몇 개씩 달려 있는 게 보였다. 그것들은 정말 볼품없이 말라 있었다. 누가 빼어갔는지 창에는 유리가 한 장도 없었다.[20]

 형들이 윤희누나를 겁탈하려는 음모는 미영이 집에서 이루어지게 될 것이다. 그곳은 대문이 잠겨 있고, 초록색의 공기가 휩싸고 있으며, 나무는 제 빛깔을 잃고 말라가고 있다. 보랏빛이어야 할 '가지'는 누런색으로 시들고 말라버렸고, 오직 초록색만이 있을 뿐이다. "떠오르는 아침 햇살을 받고 황금빛으로 번쩍이는 유리창"이어야 하는데, 그 유리창마저 모두 깨어지고, 집은 안으로 폐쇄되어 있다. '온갖 화려한 공상'이 가능했던 미영의 '빈집'은 그 순수성을 잃고 형들의 타락한 음모에 의해 전통적인 가치가 유린되는 음란하고 폭력적인 공간으로 뒤바뀌게 될 것이다.

 이처럼, 형들과 관련된 서사는 국가 중심주의와 반공 이데올로기, 그리고 '돈'에 지배되는 사회구조를 핵심으로 삼는 아버지의 논리에 길들여진 세대를 보여주면서, 나아가 그러한 논리가 형 세대에 의해 일상에서 남성 중심주의에 의한 성폭력으로 확대 재생산됨을 보여주고 있다.

4. '건'괘와 음양 조화의 상실, 그리고 타락한 성장의 표상

 이 작품의 제목 '건'은 실상 전쟁 체험을 통해 성장하는 '나'와 관련된 소설적 의미를 함축하고 있다. '건(乾)'은 주역의 괘로 양에 해당하는

---

20) 김승옥, 앞의 책, 65~66면.

괘가 세 개 중첩(≡)되어 있다. '건' 괘는 하늘이고, 태양이고, 아버지이고, 남자에 해당한다. 『주역강설』을 보면, 이 괘는 "모두 양의 성격을 가진 구성원들로 이루어진 어떤 집단을 상징할 수도 있다." 또는 "시간적으로 보면 이 괘는 양의 성격으로 한평생을 살아가는 일생을 상징할 수도 있다."[21]고 설명되어 있다. '건'의 이러한 의미와 관련해 '나'의 서사에서 주목해야 하는 것은 '양(陽)의 집단'과 '시간의 흐름'이라는 다음 두 가지 측면이다.

첫째, '양의 성격을 가진 구성원들로 이루어진 집단'의 측면이다. 이 측면의 의미는 '나'와 관련된 '빨갱이 시체 묻어주기'와 '형들의 무서운 음모' 사건과 관련을 맺고 있으며, 이에 따라 공간 표상 역시 '방위대 본부'와 '매가'와 밀접하게 연관된다. '나'의 행보를 정리하면 다음과 같다.

'나'는 윤희누나가 아침에 알려준 '빨갱이 시체'를 아이들과 함께 보러 간다. 그리고 방위대 본부의 타버린 모습을 보러 갈 용기가 없어 '어른스러워 보'이는 친구와 함께 시립병원의 폐허를 함께 구경 가자고 약속한다. '나'는 아버지와 형들과 함께 시체를 묻는 일을 돕는다. 이후 형들의 무서운 음모를 도와주기 위해 윤희누나를 찾아가 형의 전언을 전달한다. 그 후 '나'는 시립병원에는 가지 않고 혼자 방위대 본부를 보러 간다.

이 과정에서, '나'는 빨갱이 시체를 구경하는 일과 형들의 음모에 가담하여 윤희누나에게 형들의 전언을 전달하는 일로 '어지러움'을 느낀다. 이때 '어지러움'은 '나'의 생각과 어른들 혹은 형들의 생각에 간극이 느껴지는 순간 찾아온다. 먼저 '빨갱이 시체'를 구경 간 일과 관련된 어지러움

---

21) 이기동, 『주역강설』, 성균관대학교출판부, 2010, 64~65면.

깃털'처럼 가벼워져서 하늘을 나는 것을 상상한다. 그러나 그런 '나'의 '환상'은 비정한 현실과 아버지의 완력에 의해 좌절된다.

> 나는 힘껏 힘껏 던졌다. 나는 돌을 던지면서 힐끗 노파를 훔쳐보았 는데 노파가 원망스러운 눈초리로 나를 주시하고 있음을 알았다. 나는 내 오른팔에 더욱 세찬 힘을 느끼며 던지기를 계속했다. 그러자 나를 꽉 붙잡는 손이 있었다. 아버지였다. 아버지는 나를 홱 밀어젖혀버렸 다. 나는 엉덩방아를 찧으며 뒤로 나동그라졌다. 나는 목구멍을 욱하 고 치받고 올라오는 울음을 간신히 삼키고 있었다. 가을이었다. 내가 넘어지는 바람에 산갈대 몇 개가 부러져 있었다. 나는 부러진 갈대를 한 개 집어들고 일어섰다. 나는 그것을 똑똑 부러뜨리며 이제는 삽으 로 구덩이에 흙을 퍼넣고 있는 사람들을 보고 있었다. 시체도 그리고 그것을 묻고 있는 사람들도 나는 밉기만 했다.[25]

'나'는 아버지와 함께 시체를 묻으러 가서 관을 향해 '돌'을 던진다. '나'가 품었던 '마음이 따뜻해지는 환상'을 지켜내기 위해 힘껏 돌을 던 지는 것이다. 그래서 돌이 관에 부딪치는 소리를 들으며 그 소리를 시 체가 내지르는 비명이라고 여기고 싶어 한다. 이러한 환각 상태를 갈망 하는 까닭은 '나'의 환상과는 전혀 다른 현실을 거부하고 싶기 때문이 다. 그렇지만 그러한 갈망은 아버지가 '나'를 "홱 밀어젖혀버"리는 완력 에 의해 좌절당한다. '나'는 부러진 산갈대를 "똑똑 부러뜨리"며 삽으로 구덩이에 흙을 퍼넣고 있는 사람들을 보는 일밖에는 할 수 있는 것이 없다.

다음, 윤희누나에게 형들의 전언을 전달하는 일과 관련하여 느끼는 어지러움이다. '나'는 '빨갱이 시체 치우기' 사건 이후 형들의 음모에

---

25) 위의 책, 60면.

'가담'한다. 무전여행을 계획할 때, '나'에게 '염소 그림이나 그리고 엎드려 있'으라던 형은 '나'를 음모에 끌어들이기는 하지만 "너 정말 잘할 수 있겠니?" 하면서 여전히 '불안'을 떨쳐내지 못한다. 그래서 '나'는 더욱 적극적으로 형의 불안감을 없애는 쪽으로 행동한다.

> 윤희누나 앞에 서자, 나는 온 세상이 빙글빙글 도는 듯이 <u>어지러워</u>서 몸을 잘 가눌 수가 없었다. 억울한 일로 선생님한테서 꾸중을 들을 때 나는 그런 기분을 느껴본 적이 있었다. 누나는 아침에 보았던 그런 한복 차림을 하고 있었다. 나의 전언(傳言)을 듣고 나서 누나는 아주 명료한 음성으로 간단히 승낙했다. 바보 바보 바보. 그러나 또 어느새 나는 형에게 유리한 구실을 덧붙이고 있는 자신을 발견했다.
> "아마 굉장히 중대한 학교 일인가봐. 아무도 모르게 누나 혼자만 와야 한대."26) (밑줄: 인용자)

'나'는 "억울한 일로 선생님한테서 꾸중을 들을 때" '어지러움'을 느꼈다. '꾸중'은 '나'가 잘못한 일에 대해 치러야 하는 벌의 일종이다. 그렇지만 '나'는 자신이 잘못하지 않은 일로 억울하게 선생님에게 꾸중을 들을 수도 있다는 것을 경험했다. 이러한 경험은 '나'로 하여금 상벌의 규칙이 항상 옳지만은 않다는 것을 감지하도록 만든다.

그런데 '나'가 형들의 전언을 윤희누나에게 전하기 위해 누나 앞에 서는 순간, 다시 그런 '어지러움'을 느낀다. 비록 '나'는 형들의 심부름꾼에 불과하지만, 지금 '나'가 하려는 일은 윤희누나에게 꾸중을 들을 만한 일이라는 것을 알고 있기 때문이다. 그런데 사태의 전말을 모르는 윤희누나는 '나'를 꾸중하지 않는다. 그래서 '나'는 그 '어지러움'에서 벗어나기 위해 '형에게 유리한 구실'을 덧붙여 말한다.

---

26) 위의 책, 65면.

여기서 '아버지', '형'은 작품의 제목인 '건'과 맞물리면서 '양(陽)'의 성격을 가진 집단, 더 나아가 전후 한국 사회의 축도로서 그 의미가 확장된다. 아버지, 형, '나'로 이어지는 남성 집단이 바로 '건'에 해당한다. '아버지'는 빨갱이 시체를 희생양으로 삼고, '형들'은 윤희누나를 희생양으로 삼는다. 여기에서 아버지와 관련된 사건은 국가 중심주의, 반공 이데올로기, '돈'에 지배되는 사회구조를, 형들과 관련된 서사는 '돈'에 지배되는 사회구조의 실천 양식 중의 하나인 폭력적인 남성 중심주의를 압축하고 있다.

다음, '건'이 지니는 '시간의 흐름'과 관련해, 어린 '나'에서 청년의 형, 그리고 성인의 아버지로 이어지는 측면이다.

> 아아, 모든 것이 항상 그렇지 않았더냐. 하나를 따르기 위해서 다른 여러 개 위에 먹칠을 해버리려 할 때, 그것이 옳고 그르고를 따지기보다 훨씬 앞서 맛보는 섭섭함. 하기야 그것이 '자라난다'는 것인지도 모른다. 미영아, 내게 응원을 보내라. 형들의 음모에 가담한다는 건 아주 간단한 일이다. 미영아, 내게 응원을 보내라. 그건 뭐 간단한 일이다. 마치 시체를 파묻듯이 그건 아주 간단한 일이다. 뭐 난 잘 해낼 것이다.27)

'나'는 두 가지 사건에 동참함으로써 '자라난다'고 표현하고 있다. 이 자라남의 의미가 무엇인지 살펴보자. 먼저, '빨갱이 시체 치우기' 서사와 관련하여, '나'의 '자라나기'는 당대 사회를 지배하는 이데올로기를 수용하는 것을 의미한다. '나'가 어른들의 말을 들으며 상상했던 시체와는 전혀 다른, 오히려 그저 평범할 뿐인 시체를 맞닥뜨리는 것처럼,

---

27) 위의 책, 63면.

현실은 공간의 담론을 지배하는 이데올로기가 무엇이냐에 따라 눈에 보이는 것과 다른 모습으로 왜곡되기도 한다는 것을 보여준다.

방위대 본부는 '옛날 어느 부호의 집'이었다가 '놀이터'였다가 '인민군 군사본부'가 되었다가 '방위대 본부'가 되기도 한다. 공간은 그 집을 누가 차지하였는가에 따라 그 이데올로기가 달라진다. 그곳은 이데올로기와는 무관한 어린 아이들의 시선에는 '놀이터'일 뿐이다. 동굴이 있고, 다섯 개의 문이 가지각색의 장식으로 꾸며져서 달려 있는 연회색의 커다란 창고가 있고, 촛불이 꺼지지 않는 석등이 있고, 어두컴컴한 지하실이 있는 곳일 뿐이다.

> 애들 중에서 그림을 제일 잘 그리던 내가 그 지하실의 백회벽(白灰壁)에 크레용으로 그림을 그리면 한 아이는 초 동강이에 불을 켜서 들고 나의 손이 움직이는 방향으로 불빛을 보내주었고 그리고 나머지 아이들은 부러움과 감탄의 눈초리로 내가 그리는 그림을 바라보고 그 그림 속에서 많은 얘기를 끄집어내어서 지껄이며 떠들고 그 그림을 자기들이 그린 것처럼 아껴주고 다른 마을의 애들을 끌고 와서 자랑도 해주곤 했다.28)

'나'가 방위대 본부 건물의 지하실에 대해 갖고 있는 생각은 '방위대 본부' 그 자체가 표상하는 이데올로기적 질서와는 전혀 다른 의미망 속에 놓인다. '나'는 방위대 본부의 지하실을 '놀이터'로 여긴다. 그곳에서 아이들은 '나'의 그림에서 많은 이야기들을 끄집어내어 주고 자기들의 그림처럼 아껴주고, 다른 아이들에게 자랑해주기도 했다. 이와 같은 친구들의 태도는 '나'의 '그림'에 대한 이해와 관심과 사랑을 내포하고 있

---

28) 위의 책, 48면.

다. 그러한 가치로 점철된 '나'의 공간이 사라졌다는 것이 바로 방위대 본부가 불에 타버리는 사건을 통해 암시되고 있다.

방위대 본부가 불에 타 사라졌다는 것은 앞서 언급했던 그 공간의 점유자로서의 '아버지' 표상이 상실되었다는 것을 의미하는 것이 아니라 '나'가 그 공간에 부여한 가치와 의미가 상실되었다는 것으로 파악해야 한다. 이는 '나'가 갖고 있던 순수함, 기대, 상상과 환상 등이 어른들의 가치 질서에 의해 재편되고 상실되는 맥락의 연장선상에 놓여 있다. 이는 '나'가 아버지로 표상되는 국가 중심주의, 반공 이데올로기, '돈'에 지배되는 사회구조를 암묵적으로 받아들인다는 의미를 내포하고 있다.

다음, '형들의 무서운 음모' 서사와 관련된 '나'의 '자라나기'이다. 이 자라나기는 어린아이의 성장과 관련해 다음 두 가지 항목을 내포하고 있다. 먼저, 순수한 가치를 상실하고 타락한 가치가 지배하는 지배 체제의 논리에 오염됨을 의미한다.

> "너희 집은 아무 일 당하지 않았니?"
> 하고 윤희누나가 먼저 인사를 했다. 나는 고개를 끄덕였다. 여고 교복을 입지 않고 한복 차림인 윤희누나를 길에서 보는 것은 처음이었다. 우리 이웃에 살고 있기 때문에 나는 누나라고 부르지만 사실은 딴 남인 것이었다. 언젠가 기막히게 심이 굵은 4B 도화연필을 내게 준 적이 있는데 학교에서 그걸 그만 도둑맞았었기 때문에 그 누나를 대할 때마다 나는 뭔가 죄를 지은 기분으로 어깨가 움츠러드는 것이었다. 그러나 그날 아침, 내가 그 누나 앞에서 **쭈뼛쭈뼛**했던 것은 그런 죄의식 때문이 아니라 쓸쓸하도록 갑자기 찾아온 가을 속에서 윤희누나가 그 한복 차림 때문에 물이 증발하듯이 어디론가 스르르 날아가 버릴 것만 같은 느낌이 자꾸 들어서였다.[29]

---

29) 위의 책, 50면.

윤희누나는 두 번에 걸쳐 '한복 차림'으로 등장한다. '나'는 윤희누나가 한복 차림 '때문에' "물이 증발하듯이 어디론가 스르르 날아가 버릴 것만 같은 느낌"을 받는다. 이 표현은 '윤희누나'가 갖고 있는 가치가 상실될 것을 암시하는 복선이다. 작품 말미에서도 '나'가 형들의 전언을 전달할 때 만나는 윤희누나는 여전히 '한복 차림'을 하고 있다. 윤희누나의 가치란 '한복 차림'과 밀접하게 연관된다. 그것을 훼손시키는 것은 '교복', '무전여행', '음란한 음모'로 표상되는 형들이다. 이는 윤희누나로 표상되는 순결한 가치가 타락한 자본주의 체제에 의해 훼손될 것임을 의미하며, 이에 따라 이 타락한 세계에서 성장한다는 것은 그 타락성에 편입되는 것에 다름 아님을 제시하고 있다.

둘째, 타락한 사회에 편입됨으로써 어린 시절 꿈꾸던 순수한 세계를 상실한다는 점이다. 미영이네 빈집이 윤희누나의 한복 차림으로 표상되는 전통적 가치가 유린되는 공간으로 제시되는 것에서 이를 확인할 수 있다. 미영이네 빈집은 '나'에게 '용궁처럼 신비스러운 곳'이다.

> 미영아, 하고 부르면 곧 네가 뛰어나올 것 같았다. 아니라면, 어느 날엔가는 아름다운 일본의 크레용을 내게 대한 선물로 가지고 돌아와서 네가 다시 그 집에 살게 되리라는 기대를 간직하고 있었다. 너의 빈집이 내게는 용궁처럼 신비스러운 곳이었다. 나는 온갖 화려한 공상을 그곳에서 끄집어낼 수 있었다.[30]

'나'는 미영과의 순수했던 추억이 서려 있는 그곳을 형들에게 내어줌으로써 '화려한 공상'의 공간을 스스로 폐기한다. 미영만큼은 '나'의 '그림'과 '환상'을 내 생각처럼 이해해주었지만, 미영은 피난에서 돌아

---

30) 위의 책, 63면.

오지 않고, 미영이네 집은 황폐한 폐가가 되어버렸다. 그것은 '나'의 '온 갖 화려한 공상'을 온전히 이해해주는 사람이 있으리라는 기대와 결별해야 한다는 것을 의미한다. 6학년 가을이 되는 이 시기가 지나면, '나'는 중학교에 올라가게 될 것이다. "너 같은 빼빼는 아무리 자라도 이런 일을 못한다. 저 방에 가서 염소 그림이나 그리고 엎드려 있어"라던 형의 말처럼 아직은 그림을 그릴 어린아이로 치부되지만, '나'가 형들의 음모에 동참함으로써 '나'는 형의 세계 안으로 한 발을 들여놓게 된다. 청년의 세계에 들어가는 순간, 더 이상 미영이네 빈집은 '용궁'이 아니라 '매가'일 뿐이다.

이상에서 보듯, '시간의 흐름'과 관련된 '건'의 측면은 아버지와 형의 논리를 모두 받아들이면서 '나'가 타락한 형태로 성장하는 과정을 보여준다. 여기서 '빨갱이 시체', '윤희누나의 한복 차림', '매가'는 희생, 훼손, 결손 등의 부정적 의미를 내포하는 '음'의 기호가 되면서 '양'괘의 다음 단계를 위한 밑거름 혹은 희생양이 된다. 세 개의 '양'괘로 이루어진 '건'은 바로 그러한 '음'괘와 조화를 이루지 못하고, '음'괘를 희생양으로 삼아 세계를 폭력적으로 지배하려는 기표로서 의미화된다.

이 기표에 의해, '아버지'가 빨갱이 시체를 희생양으로 삼고, '형들'이 윤희누나를 희생양으로 삼듯이, '나' 또한 미영이네의 빈집을 입사의 제물로 삼는다. 이를 통해, 아버지와 형과 관련된 당대의 지배 논리인 국가 중심주의, 반공 이데올로기, '돈'에 지배되는 사회구조, 폭력적인 남성 중심주의의 논리를 모두 받아들이면서 '나'가 타락한 형태로 성장할 것임을 암시하고 있다.

5. 맺음말

　김승옥의 소설 「건」을 성장소설의 관점에서 접근할 경우 작품에 내재된 전후 폐허가 된 한국의 현실이라는 중요한 해석의 지평을 사상하게 된다. 이 작품은 유년 화자를 내세운 김승옥의 성장소설 작품들과는 다르게 한국전쟁 발발 이후 2년 뒤인 1952년을 시간적 배경으로 표나게 내세우면서, 밤사이 일어난 교전으로 폐허가 된 도시의 참상을 그려내고 있다. 따라서 이 작품은 한국전쟁과 관련된 성장소설이라는 관점에서의 접근이 필요하다. 그러면서 이 작품은 어린 화자 '나'의 시선을 중시하면서, 다른 한편으로 '나'의 눈에 비친 '나'의 아버지와 형들의 모습이 중요한 부분을 차지하고 있다. 이 점에서 이 작품에 대해 어린 화자 '나'의 성장만이 아니라, 어린 '나'와 청년의 '형', 성인의 '아버지' 세대의 인식차를 동시에 점검해야 할 필요성이 제기된다.

　이에 따라 이 글에서는 기존 논의를 바탕으로 하되, 기존 논의에서 밝히지 못한 작품의 특질과 그 의미를 고찰하기 위해 두 가지 측면에서 작품에 접근하였다.

　먼저, 공간 표상의 측면이다. 이 작품의 중심 서사는 '빨갱이 시체 묻어주기'와 '형들의 무서운 음모'와 관련된 사건들로 이루어져 있다. 전자는 아버지와 밀접한 관련을 갖고 있으며 '방위대 본부'와 '벽돌공장'이라는 공간 표상과 연결된다. 이 공간은 한국전쟁이 끝나가는 시점에서 앞으로 국가 중심주의와 반공 이데올로기가 한국 사회를 지배하게 될 것이라는 점, 나아가 돈만을 최고 가치로 여기는 자본주의가 재건 사업이라는 이름하에 한국 사회를 지배하게 될 것임을 표상하고 있다.

　후자는 형과 밀접한 관련을 갖고 있으며 '매가'라는 공간 표상과 연결된다. 이 공간은 국가 중심주의와 반공 이데올로기, 그리고 '돈'에 지배되는 사회구조를 핵심으로 삼는 아버지의 논리에 길들여진 형 세대를 보여주면서, 나아가 그러한 논리가 형 세대에 의해 일상에서 남성 중심주의에 의한 성폭력으로 확대 재생산됨을 보여주고 있다.

다음, 제목 '건(乾)'을 '주역의 괘'와 관련시켜, '양의 성격을 가진 구성원들로 이루어진 집단'과 '시간의 흐름'이라는 측면에서 작품의 의미 구조를 파악하였다. 이는 아버지와 형의 논리를 모두 받아들이면서 '나'가 타락한 형태로 성장하는 과정과 밀접한 관련을 갖는다.

'빨갱이 시체', '윤희누나의 한복 차림', '매가'는 희생, 훼손, 결손 등의 부정적 의미를 내포하는 '음'의 기호가 되면서 '양'괘의 다음 단계를 위한 밑거름 혹은 희생양이 된다. 세 개의 '양'괘로 이루어진 '건'은 바로 그러한 '음'괘와 조화를 이루지 못하고, '음'괘를 희생양으로 삼아 세계를 폭력적으로 지배하려는 기표로서 의미화된다.

이 기표에 의해, '아버지'가 빨갱이 시체를 희생양으로 삼고, '형들'이 윤희누나를 희생양으로 삼듯이, '나' 또한 미영이네의 빈집을 입사의 제물로 삼는다. 이를 통해, 아버지와 형과 관련된 당대의 지배 논리인 국가 중심주의, 반공 이데올로기, '돈'에 지배되는 사회구조, 폭력적인 남성 중심주의의 논리를 모두 받아들이면서 '나'가 타락한 형태로 성장할 것임을 암시하고 있다.

1960년대 소설에 나타난 주체의 자기 동일화 양상:
이청준, 최인훈

1. 머리말

1960년대 소설과 관련해 볼 때, 이청준과 최인훈의 소설은 사건의 인과적 연결에 바탕을 둔 전통 서사 구조를 파괴하고 있다는 공통점을 지닌다. 두 작가의 작품에 나타나는 이러한 특징은 1960년대 사회 체계를 전면적으로 거부하고 주체의 새로운 자기 동일화를 형성하려는 점과 밀접하게 관련을 맺고 있다. 두 작가의 작품은 4·19혁명의 '빛'과 5·16군사 쿠데타의 '어둠'이라는 양 극단의 진폭 사이에서 숱한 모순을 양산하는 1960년대 사회를 비판하고 그러한 모순이 극복된 새로운 이상 세계에 대한 욕망을 드러낸다. 이와 같은 욕망이 분출되는 가운데 기존의 전통적인 서사 구조가 파괴되고 있는 것이다.

두 작가의 이러한 작품 세계의 특질을 밝히기 위해서는 라캉의 주체구성이론1)에 대한 검토가 필요하다. 라캉에 의하면, 주체는 상상계(l'imaginaire)를 거쳐 상징계(le symbolique)로 진입하면서 주체의 동일화를 이룬다. 상상계라고 할 수 있는 거울 단계에서 아기는 타자와 자기를 동일시하는 이자적 관계(la relation duelle)를 맺으며 이상적 자아(l'idéal du moi)를 통해 주체의 동일화(1차적 동일시)를 이룬다. 이러한 이자적 관계로부터 삼자적 관계로 심적 상태가 이행할 때 오이디푸스 콤플렉스(le complexe d'Oedipe)가 나타난다. 주체는 오이디푸스 콤플렉스를 극복하면서 언어 체계로 구성된, 사회 조직의 토대가 되는 상징계에 들어간다. 상징계에 진입하면서 주체는 아버지의 법에 복종하면서 삼자적 관계(la relation triadique)에 의한 자아 이상(le moi idéal)을 통해 주체의 동일화(2차적 동일시)를 이룬다.

1960년대의 대표적 작가인 최인훈과 이청준은 모두 군사독재 정권으로 표상되는 1960년대 한국 사회의 사회적 상징체계에 길들여진 주체가 되기를 거부하고, 새로운 세계를 갈망함으로써 그 세계를 통해 새로운 주체의 동일화를 이루고자 한다. 그 동일화는 상상계적 동일화로 명명될 수 있다.

상상계적 동일성의 세계는 '나'와 '너'의 구분 없이 '우리'로 합일되는 세계이다. 모든 것이 자기의 분신이고 영상이자 어머니 그 자체이기에 이 세계에는 대립과 갈등이 있을 수 없다. 서로를 아끼고 배려하고 사랑하는 나르시스적 사랑과 어머니의 사랑으로 충만할 뿐이다. 따라서 그 세계에서는 인간과 인간, 인간과 자연, 남성과 여성, 육체와 영혼, 물질과 정신이 구분 없이 미분화 상태로 조화롭게 공존한다.

라캉에 따르면, 상상계적 동일화에 대한 무의식의 욕망은 의식으로 표출되는 과정에서 검열 작업을 통해 변형되면서, 의식의 담론 속에 나 있는 틈새(la fente)를 통해 또 다른 문자 체계로 그 모습을 교묘하게 드러

---

1) A. Lemaire, 『자크라캉』, 이미선 역, 인간사랑, 1994 참조

낸다. 그것은 라캉이 무의식의 형성물들이라 부른 꿈, 실수, 방심 상태, 농담 등이나 신체 증상, 특별한 어휘 등으로 표출된다.2) 이러한 무의식의 언어는 기본적으로 상상계의 욕망을 드러내는 언어이다. 무의식의 언어를 구성하고 있는 기표(le signifiant)는 상징계의 검열을 피하기 위해 복잡하게 엉켜 있는 기표들의 실마리를 따라 한 기표에서 다른 기표로 옮겨가는 압축(은유)과 전치(환유)3)를 통해 의식 속으로 전달된다.

최인훈과 이청준 문학은 1960년대 사회적 상징체계의 모순을 비판하고 상상계적 동일성의 세계를 욕망하면서, 그러한 무의식의 욕망의 기표를 은유적이고 환유적으로 결합시킴으로써 전통 서사 구조를 파괴하고 있는 것이다.

두 작가는 상상계적 동일화에 대한 욕망의 기표가 갖는 특질에서 구분된다. 이청준은 '남도의 고향'으로 표상되는 풍속의 세계를 욕망의 기표로 설정하고, 최인훈은 '바다'로 표상되는 인류의 원초적 고향과 관련된 세계를 욕망의 기표로 설정해, 새로운 주체의 자기 동일화를 꾀하려 한다. 그 결과 두 작가는 1960년대 문학에서 새로운 주체의 동일화 확보와 전통 서사 구조의 파괴라는 측면에서 유사한 측면을 내포하면서, 그 방법론적 측면에서 뚜렷이 변별된다.

---

2) 위의 책, 204~207면.
3) 라캉은 욕망을 환유로 보고, 증상을 은유로 파악한다. 이는 연상 관계의 일반적인 성향을 나타내는 것으로 은유-압축-대체-공시성의 축과 환유-전치-결합-통시성의 축으로 나뉜다. 담론이 구성될 때 언어학적 단위는 유사성을 토대로 같은 코드에 연관되어 있는 단어들의 무리 속에서 선택된다. 이런 무리 짓기에 의해 기표들이 연속적으로 대체된다. 이 무리 내에서 기표들은 소리의 유사성이나 의미의 유사성에 의해서 연관된다. 또한 은유에서 대체되는 기표들은 서로 유사하다. 반면에 결합은 문맥과 인접성의 관계들과 연관된다. 문맥과 인접성의 관계들에 의해서 담론의 단위들이 결합된다. 발화의 연쇄 고리는 통시성이 나타나는 수평적 장소이다.(위의 책, 283~288면.)

2. 이청준 문학에 나타난 주체의 자기 동일화 양상
─남도(고향)의 풍속

이청준 작품에 나타나는 주체는 1960년대의 한국 사회 체계에 길들여진 주체가 되기를 거부하고, 상상계적 동일화를 통해 새로운 주체를 형성하고자 한다. 이러한 측면은 등단작인 「퇴원」에서부터 찾아볼 수 있다.

> 광에 가득히 쌓아 올린 볏섬 사이에 내 몸이 들어가면 꼭 맞는 틈이 하나 있었다. 나는 거기다 몰래 어머니와 누이들의 속옷을 한 가지 두 가지씩 가져다 깔아 놓고, 학교에서 돌아오면 그곳으로 기어 들어가서 생쥐처럼 낮잠을 자는 것이었다. 속옷은 하나같이 부드럽고 기분 좋은 향수 냄새가 났다. 장에는 그런 옷이 얼마든지 쌓여 있어서 내가 한두 가지씩 덜어내도 어머니와 누이들은 알아 내지를 못했다. 어두컴컴한 그 광 속 굴에 들어앉아 이것 저것 부드러운 옷 자락을 만지작거리며, 거기에서 흘러 나오는 냄새를 맡고 있노라면 그보다 더 기분 좋은 일은 없었다.[4)]

'광' 속은 현실과 차단된 공간으로, 어머니와의 이자적 관계를 가능하게 하는 상상계적 공간에 해당한다. '나'는 이 공간에서 '내 몸이 들어가면 꼭 맞는 틈'을 느끼고 '부드럽고' '기분 좋은' 상태를 경험한다. 이를 통해, 이청준 문학에서 주체는 상징계적 현실과 거리를 두고 어머니의 자궁 속과 같은 상상계적 공간에서 자기 동일화를 이루고자 한다. 「퇴원」을 비롯해 이청준의 초기 작품에는 이러한 상상계적 동일화에 대한 지향이 산재되어 있다.

4) 이청준, 「퇴원」, 『별을 보여드립니다』, 일지사, 1971, 12~13면.

는 사내', 곧 '심문관'(ii)으로 은유 대체된다. 여기서 '심문관'은 가시적으로 그 실체를 드러내지 않는 존재로 규정된다. 이에 따라 이청준 문학은 '심문관'의 실체 파악을 위해 당대 한국 사회의 담론에 대한 치열한 탐구로 나아간다.

「퇴원」에서는 군대 담론과 병원 담론에 대한 탐색을 통해, 「마기의 죽음」에서는 감옥과 관련된 담론에 대한 탐색을 통해 '심문관'의 실체에 접근한다. 이러한 담론을 통한 상징계의 구조적 모순 파악과 심문관의 실체 파악은 1970년대에 이르면서 더욱 치열하게 전개된다. 「선고유예」에서는 세느 동네의 대학가와 다방 등을 대상으로 하여 그 공간을 지배하는 제도화된 풍속이 개인의 삶과 소설가의 창작 행위를 억압하고 통제하는 방식에 대해 고민한다. 이를 통해 제복, 성, 대학 문화와 관련된 담론에 대한 탐색이 이루어진다. 「소문의 벽」에서는 출판사와 정신병원 등을 대상으로 하여 그 공간을 지배하는 제도와 그로 인해 나타나는 풍속이 개인의 삶과 소설가의 정신을 억압하고 통제하는 방식에 대해 고민한다. 이를 통해 정신병원, 출판사, 소설 쓰기와 관련된 담론에 대한 탐색이 이루어진다. 「언어사회학 서설」 연작에서는 당대의 말과 글과 관련된 담론에 대한 탐색으로 그 인식을 심화시킨다. 1980년대 이후에는 한국전쟁과 분단, 정치권력, 종교 권력 등과 관련된 담론으로 그 지평을 확장시킨다.[10]

이청준 소설은 이러한 담론에 대한 탐색을 통해 이들 각각의 담론을 규정하는 각 시대의 인식론적 지층(épistémè)[11]에 대한 파악으로 나아간

---

10) 졸고, 「이청준 소설의 서사구조와 주제형성방식에 대한 연구」, 서울대 박사논문, 2012 참고

11) 담론은 단순한 기호나 생각의 묶음이 아니라 어떤 규정된 규칙(épistémè)에 복종하는 실천 양식을 의미한다. 여기서 규정된 규칙은 일정한 시대에 있어서 일군의 지식의 터전이자, 어떤 일련의 담론이 참 또는 거짓이 되는 것을 경험하는 관계들의 총화이

다. 인식론적 지층은 일종의 시대적, 역사적 집단 무의식의 형태로 각 담론을 규정짓는 지식의 터전이라 할 수 있다. 이러한 인식론적 지층에 대한 고고학적 발굴의 태도야말로 '심문관'의 정체를 파악하는 방법에 해당한다. 이청준 문학을 두고 같은 소재를 다루는 작품이 한 편도 없지만, 그들 작품들 모두가 일종의 연작형의 형태로 사회의 구조적 모순을 다각적인 측면에서 탐색해 들어간다는 평가가 나올 수 있는 것은 이러한 방법론과 관련이 있다.

이러한 방법론에 따라 작품의 서사 구조도 결정된다. (A) 상상계적 동일화와 관련된 욕망의 서사와 (B) 상징계 비판과 관련된 서사가 환유 결합되면서 전통 서사 구조는 파괴된다. 이와 동시에, 각각의 서사 내에서 은유 대체가 일어난다. 곧 상상계적 동일화와 관련된 욕망의 기표가 은유 대체되고, 더불어 상징계 비판과 관련된 현실적 기표가 은유 대체된다.

여기서 상상계적 동일화와 상징계 비판이 구체적 현실과 연결되며, 이에 따라 각각의 서사에는 현실적인 인물과 그 인물과 관련된 현실적 사건이 제시된다는 점이 중요하다. 후술하겠지만, 이 점이 이청준 문학과 최인훈 문학을 구분하는 중요 항목에 해당한다.

가령 「줄」을 보면, (A) 서사는 '허노인'ㅡ'허운'ㅡ'트럼펫 사내'ㅡ'여인'으로 은유 대체되면서 각 인물과 관련된 구체적 사건이 하위 서사 단위로 환유 결합되고 있다. 그리고 (B) 서사는 '문화 부장'ㅡ'장의사 사내'ㅡ'서커스 단장'ㅡ'절름발이 여자'로 은유 대체되면서 각 인물과 관련된 구체적 사건이 하위 서사로 환유 결합되고 있다. 이에 따라 각 서사에 제시되는 시간과 공간도 구체적 현실성을 확보한다. 이러한 환

다. M. Foucault, 『말과 사물』, 이광래 역, 민음사, 1987, 19면.

유 결합과 은유 대체에 의해 이청준 문학은 기존의 전통 서사 구조를 파괴하면서 새로운 주체의 자기 동일화에 대한 욕망을 강하게 표출하는 특징을 보여준다.

3. 최인훈 문학에 나타난 주체의 자기 동일화 양상
   ─바다와 인류의 원초적 고향

최인훈 문학 역시 1960년대 사회적 상징계에서 주체를 형성하고자 하는 것이 아니라, 기존의 상징계를 거부하고 상상계적 동일화를 갈망한다.

   (i) 늘 묵직하게 되새겨지는 일 한 가지가 있긴 있다. 신이 내렸던 것이라 생각해온다. (중략) 온 누리가 덜그럭 소리를 내면서 움직임을 멈춘다.
   조용하다.
   있는 것마다 있을 데 놓여져서, 더 움직이는 것은 쓸데없는 일 같다. 세상이 돌고 돌다가, 가장 바람직한 아귀에서 단단히 톱니가 물린, 그 참 같다. 여자 생각이 문득 난다. 아직 애인을 가지지 못한 것을 떠올린다. 그러나 이 참에는 여자와의 사랑이란 몹시도 귀찮아지고, 바라건대 어떤 여자가 자기에게 움직일 수 없는 사랑의 믿음을 준 다음 그 자리에서 죽어 버리고, 자기는 아무 짐도 없는 배부른 장단만을 가지고 싶다. (중략) 만일 이런 깜빡사이가 아주 끝까지 가면, 누리의 처음과 마지막, 디디고 선 발 밑에서 누리의 끝까지가 한 장의 마음의 거울에 한꺼번에 어릴 수 있다고 그려본다.12)

12) 최인훈, 『광장』, 문학과지성사, 1976. 33~34면.

(ii) 광장에는 맑은 분수가 무지개를 그리고 있었다. 꽃밭에는 싱싱한 꽃이 꿀벌들 닝닝거리는 속에서 웃고 있었다. 페이브먼트는 깨끗하고 단단했다. 여기 저기 동상이 서 있었다. 사람들이 벤치에 앉아 있었다. 아름다운 처녀가 분수를 보고 있었다. 그는 그녀의 등뒤로 다가섰다. 돌아보는 얼굴을 보니 그녀는 그의 애인이었다. 그녀의 이름을 잊은 걸 깨닫고 당황해 할 때 그녀는 웃으며 그의 손을 잡았다.

"이름 같은 게 대순가요?"

참 이름이 무슨 쓸 데람. 확실한 건, 그녀가 내 애인이라는 것뿐.[13]

(i)에는, 모든 것이 자신의 고유한 정체성을 지니면서 동시에 이 모든 것이 거울에 비친 영상처럼 서로 상응하고 조화를 이루는 세계가 제시되어 있다. (ii)에는 인간, 꽃, 꿀벌, 분수, 무지개가 합일되어 있으며, 상징계의 '이름'이 필요하지 않는 세계가 제시되어 있다. 이 세계 역시 모든 것은 거울에 비친 영상이자 분신이기에 이들 모두 마치 '애인'과 같은 관계를 맺는다. (i)과 (ii)에 제시된 이러한 세계는 다름 아닌 상상계적 동일성의 세계의 은유 대체에 해당한다. 「광장」에 나타나는 이러한 상상계적 동일화에 대한 욕망은 1960년대에 발표된 최인훈의 작품들 거의 모두에 제시되고 있다.

최인훈 문학에서 상상계적 동일화에 대한 욕망은 일차적으로 여성과의 사랑으로 은유 대체된다. 『광장』에 나타나는 이명준과 은혜의 사랑이 그 예이다.

눈을 뜨고 은혜를 들여다 본다. 그녀도 눈을 뜨고 남자의 눈길을 맞는다. 서로, 부모미생전 먼 옛날에 잃어버렸던 자기의 반쪽이라는 걸 분명히 몸으로 안다. 자기 몸이 아니고서야 이렇게 사랑스러울 리 없

---

13) 위의 책, 116~117면.

다. 그는 팔을 둘러 그녀의 허리를 죄었다. 뉘우치지 않는다. 내가 잘나지 못한 줄은 벌써 배웠다. 그런 어마어마한 이름일랑 비켜가겠다.

　이 여자를 죽도록 사랑하는 수컷이면 그만이다. 이 햇빛. 저 여름 풀. 뜨거운 땅. 네 개의 다리와 네 개의 팔이 굳세게 꼬여진, 원시의 작은 광장에, 여름 한낮의 햇빛이 숨가쁘게 헐떡이고 있었다. 바람은 없다.14)

　이명준과 은혜의 사랑이 '부모미생전 먼 옛날에 잃어버렸던 자기의 반쪽'의 사랑으로 비유되고 있다. 이러한 사랑은 상상계의 나르시스적 사랑에 해당한다. 곧 최인훈 문학은 인간과 자연, 인간과 인간이 대립하지 않고 조화롭게 공존하는 상상계적 세계에 대한 욕망을 여성과의 사랑을 통해 실현하고자 한다. 이러한 여성과의 사랑은 『구운몽』에서는 '독고 민'과 '숙'과의 '황금시대'의 사랑으로 은유 대체된다.

　그러나 여성과의 상상계적 사랑은 상징계의 질서를 따라야 하는 현실에서는 실현 불가능한 것으로 귀결된다. 『광장』의 은혜가 낙동강 전선에서 전쟁의 폭력에 의해 전사함으로써 상상계적 사랑이 실패하는 것과, 『구운몽』에서 '숙'이 '독고 민'의 돈을 훔쳐 달아남으로써 상상계적 사랑이 실패하는 것은 이를 잘 보여준다.

　최인훈 문학은 여성과의 상상계적 사랑이 실패로 귀결되는 자리에서 상상계적 동일화에 대한 욕망을 '바다'로 표상되는 인류의 원초적 고향으로 추상화한다.

　(i) 돌아서서 마스트를 올려다 본다. 그들은 보이지 않는다. 바다를 본다. 큰 새와 꼬마 새는 바다를 향하여 미끄러지듯 내려오고 있다. 바다. 그녀들이 마음껏 날아 다니는 광장을 명준은 처음 알아본다. 부

---

14) 위의 책, 173면.

채꼴 사북까지 뒷걸음질친 그는 지금 핑그르 뒤로 돌아선다. 제 정신이 든 눈에 비친 푸른 광장이 거기 있다.[15]

(ii) 광장에는 얼어붙은 분수가 환한 가로등 불빛 아래 동상을 옮겨 낸 밑판처럼 서 있을 뿐 오가는 그림자 하나 없이 텅 비어 있었다. 우뚝 섰다. 하늘을 쳐다보았다. 부시도록 아름다운 별하늘이다. 유리처럼 단단하고 짙푸른 하늘 바탕에 찬란한 보석들이 쏟아질 듯이 부시다. 하늘의 그것들은 그에게 말하는 것 같았다. 알고 있어. 네 심정은 다 알고말고. 괜찮아. 잘 될 거야. 사실 별들이 그렇게 말했을 리는 만무지만 민은 꼭 그런 소리를 들은 것만 같았다.[16]

(iii) 인간의 의식은 바다 위에 솟은 빙산의 꼭대기 같은 것이며, 그 거대한 뿌리는 물밑 깊이 묻혀 있다는 학설, 이를테면 토끼가 빙산의 꼭대기, 말이 중턱, 코끼리 다리가 뿌리라는 식으로 풀이할 수 있다. 그러나 박사가 이 얘기에서 받은 충격은, 이것 때문만은 아니다. 박사는 성인 군자라느니보다, 역설과 아이러니의 세례를 받은 요즈음 사람이고 게다가 과학자다. 그는 두 가지 각도로 이 종교 얘기를 꼬집어보는 것이다. 먼저 이 얘기는 성공한 때의 얘기다. 다음에 이 얘기의 인물상(人物像)은 고전 물리학적인 통일상이다. 건강한 따라서 자기 분열이 없는 소박한 고대인의 그것이다. 토끼라 하고, 말이라 하고, 코끼리라 하지만 결국은 똑같은 인간형이다. 장삼(張三)이 이사(李四)보다 키가 한두 치 더 높고 낮고 해서 그들의 우정에 무슨 변화가 있을 수는 없다. 그들은 '같은 무리' '한 가닥'인 것이다. 그러므로 이 얘기를 현대에 있어서도 뜻을 가지게 하자면, 얼마쯤의 보강 혹은 뜻을 넓힘이 마땅하다.[17]

---

15) 위의 책, 200면.
16) 최인훈, 『구운몽』, 문학과지성사, 1976, 216면.
17) 위의 책, 299면.

(i)은 『광장』의 한 대목이다. '타고르 호' 배를 타고 가던 이명준은 '사북의 끝자리'에서 '바다'를 보고, 그 바다에서 '은혜'와 그녀의 배 속에 있는 '아이'가 자유롭게 비상하는 모습을 본다. 그런 '바다'는 이명준이 욕망하는 상상계적 동일화가 가능한 세계이다.

(ii)와 (iii)은 『구운몽』의 한 대목이다. (ii)에서, 독고 민은 얼어붙은 상징계의 광장에서 밤하늘의 별과 교감하면서 황홀함을 느낀다. 밤하늘에 빛나는 별과 인간의 영혼의 별이 교감하는 세계는 상상계적 세계의 은유 대체에 해당한다. (iii)에서는, 인류 문명 발생 이전의 '소박한 고대인'을 제시하면서, 이 세계에게서는 인간과 자연(토끼, 말 등)이 미분화된 채 '같은 무리, 한 가닥'으로 존재함을 강조하고 있다. 이 역시 상상계적 동일성의 세계의 은유 대체에 해당한다.

이처럼, 최인훈 문학에서 상상계적 동일화에 대한 욕망은 '바다'나 '별'로 표상되는 인류의 원초적 고향 혹은 인류 문명 발생 이전의 세계로 은유 대체된다. 이 점이 최인훈 문학과 이청준 문학이 구분되는 지점이다. 이청준 문학은 상상계적 동일화에 대한 대체물을 상징계에서 '사라져가는 풍속'과 '남도의 고향'에서 찾음으로써 상징계의 구체적 현실과 관련된 담론의 실체 파악으로 나아간다. 반면 최인훈 문학은 상상계적 동일화의 대체물을 인류 문명 발생 이전 혹은 인류의 원초적 고향이라는 추상적 대상으로 설정함으로써, 그 결과 상징계의 모순에 대한 비판 역시 추상성의 영역에 머물게 된다. 그러한 추상성은 상징계의 구체적 현실을 통한 모순 파악보다는 추상적이고 관념적이며 개념적인 측면에서의 모순 파악으로 작품에 나타난다. 『광장』에서 남북 분단의 문제를 남북한 이데올로기로 추상화하여 철학적 진술로 비판하는 것이나, 『구운몽』에서 남한의 현실을 현대 문명 일반으로 추상화하여 종교

학과 심리학, 문화인류학 등의 개념적 진술로 비판하는 것이 그 예에 해당한다.

> 현대는 성공의 시대가 아니라 좌절의 시대며, 건너는 시대가 아니라 가라앉은 때며, 한 마디로 난파의 계절이므로. 다음에 현대인의 인격적 상황은 극심한 자기 분열이다. 오늘날 토끼란 동물은 존재치 않는다. 토끼의 뒷다리는 말의 뒷다리가 되고 싶은 욕망으로 중풍에 걸렸으며, 밤송이처럼 동그란 등은 집채 같은 코끼리 등이 되지 못한 열등감으로 애처롭게 꼬물거린다. 토끼는 이미 토끼가 아닌 것이다. (중략) 오늘날 토끼, 말, 코끼리란 짐승은 없다. 다만 「토끼-말-코끼리」 혹은 「말-토끼-코끼리」 혹은 「코끼리-토끼-말」이란 짐승이 있을 뿐이다. 스스로에 만족한, 따라서 무자각한 인간이란 원리적으로는 현대와 가장 먼 것이다. 하기야 현대에도 소박한 인간이야 사실상 있기하지만, 조만간 진화(?)하게 마련이고, 안 그렇더라도 분열의 분위기는 널리 퍼져 있다.[18]

현대 문명이 발생하면서 현대인은 문명 발생 이전 단계에 존재하던 인간과 자연의 미분화 상태를 인정하지 않게 되고, 그 결과 본래의 순수성을 상실한 채 분열하게 된다는 것이다.

이에 따라 최인훈 문학에 나타나는 서사 구조는 이청준 문학에 나타나는 서사 구조와 일정 부분 공통점을 지닌다. 곧 (A) 상상계적 동일화와 관련된 욕망의 서사와 (B) 상징계 비판과 관련된 서사가 환유 결합되면서 전통 서사 구조가 파괴된다는 점, 이와 동시에 각각의 서사 내에서 은유 대체가 일어난다는 점에서 그러하다.

그러나 상상계적 동일화와 상징계 비판이 상징계의 구체적 현실과

---

18) 위의 책, 327~328면.

연결되어 있는 이청준 문학과 달리 최인훈 문학은 추상적인 측면을 강하게 띠고 있다. 이는 최인훈 문학에 나타나는 상상계적 동일화에 대한 욕망이 이청준 문학과는 달리 추상적인 인류 문명 일반으로 은유 대체된다는 점과 관련이 있다. 그로 인해 최인훈 문학에는 구체적인 현실과 그 현실 속의 인물보다는 관념적인 인물과 사건이 주를 이루게 된다. 이에 따라 상징계 비판 역시 추상성의 영역에 머물게 되면서 상징계 비판과 관련된 인물과 사건 또한 구체적 현실과 일정하게 유리된다. 최인훈 작품에서 철학, 종교, 심리, 문명사 등과 관련된 관념적이고 개념적인 진술이 주를 이루고, 현실과 환상이 교차되고, 시−공간이 추상화되는 것은 여기에 연유한다.

이러한 환유 결합과 은유 대체에 의해 최인훈 문학은 이청준 문학과 함께 기존의 전통 서사 구조를 파괴하면서 새로운 주체의 자기 동일화에 대한 욕망을 강하게 표출하는 작품으로 평가되고 있다.

4. 맺음말

1960년대 소설과 관련해 볼 때, 이청준과 최인훈의 소설은 전통 서사 구조를 파괴하고 있다는 공통점을 지닌다. 최인훈과 이청준 문학은 1960년대 사회적 상징체계의 모순을 비판하고 상상계적 동일성의 세계를 욕망하면서, 그러한 무의식의 욕망의 기표를 은유적이고 환유적으로 결합시킴으로써 전통 서사 구조를 파괴하고 있는 것이다.

두 작가는 상상계적 동일화에 대한 욕망의 기표가 갖는 특질에서 구분된다. 이청준은 '남도의 고향'으로 표상되는 풍속의 세계를 욕망의 기표로 설정하고, 최인훈은 '바다'로 표상되는 인류의 원초적 고향과 관련된 세계를 욕망의 기표로 설정해, 새로운 주체의 자기 동일화를 꾀하려 한다.

이청준 문학에서 상상계적 동일화에 대한 욕망은 '사라져가는 남도 풍속'에 출발하여 '남도의 고향'과 '소리'를 거쳐 '신화적 세계'로 은유 대체된다. 상상계적 동일화의 대체물에 대한 이러한 탐구는 상징계의 모순에 대한 접근 방식을 결정짓는 데 중요한 역할을 한다. 이청준 문학은 상징계의 모순을 파악하는 과정에서 가시적인 현상이나 단편적인 사건 등에 그 시선을 한정짓지 않는다. 그러한 가시적 현상의 심층에 자리 잡고 있는 본질적이고 근원적인 지배 질서에 주목하고 이에 대한 치열한 탐구로 나아간다. 이러한 태도는 상상계적 동일화에 대한 욕망의 대체물로 설정된 공동체적 풍속에 대한 탐구와 일치한다. 곧 이청준 문학은 사라져가는 풍속에 주목하되, 그 풍속에 내재한 근원적 질서, 곧 남도라는 고향에 내재한 근원적인 질서를 파악하는 쪽으로 나아간다.

이러한 방법론에 따라 작품의 서사 구조도 결정된다. (A) 상상계적 동일화와 관련된 욕망의 서사와 (B) 상징계 비판과 관련된 서사가 환유 결합되면서 전통 서사 구조는 파괴된다. 이와 동시에, 각각의 서사 내에서 은유 대체가 일어난다. 곧 상상계적 동일화와 관련된 욕망의 기표가 은유 대체되고, 더불어 상징계 비판과 관련된 현실적 기표가 은유 대체된다.

최인훈 문학에서 상상계적 동일화에 대한 욕망은 일차적으로 여성과의 사랑으로 은유 대체된다. 그러나 여성과의 상상계적 사랑은 상징계의 질서를 따라야 하는 현실에서는 실현 불가능한 것으로 귀결된다. 최인훈 문학은 여성과의 상상계적 사랑이 실패로 귀결되는 자리에서 상상계적 동일화에 대한 욕망을 '바다'로 표상되는 인류의 원초적 고향으로 추상화한다.

이에 따라 최인훈 문학에 나타나는 서사 구조는 이청준 문학에 나타나는 서사 구조와 일정 부분 공통점을 지닌다. 곧 (A) 상상계적 동일화와 관련된 욕망의 서사와 (B) 상징계 비판과 관련된 서사가 환유 결합되면서 전통 서사 구조가 파괴된다는 점, 이와 동시에 각각의 서사 내에서 은유 대체가 일어난다는 점에서 그러하다.

그러나 상상계적 동일화와 상징계 비판이 상징계의 구체적 현실과 연결되어 있는 이청준 문학과 달리 최인훈 문학은 추상적인 측면을 강하게 띠고 있다. 최인훈 문학에 나타나는 상상계적 동일화에 대한 욕망은 이청준 문학과는 달리 추상적인 인류 문명 일반으로 은유 대체된다.

제 3 장

이야기성과 텍스트성에 대한 탐색과 소설 쓰기: 이청준

1. 머리말

이청준 소설에 나타나는 두 축의 거대한 흐름에 대해 작가는 다음과 같이 언급하고 있다.

사람들의 삶의 양식 가운데엔 그가 자신의 삶과 이 세계를 어떻게 이해하고 그 고유의 가치관을 어떻게 실현해나가는가 하는 것들과 관계가 짙은 독자적인 인격체로서, 또는 주체적 존재자로서의 생존 양식과, 그 인격체가 보다 호화롭고 행복스런 삶의 질서 안에 놓이기 위하여 그의 이웃들과 어떤 관계를 이루어 나가는가 하는 것들과 상관이 깊은 관계존재자로서의 다른 양식을 함께 찾아 볼 수 있습니다. 그 둘은 서로 동전의 앞뒤처럼 우리 삶의 양면을 이루고 있는 부분이겠지만, 편의상 전자의 상향 쪽은 '자족적 존재의 양식'이라 하고, 후자를 '의존적 관계의 양식'이라고 나누어 말해 본다면, 제 소설들 중엔 고향을 축으로 하여 전자 쪽에 속하는 것과 후자 쪽에 속하는 것으로 양별해 볼 수 있는 것들이 있습니다.[1]

이청준은 자신의 작품을 크게 '자족적 존재의 양식'과 '의존적 관계의 양식' 두 가지로 나누고 있다. 작가에 따르면, 전자는 주로 남도 소리, 이향, 귀향의 양상을 다루고 있고, 후자는 주로 도회의 공동체적 삶의 양상으로 언어의 본질을 다루거나 정치적 상황이나 사회적 변혁 등과 관련하여 일반적 삶의 진정성이나 숨겨진 세계의 비밀 등을 다루는 것으로 대별된다.

이청준의 소설 세계를 논할 때, 논의에 앞서 반드시 거론되는 이청준 소설의 특징은 이러한 작가의 언급과 밀접한 관련을 갖고 있다. 그러나 이와 같은 작품의 성향이 두드러지게 나타난 것은 1970년대 이후이다. 초기 소설의 경우 고향과 관련된 작가의 의식이 선명하게 나타나지 않는다. 그럼에도 불구하고 초기 소설 역시 고향과 도회의 삶에 바탕을 두고 있는 유별의 기준에서 크게 벗어나지 않는 특징을 보여준다. 특히 초기 소설 중에서 이 글이 주목하고자 하는 「줄」, 「매잡이」, 「선고유예」, 「소문의 벽」의 네 작품은 이후 전개되는 이청준 소설 세계의 다양한 주제들을 함축하고 있다고 보아도 지나치지 않을 만큼 다양한 의미망들을 하나의 작품 안에 응축하고 있다.

각 작품들은 주제 의식과 형식적 특징에 따라 유사성을 보인다. 먼저 주제 의식의 측면이다. 기존 논의에 따르면, 「줄」, 「매잡이」는 장인의 정신을 다룬 작품으로, 인간의 운명과 대결하여 그것을 넘어서려는 인물들의 노력을 장인의 삶에 압축시켜 보여주고 있다고 평가받는다.[2] 「선고유예」, 「소문의 벽」은 글쓰기에 대한 작가의 반성적 성찰과 1960년대 후반의 지식인의 삶과 글쓰기의 의의, 글 쓰는 행위의 근원에 대한 물음, 우리 문학에서 지적인 계보가 무엇이며 그 가능성은 어떠한가를 점

---

1) 이위발 대담, 「문학의 토양을 이룬 반성의 정신」, 『이청준 론(論)』, 삼인행, 1991, 165면.
2) 김치수, 「언어와 현실의 갈등」, 위의 책, 121면.

검하는 거멀못이라 평가받는다.3) 전자가 '자족적 존재의 양식'에, 후자는 '의존적 관계의 양식'에 해당한다.

형식적 특징과 관련하여 보자면, 「매잡이」는 「줄」을 글쓰기와 관련된 작가의 고민으로 환치시키고 있고, 「소문의 벽」은 글쓰기에 대한 작가의 고민이 드러난 「선고유예」를 다시 수용자의 입장, 곧 해석의 문제로 환치시켜 형상화하고 있다. 이 과정에서 구술성과 기록성, 이야기와 텍스트에 대한 작가의 고민이 심화되어 드러난다. 이를 통해 이청준은 소설은 이야기라는 기존의 소설에 대한 인식에 균열을 가하면서 소설을 '쓰는' 작가의 창작 과정을 강조하고자 한다.

2. 구술성과 기술성에 대한 탐색

이청준 소설의 서사를 따라 가노라면 빈번하게 흐름이 차단되고, 정연하던 질서가 흐트러지는 상황을 마주하게 된다. 대개의 경우, 이 흐름은 메타적 글쓰기가 개입되었을 때 차단되거나 끊기거나 한다. 메타적 글쓰기는 서사의 주된 내용과는 직접적으로 관련되어 있지 않으며, 서술의 시점이나 서술 방식의 전환을 꾀하면서 정보를 보충하는 기능을 한다. 여기에서 주목할 것은 메타적 글쓰기가 나타나는 상황이 이와 같은 상황을 유발하기 위해 고도의 전략으로 기획되고 있다는 점이다. 이 글에서는 「줄」, 「매잡이」, 「선고유예」, 「소문의 벽」4)을 통해 이를 살펴

---

3) 이남호, 「소설쓰기와 작가의 시대적 역할」, 위의 책, 208면.
　이태동, 「부조리 현상과 인간의식의 진화」, 위의 책, 38~40면.
　김윤식, 「감동에 이르는 길」, 위의 책, 61면.
4) 이 글에서는 『별을 보여드립니다』(일지사, 1971), 『소문의 벽』(민음사, 1973)을 주된 텍

보고자 한다.

「줄」에서 '나'는 문화 부장으로부터 '줄광대의 승천을 취재해오라'는 명령을 받고 C읍으로 내려간다. 그곳에서 장의사 사내와 트럼펫 사내 등을 만나 '줄광대의 승천'에 관한 이야기를 듣는다.

장의사 사내와 트럼펫 사내가 들려주는 이야기는 일종의 '증언'이다. 이들은 줄광대 놀음을 보고, 그것을 기억하고 있는 인물들이다. 동일한 시공간에서 동일한 사건에 대한 경험을 공유하고 있는 인물들이 들려주는 이야기는 집합 기억에 해당하는 것이라 할 수 있다. "이 골 사람들은 다 아는 이야기"(42면)라는 장의사 사내의 언급은 바로 이를 방증한다. 특히 트럼펫 사내가 이야기를 들려주는 장면은 '구술' 상황을 떠올리게 만드는 방식으로 그려지고 있다.

'나'는 이야기를 듣기 위해 두 번에 걸쳐 트럼펫 사내의 집을 찾아간다. 이는 취재의 일종이다. 취재는 증언자를 찾아 그에게 사실 내용을 듣고 그것을 기록하는 형식으로 이루어진다. 구두 발화의 방식에 따라 트럼펫 사내는 '나'에게 이야기를 들려준다. '나'는 이야기를 듣는 중간 중간에 개입하여 트럼펫 사내에게 궁금한 것을 묻기도 한다. 가령, '나'가 트럼펫 사내에게 "그럼 이상하지 않습니까, 노인께서 운의 생각을 말씀하신다는 것은?"이라고 말하면서 트럼펫 사내에게 설명을 요구한다.

이와 같은 특징은 모두 '구술'의 속성을 보여준다. 화자와 청자는 동일한 시공간에서 맞대면함으로써 시공간을 공유한다. 그로 인해 화자의 발화는 항상 청자의 반응과 현장 상황에 영향을 받게 된다. 화자가 청자에게 말을 건네는 듯한 어투를 사용하고, 현장의 현재적 인격체인 '나'와 '너'가 드러나고, '지금', '여기'가 드러난다. 이는 모두 화자와 청

스트로 참고하였다.

자의 현장적 만남에서 비롯되는 특징이다. 그 결과 화자와 청자 사이에 상호 교호가 일어나게 된다. 적극적인 청자들은 담화 도중에 간섭하기도 하는데, 청자의 반응은 발화 내용이나 발화 방식에 어느 정도 영향을 끼친다.

이러한 특징에 따라 트럼펫 사내와 관련된 서사 단위에서는 구술성5) 이 강조되는 서술 양상을 보여준다. 더욱이 트럼펫 사내의 딸로 밝혀지는 '여자'의 경우, 트럼펫 사내가 들려주었던 '줄광대 승천' 이야기를 '옛날이야기'로 여기며, 그것을 믿고자 하는 태도를 보여준다.

반면, 장의사 사내의 발화는 동일한 경험에 대한 증언이지만 이와는 다른 양상을 보여준다. 장의사 사내가 들려준 이야기는 육하원칙에 입각한 기사 형식에 맞추어져 있다. 그는 '줄광대 승천' 이야기가 마을 사람들이 잘 알고 있다는 점을 염두에 두고 '승천'이라는 말을 자신의 장의사 상호(글)로 삼는 인물이다. 장의사 사내는 '나'가 카메라와 녹음기를 들고 있다는 것을 알고, '나'가 기자라는 것을 직감한다. 그리고 '나'의 요구에 맞추어 이야기의 내용을 전달한다. 장의사 사내는 그만큼 신문에 익숙한 인물이라는 것을 짐작할 수 있다.

곧 '줄광대의 승천' 이야기는 누가 그것을 전달하는가에 따라 전달 방식이 달라지고 있다. 그리고 그에 따라 서술 방식도 달라지고 있다. 장의사 사내는 변화하는 시대의 흐름에 맞추어 자신의 잇속을 챙겨나가는 인물로, '줄광대의 승천'에 대한 믿음이 없다. 그래서 단순한 '사건'을 전달하는 '기사' 형식으로 이야기를 전달한다. 반면, 트럼펫 사내는 줄광대 부자의 삶과 다르지 않은 삶을 살아가고 있는 인물이다. 그에게는 그들의 삶이 '유일한 재산'처럼 여겨진다. 따라서 그런 트럼펫

---

5) Walter J. Ong, 『구술문화와 문자문화』, 이기우, 임명진 역, 문예출판사, 1995.

사내가 들려주는 이야기는 옛날이야기를 들려주는 듯한 방식으로 서술되고 있다. 그리고 그러한 서술이 작품 전체의 분위기를 지배한다.

그런데 '나'는 장의사 사내의 이야기를 들으면서 '이야기'가 될 수 있을 것이라 생각하고, 트럼펫 사내가 들려주는 옛날이야기와 같은 이야기를 들으며 '소설'에 대한 생각을 떠올린다. 이야기를 듣는 동안 '소설'에 대한 욕망이 불거지는데도 자신은 그 이야기를 쓰지 못할 것이라고 예감한다. 왜 그러한가. 이 질문을 염두에 두고 이 작품과 함께 빈번하게 거론되는 「매잡이」를 보자.

「매잡이」에서 '나'는 '민형'의 소개로 전북의 어느 산골에 가서 버버리 소년과 매잡이 곽서방을 만나 매잡이 풍속을 취재하고 그 내용을 바탕으로 소설을 쓴다. 그리고 민형이 남긴 '매잡이' 소설을 읽고 두 번째 매잡이 소설을 쓴다. 이 작품에서는 매잡이 풍속과 관련된 취재 내용과 '나'의 소설 일부, 민형의 취재 노트와 유서, 민형의 소설 일부가 메타적 글쓰기 형식으로 제시되고 있다.

이 작품은 매잡이 곽서방과 매잡이 풍속과 관련된 서사를 '나'의 시점에 따라 전개하지 않고 굳이 서술 상황을 바꾸어 전개해 나가고 있다. 또한 앞서 보았던 「줄」에서처럼, '구술' 상황을 방불케 하는 방식이 아니라, 버버리 소년에게서 들은 이야기를 '나'가 쓴 소설로 대체하는 메타적 글쓰기에 의한 서술을 중심으로 서사를 전개해 나가고 있다. 이처럼 서술 상황이 변화하는 지점에서 항상 기록물의 일종이라 할 수 있는 소설, 취재 노트, 유서 등이 제시된다. 그 결과 이 작품은 '이야기'의 전달방식으로 '구술성(orality)'이 강조되었던 「줄」과는 달리, '기술성(literacy)'[6]이 강조되는 특징을 보여준다. 달리 말하자면 이 작품은 「줄」

---

6) 구술성과 기술성의 구분은 일차적으로 언어가 말로 실행되느냐 글로 실행되느냐에 따른 것이다. 구술성과 기술성의 구분은 그것이 어떤 방식으로 전달되는가에 따라 달라

에서 암시적으로 거론되고 있는 '소설'에 대한 욕망을, 그것도 "산간 벽지에 파묻혀 있거나 이미 사라져 없어진 민속, 설화, 명인거장"(264면) 같은 소재를 활용하여 전면화한 것에 해당한다.

따라서 이 작품에서는 메타적 글쓰기 가운데에서도 특히 두 편의 소설과 관련된 내용이 중심을 이룬다. 먼저 '나'의 소설은 곽서방을 중심 인물로 내세워 곽서방의 심리 상태까지 충분히 그려내고 있다. 반면 '민형'의 소설은 '나'라는 일인칭 화자를 내세워 곽서방을 관찰하는 방식으로 그려내고 있다. 그리고 민형의 소설은 민형이 경험하지 못한 곽서방의 단식과 죽음까지 예견하고 곽서방의 단식에 모종의 의미를 부여하면서, 동시에 민형 자신이 속해 있는 현실에 대한 비판적 인식까지 투사해내고 있다. 그 결과 민형은 자신의 소설 한 편에 자신의 상상력과 작의를 충분히 살려내고 있는 것이다.

이 과정에서 '구술성'은 사라지고 오히려 '기술성'이 강화되는 경향이 나타난다. 메타적 글쓰기 형태로 개입되는 '기록물'들은 두 편의 소설을 제외하면 모두 민형과 관계가 있는 것들이다. 민형이 남긴 '취재노트'와 '유서'가 그것이다. 이것은 민형의 생각을 짐작할 수 있도록 유도하는 장치이다. '나'가 민형의 생각을 알고, 그가 소재를 취급하는 방식을 알고 있으면서 그것을 서술하고 있는 것이 아니란 것이다. '나'는 민형의 생각을 알지 못한 채, 다만 그러한 기록들로 민형의 생각을 미루어 짐작할 수 있을 뿐이다. 이와 관련하여, '나'가 곽서방의 생각을

___

지는 담론의 실천을 불러일으킨다. 구술이 청각과 관련된 것이라면 기술은 시각과 관련된 것이다. 근대적 가치와 진보의 개념은 모두 시각과 관련이 있다. 기술은 의식을 재구조화한다. 그럼으로써 의식 그 자체는 그대로 기술될 수 없다는 관점을 견지한다. 허구적 세계를 구축하는 것은 기술에 의해 가능한 것이다. 기술은 '탈맥락화', 곧 맥락에서 해방된 결과 커뮤니케이션의 장애가 발생할 수 있다는 것과 '텍스트'에 의해 자유로운 의미 부여가 가능하다는 특징을 보여준다. (송효섭, 「구술성과 기술성의 통합과 확산」, 『국어국문학』131, 국어국문학회, 2002. 9, 104~108면.)

모두 알고 있는 것처럼 그려지는 삼인칭 시점의 소설과, '민형'이 관찰자로 등장하여 곽서방의 생각을 짐작하고 추측하는 일인칭 관찰자 시점의 소설이 제시되는 까닭을 추측해 나가야 한다. 곧 '나'는 '곽서방'이나 '민형'과 동시대를 살아가고, 동일한 경험과 정서와 삶의 태도를 공유하고 있는 것이 아니다. 곽서방이나 민형은 각기 그들 나름대로의 삶의 경험과 인식을 바탕으로 살아가는 인물들일 수밖에 없다. 그런데 트럼펫 사내가 줄광대 허운의 생각을 자신의 생각과 동일시하고 그 결과로서 허운의 삶을 이해하는 입장에서 들려주었던 '줄광대 승천' 이야기처럼 '매잡이 이야기'를 들려줄 수는 없는 것이다. 트럼펫 사내가 허운과 공유하던 세계는 이미 균열되고 깨어져 버렸기 때문에 '구술'에 대한 신뢰는 '쓰기'에 대한 신뢰로 대체되면서 의식의 재구조화[7]가 이루어질 수밖에 없다.

3. 해체적 독법을 전유하려는 소설 쓰기

「선고유예」는 '구술성'으로 현실의 세계를 재현할 수 없다는 것을 여실히 증명해주는 작품이다. '나'는 세느 다방에서 만난 '왕'의 얼굴에 나타난 허기를 궁금하여 여기고 세느 다방의 사람들로부터 왕에 대한 이야기를 듣게 된다. 그리고 '나'는 심문관에게 '허기'와 관련된 기억을 진술한다. '나'가 다방 사람들에게 '왕'에 대한 이야기를 듣는 상황에서 '나'는 청자의 역할을, 다방 사람들은 '화자'의 역할을 담당한다. 뿐만 아니라, '나'는 심문관에게 진술을 하는 과정에서 '화자'의 역할을, 심문

---

7) Walter J. Ong, 앞의 책, 149면.

관은 '청자'의 역할을 담당하는 역전된 상황이 펼쳐진다.

'나'는 열흘간의 휴가 동안 심문관에게 선고를 번복할 수 있는 진술을 요구받는다. 이때 '나'는 심문관에게 자신의 허기와 관련된 기억에 대해 여덟 번에 걸쳐 '진술'한다. '나'가 떠올리는 기억들은 세느 다방에서 들은 왕과 관련된 이야기들과 연관을 갖고 있다. 이러한 상황은 앞서 「줄」에서 보았던 상황이 역전된 것이다. 그로 인해 '나'가 화자가 됨으로써 청자(심문관)의 정체나 질문이 '나'의 진술에 어떠한 영향을 끼치는가와 관련된 부분이 중점적으로 드러나게 된다.

그런데 '나'와 심문관의 관계에서 드러나는 화자와 청자의 상황을 두고 '구술성'이 강조되고 있다고 말할 수 있을까. 이와 관련하여 '나'가 '왕'에 관한 이야기를 듣는 상황에 주목할 필요가 있다. 처음 '나'는 윤일에게 '왕'이 경찰 이야기만 나오면 흥분한다는 이야기를 듣는다. 그러다가 마담에게 낙서집을 받고 나서 윤일이 들려준 이야기가 낙서집에 그대로 씌어 있는 것을 보게 된다. 비로소 '나'는 윤일의 이야기가 낙서집에서 비롯된 소문이라는 것을 알아차린다. 또, '나'는 마담으로부터 '왕'이 미친 사람이며, 그가 건너편 건물의 여자 화장실을 바라보고 있다는 이야기를 듣는다. 이러한 이야기는 윤일에게서와 마찬가지로 낙서집에 '여자와 섹스'와 관련된 내용이 많다는 점, 그리고 '왕'이 여성의 섹스가 강조된 나상을 조각해 늘어놓은 점을 통해 마담이 추측한 것이었음을 짐작할 수 있다.

세느 다방 사람들에게서 들을 수 있는 이야기는 낙서집의 소문, 곧 사실과의 관계도, 낙서한 사람이 누군지도 알 수 없는 정체불명의 쓰레기에 불과한 셈이다. 「줄」에서 '여자'가 '옛날이야기'를 믿고 있는 것과는 달리, 이야기에 대한 어떠한 믿음도 가질 수 없게 된 것이다. 그리고

'기술(記述)'된 것으로서 '낙서집'은 일종의 여기로서의 글쓰기에 해당한다. 그것이 '사실'에 입각한 정보인 것처럼 기능하면서 소문을 양산한다는 점을 강조함으로써 기록물에 대한 절대적인 신뢰나 믿음에 균열을 가하고 있다. 그러면서 여러 기록물들, '낙서집', '수기' 등을 제시하고, 그것들과 변별되는 '소설'의 유의미성을 탐색하고 있다.

한편, '나'의 진술은 어떠한가. '나'는 왕과 관련하여 '나'의 기억을 연상해 나간다. 그리고 그것을 심문관에게 진술한다. 이때 '나'의 발화는 공동의 경험에 기반을 둔 기억의 일종으로서 '이야기'되는 것이 아니라, 심문관과 각하에 의해 내려진 '음모혐의'에서 벗어나기 위한 목적으로 '진술'된다. 또한 '나'는 끊임없이 심문관의 정체를 의심하고, 알아내려고 하면서 심문관의 비위를 거스르지 않기 위해 진술 내용과 태도를 바꾸어 나간다. 이러한 태도는 앞서 「줄」에서 보았던 장의사 사내의 태도와 동일하며, '나'의 발화 내용은 그보다 더 심각한 수준의 삭제와 검열이 이루어지고 있음을 짐작할 수 있게 한다. 고도의 문자 문화에 길들여진 결과 '나'는 진술할 때도 과거를 항목화된 영역으로 느끼고, 검증되고 논의될 수 있는 '사실'이나 정보 단위에 따라 도표화하고 리스트화8)한다.

'나'는 '왕'의 허기가 어떠한 경험에서 비롯된 것인지 알지 못한다. 그런데도 '나'는 경험과 인식을 공유한 자들이 가질 수 있는 공동의 의식이라는 '세대 의식'에 근거하여 자신의 경험을 '왕'의 것과 동일시하면서 그 결과에 '나'의 미래를 연관시키고 있다. 이 작품에 나타나고 있는 '쑥스러움'은 바로 그러한 오인에 기인한다. 그리고 '왕'이 죽었다고 생각하고 있던 '나'는 '왕'이 살아 있을지도 모른다는 소문을 들었다는

---

8) 이청준, 『소문의 벽』, 앞의 책, 152면.

마담의 이야기를 듣고, 자신 역시 다방의 소문에 휘둘려 '왕'의 죽음을 기정사실화했다는 것을 깨닫는다.

「소문의 벽」에서 잡지사 편집부장인 '나'는 우연히 집 앞에서 만난 박준이 미치광이 행세를 하는 것을 궁금하게 여겨 박준의 치료를 담당하는 정신병원 의사 김박사와 박준의 원고를 보류시킨 문학 담당 편집자 안형으로부터 박준에 대한 이야기를 듣는다. 그리고 '나'는 박준의 소설과 신문 기사 등을 구해 읽으면서 박준이 미쳐가게 된 까닭과 잡지 일이 잘 되어가지 않는 까닭을 짐작한다.

이 작품에서는 박준이 쓴 소설, 에세이, 신문 인터뷰 기사를 메타적 글쓰기의 방식으로 제시하고, '나', '안형', '김박사' 등이 박준의 소설을 어떠한 방식으로 이해하고 해석하는가를 보여주고자 한다.

안형은 문학 담당 편집자로서, 자신의 문학에 대한 '취향'이나 혹은 편협한 이해에 치우친 '문학 이념'에 근거하여 박준의 소설을 판단한다. 가령, '괴상한 버릇'이라는 박준의 소설은 낭패한 일을 당하기만 하면 잠이 든 척 하는 버릇이 숫제 죽은 사람을 흉내 내는 버릇으로 발전하여, 마침내 가사 상태에 빠져 죽게 된다는 이야기를 담고 있다. 이 소설에 대해 '안형'은 '인간성의 어떤 불가사의한 일면'이라 할 수 있는 '버릇'을 '현실을 외면하고 성실한 생존에의 사랑을 포기한 슬픈 습성으로 매도'하고, 주인공이 달아나야 했던 '현실적이고 구체적인 압박요인'(326면)을 말했어야 했다고 비판한다. 반면 '나'는 주인공의 기이한 버릇에 가장 흥미를 느끼면서 '박준의 사고와 관련해서도 가장 깊은 암시를 받'(327면)게 되었다고 생각한다. 동일한 박준의 소설 한 편을 두고, '나'의 견해와 '안형'의 견해가 서로 달라지고, 심지어 상반된 이해가 나타나기까지 하는 것이다.

'나'는 김박사에게 박준의 소설을 읽도록 권해보지만, 김박사는 박준의 소설에 대해 그것은 '참고'가 될 수 있을 뿐이지 '치료의 원칙이 될 수 없다'(372면)고 거절한다. 김박사는 자신의 진단과 치료 방식을 과신하며, 그 결과에 따라 환자를 치료하겠다는 오만에 가까운 '신념'과 '사명감'을 굽히지 않는다. 여기에서 주목할 것은 '진술'과 관련된 김박사의 생각이다.

> 난 그때 우연히 환자가 몹시 전짓불을 두려워하고 있다는 걸 알았지요. 전짓불 앞에서는 그가 엄청난 공포감에 기가 질려 버리게 된다는 사실을 말입니다. 문제는 바로 그 점이었습니다. 뭐냐하면 난 그때 환자로 하여금 지나친 공포감으로 발작을 일으키게 하지만 않는다면 최악의 경우 그 전짓불로 환자를 완전히 굴복시킬 수가 있다고 생각했던 거예요. 그 전짓불로 환자를 적당히 고분고분하게 만들어서 비밀을 고백시킬 수가 있으리라고 말입니다. 한데 그런 생각은 노형께서 내게 들려 준 박준씨의 소설 이야기에서 더욱 확신을 얻게 되었지요.[9]

김박사는 박준의 '진술'을 받아내기 위해 박준이 전짓불에 공포감을 느낀다는 사실을 비상수단으로 활용하여 치료를 위한 박준의 진술을 받아내고자 한다. 그리고 박준을 결국 미치게 만들어 버린 결과를 낳게 된 자신의 오판에 대해서도 다른 환자들의 치료를 위한 케이스로 유익하게 활용할 수 있다고 여긴다.

이 작품에서 안형이나 김박사는 자신들의 '신념'에 기반하여 박준의 '소설'이나 '진술'을 이해하고 판단하고, 더불어 그 '신념'에 복종하도록 박준에게 요구한다. 말하자면 이들은 '신념'을 맹목적으로 좇으면서, 그것을 다른 사람들의 진술에 대한 판단의 근거로 삼고 있는 것이다. 그

---

9) 위의 책, 385면.

로 인해 '발화'는 이야기를 전달하고 공유하는 순수성을 잃고, '신념'이나 '사명감' 등에 사로잡힌 채 왜곡되거나 획일화되고 수단화되기에 이른다.

결국 이 작품은 '소설'을 누가 읽느냐, 그의 신념은 무엇이냐 등의 요인에 따라 서로 다른 이해와 해석이 가능하다는 점과, 또한 그러한 이해와 해석이 작가의 자유로운 소설 쓰기를 간섭한다는 점을 강조한다.

> 물론 진술이라는 말은 박준뿐 아니라 김박사도 즐겨 쓰는 말이었고, 나 자신도 잡지 일을 일종의 간접적인 자기 진술행위라고 고백한 일이 있지만(어쩌면 우리들은 모두가 그 진술과 관련하여 그것을 요구받으며 살아가고 있는 것인지도 모른다), 박준은 소설을 쓰는 사람인 만큼 무엇보다 자기의 소설 작업을 그 자신의 진술행위로 이해하고 있었음이 틀림없는 것이다.10)

위 인용문에서 '진술'은 '말'뿐만 아니라 '문학적 진술', 곧 '글'까지도 포함하는 개념으로 확장되고 있다. '문학은 적어도 소문 속에서 태어난 또 하나의 소문이 될 수는 없다.'(378면)에서도 역시 그와 같은 인식을 발견할 수 있다. '소문'은 「선고유예」에서 언급되었던 '소문'의 연장선상에 놓여있다. 그것은 '증언'의 형식이 아니라 사실 관계와 출처조차 알 수 없는 유언비어의 일종일 뿐이었다. '소문' 속에서 태어난 문학이란 전짓불의 압력에 굴복한 문학일 수밖에 없고, 또 그러한 문학을 다시 재생산하는 문학일 수밖에 없다. '소문'은 비단 일상의 '말'뿐만 아니라 '나'의 잡지와 '김박사'의 병원, 그리고 '문학'에서 이루어지는 모든 '진술' 속에서 작동한다. 그것은 그 각각의 공간이 근거하고 있는 '제도화된 풍속'과 '신념'에 따를 것을 요구받고 그에 복종하는 것이

10) 위의 책, 370면.

'진술'의 속성이 되었음을 드러내는 언표인 것이다.

이러한 점에 미루어 볼 때, 이 작품에 제시된 메타적 글쓰기가 갖는 성격이 드러난다. 박준의 소설, 에세이, 신문 기사 등은 박준의 생각을 보충하고 암시하기 위해 활용되고 있다. 이러한 기록물들은 모두 박준의 '진술'에 해당한다. 그런데 박준의 '진술'은 안형이나 김박사, '나' 등에 의해 끊임없이 해석되고 의미가 부여된다. 그 과정에서 박준의 '진술'은 작품이 의도하고 있는 것과는 다르게 왜곡되거나 비판받기도 하고, 이해되거나 옹호되기도 하고, 혹은 다른 목적을 위한 수단으로 이용되기도 한다.

그 결과 박준의 소설적 '진술'이 갖는 텍스트로서의 성격이 드러난다. 박준의 소설은 '이야기'가 될 수 없으며, 다만 그것을 읽는 독자에 의해 그 의미가 새롭게 생성될 수밖에 없는 '텍스트'가 되는 것이다. 그렇지만 박준은 그 스스로 '소문 속의 소문'으로 전락하는 문학, 곧 '진술'이 되지 않게 하기 위하여 끊임없이 자신의 진술욕을 억압하는 힘들을 경계한다. 박준의 소설은 그러한 과정 속에서 탄생한 '진술'인 셈이다. 이를 위해 한 편의 소설에 대한 다양한 독법을 보여주면서, 그러한 독법이 각 개인의 취향이나 편견, 신념에 근거하여 이루어지고 있다는 점과 그러한 독법이 자유로운 소설 쓰기를 간섭하고 억압하는 폭력으로 작동한다는 점을 강조한다.

4. 예술 인식의 균열 지점에 대한 사유와 소설 쓰기

이청준의 작품에서 '구술성'이나 '기술성'은 말이냐 글이냐, 구전된 것이냐 기록된 것이냐의 구별을 넘어서는 '이야기성'과 '텍스트성'으로 확장된다. '이야기'는 공동체 내에서 구비 전승되는 서사물에서 이끌어 낼 수 있는 공동체의 정서와 무의식을 담지하고 있는 것을 의미한다. 반면에 '텍스트'는 다양한 독법에 의해 의미가 해체되고 균열되는 것에 주목하면서 향유하는 자의 취향과 신념에 의해 독법이 영향을 받는다는 점을 강조하기 위해 제시된다.

전통 예술, 그 가운데에서도 민속 예술은 공동체 안에서 집단적 생산과 향유가 적극적으로 이루어지는 속성을 보여준다. 반면에 근대 이후의 예술은 각 개인에 의해 생산되고 소비된다는 특징을 갖는다. 곧 근대 이후의 예술에서는 생산자와 수용자가 분화되며, 이때 수용의 방식은 소비에 의해 수동적으로 이루어지는 경향을 보여준다.[11] 예술의 생산과 향유 방식의 변화는 '미(美)'에 대한 인식의 변화를 초래한다.

「줄」과 「매잡이」에는 줄광대 연희와 매잡이 풍속이 제시된다. 줄광대 연희는 남사당패의 놀음이지만, 남사당패가 사라지고, 연희 광대들이 서커스단으로 흘러들어가게 된다. 「줄」에서는 그 서커스단마저도 '활동사진'에 밀려 사라지게 될 위기에 처해 있는 상황이 제시된다. 그로 인해 단장은 줄광대에게 '재주'를 부리라면서 구경군의 '흥'을 돋워 주기를 요구한다. 반면 줄광대 부자는 단장의 그런 요구에 아랑곳하지 않고 줄 위의 세계를 자신들의 세계로 여기며 자신들의 줄타기 방식을 고수한다.

(i) 허 노인이 줄을 타는 모습은 정말 아름다웠다. 천정 포장을 걷어 젖히고, 넓은 밤 하늘을 배경으로 허 노인은 흰 옷에 조명을 받으며

---

11) 임재해, 「민속예술의 본질적 성격과 인간해방 기능」, 『비교민속학』 23, 비교민속학회, 2002. 8, 25~55면.

줄을 건너는 것이었는데, 발을 움직이는 것 같지도 않게 그냥 흘러가듯 조용히 줄을 건너가는 노인의 모습은 유령 같기도 하고, 어떤 때는 그냥 땅 위에서 하품을 하고 있는 것 같기도 했다.[12]

(ii) 여자는 줄 위의 운이 하늘을 날고 있는 학(鶴)으로 생각했더랍니다. (…) 아닌게아니라 저도 아직 운이 줄을 타는 그 곧고 유연한 모습이 잊혀지질 않는데……아마 그게 명인(名人)의 풍모가 아닌가 생각될 때가 있어요.[13]

(iii) ─선생은 매가 하늘을 빙빙 돌거나 땅으로 내려 박힐 때 그 곱고 시원스런 동작을 보신 일이 있겠지요. 그건 아름답습니다. 아마 선생도 그렇게 생각하셨겠지요. 하지만 난 알고 있습니다.
나는 눈으로 다음 말을 재촉했다.
─그 아름다움이 무엇인지를 말입니다. 한데 선생은 이 일에 관해서…….
하다가 사내는 다시 말을 끊고 한참 동안 <나>를 쏘아보았다. 그 눈에 이글이글 타는 것이 있었다. 그것은 나에게 이상하게도 성난 매의 눈을 연상시켰다.[14]

「줄」에서는 '흘러가듯 조용히 줄을 건너가는' 허 노인의 모습(i), 그리고 '하늘을 날고 있는 학'과 같은 허 운의 모습(ii)은 '아름다'운 것으로 그려지고 있다. 이때 '아름답다'고 생각하는 것은 트럼펫 사내(i)와 다리를 저는 여자(ii)이다. 「매잡이」에서는 '매가 하늘을 빙빙 돌거나 땅으로 내려 박힐 때 그 곱고 시원스런 동작'이 아름다운 것으로 그려진다. 이때 '아름답다'고 생각하는 것은 민형의 소설에 등장하는 곽서방

---

12) 이청준, 「줄」, 『별을 보여드립니다』, 앞의 책, 46면.
13) 이청준, 「줄」, 위의 책, 52면.
14) 이청준, 「매잡이」, 위의 책, 297~298면.

(iii)이다.

「줄」, 「매잡이」에서는 공동체의 놀이 풍속에 나타나는 '아름다움'에 대한 인식에 주목한다. 줄광대는 줄 위의 세계를 자신의 유일한 세상으로 여기고, 줄타기를 연마한다. 줄광대는 그럼으로써 그 세계에 고귀한 가치를 부여하고 스스로를 단련한다. 트럼펫을 불지 않으면 살 수 없다고 생각하는 트럼펫 사내에게 줄광대 부자의 삶은 아름다울 수밖에 없다. 또한 '다리를 저는 여자'는 허 운의 모습에서 대리 만족을 경험하면서 하늘을 날고 싶어하는 자유로운 비상을 향한 꿈을 꾸고자 한다.

매의 비상이 주는 아름다움은 바로 '여자'가 허 운을 통해 느끼는 아름다움과 유사한 것으로 여겨진다. 매의 비상과 하강의 시원스러움은 매잡이 곽서방에게 자연과 하나가 되는 아름다움의 체험을 선사한다. 곽서방은 매와 자신을 동일시한다. 함께 굶주리고, 함께 선잠을 자면서 사냥을 준비하는 곽서방은 매와 일체를 이루는 관계를 보여준다. 매의 비상과 하강의 시원스러움이 아름답게 여겨지는 것은 이 때문이다.

줄광대의 줄타기나 매잡이 풍속 등은 공동체의 놀이 풍속에 해당한다. 그것은 공동체적 유대와 공감의 확대와 관련된 공동의 예술 체험이다. 그러나 공동체 문화에 기반을 둔 이와 같은 풍속이 산업화 이후 급속도로 사라진다. 줄광대 놀음은 영화 산업이, 매잡이 풍속은 투전이 그 자리를 대신한다. 삶과 놀이의 공간이 동일하고, 놀이와 예술이 분화되지 않고 하나였던 민속 예술이 사라지고, 그 자리에 삶과 분리된 놀이, 놀이와 분리된 예술이 들어선다.

「선고유예」에서 보듯, 세느 다방의 대학생들에게 놀이란 다방 공간을 빌려 크리스마스 날 밤샘을 하고 노는 것, 세느 다방에서 차를 마시며 낙서집에 낙서를 하는 것 정도인 것이다. 또한 이 작품에서 예술은

'무대 위의 예술'이라는 허울만 갖고 있을 뿐이고, 무대 뒤의 제반 여건이 갖춰지지 않은 상황으로 제시된다. 이때 예술은 공동체에 기반을 둔 창조적 유희로서의 예술이 아니라, 근대 이후 산업화된 사회에서 소비적 수용이 강제되는 교환가치로서의 예술이지만, 제도적 기반이 아직 마련되어 있지 않은 상태에 놓여 있다. 예술은 더 이상 삶도 놀이도 아니고 오직 직업일 따름이다.

예술과 삶과 놀이가 일체화된 공동체적 사회에서는 예술이 나눔과 분배, 치유의 기능을 담당한다. 그러나 예술과 삶과 놀이가 각각 분화되고 전문화된 사회에서는 교환가치에 중심을 둔 소극적인 수용과 제도화된 풍속에 의한 규율과 강제, 억압의 성격이 강화된다. 그로 인해 공동체적 유대와 공감이 사라진 근대 산업화 사회에서는 단자화된 개인의 고독과 불안이 심화될 수밖에 없다. 줄광대 부자가 줄 위에서 그들의 생을 마감하는 것이나, 매잡이 곽서방이 자신의 주인이라 할 수 있는 서영감네 헛간에서 단식을 하며 죽어가는 것은 모두 공동체의 삶과 일체를 이루었던 예술이 사라져 가는 것에 대한 거부이자 저항이다.

공동체적 유대와 공감의 확대가 이루어지는 예술은 연행 지향적인 구술 문화의 특성을 보여준다. 따라서 민속 예술은 '구술성'이 강조되는 '구술 서사체'와 밀접하게 관련될 수밖에 없다. 반면 소설은 근대적 개인의 고독과 불안을 더욱 심화시키는 방식으로 나아가는 문자 문화의 특성을 보여준다. '쓰기'란 "지식의 객체로부터 지식의 주체를 분리해 냄으로써, 점점 더 분절적인 내성 활동을 가능하게"[15] 만든다. 그 결과 지식의 주·객 분리가 일어나게 되는데, 지식을 대하는 마음은 자기와는 전적으로 구분되는 외부의 객체적인 세계에 대해서, 그리고 그 객

---

15) Walter J. Ong, 앞의 책, 162면.

체적인 세계에 대응하는 내면적인 자기의 세계에 대해서 열리게 된다.

5. 맺음말

이 글에서 언급하고 있는 '메타적 글쓰기'는 바로 공동체의 소멸과
함께 영향력을 상실한 '구술성'과 그 자리를 대체하는 '기술성'이 갖는
한계와 모순을 심도 있게 파고들려는 작가의 의도를 반영한다. 「줄」에
서 기사 형식으로 제시되고 있는 장의사 사내의 발화는 '그럴듯한 이야
기를 사실로 만들려는' 신문사 문화 부장의 의도가 갖는 불순한 함의로
부터 결코 자유롭지 못하다. 또한 「선고유예」에서 마담이 '심심풀이'로
여기고 있는 '낙서집'의 글들은 그 정보의 정확성조차 보장받지 못하는
데도 끊임없는 소문들을 양산하고 생성해낸다. 「매잡이」에서는 세 편의
서로 다른 소설을 통해 미래를 예견하는 작가의 상상력과 작의에 의해
씌어진 소설이야말로 훌륭한 소설이라는 점을 강조하고 있다. 그러나
이러한 장밋빛 전망은 「소문의 벽」에서 바로 좌절을 맛본다. 그렇게 쓰
인 소설이라 할지라도 독자에 의해 작의와는 상관없는 방식으로 해석
될 여지가 충분하며, 더불어 문학 권력, 정치권력을 가진 이들에 의해
소설적 진술이 억압되고 감시받는 결과 자유로운 진술이 불가능하게
된다고 말하고 있다.

결과적으로 위의 네 작품은 '구술성'이 담지하고 있는 공동체적 유대
와 공감의 확대가 근대 산업사회에 들어서면서 더 이상 그 기능을 상실
하고 있다는 것과, 더불어 '기술성'에 부여된 신뢰성이 얼마나 허구적
이고 폭력적인 것인가를 강조하고 있다. 그럼에도 불구하고 작가 이청

준은 소설 텍스트에 '이야기'를 담아내고자 한다.

「소문의 벽」은 '용틀임치는 진술욕'을 억압당해 미쳐가는 박준에게 동정과 이해의 시선을 보내고 있다. 이를 통해 이청준 소설이 근대적 개인의 고독과 불안을 달래고 치유해 줄 수 있는 소설 쓰기로 나아갈 것이라는 점,16) 그리고 텍스트에 주어진 특권으로서 작동하는 의미를 균열시키고 끊임없이 해체하려는 해석학적 전략을 기획하는 방식으로 소설을 쓰고자 한다는 점, 그러한 기획과 전략을 통해 자기 구제로서의 소설 쓰기를 계속해 나갈 것이라는 점('작가는 진술로 말하게 하라', 381면)을 짐작할 수 있다.

이후 이청준 소설은 '구술성'과 '기술성'의 한계와 모순을 파악하고 공동체적 유대와 공감의 확대라는 '구술성'의 특징을 다양한 방식으로 끌어들여 그것을 통해 고독한 개인의 불안을 치유하려는 방향으로 나아간다. 이와 같은 '이야기성'과 '텍스트성'이 공존하는 것으로서의 '소설'에 대한 사유와 고민은 이청준의 전 작품을 통해 모색되고 탐구된다.

---

16) 발터 벤야민, 「얘기꾼과 소설가」, 반성완 편역, 『발터 벤야민의 문예이론』, 민음사, 1983, 183면.

제 4 장

애도에 의한 욕망의 상상적 실현과 사랑의 완성:
최인훈 「구운몽」

1. 머리말

최인훈의 「구운몽」(『자유문학』, 1962. 4)은 전통적 서사 구성 방식을 깨뜨리고 알레고리적 수사를 적극적으로 활용한 난해한 작품으로 평가받고 있다. 그로 인해 「구운몽」에 대한 연구는 「광장」 연구에 필적할 만큼 많은 연구자들에 의해 시도되었다. 지금까지 「구운몽」에 대한 연구들은 다양한 연구 방법에 의해 구명된 바 있다. 난해한 구조를 구명하고자 하는 형식적인 접근 방법이 압도적으로 많은 수를 차지하고 있으며,[1] 이 외에도 작품에 나타나는 담론과 이데올로기와의 관계를 구명하고자 하는 논의[2]들도 있다. 이러한 연구 성과들은 정신분석학적 연

---

1) 김춘식, 「최인훈 「구운몽」의 패로디와 아이러니」, 『동국어문학』 6, 동국대학교 국어교육과, 1994.
　오승은, 「최인훈 소설의 상호텍스트성 연구」, 서강대 석사논문, 1998.
　손유경, 「최인훈·이청준 소설에 나타난 텍스트의 자기반영성 연구」, 서울대 석사논문, 2001.
　차봉준, 「최인훈 패러디 소설 연구」, 『숭실어문』 17, 숭실어문학회, 2001.

구3)에 이르러 비로소 그 의미가 본격적으로 구명되기 시작한다.

정신분석학적 연구 방법에 근거하고 있는 최근의 논의4)에서는 작품의 서사 구조와 주제와의 긴밀한 상관성에 주목하여 독고 민의 욕망이 상상계를 욕망하면서 모순을 극복하고 새로운 사회를 지향하고 있는 것으로 파악하고 있다. 이 글에서는 이러한 논의를 바탕으로 하되, 보다 정치한 분석을 통해 이 작품의 의미를 구명하고자 한다.

이 글에서는 「구운몽」에 나타나는 세 층위의 구성 방식이 의미하는 바를 고찰하기 위해서 우선 민과 숙으로 표상되는 혹은 각 인물과 상동성을 갖고 있는 것으로 파악되는 인물들이 각 층위에서 의미하는 바가 무엇이며 어떠한 변화 과정을 보이는가에 주목하고자 한다. 다음, 병치와 반복의 서사 구성에서 혼란스럽게 펼쳐지는 공간의 이동이 어떠한 의미를 갖는가에 주목하고자 한다. 이들 두 문제를 해결할 때 이 작품 전반에 걸쳐 내포되어 있는 심층적 의미가 구명될 수 있을 것이다. 또한 이러한 고찰이 심도 있게 구명될 때, 「광장」-「구운몽」이 보여주는 작품 간의 상관관계와 관념적인 텍스트의 의미 구조가 보다 분명하게 드러날 수 있을 것으로 본다.

이 글에서는 이를 위해 라캉의 정신분석학적 방법을 원용하고자 한다. 독고 민의 욕망의 원형을 추적하는 데 있어 중요한 하나의 근거가 될 수 있는 것은 바로 '환상'이다. 기존의 논의에서 언급되고 있는 '환상'은 토도로프의 '환상성'에 근거하고 있는 것으로 '작가 특유의 문제

---

2) 김경욱, 「최인훈 소설의 이데올로기비판 담론 연구」, 서울대 석사논문, 1998.
   정은주, 「최인훈의 「구운몽」, 「서유기」 연구」, 고려대 석사논문, 1990.
3) 김인호, 「최인훈 소설에 나타난 주체성 연구」, 동국대 박사논문, 1999.
   서은주, 「환상, 새로운 질서 세우기의 욕망」, 『작가연구』14, 2002.
   최현희, 「최인훈 소설에 나타난 사랑의 의미」, 서울대 석사논문, 2003.
4) 문흥술, 「최인훈 「구운몽」에 나타난 욕망의 특질과 그 의의」, 『국어교육』113, 한국어교육학회, 2004.

의식에 의해 환타지를 해석'[5])하는 데 그치고 있다. 이러한 논의는 현실 비판적인 성격을 이끌어내는 방식으로는 적절하지만, 기존의 다른 방식을 통해 얻어낸 결과로부터 크게 벗어나지 못한다는 점에서 한계를 노정한다. 이 글은 기존의 '환상'에 관한 논의와 방법적 차원을 달리 하여 정신분석학적 연구방법의 일환으로 무의식에 기반한 '환상'에 주목하고자 한다. '무의식적인 환상(phantasme)'은 욕망이 상상적으로 실현되는 자리이다. 독고 민의 환상은 독고 민의 욕망이 실현되는 자리로서, 이를 통해서 독고 민은 전이와 퇴행의 과정을 거쳐 욕망의 원형에 도달하게 된다.

주체 구성 과정에서 주체의 근본적인 무의식의 욕망은 소외되고 왜곡되며 억압된다. 억압된 무의식은 기표의 형태로 은유―압축되거나 혹은 환유―치환되면서 우회적으로 드러나게 된다. 이 과정에서 무의식의 형성물들이 의식의 틈새를 뚫고 올라온다. 그 가운데 하나가 '환상'이라고 할 수 있는데, 환상은 무의식적인 소망을 충족시켜주는 방식이다. 무의식의 기표들은 다양한 연상 관계를 맺으며 환상을 조직해 내고, 은유 속에 압축되고, 환유적으로 결합한다.

근본적인 무의식의 욕망은 전이와 퇴행의 과정을 통해 드러난다. 퇴행은 한 기표에서 다른 기표로 이동하면서 이루어지는데, 자기애적인 이미지들과 동일시함으로써 에고가 형성되지만, 퇴행에 의해 이러한 자기애적인 이미지들이 박탈당하게 된다. 이 변증법은 존재의 결여를 나타내는 대상a가 드러날 때까지, 즉 상상계 속에서 주체가 만들어낸 것이 에고라는 사실을 주체 자신이 인식할 때까지 계속된다. 이 과정은

---

5) 조보라미, 「최인훈 소설의 환상성 연구」, 서울대 석사논문, 1999. 서은주의 논의 역시 '환상은 일반적으로 실제 경험상의 사실에서 자유롭게 풀려난 유희적 정신 작용을 의미한다'는 사전적인 정의를 활용하는 정도에 그치고 있다.

진실, 즉 주체의 욕망이 이끄는 경로를 따라 진행된다.6)

이상의 방법에 근거하여 이 글에서는 다음과 같은 점에 주목하여 논의를 전개해 나가고자 한다. 「구운몽」의 서사는 그 내용에 있어 세 층위의 구성 방식을 취하고 있다는 점에 대개의 논자들이 동의하고 있는 것으로 보인다. 세 층위는 독고 민의 서사(A), 김용길 박사의 서사(B), 영화 시사회를 보고 나온 연인의 서사(C)로 구성된다.

필름의 내용을 구성하는 서사 A와 B를 묶어 사건을 살펴보면, 독고 민은 숙으로부터 편지를 받고 숙과 만나기 위해 거리로 나가지만 숙을 만나지 못하고 거리를 배회하다가 거리에서 잠들어 꿈을 꾼다. 여기에서 독고 민이 동사했다는 사실이 생략된 것을 B의 서사를 통해 유추할 수 있다. 다음날 김용길 박사는 병원 분수에서 얼어 죽은 독고 민의 시체를 해부용으로 사용하고자 시체실로 내려 보낸다. 간호부장은 아들과 너무 닮은 시체를 보고 슬퍼한다. C의 서사에서는 연인이 이러한 내용으로 구성된 필름을 보고 나와 사랑을 확인한다는 사건을 담고 있다. 표면적으로는 단순해 보이는 구조이지만, 이 작품은 여러 다른 방식으로 해석될 여지가 많다.

우선 각 서사마다 서로 다른 인물들을 내세우고 있다는 점이다. 그로 인해 논자들이 중심인물을 누구로 설정하느냐, 그리고 민으로 표상되는 인물이 누구냐에 따라—물론 숙으로 표상되는 인물 또한 마찬가지이다—각기 상이한 의미들을 이끌어내고 있으며, 각 서사 간의 관련성을 해석하는 방식도 다양하게 전개된다. 따라서 「구운몽」을 제대로 이해하기 위해서는 무엇보다 먼저 인물에 대한 면밀한 고찰이 수반되어야 한다.

다음으로 각 서사의 시공간이 상이하다는 점이다. 시공의 단절이 개

6) 이상의 논의는 J. Lacan, *Ecrits* 1, 2, Editions de Seuil, Paris; A. Lemaire, 『자크라캉』, 이미선 역, 문예출판사, 1994 참조.

입되어 있기는 하지만, 각 서사에서 외양적인 상동성을 갖는 인물들이 나타나고 있다는 점은 각 서사가 단절되어 있다고 파악하는 판단을 유보하게 만든다. 대개의 논자들은 서사의 후반부로부터 거슬러 올라가면서 텍스트의 의미를 파악하고 있지만, 이 또한 논자들마다 다르게 나타난다. 또 무엇보다 명확하게 해명하기 어려운 부분은 바로 독고 민이 중심인물로 등장하는 서사이다. 이 부분에서 현실에 대한 비판이 중심을 이룬다는 지적은 대개의 논자들이 동의하고 있는 것이지만, 서사의 형식과 내용 간의 상관관계를 해명하는 방식은 그 난해함을 충분히 설명해내고 있지 못하다.

따라서 이 글에서는 독고 민이 중심인물로 등장하는 서사를 세밀하게 분석함으로써 다른 서사들과의 관련성과 서사의 형식과 내용 간의 상관관계를 구명하고자 한다. 이를 위해 다음과 같은 가정을 전제하고자 한다. 우선 각 서사는 서로 유기적인 관련성을 갖고 있는 것으로 보인다. 이 작품은 인물과 배경, 사건이라는 모든 구성 요소를 통해 혼돈스러움을 유도하고 있으나, 차후에 그 의미를 재구성했을 때 더욱 명확하게 드러난다. 다음, 세 층위에서 전개되는 인물들의 관계와 그 변화 과정 속에서 텍스트의 주제가 생성되는 것으로 보인다.

이상의 연구 목적에 따라 각 서사들을 2, 3장에 걸쳐 살펴보고자 한다. 각 장에서는 독고 민과 숙이라는 인물과 상동성을 갖고 있는 인물들을 밝히고 독고 민의 욕망이 변화하는 과정을 살펴볼 것이다. 4장에서는 각 서사 간의 연관 관계를 유기적으로 고찰하고, 이를 바탕으로 하여 5장에서는 「광장」과 「구운몽」을 통해 변주되는 밀실과 광장의 의미를 밝혀낼 것이다. 이상의 논의를 위해 이 글에서는 전집으로 간행된 『광장/구운몽』(문학과지성사, 1996)을 주된 텍스트로 삼고자 한다.

2. 환상에 의한 욕망의 변증법적 실현

각 서사 가운데 가장 난해한 부분은 바로 독고 민의 서사(A)인데, 반복과 병치가 뒤섞여 있는 독고 민의 서사는 공간의 이동이 혼잡하게 나타나고 있고, 서사의 인과관계가 전혀 드러나지 않는다. 우선 독고 민과 숙과의 관계가 중심이 되는 사건을 중심으로 서사 단위를 나누어 보면 다음과 같다.

1. 누군가 자신을 불러내 관 속에서 나오는 꿈을 떠올리며 아파트 계단을 올라감.
2. 아파트에 들어가서 숙이 보낸 편지를 발견하고 읽음.
3. 따뜻했던 숙과의 만남에 대한 회상.
4. 숙으로 인해 국전에 출품했던 일과 숙이 자신을 떠나간 일을 떠올림
5. 사흘 후 숙과 만나지 못하고 극장에서 영화를 보고 나옴.
   (극장 옆자리에 앉았던 여인을 쫓다가 놓침. 몸을 녹이기 위해 카운터에 누군가 앉아 있는 찻집에 들어가고자 하지만 문이 열리지 않아 들어가지 못함. 골목 찻집에 들어갔다가 시인들에게 쫓김)
6. 아파트에 들어가 편지 소인을 확인하고 숙과 다시 만날 약속을 정해 광고에 내고자 함.
7. 잠이 들어 몸이 쪼개지는 꿈을 꿈.
8. 숙과 만나지 못함.
   (몸을 녹이기 위해 카운터에 누군가 앉아 있는 찻집에 들어가고자 하지만 문이 열리지 않아 들어가지 못함. 은행 임원들이 있는 방, 무용수들의 연습실, 감옥, 술집으로 이동하면서 무리들에게 쫓김)

9. 광장에서 숙을 발견하지만 고관 부인이 된 숙은 민을 알아보지 못하고 민은 광장에서 총살당함.
   (혁명군들에 의해 다시 살아난 민은 그들의 집으로 감. 국외로 도피하기 위해 바닷가로 향함)
10. 숙이 자신을 알아보지 못함에도 불구하고 민은 그녀에게 매달리기로 마음먹음.

2-1. 상상계에 기반한 독고 민과 숙의 이자적 관계

위의 서사에서 1~3까지는 독고 민과 숙과의 행복했던 순간이 중심을 이루고 있다. 우선 작품의 첫 장면에 해당하는 관 속에서 나오는 꿈을 살펴보자.

> (i) 관(棺) 속에 누워 있다. 미이라. 관 속은 태(胎)집보다 어둡다. 그리고 춥다. 그는 하릴없이 뻔히 눈을 뜨고 누군가를 기다리고 있다. 몸을 비틀어 돌아눕는다. 벌써 얼마를 소리 없이 기다려도 아무도 찾아오지 않는다. 몇 해가 되는지 혹은 몇 시간인지 벌써 가리지 못한다. 혹은 몇 분밖에 안 된 것인지도 모른다. 똑똑. 누군가 관 뚜껑을 두드리고 있다. 누구요? 저예요. 누구? 제 목소릴 잊으셨나요. 부드럽고 따뜻한 목소리. 많이 귀에 익은 목소리. 빨리 나오세요. 그 좁은 곳이 그렇게 좋으세요? 그리고 춥지요? 빨리 나오세요. 따뜻한 데로 가요. 저하고 같이. (…) 그는 몸을 일으켜 관에서 걸어나왔다. 캄캄하다. 두 팔을 한껏 앞으로 뻗치고 한 발씩 걸음을 떼놓는다. 한참 걸으니 동굴 어귀처럼 희미한 곳으로 나선다.[7]

> (ii) 민.
> 얼마나 오랜만에 불러보는 이름입니까? 저를 너무 꾸짖지 마세요.

7) 최인훈, 『광장/구운몽』, 문학과지성사, 1996, 193면.

지금의 저는 민을 보고 싶은 마음뿐입니다. 돌아오는 일요일 아세아극
장 앞 '미궁'다방에서 기다리겠어요.8) (밑줄: 인용자)

관 속에서 나오는 꿈의 서사 (i)에서 "관"은 "태(胎)집", "동굴"과 같은
환유적 연쇄 고리를 이룬다. 그리고 "부드럽고 따뜻한 목소리. 많이 귀
에 익은 목소리"가 그를 불러낸다. 이 장면은 마치 어머니의 자궁 속에
서 아이가 나오는 탄생의 장면을 환기시키는 듯하다. 그런데, 이 장면에
는 탄생의 순간에 수반되는 고통의 감정이 삭제되어 있어 쉽게 탄생의
순간으로 단정하기는 어렵다. 이어지는 서사에서 독고 민이 숙으로부터
편지를 받는(ii) 내용이 전개되는데, 이와 관련하여 위의 꿈을 파악할 필요
가 있다.

1~3의 서사는 민의 회상에 의해 전개되고 있으며, '황금시대'에 비유
될 만큼 민과 숙의 행복했던 관계를 담고 있다. 따라서 '부드럽고 따뜻
한 목소리'는 숙의 목소리임을 짐작할 수 있다. 민이 있는 공간이 '태
집', '동굴'과 같은 곳이라는 점에서 민이 추구하는 숙과의 관계는 아이
와 어머니와의 이자적 관계, 즉 상상계의 층위에 놓여 있음을 짐작할
수 있다. 그렇다면, 이 장면에서 숙의 편지는 무엇을 의미하는 것인가.

(iii) 그녀가 그의 재질을 알아주고 부추겨준 일이 먼저 고마웠다.
그것은 서로 보다 나아지려는 연인이 아니고는 있을 수 없는 보살핌이
었다. 그는 결심했다. 다음날부터 출품 작품에 달라붙었다. 그녀에게
값하는 사람이 되고 싶은 한 마음에서였다.
가시쇠줄 울타리가 있었다. 미군 보초가 서 있었다. 양부인이 마주
서서 손을 벌리고 웃고 있었다. 조금 떨어져서 담배 파는 할머니가 올
망졸망 늘어놓은 목판 뒤에 앉아 있었다. 할머니 옆에 거지 계집애가

8) 위의 책, 195면.

깡통을 안고 쭈그려앉아 있었다. 그리고 밤이었다. 이런 그림이었다.9)

(iv) 그런 나날이 반 년 남짓 나가다가 그녀는 훌쩍 자취를 감췄던 것이다. 말할 것도 없이 당시로서도 적지 않은 금액의 신용대부(애인 사이에 신용대부도 우습지만) 형식으로 맡고 있던 민의 현금과 함께였다. 말 못 할 무슨 사정이 반드시 있을 것으로 짐작했다.10)

iii)은 국전에 출품하였으나 낙방한 사건, iv)는 숙이 민을 떠난 사건이다. 대학을 중퇴한 숙에게 고등학교 중퇴의 민이 어울릴 수 있을만한 방식은 국전에 입선하는 길이었을 것이다. 그러나 그것이 수포로 돌아갔고, 얼마 후 숙은 "민의 현금과 함께" 민을 떠났다. 이 사건들은 민과 숙의 이자적 관계가 깨어지는 것을 의미한다.

숙에게 "값하는 사람이 되"고자 민이 그린 그림(iii)에는 미군 보초와 양부인, 할머니, 거지 계집애가 등장한다. 숙이 양부인이었으므로, 미군 보초와 양부인을 제외하면 할머니와 거지 계집애가 남는다. 미군 부대 종업원이었던 민은 담배를 팔아 돈을 버는 할머니의 역할을 차지한다. 그렇다면 거지 계집애는 무엇을 의미하는가. "깡통을 안고 쭈그려앉아 있"는 모습에서 아이가 물질적인 것을 요구하고 있음을 짐작할 수 있다. 계집애는 미군 부대에서 나오는 돈을 받고 있는 숙과 민의 모습을 환기시킨다. 민과 숙의 직업은 '궁녀'와 '환관'(198면)으로 환유—치환되는데 이를 통해 미군은 암시적으로 '왕'의 자리를 차지한다.

민과 숙의 이자적 관계를 염두에 두고 이들이 이루는 삼각관계를 그려볼 경우, 아버지의 자리에 미군이, 어머니의 자리에 숙, 그리고 아이의 자리에 민이 놓인다. 결국 민의 그림에는 이들의 삼자 관계가 투영

9) 위의 책, 200면.
10) 위의 책, 198~199면.

되어 있으나, 민에게 있어 '미군'은 숙과의 관계를 방해하는 강력한 상징적 아버지로 작용하지 않는다. 무엇보다 상징적 아버지의 개입이 두드러지는 사건은 숙이 민을 떠난 사건이다. 민으로 하여금 숙의 욕망이 자신에게 향해 있지 않다는 것을 깨닫게 만들기 때문이다. 그러므로 민에게 있어서는 숙의 호출이나 편지가 상징계로의 진입을 요구하는 의미를 갖는다.

위의 인용문 ii)에서 숙이 민을 불러내 만나고자 하는 장소가 '미궁다방'이라는 점에 주목할 필요가 있다. 숙을 만나기 위해 약속 장소로 나간 민은 숙을 만나지 못한 채 '미궁'과도 같은 여러 공간 속을 헤매고 돌아다니게 된다. 그 공간들은 모두 불편하고 이질적이며, 소통이 이루어지지 않는 공간으로 그려져 있다. 민은 그곳으로부터 벗어나 숙과 만나기만을 기대하고 있으므로, 그 공간들은 숙과 민의 만남을 방해하는 상징계를 표상하는 것이라고 파악할 수 있다.[11] 따라서 '관 속에서 나오는 꿈'은 숙과의 이자적 관계를 유지하고자 하는 독고 민의 심리를 반영하는 동시에 숙의 호출에 의해 독고 민이 상징계로 진입하게 될 것임을 시사한다.

(i), (ii), (iii), (iv)의 인용문들을 유기적으로 살펴보자면, 숙과 민은 상상계적 관계 위에 놓여 있다. 민이 '황금시대'로 명명하였던 민과 숙과의 이자적 관계에 기반한 행복했던 순간들에서 이들의 관계에 개입해 있던 상징적 아버지의 존재라 할 수 있는 '미군'은 선명하게 드러나지 않는다. 미군에 의한 민의 욕망의 거세가 적극적으로 이루어진 시기가

---

11) 주체는 언어를 매개로 하여 상징계에 진입한다. 이로 인해 주체는 필연적으로 소외와 분리의 과정을 겪게 된다. 말이 발화되어 나오는 그 순간 주체가 말하고자 하는 진정한 의미를 상실하며, 주체의 욕망은 그 가운데에서 소외된다.(A. Lemaire, 앞의 책, 127면)

아니라는 점에서 '황금시대'인 것이다. 이후 이들의 관계에서 상징적 아버지의 개입은 보다 분명해지고 위압적인 것으로 드러난다.

2-2. 이자적 관계에서 오이디푸스 콤플렉스로 넘어가는 과정 —욕망의 상징적 거세

위의 서사에서 4~10에 해당하는 이 시기는 오이디푸스 콤플렉스를 겪는 과정에 해당한다. 독고 민은 숙이 떠나게 되면서 '황금시대'로 명명되는 행복했던 이자적 관계로부터 벗어나 상징계로 진입하게 된다. 독고 민의 욕망은 숙과의 이자적 관계를 유지하는 것에 놓여 있지만, 숙의 호출에도 불구하고 민은 숙을 만나지 못한다. 이자적 관계에 놓여 있는 이들에게 상징적 아버지가 개입하는 것이다. 민이 숙을 찾아다니는 가운데 만나게 된 무리들은 모두 상징계를 표상하는 욕망 억압의 기제라고 할 수 있다.

민은 자신의 욕망이 거세당할 위기에 놓이자 다음 두 가지의 태도를 취한다. 첫 번째로 민은 자신의 사회적 지위에 대해 반성적 성찰을 꾀한다. 이 사건은 위의 서사 5에 해당한다.

"자 선생님!"
민은 그를 보고 애원하듯 모기 소리를 냈다.
"여러분 선생님, 무슨 잘못 아신 모양인데요…… 저는 독고 민이라고, 간판삽니다."
떠나갈 듯한 폭소가 일어났다. 어떤 사람은 너무 우스워서 발을 동동 굴렀다.[12]

---

12) 최인훈, 앞의 책, 213면.

시인들은 독고 민을 '선생님'이라고 부른다. '선생님'이라는 명명에는 그러한 이름을 부여받고 싶어 하는 독고 민의 욕망이 투사되어 있다.[13) 숙에게 '값하는 사람이 되'고 싶은 것이다. 그럼으로써 숙과 상상계적 동일화[14)를 이루고자 하지만, 그는 그들이 원하는 '선생님'이 아닐뿐더러 "극장에서 프로가 바뀔 때마다 붙이는 간판을 그리는" "간판사"에 지나지 않는다. 그의 직업에 대한 솔직한 대답은 시인들의 무리에게 희극적인 폭소만을 자아냈다. 그들이 보내오는 '존경과 사랑에 넘치는 얼굴'을 결코 받을 수 있는 입장이 아니라는 점에서, 또 한편으로 그는 "돈을 주체할 수 없었던" 황금시대에 비해 "수입이야 그녀와 지내던 때하고 견줄 바 못 된다"고 자각하고 있다는 점에서 독고 민은 여전히 숙에게 '값하는 사람이 되'지 못한다. 이러한 자각은 불쾌한 감정만을 동반할 뿐이다. 사람들의 눈길을 '쇠줄'과 같은 것으로 인식한다든지, 혹은 '초롱 속의 새'처럼 시선에 갇힌 자신을 의식하는 것은 이 때문이다. 이로 인해서 독고 민의 숙과의 이자적 결합에 대한 욕망이 억압되고 욕망은 상징적으로 대체된다.

이 부분에서 또 하나 문제가 되는 것은 시인들이 그에게 "선생님 한 말씀만 해주세요. 네?"라고 하면서 시평을 '요구'한다는 점이다. 시인들의 '요구'를 단지 시평에 대한 '시인들'의 '요구'로만 읽는다면 다른 서

---

13) 모든 사람이 되고 싶어하거나 스스로 자신에 대해 가정하는 이상들(ideals)이 에고 속에 응축되어 있다. 그러므로 에고는 우리 자신의 타자이다. 에고는 자아와 동일시되어 그것에 달라붙어 있다. '나는 누구 누구처럼 되고 싶다'는 아이들의 말 속에서 이를 짐작할 수 있다. (A. Lemaire, 앞의 책, 122~123면)

14) 아이는 어머니가 욕망하는 것을 욕망하며 그 욕망을 충족시키기 위해 자신을 욕망의 대상인 남근과 동일시한다. 이 단계에서 수동적으로 복종하여 종속됨으로써 다른 사람의 욕망의 대상과 자신을 동일시하는 어린아이는 주체가 아니라 결여이며 무이다. 자신에 대한 상징적 대체물을 갖지 못하기 때문에 아이는 개별성, 주체성, 사회 속에서의 위치를 박탈당한다. (위의 책, 136면)

사와의 관련성이 전혀 드러나지 않게 된다. 또한 '요구'는 비단 시인들의 무리에게서만 나타나는 것이 아니라 이후 은행 임원들이나 무용수들, 술집 사람들에게서도 나타나고 있다. 따라서 '요구'는 무리들이 민에게 요구한다는 표층적인 의미에서 파악하기보다는 오히려 심층에 내재되어 있는 의미, 즉 민이 숙에게 '요구'하는 것으로 파악하는 것이 더욱 타당하다. 표층의 의미가 심층에서 전도되어 있는 것이다.

「해전」이라는 시의 내용에 의거해 볼 때 시인들이 요구하는 시평은 이러한 독법을 더욱 확고하게 만들어준다. "그리고 내 사람이여/산호보다 고운 이여/나 그대를 사랑하노라"(212면)라는 「해전」의 마지막 구절에서도 알 수 있듯이 숙의 욕망의 대상이 되고자 하는 독고 민의 욕망은 '숙의 사랑을 요구'하는 형태로 환유적으로 전치된 것이라고 판단할 수 있다.15) 말하자면 "한 말씀만 해 주세요"에는 "저어 내 한 가지 묻겠는데…… 숙인 정말 날 사랑해?"(198면)라는 물음이 담겨 있는 것이다.

이후 독고 민은 아파트 계단을 오르는 반복적인 경험을 다시 하게 된다. 숙의 편지와 밀접하게 관련되어 있는 '반복'은 숙과 만나지 못함으로써 겪게 되는 불쾌한 감정에 대한 일종의 저항이라고 볼 수 있다. 두 번째로 반복되는 장면에 이어지는 서사는 숙이 보낸 편지의 소인을 확인하고 신문 광고의 문구를 작성하는 것으로 구성된다. 그럼으로써 숙이 나오지 않은 것으로 인해 겪게 되는 심리적 불안감으로부터, 혹은 불쾌감으로부터 벗어나고자 하는 것이다. 민이 광고 문구를 작성하는 상황을 면밀히 살펴보자.

---

15) 아버지의 이름(법)이 부과됨으로써 형성되는 존재의 결여에 의해서 욕망이 외부로 나타나게 된다. 욕망은 '요구'의 형태로, 라캉에게는 전통적인 문화의 형태를 띠고 한 기표에서 다른 기표로 환유적으로 전치되어 나타난다. (위의 책, 144면)

이런 것도 있다. 애라 어머니 돌아오시오. 모든 일이 잘 되었으니 아무 염려 말고 돌아오시오. 이거다. 민은 웬일인지 눈물이 핑 솟았다. '아무 염려 말고'하는 대목이 좋았다. 이거야. 그는 의자를 당겨 책상에 마주앉았다. 연필을 혀끝으로 빨면서 써나간다.

<u>숙이 돌아오시오. 모든 일이 잘 되었으니 아무 염려 말고 돌아오시오.</u>

민은 만족해서 소리 높이 두 번 읽어본다. 아니 좀 이상한걸. <u>돌아오시오</u>라니. 한참 생각하고 이렇게 고쳤다. <u>숙이 다시 한번 나오시오.</u> 그렇지. 다시 한번 나오래야지. 시간을 써야지. 2월 15일 오후 1시 그 다방으로 나오시오. 인제 됐다. 모든 일이 잘 되었으니 아무 염려 말고 돌아오시오. 이 대목도 틀렸다. 마치 그녀가 무슨 잘못하기나 한 것처럼 '<u>아무 염려 말고</u>'는 다 뭐야. 연필로 죽 그어버린다. 그 대신 '<u>숙이 꼭 나와야 합니다</u>'라고 넣었다. 다 됐다. '<u>2월 15일 오후 1시 그 다방에 다시 나오시오. 숙이 꼭 나와야 합니다.</u>' 그는 이제 안심이 되었다.[16] (밑줄: 인용자)

위의 인용문을 살펴보면, 민은 처음 작성한 광고 문구를 두 번에 걸쳐 고친다. 이 장면에서 다음 세 가지 점에 주목해 보자. 우선 광고 문구의 선택이다. '애라 어머니'가 돌아오기를 바라는 광고 문구를 보고 그는 "눈물이 핑 솟았다". 이 장면에는 민의 무의식이 투영된 것으로 보인다. '숙'은 바로 자신의 '어머니'와 같은 여인인 것이다. 구순기적 충동의 무의식적인 발현이라고 볼 수 있는 "연필을 혀끝으로 빨면서"라는 표현에서도 이들의 이자적 관계를 엿볼 수 있다. 이 광고 문구가 이자적 관계를 환기시켜 주기 때문에 민은 더할 나위 없는 만족감을 표명하는 것이다.

다음, 민은 "돌아오시오"를 "다시 한번 나오시오"로 고친다. 전자가

---

16) 최인훈, 앞의 책, 218~219면.

민의 무의식이 드러난 표현이라면 후자는 의식적인 검열을 통해 한 번 걸러진 욕망이 드러난 표현이라고 할 수 있다.

마지막으로 민은 문구에서 "아무 염려 말고"를 지워버린다. "그녀가 무슨 잘못하기나 한 것처럼" 생각한 자신에게 불만을 표현하면서 문구를 고쳐 쓰는 것이다. "잘못"이라는 표현에서 짐작할 수 있듯이 민은 숙이 "자신의 돈과 함께" 떠나버렸다는 사실로 인해 숙이 자신보다 자신의 돈을 원했던 것이 아닌가 하는 추측을 완전히 부정할 수 없었던 것이다. 따라서 민은 숙과의 이자적 관계, 즉 숙의 욕망의 대상이 "돈"이 아닌 바로 자신이 되길 원하기 때문에, 자신의 이러한 추측이 의식 위로 떠오르는 것을 강력하게 억압할 수밖에 없다. 이러한 태도로부터 숙과의 만남에 대한 민의 절실한 '요구'가 '돈'이 아닌 바로 '자신'에 대한 숙의 사랑을 확인하고자 하는 요구임을 짐작할 수 있다. 다른 한편으로 이러한 '요구'에는 약속 장소에 나오지 않은 숙의 태도를, 자신에 대한 거부로 받아들이려 하지 않는 민의 심리가 함축되어 있다.[17]

두 번째로 독고 민은 상징계에서의 숙의 위치를 성찰함으로써 거세에 대한 위협으로부터 우회한다. 민은 숙의 부름에 따라 상징계로 편입하고자 하지만, 자신의 지위나 경제적 능력으로는 그 스스로가 숙의 욕망의 대상이 될 수 없음을 알기 때문에, 숙과의 이자적 관계에 대한 욕망을 '환상'을 통해 실현하고자 한다. 민과 숙의 관계를 역전시켜 무리들과 자신과의 관계에로 투사함으로써 욕망을 충족시키고자 하는 것이다. 무리들이 독고 민을 '선생님', '사장님', '각하', '여보' 등의 이름들

---

17) 에고는 자기만족이나 명확한 양심, 혹은 분명히 잘못된 믿음을 핑계 삼아서 어떤 분석이나 질문으로부터 벗어난다. 잘못된 믿음이 표출될 때 그것을 형성하고 있는 조건이 인식되지 못함으로써, 그리고 모든 질문을 거부하게 만드는 보존 본능에 의해서 잘못된 믿음은 반복된다. (A. Lemaire, 앞의 책, 266면)

로 부르는 것은 바로 이 때문이다. 상징계에서의 사회적 지위를 지칭하는 이러한 이름들은 독고 민이 숙의 욕망의 대상과 자신을 동일시하려는 태도를 보여준다. 그렇다면, 민의 이러한 환상 가운데 숙은 어떠한 모습으로 등장하는가. 다음은 위에서 언급한 서사의 8에 해당하는 사건들 속에서 숙과 상동성을 갖는 인물들을 뽑아낸 것이다.

　　① 은행 임원들의 무리 속에서 노란 스웨터의 여인
　　② 무용수들의 무리 속에서 미라
　　③ 감옥 죄수가 잊지 못하는 첫사랑의 여인, 숙
　　④ 술집의 여급, 에레나

이들은 모두 "왼쪽 뺨에 까만 점"(195면)이 있는 숙과 동일한 외양을 가진 인물들이다. 그러나 독고 민은 이들 인물들을 보면서 "어디선가 많이 본 여자" 같았다는 느낌만을 가질 뿐이다. ③을 제외하고 민이 다른 인물들을 숙과 동일한 인물로 받아들이지 않는 이유는 무엇인가.

위에서 언급한 내용을 통해서 짐작해 보자면, 민은 숙이 약속 장소에 나오지 '않은' 사실이 의미하는 바를 있는 그대로 받아들이지 못한다. 그것을 받아들일 경우 민은 숙과의 관계를 포기해야 하기 때문이다. 따라서 그는 "무슨 사정이 반드시 있을 것으로 짐작"한다. 그런데 민의 환상에서는 '숙'이 아니라 "왼뺨에 까만 점이 있는 여자"가 등장하고 있다. 그 여자는 곧바로 숙으로 대응되지도 못한다. 민의 환상에서 숙이라는 인물이 일종의 무의식의 검열에 의해 억압되었기 때문이다.

다음 장에서 보다 자세히 언급할 것이지만, 숙과 외양의 상동성을 가진 여자들은 공간이 함축하고 있는 의미와의 상관성으로 인해 무의식의 검열에 의해 왜곡되어 나타나고 있는 것이다. 따라서 이처럼 오인된 환상이라든지 반복적인 경험이 나타나는 것은 숙이 나오지 않았다는 사실로 인해 그가 받은 상처를 다시 경험하지 않으려고 하는 무의식적인 반응과, 숙이 욕망하는 대상이 자신이 아닐지도 모른다는 사실을 애써 부인하려는 심리 상태가 복합적으로 작용한 결과이다.

따라서 이들이 상상계에 대한 지향을 상기시켜주는 것은 당연하다. 말하자면 억압된 욕망이 이들을 통해서 회귀하는 것이다. 그녀들을 통해서 숙을 "문득" 떠올리는 것은 그녀들이 오인된 환상으로 나타난 '숙'이라는 사실을 설명해준다. ②에서 숙의 허벅다리 상처를 떠올리는 것은 그 단적인 예이다.[18]

(i) 그녀의 허벅다리 안쪽에 한 치 가량 <u>가로패인 움푹한 흠집</u>을 만져보게 하던 일[19]

(ii) 여자의 몸이 이렇게 고운 줄을 그는 몰랐다. 그는 문득 <u>숙의 허벅다리 상처</u>를 떠올렸다. 가슴 아프도록 그리웠다. 어디 있을까.[20]

(iii) 당신들과 우리 사이에 가로놓인 저 깊은 늪 속에 던져넣었습니다. 엎드려 그 깊은 <u>갈라짐</u> 속을 들여다봅니다. 그것은 <u>나의 속으로 들어가는 입구</u>. 사랑을 가지고도 이르지 못했던 깊이. 그 속에 어른거리는 당신의 얼굴을 봅니다. 당신의 희디흰 가슴을 봅니다. 그 가슴을 향하여 나는 도끼를 던집니다. 너에게로 던지는 나의 사랑. 너의 가슴을 부수고 저 흔들리는 별빛 아래 그대가 세운 맹세를 밖으로 내놓기 위하여.[21] (밑줄: 인용자)

---

18) 거세 콤플렉스에서 상상계는 신체(예를 들어 무엇인가가 들어갈 수 있는 구멍, 발기할 수 있는 형태), 정서, 활동, 수동성, 권력에의 의지 등에 대한 직관적인 산 경험에 관련된다. (위의 책, 105면)
19) 최인훈, 앞의 책, 218면.
20) 위의 책, 238면.

"가로패인 흠집"(i)은 "갈라짐 속"이자 "입구", "깊이"이고 "당신의 얼굴"(iii)을 떠올리게 하는 기표이다. 허벅다리 안쪽에 은밀하게 자리 잡고 있는 이 흠집은 마치 자궁으로 들어가는 입구를 환기시킨다. 이러한 표상들은 결여 혹은 상실을 나타낸다.22) 결여를 메우고자 하는 욕망의 대상은 민에게 있어 '숙'으로 나타난다. '왼쪽 뺨에 까만 점'에서 '허벅다리 안쪽의 상처'(②, ii)로 이동하는 욕망의 연쇄는 점차 숙이라는 욕망의 대상에로 가까이 가면서 결여를 메우는 대상a로서 작용한다. 그러나 욕망의 기표에 가까이 다가가는 기표의 연쇄는 '투시하려 한 죄'(③)에서 억압된다. 그것이 상징계의 법에 어긋나는 것이기 때문이다. 이러한 기표의 연쇄는 민의 욕망에 근본적으로 다가가 있다. 말하자면, 가리워져 있던 진실이 드러나는 셈인데, 그의 욕망은 간수에 의해 숙이 '화냥년'이라고 명명됨에 따라서 자신의 진실을 상실하기에 이른다. 따라서 민은 이후의 서사 ④에서 '에레나=숙'의 도식을 전적으로 거부하고 에레나에게서 벗어나려고 한다.

위의 인용문(iii)의 경우 결여를 메우는 대상a인 '사랑'의 기표는 '도끼'로 은유-대체됨으로써 공격적인 성향을 드러낸다. 맹세를 "배반"하거나 혹은 양심을 저버리거나 사랑을 거부하는 타자에게 인정과 판단에 대한 대답을 요구하는 가운데 이러한 공격적인 행위가 나타나는 것이다.23) 자신의 존재에 대한 규정을 요구하는 미라들의 물음이나 혁명군

---

21) 위의 책, 249면.

22) 최초의 상실에 대한 경험은 상상계 속에서 표출될 수 있다. 최초의 상실은 신체적인 틈새나 구멍을 나타내는 이미지를 통해 표출된다. 혹은 성감대의 상상계적인 표출에 의해 최초의 상실이 나타난다. 이때부터 본능의 역동성에 의해서 존재의 결여(틈)를 메울 수 있는 여러 외부적인 대상이 중요해진다. 이 과정에서 주체는 은유적 과정을 통해, 대체물로 계속해서 최초의 상실을 메우려 한다. (A. Lemaire, 앞의 책, 197~199면)

23) 다른 사람과의 경쟁 관계 속에서 자신을 형성하고, 다른 사람이 인정하고 판단해주길 기다릴 때, 인간은 시기, 강한 질투, 실제적인 공격, 자아의 부정 혹은 다른 사람에 대

방송을 통해 나오는 내용은 바로 독고 민 자신이 숙을 향해 묻고자 하는 존재에 대한 인정에의 요구라고 할 수 있다.

9의 서사에서 독고 민이 지향하는 숙과의 이자적 관계에 대한 욕망은 고관 부인이 된 숙이 민을 알아보지 못함으로써 거세될 위험에 처한다. 숙을 향한 민의 욕망은 철저히 억압되고 이로 인해 민은 혁명군들의 수령이라는 상징계의 지위를 받아들일 것인가를 고민하는 유혹에 빠지게 된다. 이 유혹의 장면에서 '왼뺨에 까만 점을 가진 여인'이 등장한다. 늙은 댄서가 눈물을 흘리고, 독고 민의 시체에 입을 맞추면서 젊은 여인으로 변화한 것이다. 늙은 댄서의 변화는 그녀가 타락한 욕망으로부터 벗어나 '황금시대'의 숙의 모습에 보다 가까이 다가간 것을 의미한다. 이 장면에서 독고 민의 죽음에 대한 애도가 이루어진다. 민을 향한 그녀의 '짝사랑'이나, '수컷을 사로잡은 암호랑이'와 같은 감정은 민이 숙에게 보였던 감정을 투사한 것으로, 이를 통해 민은 숙이 자신을 모른다고 한 것으로 인해 받은 상처를 회피하고자 한다.

2-3. 전이의 변증법적 과정에 나타나는 상징계 진입의 거부

그렇다면, 독고 민이 상징계로의 진입을 거부하는 이유는 무엇인가. 이 물음에 대해 살펴보기 위해서는 독고 민이 상징계를 어떻게 인식하고 있는가의 문제를 먼저 해결해야 할 필요가 있다. 앞서 언급한 서사 A에서 괄호로 처리한 서사는 상징계와 밀접하게 관련된 것으로 보인다.

한 치명적인 부정 등의 공격적인 행동을 하게 된다. 상징계로 진입하여 소외되는 과정에서 공격성이 표출된다. 인간의 소외에는 희생이 수반되는데, 여기에서 인간 자신의 진실이 희생되고, 에고와 존재 사이에 불협화음이 발생한다. 주체는 전이, 욕망의 규범적인 승화, 파괴 등의 심리적인 역사를 통해서 이 간극을 해소하려고 한다. (위의 책, 266~267면)

이 서사에서는 다음 세 가지의 문제가 제기된다.

우선 공간의 이동이 인과관계 없이 반복, 병치되어 있다는 점이다. 거리에서 찻집으로, 다시 거리로 이동하는 것은 그 경로가 인접해 있어 서사의 흐름을 특별히 방해하지 않는다. 그렇지만 은행 임원들이 있는 공간, 무용수들의 홀, 감방 구역, 술집 등으로 이동하는 과정은 갑작스럽고 돌연한 이동인 것처럼 보인다. 그로 인해 서사는 툭 끊김으로써 독자로 하여금 혼란을 겪게 하는 것이다.

기왕의 논자들이 지적하고 있듯이, 각 장면들이 담고 있는 현실 비판적인 성격은 이들 공간이 무작위로 선택된 공간이 아님을 보여준다. 그러나 이러한 관점은 이 공간들이 당대 현실의 총체성을 구현하기 위해 선택된 공간들이라는 설명만을 해 줄 수 있을 뿐이다. 따라서 이 공간들은 독고 민의 환상 속에서 이루어지는 것이므로, 욕망을 실현하기 위한 가장적인 장면 구성으로 이루어져 있다고 보아야 한다. 병치된 각각의 공간들이 나타나는 순서는 우연적인 것이 아니라, 필연적이다. 그렇다면, 어떠한 계기들이 서사의 구성 원리로 작동하고 있는가라는 문제가 제기된다.

다음 서사의 중간중간에 스피커나 라디오를 통해 들려오는 매체의 소리나 혹은 시가 등장한다는 점이다. 매체에서 담고 있는 서사는 공간의 서사와 마찬가지로 현실 비판적인 성격을 띠고 있다. 이들 서사가 갖는 의미를 해명함으로써 상징계에 대한 독고 민의 인식을 짐작해 볼 수 있다.

마지막으로, 이상에서 파악한 상징계에 대한 독고 민의 인식을 바탕으로 하여 숙을 향한 민의 욕망은 굴절된다. 상징계로 표상되는 각 공간에서 숙이 어떻게 인식되고 있는가라는 문제는 숙이 상징계를 어떻

게 인식하고 있는가의 문제와 동일한 것이며, 그에 따라 독고 민이 상
징계의 법을 받아들일 것인가 혹은 거부할 것인가를 결정할 수 있다.24)
우선 각 공간이 의미하는 바를 살펴보자.

은행	(i) 더 비킬 짬이 없게 가까운 소리였다. 그는 등으로 문을 밀면서 어느 집 안에 미끄러져 들어갔다.25)
홀	(ii) 그는 어느 집 담벼락에 바싹 등을 대고 붙어 섰다. 그러자 독고 민은 홀 렁 뒤로 자빠졌다. 공교롭게도 그가 등을 기댄 곳은 담 중간에 낸 작은 드나 들 문이었다.26)
감방	(iii) 독고 민은 간수를 따라 감방 구역으로 들어섰다.27)
술집	(iv) 간수는 눈에서 불똥이 튀게 민의 뺨을 후려갈기고는, 방문을 획 열고 독 고 민을 처넣었다. 자욱한 담배 연기. 분홍 불빛 속에서 담배 연기도 분홍빛이다. 유행가 소리.28)

은행 임원들이 있는 공간(i), 무용수들의 홀(ii), 감방 구역(iii), 술집(iv)으
로 각각 이동하는 상황에서 '문'은 독고 민의 '환상'으로 들어가는 통로
의 역할을 담당한다. '문' 안에서 독고 민의 억압된 욕망이 비집고 올라
와 '환상'을 통해 실현된다. 이들 공간에서 숙은 어떻게 인식되고 있는
가.

24) 오이디푸스 콤플렉스에서 어린아이가 법을 받아들이면 그는 남근을 가진 사람인 아
버지와 자신을 동일시한다. 그렇지 않으면, 주체는 남근과 동일시된 채로 어머니의
욕망에 종속된다. (A. Lemaire, 앞의 책, 138면)
25) 최인훈, 앞의 책, 224면.
26) 위의 책, 236면.
27) 위의 책, 254면.
28) 위의 책, 265면.

① 그때 문이 열리면서, 노란 스웨터를 입은 젊은 여자가 방에 들어선다. (…) 조끼까지 한결같이 걸친 노인들만 있던 방안에서, 그녀는 꽃처럼 싱싱했다. 왼쪽 뺨에 까만 점이 눈을 끈다. 노인들은 난처한 시늉들이다. 감사역은 민의 낯빛을 살피면서 여자에게 손짓으로 방에서 나가도록 일렀다. 젊은 여자는 순순히 밖으로 나갔다. 민은 그녀가 사라진 문간을 멍하니 바라보았다. 어디선가 본 듯싶은 얼굴이다. 어디였을까. 가물가물 잡힐 듯 생각나지 않는다. 그는 갑자기 시장기를 느꼈다.[29]

② 그중 어여쁜 발레리나가 걸어들어온다. 왼뺨에 까만 점이, 눈을 끈다. 민은 그녀를 언젠가 본 듯싶었다. 물론 독고 민에겐 발레리나 친구란 있지 않았다. 그는 불안스러우면서도 어쩐지 즐거웠다. (…) 너희들은 쇼걸이야. 몸뚱어릴 팔아먹고 사는 계집들이야. 오늘 연습을 망치면 내일 당장 목구멍에 밥이 안 넘어간다는 걸 알아야 해.(…) 미라의 그 눈. 꼬마의 눈. 그 뒤에서 지켜보는 수십 개의 눈. 그녀들은 그의 앞으로 조용히 다가온다.[30]

③ 그것은 숙의 사진이었다. 왼뺨에 있는 까만 점. 사정을 모르는 간수는 웃으면서 사진에다 쪽 소리를 내며 키스하고는, 아직도 창문에 걸쳐 있는 하얀 손가락에 끼워주었다.

"자네 따알링은 정말 예뻐. 하지만 아무래도 화냥년 같은걸. 히히."

독고 민은 얼굴이 화끈 달았다.[31]

④ 에레나는 남자가 하자는 대로 허리를 맡기고 한 손으로 담배를 피웠다. 왼쪽 뺨에 까만 점이 눈을 끈다. (…) 그는 이 여자를 어디선

29) 위의 책, 232면.
30) 위의 책, 236, 246, 248면.
31) 위의 책, 261면.

가 본 듯싶었다. 그러나 생각나지 않았다. 어디서 봤을까. 봤을 리가
없다. 자기를 쫓아오던 사람들 가운데 그녀와 비슷한 사람이 있은 것
같았다. 그러나 생각나지 않았다. 이 여자는 나를 제 애인으로 잘못
아는 모양이지. (…) 영업 방해? 이걸 그냥. <u>술 치던 년이</u> 그래, 훌쩍
딴 자리루 가도, 닥치구 앉았으란 말이가?32) (밑줄: 인용자)

우선 독고 민과 숙과의 관계를 살펴보자. 독고 민은 "사장님"(①), "선
생님"(②), "각하"(③), "여보"(④)로 지칭된다. 그리고 숙과 외양적인 상동
성을 가진 인물들이 나타난다. 독고 민은 '간판사'이고 숙은 양부인이
었으나, 이상에서 언급한 공간에서 이들의 사회적 지위와 관계는 역전
된다.

은행 임원들이 있는 방(①)에서 독고 민은 '사장님'이고 숙은 "노란
스웨터"를 입은 여인으로 나타난다. 이 여인으로 인해 독고 민의 억압
된 욕망이 "시장기"로 은유 대체된다. 배고픔이라는 증상은 '사탕을 달
라고 보채는 아이'의 모습을 떠올리게 한다. '사탕'에 대한 아이의 요구
는 '사랑'에의 요구의 다른 표현이다.

그런데 숙과 상동성을 가진 여인은 그 공간에 왜, 갑자기 나타났다가
사라진 것인가. 이를 살펴보기 위해서 숙이 욕망하는 것이 무엇이었는
가에 주목해 볼 필요가 있다. 독고 민이 생각하기에 숙은 자신을 사랑
하는 여자이지만, 한편으로 그녀는 그의 돈을 함께 가지고 자신을 떠난
여인이다. 따라서 독고 민은 그녀가 자신의 돈을 욕망했을지 모른다는
추측을 강하게 억압하고 다만 자신을 사랑했던 여자라는 기억만을 떠
올리고자 한다. 이 때문에 독고 민의 환상에서 돈을 표상하는 '은행'이
환유적으로 연쇄된 것이고 또, 그 공간에서 숙이 나타나자마자 돈과 숙

32) 위의 책, 269~274면.

의 관계가 떠올랐을 것이고, 그로 인해 숙은 금방 사라지게 되는 것이다. 이러한 상황에서 '숙은 나의 돈과 함께 나를 떠났다. 숙은 내가 아니라 돈을 원했던 것인가'라는 독고 민의 심리 상태를 파악해 볼 수 있다.

그렇다면, 독고 민의 대답은 무엇인가. 단연코 '아니다'라는 것일 텐데, 따라서 독고 민의 무의식에서 이러한 생각들이 억압되고 오히려 '숙은 나의 재질을 알아주었다'라는 생각이 표면에 떠오르게 된다. 독고 민의 재질이라 함은 그림 그리는 능력이다. 그러므로 독고 민의 환상은 무용수들 즉 예술가들이라 자처하는 미라들에 대한 것으로 옮겨 간다.

미라들을 자신과 동일시[33]하면서 행복함을 느끼는 장면은 독고 민의 억압되었던 욕망이 실현되는 극적인 광경을 보여준다. "황금시대"에 버금가는 따뜻함과 행복함을 느끼는 독고 민은 이들과의 소통을 시도하기도 하지만, 늙은 댄서의 등장으로 모든 것이 깨어진다. 그녀는 예술가를 "쇼걸"로 취급할 뿐이다. 이는 화가 지망생이 '간판사'로 변한 것에 상응한다. 이 상황에서 독고 민의 욕망은 다시 억압된다. 위에서 언급했던 '돈'이 또다시 등장했고, 민이 '간판사'에 불과해서, 예술가라는 사회적 지위에 대한 숙의 욕망을 충족시켜주지 못한다는 두 가지 이유 때문이다.

"눈알이 카바이드처럼 지글지글 타는 것 같은" 늙은 댄서는 "카바이드 알맹이 같은 눈알"을 가진 주인 할머니를 환기시킨다. 늙은 댄서가

---

33) 독고 민은 숙이 알아주었던 자신의 재질, 즉 예술가로서의 능력을 미라 등의 발레리나를 통해 대신 실현한다. 국전에 출품해 보라는 숙의 말에 민은 숙이 원하는 것이 예술가가 되는 것이라고 생각한다. 민은 숙의 욕망의 대상이 되기를 원하므로 예술가가 되기 위해 국전에 출품한다. 이러한 욕망이 예술가라 할 수 있는 '미라'에게 투사된 것이다. '미라'는 '숙'과 외양적인 상동성을 갖고 있는데, 이 장면에서 어머니의 욕망의 대상과 자신을 동일시함으로써 어머니와 동일시하는 것, 즉 상상계적 소유가 드러난다.

말했던 '주인과 노예'의 관계는 아파트 주인 할머니와 독고 민의 관계에 상응한다. 숙의 편지가 혹시 늦게 전달된 것은 아닐까 하는 독고 민의 의심을 비웃음으로 일소한 주인 할머니의 모습이 바로 예술가를 쇼걸로 치부하는 늙은 댄서의 모습에 투영된 것이다. 그리고 여기에는 '돈을 갖고 떠난' 숙의 모습도 투사되어 있다.

후자의 경우, 그가 국전에 그림을 출품했다가 낙방했다는 사실이 억압의 동인으로 작동한다. 민의 그림은 왜 낙방했을까. 그의 그림은 앞서도 설명했듯이 상징적인 의미를 갖는다. 현실에 대한 비판적인 인식을 표출하고 있는 그의 그림은 현실을 '투시하려 한 죄'에 해당하는 것이다.

이 장면에서 그는 감방으로 이동한다. 상징계의 금지와 억압을 위반한 그의 그림은 '투시하려 한 죄', '결론내려 한 죄', '잊어버리지 않은 죄'라는 죄명을 갖는 것이다. 독고 민의 현실에 대한 인식과 그 비판 의식은 상징계의 질서를 위반하는 셈이 된다. 더불어 숙을 향한 그의 욕망 또한 상징계의 금기를 위반하는 욕망이다. 죄인들을 가둔 준거 기준으로서 상징계의 금기는, '목이 떨어진 해태'라는 표현을 통해서도 알 수 있듯이 옳고 그름을 판단할 수 있는 근거를 상실하였으므로 독고 민은 유죄와 무죄를 가름하는 이들의 행위를 납득할 수 없는 것이다. 이에 따라 매체의 소리가 독고 민에게만 들리는 이유를 짐작할 수 있다. 그 소리는 현실에 대한 본질적인 인식과 그 비판 의식이 상징계의 금기에 직면하여 내면의 독백과도 같은 형식으로 반영된 것이다.

독고 민은 간수가 숙을 두고 '화냥년'이라고 표현하자 얼굴이 붉어진다. 상징계에서 숙은 '화냥년'에 지나지 않는다는 것인데, 그것을 받아들이기를 거부하는 독고 민은 일본인 간수에 의해 감옥에 갇힌다. 상징계의 질서를 받아들일 경우 그는 '각하'가 되고 그렇지 않을 경우 그는 죄인이 된다. 여기에서 당대의 현실이 곧 식민지 지배 질서의 논리와 별반 다르지 않다는 비판적인 인식을 발견할 수 있다.[34]

'화냥년'은 곧바로 '술 치던 년'으로 치환된다. 술집 여급에 대한 상징계에서의 인식을 반영한 것이다. 술집을 감옥으로 대치함으로써 소비 향락 문화를 조장하여 사람들의 비판적인 인식을 마비시키는 당대의 현실을 비판적으로 드러내고 있다. 따라서 그러한 인식을 반영하는 공간인 술집에서 독고 민이 사람들과 정상적으로 소통하지 못하는 것은 당연하다. '화냥년'으로서의 인식을 거부한 것과 마찬가지로 독고 민은 '술 치던 년'으로서의 인식 또한 거부한다. 에레나가 '여보'라는 부름으로 독고 민을 붙잡고자 하지만, 그것이 비록 독고 민이 바라는 숙과의 관계임에도 불구하고 에레나를 뿌리치고 도망쳐 나오는 것 또한 이러한 인식의 연장선상에서 파악할 수 있다.

각 공간에서 숙은 각각 난처한 여자(①), 쇼걸(②), 화냥년(③), 술 치던 년(④)으로 인식된다. 그러나 상상계의 층위에 있는 민에게 그녀들은 꽃처럼 싱싱한 젊은 여자(①), '미라'라는 이름을 가진 무용수 혹은 발레리나(②), 숙(③), '에레나'라는 이름을 가진 술집 여급(④)일 뿐이다. 이처럼 상반된 인식은 상징계에서 숙의 위치가 자본주의의 타락한 욕망을 모방하는 차원에 놓여 있음을 의미한다. 숙과 상동성을 갖고 있는 이 여인들이 독고 민을 쫓아다니는 상황은 실상 독고 민이 숙을 찾아다니면서 사랑을 요구하는 상황과 정반대의 설정이다. 독고 민과 숙의 역할이 전치된 이러한 상황은 독고 민의 욕망을 실현하기에 적절하지만, 숙의 타락한 욕망이 점점 부각되면서 독고 민의 욕망은 오히려 더욱 억압되

---

34) 이러한 인식은 정통성을 인정받지 못한 군부 정권의 지배 방식이 억압적인 지배 질서의 논리를 펼쳐나갔던 일본의 식민지 지배 방식과 크게 다르지 않다는 인식을 반영한다.

는 결과를 낳는다. 왜곡된 욕망으로 가득한 타락한 상징계를 거부하는 태도는 이로써 더욱 분명하게 드러난다.

이러한 점에 비추어 볼 때 몸이 쪼개지고 머리가 낚이는 꿈은 상징계에 의해 민의 비판 정신이 거세될 위험에 처해 있음을 의미한다. 앞서 1~3의 서사에서 환관과 궁녀로 대치되는 민과 숙에게 '미군'이 왕으로서, 비록 암시적이기는 하나, 아버지의 자리를 차지하고 있음을 보았다. 그러나 서사가 전개될수록 '미군'으로 표상되는 상징적 아버지는 '은행', '발레', '술집' 등과 같은 서구 자본주의의 문화가 유입된 남한의 현실 상황을 통해 보다 구체화되어 드러난다. '은행', '발레', '술집' 등과 같은 자본의 문화는 외국의 매판자본이 유입됨으로써 경제의 혼란을 가져왔고, 예술을 자본의 노예로 전락시켰으며, 타락한 소비 향락 문화를 조장함으로써 정신을 마비시키는 결과를 낳았다. 더불어 일본인이 해방 이후에도 간수 노릇을 담당할 만큼 정치·사회 전반에 걸쳐 타락을 조장하는 데 한몫을 했다는 것이다. 따라서 민이 자신의 머리가 낚일 위험에 처하자 공포에 질리는 이유는, 위와 같은 현상의 본질에 기반하고 있는 자신의 진실을 타락한 상징계에 의해 상실하게 될까봐 두려워했기 때문이다.

이상에서 보았듯이 독고 민의 환상은 은행－무용실－감옥－술집을 배경으로 하여 환유적인 연쇄를 이루는 부정의 변증법을 보인다.[35] 숙에 대한 부정적인 생각과 긍정적인 생각이 대립하여 이 대립이 변증법

---

35) 기존의 논의에서는 현실 비판 담론과 연결시켜 공간의 이동이 갖는 의미를 이끌어내고 있으나 이러한 논의로는 작품의 표층에 나타나는 의미만을 설명할 수 있을 뿐이다. 각 공간이 개연성이 없이 연결되어 있다는 점에서 '은유적인 플롯'을 보여준다(최현희, 앞의 논문) 지적 또한 위의 논의가 갖는 한계에 머무르고 있다. 공간 이동이 보여주는 환유적인 연쇄에 주목한 것으로는 문흥술의 논의가 유일하나, 독고 민의 욕망과 공간 이동의 연관 관계를 해명하지는 못하고 있다.

적인 연쇄를 이루고 있는 것이다. 따라서 민은 환상을 통해 자신의 감정을 전이36)함으로써 점차 근원적인 욕망으로 가까이 다가가게 된다.

서사 A의 9에서 독고 민은 숙이 자신을 알아보지 못함으로써 욕망이 거세될 위험에 직면한다. 그리고 그는 광장에서 총살당하는데, 그의 죽음에는 타락한 상징계로부터 벗어나 숙과의 이자적 관계를 지향하고자 하는 그의 욕망이 투사되어 있다. 그럼에도 불구하고 그가 혁명군으로부터 유혹을 느끼는 것은 무엇 때문인가.

민이 혁명군의 수령으로 등장하는 환상은 좌절된 욕망의 대리적 만족에 기인하는 것으로 보인다. 고관 부인인 숙의 욕망의 대상은 (미군)37)에서 '민' 혹은 '민의 돈'으로부터 '고관'으로 옮겨간 것이므로, 이제 민의 경쟁의 대상은 '고관'이 된 것이다. 따라서 민은 이들이 민에게 명명한 '수령'의 이름을 받아들임으로써 상징계에서 '고관'과 맞설 수 있는 강력한 아버지의 위치를 차지하고자 하는 것이다. 그러나 이러한 유혹을 받아들일 경우 그는 숙과의 이자적 관계를 포기하고 상징계로 진입해야 한다. 이러한 태도로부터 민이 끝까지 숙을 향한 욕망을 포기하지 않는 것과, 숙에게 걸맞는 사람이 되기 위해 상징계로 진입하고자 하는 유혹을 느끼는 것이 결국은 같은 욕망의 자리에서 비롯된 것임을 짐작할 수 있다.

---

36) 쇼트는 "전이란 피상적으로는 긍정적인 혹은 부정적인 '사실'이다. 환자는 자신의 어린 시절이나 과거에 중요했던 어떤 인물이 분석가를 통해 다시 나타나 재현되었다고 생각한다. 그래서 그는 원래의 인물에 대한 자신의 감정과 반응을 분석가에게 전이시킨다."(A. Lemaire, 앞의 책, 313면)라고 전이를 설명하고 있다. 말하자면, 분석가에 해당하는 것이 바로 독고 민의 환상 속에 드러나 있는 모든 것이라 할 수 있다. 이를 작가의 무의식이라는 관점에서 본다면, 그것(분석가)은 텍스트 그 자체라고 할 수 있다.

37) '미군'을 괄호로 처리한 것은 민에게 있어 미군이 숙과의 이자적 관계를 방해하는 상징적 아버지로서 강력하게 나타나고 있지 않기 때문이다. 그럼에도 불구하고 현실 비판적인 서사에서는 '미군'이 민의 진실을 억압하는 상징적 아버지로 나타난다. 이러한 이중적 의미로서의 '미군'을 나타내기 위해 '(미군)'으로 표기하였다.

3. 애도의 방식에 의한 욕망의 승화

서사 B에는 서사 A에서 은폐되었던 독고 민과 숙과의 관계가 분명하게 드러난다. 더불어 상징계 비판의 근거가 더욱 명확히 드러난다. 말하자면 A의 서사가 독고 민의 무의식에 기반하여 비판적 인식을 펼치고 있다면, 서사 B는 현실에 대한 비판적 인식의 근거를 실질적으로 드러내는 단계에 해당한다.

민과 숙의 관계가 어떻게 변화하였는가를 살펴보기 위해서 민과 숙을 표상하는 인물들이 누구인가를 밝혀야 한다. 우선 독고 민과 상동성을 갖는 인물들로 김용길 박사, 빨간 넥타이(민선생), 간호부장의 아들을 꼽을 수 있다.

> (i) 독고 민은 황해도 태생으로 전쟁통에 내려왔다.
> 그 고을에서는 밥숟가락이나 먹는다는 포목전을 내고 있던 부친의 덕으로 이렇다 할 고생도 해본 일 없이 그 나이까지 살았었다.38)

> (ii) 그는 황해도 태생으로, 고을에서는 밥숟가락이나 먹는다는 포목전을 내고 있던 아버지 덕으로, 이렇다 할 어려움도 모르고 지냈었다. (…) 하긴 김박사는 독자였다. 삼대는 아니었지만. 그는 대학에 올라갈 때 미술을 택할 생각이었다. 흔히 있는 일로 부친은 잡아떼고 허락지 않았다. 끝내 꺾이는 수밖에 없었다.39)

> (iii) 민선생이란 빨간 넥타이다.40)

---

38) 최인훈, 앞의 책, 196면.
39) 위의 책, 295면.
40) 위의 책, 304면.

(ⅳ) 아까 첫눈에 그녀는 지난 4월에 잃은 아들을 보는 듯싶었다. 그녀의 외아들이었던, 서른둘에 낳은 유복자를 꼭 닮았다. 코언저리며 어질디한 입매가 죽은 내 새끼를 닮았구나.[41]

　각각의 인물들은 민과의 상동성을 갖는 인물들이다. 서사 A에서는 독고 민(ⅰ)으로 형상화되었던 인물이 서사 B에서는 김용길 박사(ⅱ), 빨간 넥타이(ⅲ), 간호부장의 아들(ⅳ)로 형상화된다. 각 인물들은 독고 민과의 상동성을 보이고 있음에도 조금씩 다른 모습으로 나타난다. 김용길 박사는 독고 민과 유사한 성장 과정을 보여준다. 아버지의 뜻에 따라 미술을 포기하고 대학에 진학한 그는 상징계에 편입하여 그 질서에 따라 살아가고 있는 사람이라고 할 수 있다. '국내뿐 아니라 오히려 밖에서 이름이 더 높'을 정도로 신경외과의 권위자인 그는 미술에의 욕망을 승화시켜 학문적인 업적을 이루었다고 할 수 있다. 반면, 빨간 넥타이(ⅲ)는 '민선생'이라는 이름을 통해서 독고 민과의 상동성을 보여준다. 그는 '수재'이고 김용길 박사에게 「해전」이라는 시를 들고가서 비평을 졸라대는 '아마추어 시인'이기도 하다. '고상한 취미와 젊은이다운 순정'을 갖고 있는 그는 예술가로서의 기질을 충분히 발휘하는 한편으로 제도의 권위에 굴복하지 않을 만큼의 '순정'을 가진 젊은이다. 이들 인물들은 김용길 박사가 진행 중인 연구에 대한 고민과 밀접하게 관련되어 있다.

　인간의 의식은 바다 위에 솟은 빙산의 꼭대기 같은 것이며, 그 거대한 뿌리는 물밑 깊이 묻혀 있다는 학설. (…) 건강한 따라서 자기 분열이 없는 소박한 고대인의 그것이다. 토끼라 하고, 말이라 하고, 코끼리라 하지만 결국은 똑같은 인간형이다. (…) 풀기에 따라서는, 이 세

---

41) 위의 책, 304면.

짐승은 한 인간의 각각의 구석을 나타낸다고 볼 수도 있다. 한 인간의 여러 재질이 다 함께 자라기는 어려우며, 그것은 그런대로 좋다는 말도 된다.[42]

위의 인용문에 근거하여 이들이 독고 민과 유사성을 갖는 인물로 그려진 의도를 이해해 보자면, 김용길 박사는 독고 민의 '토끼'의 측면, 즉 초자아를 의미한다. 그리고 시인이자 동시에 김용길 박사의 조수인 빨간 넥타이는 '말'의 측면, 즉 자아를 의미한다. 그리고 서사 A에 등장하는 상징계를 거부하고 숙과의 이자적 관계를 지향하는 독고 민은 '코끼리'의 측면, 즉 이드를 의미한다고 할 수 있다.

그렇다면, 이상의 내용을 바탕으로 하여 토끼와 말, 코끼리의 비유가 나타나는 잡지의 글에서 '왼쪽 뺨에 까만 점'을 가진 관세음보살이 어떤 의미를 갖는지 짐작해 볼 수 있다.

이렇게 끝없는 싸움을 벌이고 있는데, 저편 숲속에서 관세음보살이 걸어나오신다. 소풍 나온 걸음인 모양이다. 왼쪽 뺨에 까만 점이 있다. (…) 토끼는 몸집이 작아서 헤엄쳐 건너고, 말은 선 키가 높아 서서 건너고, 코끼리는 덩치가 크니 걸어서 건넜으되, 극락의 땅을 밟기는 매한가지. 여기 이렇게 셋이 다 서 있지 않는가. 누가 높고 누가 낮으며 누가 높았고 누가 낮았으면 어떻단 말인가?"
세 짐승은 문득 깨달았다.[43]

숙과 상동성을 갖는 것으로 보이는 '관세음보살'은 위의 인용문에서 각 동물의 주체성을 유지할 수 있게 도와주는 중개자로서의 역할을 담

---

42) 위의 책, 299~300면.
43) 위의 책, 298면.

당한다. 현대인이 분열되고 해체되는 것을 막도록 도와주는 '관세음보살'은 독고 민의 '자아 이상'이라고 할 수 있다. 말하자면, 김용길 박사의 연구, 즉 "바다처럼 방대한 조직과 풍문보다 불확실한 뉴스 문화의 홍수 속에서 개인의 해체를 막고 그의 허리를 꼭 죄어줌으로써, 한 자루의 대[竹]빗자루처럼 핑 하니 설 수 있게 해줄 코르셋은 과연 무엇인가"라는 물음에 대한 해답일 수 있는 것이다.

이러한 물음에 대한 해답으로 제시된 것이 간호부장과 그 아들의 관계이다. 서사 B에 나타나는 간호부장과 그 아들을 살펴보자. 독고 민과 '꼭 닮'은 간호부장의 아들은, '4월' 혁명을 통해 죽었다는 사실에 근거하여 볼 때, 광장에서 죽음을 맞이하였던, 그리고 상징계의 억압적인 질서를 거부한 독고 민의 현실태라고 할 수 있다. 그러므로 간호부장의 아들은 서사 A에서 볼 수 있었던 사건을 보다 구체화한 인물이라 할 수 있다.

간호부장의 "카바이드처럼 바싹 마른 움푹한 눈"은 마치 늙은 댄서의 모습을 연상시킨다. 그러나 눈물을 흘리며 아들의 죽음을 떠올리는 그녀는 '견습 간호부'와 같은 모습으로 돌아간다. 이러한 변화는 앞서 늙은 댄서가 젊은 여자로 변화하는 것에 상응한다. 따라서 간호부장과 그의 아들과의 관계는 숙과 민의 관계를 환기시키는 것임을 짐작할 수 있다. 서사 A에서 은밀하게 드러났던 숙과 민의 이자적 관계는 서사 B에서 어머니와 아들의 관계로 보다 분명하게 환기된다.

그녀의 남편이 임종할 때 손을 내밀며 "재혼해…… 내 희망이야" 하던 때 슬프던 일도 그만은 못했다. "어머니, 나 연애해도 돼?" "원 누가 붙들던?" "괜히 질투하려고?" "저런 망나니 좀 봐." 신년 파티에서 돌아온 밤, 농담 같으면서 짐짓 그렇지도 않은 성싶던 암시. "그렇지만 안 할래." "왜?" "어머니가 울까봐." "일없다, 일없어. 어유 음흉한

녀석……" 하면서도 <u>덜컥 무엇인가 떨어져내리던 그녀의 가슴</u>. "안심해. 나 어머니 돌아가실 때까진 결혼 안 할 테야." (…) 고백하듯 침울하게 맺었다.44)(밑줄: 인용자)

남편보다도 더한 아들에 대한 사랑은 아들이 '연애'라는 말을 언급하는 것만으로도 '덜컥 무엇인가 떨어져내리'는 가슴을 쓸어내릴 정도이다. 아들을 향한 어머니의 욕망은 아들의 죽음으로 좌절된다. 숙이 떠난 사건으로 인해 독고 민이 겪는 좌절과 마찬가지의 경험이라 할 수 있다. 위의 인용문에서는 다음 두 가지의 방식으로 욕망의 승화가 이루어지고 있다. 우선 아들이 어머니를 향한 욕망을 고백하는 방식이다. 다음으로 어머니의 애도 작업이다. 이 장면에서 독고 민의 욕망이 어머니에게로 역전이 된다. 그럼으로써 서사 A에서 억압되었던 독고 민의 욕망이 승화되는 계기가 마련된다.

이상에서와 마찬가지로 독고 민과 숙의 관계를 방해하는 모순된 상징계의 질서 역시 서사 B에서 보다 직접적으로 환기된다.

(i) 외국은행의 수표를/들고 온 돼지들과/피 묻은 장갑을 벗는/기사들을 상대로/딸들은 옷을 벗는다 (…) <u>그날 밤/그녀들이/음란했던 것은/정말은 계절 탓이었다</u>/고 둘러댄다고 해서/그것이 무슨/구원이 되는가/연인이여45)

(ii) 봄빛이 한창이던 <u>4월의 그날</u>. 환히 눈에 불을 켠 젊은이들이, 캠퍼스에서 파도처럼 쏟아져나와, 병원 앞을 지나 시내로 향했다.46)(밑줄: 인용자)

---

44) 위의 책, 305면.
45) 위의 책, 270~272면.
46) 위의 책, 305면.

위 인용문 (i)의 밑줄 친 부분에서 메커니즘에 의해 조작되는 이데올로기의 폭력을 발견할 수 있다. '그녀들'은 타락한 욕망에 길들여진 민중인 동시에 타락한 권력자를 의미한다. '외국은행의 수표를 들고 온 돼지들'이나 '피 묻은 장갑을 벗는 기사들'은 외국의 매판자본이나, 6·25에 참전했던 군인들을 환기시킨다. 앞서 언급한 서사 A에서 매체─라디오, 스피커─를 통해 들려오는 소리도 이러한 비판적인 인식을 반영한다. 서사 A (i)에서는 비판적인 인식이 매체의 소리나 혹은 시 등의 장치를 통해 상징적으로 처리되었던 반면, 서사 B (ii)에서는 그것이 보다 직접적으로 '4월의 그날'이라고 지칭된다. 따라서 이 작품에서 언급되고 있는 '4월의 그날'은 위에서 언급한, 사회의 메커니즘에 의해 조장되는 이데올로기의 폭력에 저항하는 의미를 담고 있다. 시체실 건물 지붕을 날아오르는 '비둘기 한 마리'가 갖는 의미는 이러한 추측을 더욱 확고하게 해 준다.

따라서 서사 B를 통해서 서사 A를 파악해 본다면, 민의 죽음은 상징계의 타락한 욕망에 의해 실패한 4월 혁명을 의미하며, 숙은 상징계의 타락한 욕망에 길들여진 민중을 의미하는 것이라 할 수 있다. 서사 A에서 혁명군의 무리에 끼어 있는 빨간 넥타이가 '짝사랑', '민중의 외면' 등을 운운하는 것은 이러한 맥락에서이다.

4. 욕망의 상상적 실현으로서 사랑의 완성

서사 C에서는 독고 민과 숙이 빨간 넥타이와 왼쪽 볼에 까만 점이 있는 여자로 등장한다. 이들은 영화 시사회를 보고 나와 입맞춤 하는 연인으로 묘사되고 있다.

> 두 연인은 나란히 보도를 걸어간다. 가로등 빛에 박꽃처럼 환한 여자의 왼쪽 볼에 까만 점이 귀엽다. 남자는 빨간 넥타이를 맸다. (…) "깡통. 말이라고 해? 끔찍한 소릴? 부지런히 사랑했을 거야. 미치도록. 그 밖에 뭘 할 수 있었겠어."47)

서사 B에서 어머니와 아들의 관계로 나타났던 민과 숙의 관계는 서사 C에 이르면 연인의 관계로 변화한다. 이러한 변화는 상상계적인 관계로부터 상징계에 기반한 관계로의 변화를 의미한다. 여기에서 상징계는 사랑의 질서에 기반하고 있다. 서사 C에서 파악할 수 있는 상징계라 함은 앞서 언급한 서사 A나 B에 나타나는 상징계와는 전혀 다른 것이다. 그렇지만, 상징계는 기본적으로 타락을 예비하고 있다는 점, 그리고 주체의 진실이 상실되는 곳이라는 점에서 서사 C의 사랑은 욕망의 상상적 실현을 보여줄 뿐이다. 그러므로 서사 C에서 보여주고자 하는 사랑의 완성은 사랑에 기반한 상징계를 '지향'하고자 하는 것으로 파악할 수 있다.

서사 A와 서사 B, 이 두 서사를 종합하는 것은 서사 C에 이르러서이다. 서사 C는 다음과 같은 '독해'를 요구한다. 첫째, 서사 A와 B를 함께 하나의 영화 필름의 내용을 구성하는 것으로 본다. 이는 텍스트의 구성 방식을 의미하는 것으로, 서사 A와 B가 서사 C에 감싸여진 중층 구조의 방식을 취하고 있다. 둘째, 이 필름의 가설적 명제는 "과도기 속에서 삶을 받은 자의 슬픔"이자 "우리의 십자가"이다. 이 텍스트의 주제에 해당하는 것으로 독고 민의 삶은 과도기 속에서 희생당한 이의 삶을 구

---

47) 위의 책, 311~312면.

현한다. 셋째, 영화에서는 "비교적 느린 걸음"과 "클로즈업", "같은 장면의 되풀이", "멈춤" 등의 기법을 사용하였다. 서사 A에서 두드러진 서사 기법으로 반복이나 병치 등이 나타나는 것을 의미한다. 이러한 기법은 넷째, 이 필름이 배경으로 하고 있는 시기가 "황폐성과 무질서성"이 본보기로 나타난 "혹한기의 도시"라는 점을 더욱 두드러지게 한다. 다섯째, 필름의 이름은 "조선원인고(朝鮮原人考)"이다. 독고 민과 숙, 그리고 이들과 상동성을 갖고 있는 인물들이 만들어내는 관계가 중요한 이유가 바로 여기에 있다. 이러한 다섯 가지 전제에 근거하여 '고고학적인 방식'을 강조한다. 따라서 이 작품은 서사 C에 의해 그 의미를 완성하는 독특한 구성 방식을 취함으로써 서사 A와 B가 의미하는 바가 서사 C를 통해 차후에 드러나도록 한 것이다.

독고 민과 숙의 관계를 통해 이를 살펴보자. 서사 A에서 이들은 이자적 관계에 기반하여 상징계로 진입하는 과정을 보여준다. 이 과정에서 제 삼자는 (미군), 고관 등으로 나타난다. 미군을 통해서는 아버지의 이름이 암시적으로만 드러나고 있을 뿐 강력한 억압의 질서로 작동하고 있지 않다. 그러나 고관의 경우에는 독고 민을 죽음으로 몰고 갈 정도로 강력한 억압의 질서로서 기능한다. 그리고 숙은 타락한 상징계의 욕망을 모방하는 인물로 그려져 있다. 이로 인해 독고 민은 상징계로의 진입을 거부한다.

다음 서사 B에서 독고 민과 숙의 관계는 어머니와 아들의 이자적 관계라는 욕망의 원형을 보여준다. 독고 민은 이를 바탕으로 상징계의 질서에 저항하고, 그 결과 죽음을 맞게 된다. 여기에서 숙은 '관세음보살'과 같은 존재로, 분열된 자아를 통합해 주는 독고 민의 자아 이상을 표상한다. 독고 민의 죽음은 따라서 4월 혁명이 실패할 수밖에 없는 상징계에서 '관세음보살'과 같은 자아 이상을 추구하는 것이 불가능함을 의미한다.

　마지막으로 서사 C에서 독고 민과 숙의 관계는 연인의 관계로 변화한다. 어머니와 아들의 이자적 관계로부터 벗어나 상징계로의 진입이 이루어진 것이다. 그러나 독고 민이 상징계에 대해 앞서 보여주었던 저항이나 거부의 포즈를 취하고 있지 않고 사랑으로 가득한 연인의 포즈를 취하고 있다는 점에서 그가 새로운 상징계를 앞서 B에 나타난 '관세음보살'과 같은 자아 이상을 추구할 수 있는 세계로 받아들이고 있음을 알 수 있다.

5. 맺음말─밀실과 광장의 변증법

　서사 A에서 독고 민은 '아파트의 방─극장─다방─아파트의 방─은행 임원들이 있는 방─무용수들의 홀─감옥─술집─광장─숲 속 혁명군들의 방'으로 이동한다. 이들 공간은 독고 민의 환상이 상연되는 무대로서, 욕망이 억압되는 장소이다. 특히 '광장'은 독고 민이 죽음을 맞이한 장소로서 거세가 이루어지는 상징적인 공간이다.

　앞서 언급했듯이 서사 A의 '광장'은 4월 혁명의 실패를 의미하는 광장이다. "분수는 얼어붙어 물을 못 뿜는다. 봄 여름철에 꽃밭이었을 곳에는, 지저분한 쓰레기가 그득하다."(253면)라는 표현에서도 짐작할 수 있다. 독고 민이 죽는 장면에서 묘사된, 광장을 향한 기관총의 모습은 진정한 광장의 의미를 왜곡한다. 말하자면, 이상에서 언급한 서사 A의 공간들은 욕망이 억압되고, 타락한 욕망의 모방을 강요하는 세계이다.

다음으로 서사 B에서 간호부장의 아들로 표상되는 민은 거리로 나감으로써 광장을 실현하고자 하는 욕망을 비춘다. 그러나 곧 병원에 실려와 죽음으로써 다시금 그의 노력은 밀실에 갇히는 셈이 된다. 이는 간호부장이 독고 민의 시체를 보고 나와 시체실의 문을 잠그는 행위에서도 발견할 수 있다.

마지막으로 서사 C에서는 회관을 빠져나가는 연인들의 모습을 통해 밀실에서 광장으로 나감으로써 "황폐성과 무질서성"으로 가득했던 "과도기의 역사"에서 벗어나 평화로운 세계, 사랑이 가득한 세계를 지향하고자 한다.

이상의 분석을 통해 「구운몽」을 살펴보면, 서사 A에서 B, C로 진행되는 과정은 밀실에서 광장으로 나가는 과정에 상응한다. 밀실은 '혹한기'(A, B)로 표상되며, 주체의 진실이 삭제된 상징계로서 '황폐'하고 '무질서'한 세계를 환기시킨다. 반면, 광장은 "훈풍이 산들거리는 오월의 밤"으로 표상됨으로써 4월 혁명의 의미가 실현되고 현실화된, 상징계의 모순을 극복한 이상향으로서의 세계를 환기시킨다. 이는 주체 구성의 측면에서 본다면, 이자적 관계에서 오이디푸스 콤플렉스를 거쳐 상징계로 진입하는 과정을 보여준다. 이를 주체의 욕망과 관련지어 파악할 경우, 욕망의 좌절과 승화를 통해 사랑을 완성하는 과정이라 할 수 있다.

그러나 이러한 설정은 이 작품이 발표된 시기를 염두에 둘 때, 상당히 역설적인 의미를 갖는다. 서사 C는 서사 A, B에 비해 상징계가 추상적으로 설정되어 있어, 그것이 현실에서 실현 가능한 세계로서의 의미를 갖기보다는 지향하고자 하는 세계가 상상적으로 반영된 결과임을 보여준다. 서사 C의 초두에서 "고고학"이란 "조각을 이어붙여서 제 모습을 되살리는 것"이라는 정의가 나타나는데, 이는 서사 A와 서사 B를 포함한 영화를 '독해'하는 것으로서 이 작품이 갖는 의미가 완성될 수 있음을 시사하는 중요한 언질이라고 할 수 있다. 보다 적극적으로 서사 C를 파악해보고자 할 경우, 여러 난관에 부딪치게 된다. "훈풍이 산들거리는 오월의 밤. 음력 사월 초파일이다. 성탄을 기리는 꽃불이 도시 하늘을 눈부시게 수놓았다."는 표현이 그것이다. 이 작품이 4월 혁명을 염두에 두고 쓰여진 소설이라는 기존의 논의에 기대어 볼 때, 위의 표현에서 4월 혁명의 일 년 뒤에 벌어지는 사건은 흔적을 찾아볼 수 없다. 오히려 '오월'이 평화로운 시기로 묘사되어 있는 것이다. 그리고 '음력 사월 초파일'과 '성탄'이 같은 날로 설정되어 있는 점 또한 쉽게 풀리지 않는 문제이다. 종교 까지도 넘어서는 초월적인 세계를 의미하는 것인가. 그것이 아니라면, 서사 C의 배경은 다분히 역설적인 의미를 함축하고 있는 것으로 파악할 여지도 있다. 이 두 가지의 가능성을 모두 배제할 수는 없다. 따라서 서사 C는 곧 4월 혁명의 진정한 의미가 실현된 상징계를 지향하고자 하는 의미를 지니고 있는 동시에, 그 세계가 당대의 현실에 비추어 전혀 불가능한 세계임을 비판하고 있는 것으로 파악할 수 있다.

제 5 장

예술에 대한 욕망의 극대화와 문명 비판: 최인훈 「하늘의 다리」

1. 머리말

최인훈의 「하늘의 다리」는 1970년 총 18회에 걸쳐 『주간한국』에 연재되었다. 난해하기로 손꼽히는 최인훈의 다른 작품들에 비해, 이 작품은 서사 구성이 까다롭지도 않고, 주인공의 의식에 중심을 둔 관념적인 서술에 치중하고 있는 것도 아니며, 비교적 구체적인 현실에 밀착해 있다. 이 작품에서 주제로 다루고 있는 것은, 천이두가 "따라지로서의 쓰라린 체험과 관련된 소설"[1]이라고 지적한 것에서도 짐작할 수 있듯, 한국전쟁으로 인해 월남하여 살아가는 한 인간의 초상이다. 따라서 최인훈의 전기적 사실을 고려할 때, 이 작품은 최인훈 문학 세계를 구성하는 원체험의 영역과 밀접하게 관련되어 있음을 알 수 있다.

지금까지 이 작품에 대한 연구는 그리 진척되지 못한 것으로 보인다. 이 작품에 대해 본격적으로 언급하고 있는 논의는 김윤식[2]이 유일하다.

---

1) 천이두, 「추억과 현실과 환상」, 『하늘의 다리/두만강』, 문학과지성사, 1994.

김윤식은 이 작품을 두고 "환상적 추상의 상징 수법의 한 극점"이라고 지적하면서, 그 "한 극점인 저 허깨비를 성물의 공간으로 포착했다는 것은 최인훈의 승리이자, 한국 소설의 진전이라 표현함에 구태여 인색할 필요를 느끼지 않는다"라고 말하고 있다. 그는 이 작품을 '요나적 흐름'과 '샤갈적 흐름'으로 나누고, 전자가 생활인의 초상이고, 후자가 예술가로서의 초상이라고 지적한다. 그것을 집단적 차원으로 확대 투사하였을 때 비로소 이 작품의 문학사적 의의가 드러난다고 언급하고 있다. 이 외에도 황경3)의 논의가 있으나, 이 논의는 작품에 나타나 있는 예술론에 치중되어 있으며, '구체적 현실을 바탕으로 한 것'이라는 작품의 표층에 드러나 있는 작가의 관점만을 드러내 줄 뿐이어서 새로운 논의를 제출하지 못한 것으로 판단된다.

이 글은 다음 두 가지 측면에서 이 작품에 주목하고자 한다. 먼저 최인훈의 작품이 갖는 난해성이다. 최인훈의 작품은 전반적으로 환유적 글쓰기 혹은 은유적 글쓰기4)만으로 서사를 구성하거나, 아니면 그 두

---

2) 김윤식, 「어떤 韓國的 요나의 체험」, 『월간문학』, 1973. 1~2.

3) 황경, 「최인훈 소설에 나타난 예술론 연구」, 고려대 박사논문, 2003.

4) 이러한 글쓰기는 언어 구사 능력에 장애가 발생한 실어증에 해당한다. 곧 실어증적 글쓰기에 의해 기존 서사 구조가 파괴되고 있는 것이다. 야곱슨은 실어증을 인접성 장애 (contiguity disorder)와 유사성 장애(similarity disorder)의 두 유형으로 나누고 있다(R. Jakobson, 『문학 속의 언어학』, 신문수 역, 문학과지성사, 1989). 이러한 인접성 장애와 유사성 장애는 라캉의 무의식의 언어 활동인 은유적 대체와 환유적 결합에 각각 대응한다. (J. Lacan, Ecrits 1, 2, Editions de Seuil, Paris, 1966)
은유적 대체가 강하게 드러나는 인접성 장애의 경우, 기본적인 문장 단위의 성립이 불가능할 뿐만 아니라 사건의 배열 능력도 결여되어 있다. 따라서 사건 단위는 거의 존재하지 않으며, 사건이 있다 하더라도 미미하거나 단편적이고 파편화되어 있다. 대신 무의식의 욕망에 의해 은유 대체된 기표들이 주를 이룬다. 한편, 환유적 결합이 강하게 드러나는 유사성 장애의 경우, 기본적인 문맥 구성도 이루어지고, 서사 구조의 기본이라 할 수 있는 인접한 사건 단위도 일정하게 제시된다. 그러나 이들 사건은 인과 관계나 사건의 핵심적인 주제 요소가 결여된 채, 내적 필연적 연관 없이 최소한의 연결 수단에 의해 결합되고 있다.

가지 방식을 혼합하여 서사를 구성함으로써, 전통적인 서사 구조를 파괴하고 있다. 「구운몽」, 『서유기』, 「가면고」 등이 그 대표적인 예5)인데, 이러한 난해한 측면으로 인해 이들 작품들에 대한 해석은 매우 지난한 것으로 여겨지고 있다. 이 문제를 돌파하기 위해서는 이들 난해한 작품을 산출하는 글쓰기의 원형(sub-text)6)에 대한 재구가 필요하다. 곧 난해한 작품에 제시되고 있는 낯선 기표들을 기표의 연쇄 사슬 형태로 엮고, 이를 통해 작가가 궁극적으로 드러내고자 하는 글쓰기의 목적 내지 원형(궁극적 기의)을 재구하는 것이다. 재구된 원형을 기초로 하여 각각의 작품에 접근할 때, 각 작품들이 드러내고자 하는 함의가 무엇이며, 그것을 어떤 형상화의 장치(환유나 은유)로 표현하고 있는지에 대한 논의가 가능할 것이고, 나아가 최인훈 문학 세계에 대한 총체적인 접근이 가능할 것이다. 따라서 최인훈 문학의 본질적 특성을 파악하기 위해서는 무엇보다 작품 전체를 관통하는 글쓰기의 원형을 파악하는 것이 우선되어야 한다.

다음, 최인훈 문학의 글쓰기의 원형에 주목할 때, 무엇보다 그의 작가적 원체험에 뿌리를 내리고 있는 「하늘의 다리」는 문제적인 작품으로 부각된다. 이 작품의 서사를 따라가다 보면, 반복되는 이미지의 덩어리에 의해 서사의 연속적인 흐름이 방해받는다. 그것이 바로 '하늘의 다리'인데, 이 이미지의 덩어리 속에 작가의 원체험이 압축되어 있다.

---

5) 이에 대한 자세한 논의는, 졸고, 「최인훈의 「구운몽」에 나타나는 '환상'과 욕망의 구조」, 『한국현대문학연구』 17, 한국현대문학회, 2005. 6.
6) 심층 텍스트(sub-text)는 독자에 의해 쓰여지는 텍스트로서, 작품 안에 숨어 있으며, '증후적'인 지점들에서 나타난다. 그것은 작품의 무의식이라고 할 수 있는데, 왜곡되거나 애매성을 가진 것, 부재, 생략 등을 통해 무의식적인 욕구가 드러난다. 서술 중에서도 이중성을 갖고 있거나 강조되는 부분, 혹은 직접 언표되지 않는 말이나 자주 말해진 단어, 중복된 부분, 빠뜨린 부분 등을 통해서 심층 텍스트를 재구성할 수 있다. (T. Eagleton, 『문학이론입문』, 김명환 외 옮김, 창작과비평사, 1986, 219~223면.)

따라서 '하늘의 다리'에 대한 정밀한 고찰을 통해 작가의 글쓰기의 원형을 파악할 수 있을 것이다.

이 글은 이러한 관점에서 「하늘의 다리」[7]가 최인훈 작품 전반에 나타나는 글쓰기의 원형을 밝히는 데 중요한 시사점을 던져주고 있다는 판단하에, 기존 연구 성과를 토대로 하여 '하늘의 다리'가 갖는 심층적 의미에 주목하고자 한다. '하늘의 다리' 이미지는 작품이 전개되면서 원체험과 관련된 여러 요소들이 중첩되고 가감되면서 변화하는 양상을 띤다. 이 글은 이에 대한 세밀한 점검을 통해, '하늘의 다리'에 내포된 글쓰기의 원형을 탐구하고자 한다. 나아가 이 원형을 「광장」, 「구운몽」과 연결하여 논의를 확대함으로써 최인훈 문학에 대한 총체적인 해석의 가능성을 점검하고자 한다.

2. 자아의 정체성 찾기─생활과 예술의 접점

2-1. 순수예술에 의한 자아 정체성 확립의 과정

「하늘의 다리」는 각 회마다 장이 달리 붙여져 있어 18장으로 구성되는데, 우선 이 작품이 담고 있는 서사를 살펴보고 나서 그 가운데 놓여 있는 '하늘의 다리'가 반복적으로 묘사됨으로써 불러일으키는 의미 효과를 고찰해보고자 한다. 이 작품의 기본 서사는 예술가의 서사와 생활인의 서사로 크게 이분된다.

간략하게 언급하자면 예술가의 서사는 다음과 같은 내용을 담고 있

---

7) 이 글에서는 문학과지성사, 1994년 판을 기본 텍스트로 삼는다.

다. 삽화가이자 기술자로서 살아가던 준구는 순수예술에 대한 강렬한 욕구를 갖게 되고, '하늘의 다리'를 오브제로 하여 그림을 그린다. 그러나 작품을 완성시키지 못한다. 한편 생활인의 서사는 다음과 같다. 준구는 고향 은사였던 한선생에게서 딸을 찾아달라는 부탁을 받는다. 성희를 찾아내어 집에 머무르게 하지만 성희는 다시 사라진다. 한선생의 부음을 듣고 부산에 내려갔다가 돌아온 그는 그림을 그리기 시작한다. 그러나 그것이 뜻대로 되지 않자, 다시 부산으로 내려간다.

준구의 삶은 삽화가이자 기술자로서 영위하는 예술적 삶과, 한선생의 딸을 찾는 생활인의 삶이 각기 이분된 상황으로 전개된다. 그러다가 한선생의 죽음을 계기로 하여 다시 합일되는 과정을 보인다. 우선 예술적 삶을 살펴보자. 준구에게 있어 예술적 생활은 삽화가, 기술자로서 영위된다. 삽화가로서 그의 예술이란 그러나 한명기의 원고를 받아 그것에 맞는 인물들이나 상황들을 그려내는 일이다. 소설의 원고는 준구가 아닌 한명기에 의해 씌어지는 것이므로, 결코 삽화란 그 자신만의 상상력에 기댄 독창적인 예술이라 할 수 없다.

또한 기술자로서의 그의 예술 역시 순수예술이라 할 수 없다. 그것은 예술과 돈과의 밀접한 관계에 기반하여 돈이 요구하는 바를 생산해내는 것이기 때문이다.[8] 또한 준구는 김상현의 팀 멤버로서 일을 한 것에 불과하므로 여기에서도 전적으로 그 자신의 상상력에 매개된 독창적인 예술을 이끌어내지 못한다.

이상에서 보았던 예술적 생활이란 준구에게 있어서는 누군가를 매개

---

8) 이러한 점은 예술의 자율성 상실이라는 결과를 보여준다. 주문자의 요구에 의해 생산되는 방식이란 예술품이 아닌 공산품에 더욱 가까운 것이기 때문이다. 실내장식이란 순수예술의 층위에서 벗어난 응용 예술의 차원에 놓여 있는 것이어서 예술성보다는 기술력이 더욱 요구되는 분야에 지나지 않는다. 따라서 기술자는 준구의 예술욕을 충족시킬 수 있는 방식이 되지 못한다.

로 하여 펼쳐지는 수동적인 생활에 지나지 않았다. 그로 인해 준구에게 '그 착각'으로 여겨지는 환상이 문득문득 떠오르는 것인지도 모른다. 그 환상이란 바로 준구의 예술욕이라고 할 수 있다. 준구의 예술을 향한 욕망은 캔버스 위에서 살아났다가 좌절을 겪은 후 작품의 마지막 부분에 등장하는 편지에서 되살아난다. 준구가 삽화가, 기술자의 영역에서 진정한 예술가의 영역으로 관심을 돌리는 행위에서 그가 꿈꾸는 진정한 삶의 방식을 찾아볼 수 있다. 그가 관심을 전환하게 되는 계기는 무엇인가.

생활인의 서사와 예술가의 서사는 좌절과 절망 속에서 전환의 계기를 맞이하는 구조를 갖고 있다. 생활인으로서 준구는 은사였던 그리고 유일한 정신적 지주였던 선생의 딸을 찾아주지 못한다. 더구나 그러한 상황에서 은사의 부음을 듣게 된다. 이러한 상황은 준구에게 있어 절망 그 자체로 다가온다. 그 절망이라는 것은 고향과 연결된 정신적 아버지를 잃게 된 것, 동시에 예술가로서 자신의 모습을 확인받을 수 있는 근거를 잃어버린 것에서 연유한다. 한선생이란 준구에게 있어서는 초자아이자, 견고했던 삶과 예술의 가치 기준이었기 때문이다. 그가 다시 캔버스 앞에 서는 행위는 그가 갖고 있었던 초심으로 돌아가는 일, 그것이 아직 자신에게 내재되어 있음을 확인하는 일이자, 스스로 새로운 가치의 기준을 마련하는 일이기도 하다.

따라서 준구의 삶을 수동적인 예술적 생활에서 순수예술이자 적극적 예술의 생활로 변화시키는 계기는 생활인으로서의 삶에서 주어진다. 한선생의 죽음이 그것이다. 여기에서 주목할 것은 준구가 그 자신의 예술적 생활에 대한 회의의 결과로서 순수예술에 대한 지향을 표명한 것이 아니라, 생활인으로서의 삶, 즉 한선생의 죽음을 계기로 변화되었다는 점이다. 왜 생활인의 삶이 그에게 은밀하게 감추어져 있던 욕망을 불러일으키는 것인가.

이 지점에서 준구가 원산에서 LST를 타고 내려온 피난민이라는 사실이 중요하게 부각된다. 자신의 현재의 삶을 반추할 수 있는 기준이 되었던 한선생의 삶이 순식간에 붕괴되고 무너져버렸다. 이 사건은 그에게 피난민의 삶이란 여전한 실패의 삶에 지나지 않는다는, 현실에 대한 환멸을 불러일으키기에 족하다. 따라서 '피난민'으로서의 자의식은 정신적 아버지의 죽음, 그리고 피난민으로서의 삶의 한계 등에 대한 깨달음을 동반함으로써 그의 예술욕을 자극시키고 또한 그의 내면에 갇혀 있었던 관념의 덩어리들을 하나의 오브제를 통해 투사시킬 수 있도록 만든 셈이다.

그가 기존의 가짜 예술들을 반박하고 부정하는 태도를 취하는 것은 그 스스로의 가치 기준을 만들어내는 행위에 다름 아니다. 그리고 그는 스스로 지금껏 피난지의 삶에서 예술의 진정성이 갖는 성스러움을 결코 전적으로 배반하지 않고 살아왔음을 상기하고 스스로를 합리화한다. 스스로 삶의 가치 기준을 만들어야 하기 때문이다. 여기에서 생활인으로서의 준구와 예술가로서의 준구가 하나의 모습 속에 구현된다. 이 과정은 자아의 정체성을 찾는 과정이라 명명할 수 있다.

2-2. 정체성에 대한 회의와 새로운 모색

준구는 자신의 삶의 정체성을 모두 캔버스에 투사시키고자 한다. 그런데 그런 캔버스가 찢어지는 듯한 사건을 접하게 된다. 이 상황은 그가 찾았다고 믿었던 정체성을 다시금 상실하는 일에 비견된다. 하나는 한강변 살인 사건이고, 다른 하나는 마포 아파트 붕괴 사건이다. 이들 사건은 믿고 있었던 것의 기반이 무너지는 일에 다름 아니었다. 그것은 준구가 애써 예술욕을 회복하고 그림을 통해 자신의 관념을 투사하고 표출하는 정체성 추구의 계기를 만들어 준 '하늘의 다리' 그림에서, 그 배경이 되는 구도가 무너져버린 것이기도 하다. 그 결과 도시-하늘-하늘의 다리로 연결되는 삼각의 구도에서 도시라는 구도의 한 틀이 삭제된다.

'도시'는 이 작품에서 어떠한 의미를 갖는 것인가. 「하늘의 다리」에서 '도시'는 두 가지 의미로 이해할 수 있다. 먼저 '도시'는 현대 물질문명을 대표한다. 다음으로 '도시'는 '하늘'과 '땅'이라는 대립의 구도에서 살펴보자면, 본래 그대로의 모습을 간직하고 있는 '하늘'과 달리 문명의 이기에 의해 왜곡되고 파괴된 '땅'의 모습을 표상한다. 그런데, 아파트가 붕괴된 사건은 그 문명의 이기의 표상인 도시가 인간의 삶을 안락하고 편안하게 만들어준다는 기존의 상식과도 같은 관념을 깨뜨려버리는 아이러니한 상황을 환기시킨다. 또한 아파트 붕괴 사건은 한국에서 진행되고 있는 산업화의 가속도가 불러온 처참한 상황에 대한 반증이기도 하다. 그가 하늘의 달빛을 받아 '별'처럼 빛나는 '하늘의 다리'를 더욱 돋보이게 하고자 그 대립항으로 설정한 것이 스러져가는 도시의 불빛이었는데, 그가 비판하고자 하였던 대상이 스스로 아이러니한 자멸을 맞이하고 말았기에 그는 더 이상 그 그림을 완성시킬 수 없었던 것이다.

이 사건은 준구를 초심의 상태로 돌아가게 만들지만, 한동순 선생의 일로 하여 갖게 된 초심과는 비교되지 않는 자리에 놓여 있다. 한동순 선생의 죽음은 피난민으로서 도시 서울에서 그의 삶을 지속시키는 일이 어떤 의미를 갖는 것인가에 대한 절체절명의 회의를 불러일으키기 때문이다.

바로 이러한 근본적인 절망과 회의의 상황 속에서 '문명사 비판'이 나타난다. 비단 이 작품에서만이 아닌 최인훈의 작품 전반에 걸쳐 현대 문명에 대한 근본적인 회의와 비판이 꾸준히 나타나고 있는 것을 쉽게 발견할 수 있다. 바로 이 점은 최인훈의 소설 세계가 피난민 의식에서 망명객의식으로 전환하는 한 중요한 계기를 제공한다. 후술하겠지만, 피난민으로서 살아온 삶에 대한 근본적인 절망과 회의, 그리고 새로운 세계에 대한 갈망은 더 이상 피난민으로서의 삶을 지속할 수 없도록 한다. 망명객 의식은 바로 여기에서 표출된다. 피난민에게는 다시 원래의 자리로 되돌아갈 수 있는 가능성이 있으나, 망명객에게는 그 가능성이 봉쇄된다. 쫓겨난 처지, 다른 모든 곳은 갈 수 있으나, 정작 자신이 떠나온 곳으로는 결코 되돌아갈 수 없는 상황에 놓여 있는 것이 바로 망명객이다. 이것은 분단이 고착된 상황에 대한 인식이 심화된 결과라 할 수 있다.

이상에서 살펴보았듯이, 생활인과 예술인으로서의 삶이 합일되는 접점에 한선생의 죽음이 놓여 있다. 한선생의 죽음은 그가 막연하게 환상으로서, 더 정확히 말한다면 환시(幻視)로서 갖고 있었던 '하늘의 다리'가 그의 관념으로 굴절될 수 있는 촉매로 작동한다. 준구의 '환상' 속에서 보이던 것이 '성희의 다리'로 실체를 갖게 되면서 다시 캔버스 위로 투사되는 것이다. 이 과정은 생활인에서 예술인으로, 그리고 예술에 대한 좌절을 거쳐 원점으로 회귀하는 양상을 띤다. 그렇다면 이 작품에서 '하늘의 다리'는 무엇을 의미하고 있는 것인가.

3. 모색의 좌절, 그 극대화로서 '하늘의 다리'

3-1. '하늘의 다리' 환상의 관념화

최인훈의 다른 작품들, 「구운몽」이나 『서유기』 등과는 달리 이 작품은 기본 서사의 골격을 갖추고 있어 그리 어렵지 않게 서사의 흐름을 따라 갈 수 있다. 이 작품은 위에서 언급했듯이 두 축의 서사, 예술가의 서사와 생활인의 서사로 구성된다. 주인공 '준구'가 고향 은사였던 한동순 선생의 부탁으로 그의 딸 성희를 찾는 가운데, 자신의 현재의 모습을 성찰함으로써 궁극적으로 지향하고자 하였던 예술가의 모습을 찾아가는 과정을 그리고 있다.

그런데, 이 작품의 중간마다에는 낯선 이미지 덩어리가 돌출된다. 서사와는 관련이 매우 적은 것처럼 등장하는 '하늘의 다리'는 자아 정체성 추구의 서사 구조 속에서 어떠한 의미를 갖는 것인가. 이 관계를 해명할 때 비로소 이 작품이 궁극적으로 내세우고자 하는 주제가 드러날 수 있다. 더불어 최인훈의 작품 세계에서 「하늘의 다리」가 어떠한 위상속에 놓일 수 있는가의 문제도 해결될 수 있을 것이다.

우선 '하늘의 다리'가 어떠한 모습으로 그려지고 있는가를 살펴보자. 처음에 준구에게 '하늘의 다리'는 '그 착각'으로 여겨진다.

> 그러자 오른편으로, 공사를 하는지 판자로 막아놓은 데가 눈에 들어오기가 무섭게, 영락없이 '그 착각'이, 불꽃처럼 눈발 속에 빛났다가 사라졌다.9) (밑줄: 인용자)

---

9) 최인훈, 「하늘의 다리」, 『하늘의 다리/두만강』, 문학과지성사, 1994, 11면.

'그 착각'은 "판자로 막아놓은 데"가 눈에 들어오는 그 순간 포착된다. 왜 이러한 상황에 '그 착각'이 떠오르는 것인가. 이 상황을 좀 더 이해하기 위해 '하늘의 다리'가 나타나는 각각의 장면을 살펴볼 필요가 있다.

> i) 갠 밤하늘에 여자의 다리 하나가 오늘도 걸려 있다. 허벅다리 아래만 뚝 잘린 다리다. 쇼 윈도에 양말을 신겨 거꾸로 세워놓은 마네킹의 다리가 하늘 한가운데 <u>애드벌룬(氣球)</u>처럼 떠 있는 것이다. 창백한 큼지막한 달이 떠 있는 하늘은 밝고 싸늘하다. 다리는 달빛을 받아 별처럼 빛난다. 발을 아래로 제대로 허공을 밟고 선 다리는 한쪽뿐인데 허벅다리 위에서 끝나 있다. 그런데 그 끊어진 대목이 마네킹과 다르다. 끊어진 대목에서 피는 흐르지 않는다. 있어야 할 둥근 절단면이 없는 것이다. 아무리 뒤로 돌아가서 절단면을 보려고 해도 <u>보이지 않는다</u>. 절단면은 자기 그림자를 밟으려고 할 때처럼 시선에서 벗어난다. 끊어진 다리. 그런데 끊어진 자리가 없다.10) (밑줄: 인용자)

'하늘의 다리'는 하나의 이미지 덩어리로 묘사된다. 작품에서 반복적으로 묘사되는 '하늘의 다리'는 기본적으로 다음의 항목들을 갖추고 있다. 1)허벅다리 아래만 뚝 잘려 있다 2)하늘 한가운데 떠 있다 3)허공을 밟고 있다 4)다리는 달빛을 받아 별처럼 빛난다 5)끊어진 절단면에서는 피가 흐르지 않고 보이지도 않는다.

이 장면에서 눈여겨보아야 할 것은 두 가지가 있는데, 하나는 '다리'로 대체되는 것이 무엇이냐는 것이고, 다른 하나는 '다리'의 행위, 혹은 양태의 문제로서 어떠한 서술어가 선택되고 있는가의 문제이다.

우선 전자의 문제를 보자. '다리'는 "애드벌룬"이고, "별"이다. 다음으

---

10) 위의 책, 26면.

로 후자의 경우, 각 항목들에서 서술어는 "잘려 있다", "떠 있다", "빛난다", "밟고 있다", "보이지 않는다" 로 선택되어 있다. 이러한 '다리'의 대체물들과 또한 그것을 설명하기 위한 서술어들은 무엇을 의미하는가.

이 장면은 주인공 준구가 바 '홍콩'에서 한명기와 만나 KAL기 납북 사건을 이야기하면서 나온 다음에 하늘에서 발견한 것이다. 그가 한명기와 함께 KAL기 납북 사건을 이야기하면서 그것이 원산의 항구에 내렸다는 점, 그리고 주인공의 고향이 원산이라는 점을 말하고 있는 것은 그의 환상이 피난민의 자의식을 투사한 것으로 짐작할 수 있게 해준다. 이 점에 주목해 볼 때 그에게 퍼뜩 떠오르는 이 환시는 KAL기 납북 사건과 밀접한 관련을 가지고 있음을 알 수 있다.

특히 서술어의 선택은 대단히 상징적인 맥락으로 읽히는데, "잘려 있다", "(절단면이) 보이지 않는다", "끊어진 대목에서 피는 흐르지 않는다"는 것은 주인공이 현재 있는 곳인 서울과 그의 고향인 원산 사이에 보이지 않는 벽이 있다는 분단된 상황을 의미하는 것이라고 이해할 수 있다. 그의 고향 원산은 항구이자, 비행장이 있는 곳이고, 그가 LST를 탔던 곳이다. 그 어느 것으로도 준구는 이제 고향에 갈 수 없는 상황이다. "20여년" 간의 세월이 흐른 지금에서 그리고 KAL기 사건이 돌출된 최근에서야, 갈 수 없는 고향에 대한 잠재되어 있던 그리움이 그의 '하늘의 다리' 환상에 투사된 것이다.

그렇다면 그가 처음 '그 착각'이라는 표현으로 묘사하였던 첫 장면의 서술에서 '하늘의 다리' 환상이 떠오른 이유를 이제 짐작해 볼 수 있다. "막아놓은 데"라는 것은 서울과 원산 사이의 건널 수 없는 장벽, 보이지 않는 벽을 의미한다. 이처럼 그의 '하늘의 다리' 환상은 철저히 내면의 무의식이 투사된 것이고, 그것은 곧 피난민의 자의식이라고 할 수 있다.

'하늘의 다리' 환상은 준구의 내면이 투사된 것, 즉 피난민의 자의식의 반영이라는 점에서 큰 변화는 포착되지 않는다. 그러나 작품 속에서 계속 반복되는 '하늘의 다리'는 항상 똑같이 묘사되는 것은 아니다. 조금씩 변화되는 묘사의 양상은 그것이 처음에는 고향 원산에 갈 수 없다는 내면의 투사로 나타나다가, 이후 고향 은사인 한선생의 딸 성희를 만나게 되면서 '성희의 다리' 이미지와 겹쳐진다.

> ii) '홍콩'에서 나와 그들과 헤어졌다. 오늘도 하늘에는 다리가 있다. 겨울 하늘 높이, 다리는 하늘을 밟고 있다. 그리고 긴 허벅다리에 OK라는 글씨가 보인다. 이런 일은 처음이다. 그 다리에 무슨 다른 것이 붙어 있기는. 글씨는 새끼를 치더니 은단처럼 작은 OK들이 됐다. 다리가 온통 그 OK의 낟알이 되더니, OK들은 스멀스멀 움직이기도 하는 것이었다. 은빛의 구더기들처럼 반짝이면서. 곡식 낟알로 빚어놓은 조각처럼.11)

성희가 있다는 'OK비어홀'의 이름이 허벅다리에 투사된다. 이 장면은 성희의 현재 모습, OK비어홀의 여급이라는 것, 그리고 집을 나온 한선생의 딸, 같은 고향 사람의 여식이라는 것을 알고 있는 준구가 성희를 파악하는 내면을 투사하고 있다. 이 장면은 '하늘의 다리'가 그의 현재 심리를 반영하는 것인 동시에, 그것이 '글씨'처럼 관념화되어가는 상태를 보여준다.

성희를 찾았다가 다시 놓쳐버린 이후 준구는 은사의 죽음을 겪으면서 피난민으로 살아가는 삶에 대한 좌절을 겪게 된다. 이때 다시금 '하

---

11) 위의 책, 41~42면.

늘의 다리' 환상이 떠오른다. 이 장면은 앞서 인용한 것보다 훨씬 관념적인 굴절이 이루어진 상황을 보여준다.

> iii) 커다란 다리가 밤의 하늘 한가운데 떠 있다. 글씨처럼. 다리는 밤을 밟고 있다. <u>풍선</u>처럼 밤 위에 떠 있다. 배처럼. 다리는 솟아 있다. <u>안테나</u>처럼. 소리들은 하늘로 올라가 다리가 된다. <u>오작교</u>처럼. 죽은 쥐들과 짓밟은 말과 허송한 시간들은 하늘로 올라가 다리가 되었다. 다리는 밤의 한가운데서 말이 없다. <u>벙어리</u>처럼.[12] (밑줄: 인용자)

"글씨", "풍선", "배", "안테나", "오작교", "벙어리"로 변주되고 있는 '다리'의 이미지들은 이제 그 원래의 '다리', 즉 "여자의 다리"라는 제한된 이미지의 틀을 깬다. "여자의 다리"는 인간의 신체 한 부분으로서 '다리'를 의미하는 것이었다면, 그것은 이곳과 저곳을 연결하는 '다리(橋)'로서 "오작교", 그리고 다리를 대체할 수단으로 "배", "풍선(애드벌룬)" 등으로 다양하게 변주된다.

이러한 '다리'의 대체물들은 준구의 관념의 편린으로 해석할 수 있는데, 그가 20여 년을 살아왔던 세계에서 경험한 것들로부터 내면화되었던 관념의 덩어리들인 것이다. 곧 그것은 "짓밟은 말"과 "허송한 시간들"의 결과물이다. 바로 이 장면에서 그의 현실과 환상의 결합이 이루어진다. 이전의 환상이 다분히 그의 억압된 내면세계, 즉 무의식을 환기시키는 환상이었다면, 이 장면에서는 그것이 보다 확장되어 현실 세계에 대한 부정적이고도 비판적인 시각과 결합되고 있는 것이다.[13]

---

12) 위의 책, 91면.
13) 현실 세계에 대한 부정적이고도 비판적인 시각은 다음 인용문을 통해서도 짐작해 볼 수 있다. 이 인용문은 위의 장면이 현실 사회에 대한 비판적인 인식하에 형상화된 것이라는 추측을 가능하게 한다. "이국의 신의 수상한 생일을 위해서만 열리는 통행 금지의 창살이 영원히 열리는 새벽을 위한 슬픔과 땀은 아직도 더 부어야만 하는가.

그런데, 여기에서 주목할 것은 '하늘의 다리'가 주인공의 환시의 차원에서 출현하는 한편으로 주인공의 캔버스 위에서도 그려지고 있다는 점이다. 바로 여기에서 '하늘의 다리'가 준구 그 자신의 것으로 재의미화되고 있음을 발견할 수 있다.

> 준구가 진짜 하늘에서 본 다리는 그렇지 않았다. 잘린 자리가 보이지 않는데도 그 다리는 착실하게 하늘을 밟고 있었다. 그 다리를 치우면 그 자리에 다리만한 자리가 파일 것같이. 그런데 캔버스 위에서 다리는 <u>서툰 식칼 밑에서 비둥그러지는 고깃덩어리</u>처럼 도마에서 미끄러지는 것이었다.(…) 캔버스 위의 다리와 하늘을 더듬어본다. 요지부동이다. 하늘은 유리처럼 단단한데 다리는 나비 같다. 억지로 하늘 속에 밀어넣으려고 하면 연약한 몸집이 터져 창자가 나온다. <u>터진 창자</u>처럼 페인트는 힘없이 퍼져버린다. 아니면 <u>판때기 위에 꽃힌 표본</u>처럼 다리는 하늘 위에 얹혀지고 만다. 하늘 '속'에 녹아도 안 되고 하늘 위에 얹혀도 안된다. 다리는 하늘'을' 밟아야 하는데도 다리는 하늘을 밟지 못한다. 억지로 누르면 발가락들은 초처럼 녹아버린다. 억지로 누르면 발가락들은 <u>곤충의 다리</u>처럼 부러지고 만다. 이 두 가지 말고 어떤 수가 있는가. 붓은 그림 위에서 헛되게 서성거린다. 어떻게 하기도 두려운 것이다. 벌써 수십 번을 메우고 다시 긁어 세워본 진흙탕이다. 캔버스 크기만한 진흙탕. 사각의 진흙탕. 하늘과 집과 다리들이 진흙탕 속에서 싸운다. 제가 죽는 한이 있어도 남은 살리지 않겠다는 것처럼. 그들은 서로 싸운다. 한 가지가 모습을 잡을 만하면 나머지 것들

무당들과 간신들과 종돼지처럼 살찐 왕과 왕비들을 위해서만 있었던 순라꾼들의 밤은 질기기도 하여라."(89면) "거짓말을 지키기 위한 전차들이 장갑을 끼고 밤 속에 웅크리고 있다. 깡패처럼 카포네의 기관총수들처럼. 포탄의 시가를 물고, 민중을 깔보는 자들이 민중을 대변하고 자기를 멸시하는 자들이 자기를 아끼고 집안에서 학대하는 아이들에게 밖에서 출세하라고 권하면서 부모님들은 지친 잠에 빠진다."(91면) 이상의 인용문을 살펴보면, 준구가 "짓밟은 말"이나 "허송한 시간들"이라고 말한 것들이 무엇을 환기시키는 것인가를 알 수 있다.

이 다리를 잡아당긴다. 다리는 하늘에 오르지 못한다. 진흙으로 빚은 용처럼. (…) 어느새 그의 몸뚱이가 하늘의 그 자리에 다리가 있던 그 자리에서 도시를 굽어본다. 별똥처럼 그는 떨어진다. 달빛처럼 유리를 뚫고 방으로 쏟아져 들어온다. 그는 서 있다. 창가에.[14] (밑줄: 인용자)

이 장면에서는 캔버스 위에 그려진 '하늘의 다리'를 묘사하고 있다. 여기에서 '다리'는 "서툰 식칼 밑에서 비둥그러지는 고깃덩어리", "나비", "터진 창자", "판때기 위에 꽂힌 표본"으로, 그리고 '발가락'들은 "초", "곤충의 다리"로 그려진다. 이러한 묘사들은 나약해지고, 현실의 삶에 좌절한 그의 내면을 반영한다. 결국 "진흙으로 빚은 용"처럼 결코 이루어질 수 없는 환상인 동시에, 깨지기 쉬운, 혹은 다치기 쉬운 '환상'으로 전락한 것이다. 그림조차 그의 '환상'을 견고하게 보듬어주지 못할 때 그의 그림은 결국 삶의 좌절을 필연적으로 동반하게 된다.

3-2. 예술욕의 극대화와 문명 비판에 드러나는 의식의 전화

성희를 찾는 일이 실패로 돌아가고, 한선생마저 죽음에 이르렀을 때, 그는 자신의 생활을 예술의 차원으로 끌어올리지 않으면 안 되었다. 그러나 그의 생활이 곧 예술이 된 상황에서 그의 환상이자 오브제인 '하늘의 다리'는 그림으로 완성되지 못하고 만다. 그것은 두 가지 이유 때문인데, 하나는 성희의 죽음이 아닌가 하는 착각을 가져왔던 한강변의 살해 사건, 그리고 다른 하나는 마포 아파트 붕괴 사건이 그것이다.

환상의 다리는 성희의 다리로 여겨지면서 그 실체를 획득할 수 있게 되었으나, 성희의 죽음이라는 착각을 불러일으켰던 한강변 살해 사건에

---

14) 위의 책, 100~102면.

의해 성희의 다리는 그 실체를 상실하고 준구 자신의 오롯한 관념으로 서 남게 된 것을 의미한다. 그리고 이 사건은 또한 피난민의 삶이라는 것이 현실에서는 '하수도'의 삶에 다름 아닌 가장 처절한 밑바닥 삶이 라는 것을 환기시켜 준다. 이 사건은 그로 하여금 그림을 그릴 수 있게 하는 동력으로 작용하는 동시에, 그림을 그려야만 한다는 무언의 압력 으로 작용하는 계기가 된다.

반면에 다른 하나의 사건, 아파트 붕괴 사건은 그의 그림의 완전한 구도를 파괴하는 위기이자 위협으로 작용한다. 그에게 있어 도시는 다 리가 허공에 떠 있으면서 하늘을 밟을 수 있게 하는 힘, 곧 '환상'의 도 시로 설정되어 있었다. 그런데 그의 작품에서 견고하게 버티어주고 있 던 '환상'으로서의 도시가 오히려 현실의 도시에 의해 붕괴되고 무너져 버렸기 때문에 그는 작업을 더 이상 진척시키지 못하게 된 것이다.

'환상' 속의 믿음에 의해 현실을 지탱하면서 20년 넘게 살아왔는데, 이제 그 현실이 환상을 위협하고 붕괴하는 것을 목도하는 순간 그는 그 현실에 절망하고 좌절하고 만 것이다. 그가 마지막에 부산에서 한명기 에게 편지를 쓰는 장면은 그가 현실에 대한 좌절을 견디기 어려워했음 을 시사한다. 그가 부산의 바다로 가는 것은 다시 초심으로 돌아가는 것을 의미한다. 그것은 그가 LST를 타고 도착했던 부산의 바다 앞에 서 는 것이자, 절망적 현실을 뒤로 한 채 새로운 세계를 찾아 떠나고자 하 는 마음의 절절한 투사인 셈이다. 이것이 생활의 측면에서의 초심이다.

그러나 이 초심은 예술의 측면으로 연결되면서 다른 양상으로 나타 난다. 생활인으로서 초심으로 돌아가고자 한 그가 부산 바다 앞에서 서 울로 올라갈 것이라는 내용을 담은 편지를 '소설가' 한명기에게 보낸다. 그는 왜 '소설가'에게 편지를 보냈는가.

다행히 나는 자네라는 훌륭한 소설가 친구를 가졌고, 자네가 이 사건에 흥미를 가지고 소설로 쓰겠다니, 여보게 나에게 믿음을 주게. <u>인간의 마을에 아직 믿을 만한 것이 있는지 없는지</u>, 나의 이 공포가 무지한 소치이고 미술이라는 제한된 인식으로는 알아볼 길이 없으나 소설로는 알 수 있는 무슨 까닭이 있는지 없는지 알려주게, 그런 소설을 써주게.15) (밑줄: 인용자)

준구가 이루고자 하였던 '무엇인가'는 "인간의 마을에 아직 믿을 만한 것이 있는지"의 문제와 관련된다. 그것은 달리 말하면 그가 지금껏 믿어왔던 인간의 마을이 허상에 불과했으며, 믿음을 회복하려던 노력은 공포만을 안겨주었고, 앞으로도 그의 태도는 쉽게 변하지 않을 것이라는 의미를 내포하고 있다. 이것은 생활인으로서 초심으로 돌아가는 것이 불가능하다는 것에 대한 깨달음과 관련이 있다.

생활에서 '무엇인가'를 완성하는 것이 불가능하다는 깨달음의 자리에서 준구는 그 방법을 미술이 아닌 소설에서 찾고자 한다. 준구가 소설가 친구에게 편지를 보내는 것은 캔버스의 작업(미술)으로 이루어내지 못한 '무엇인가'를 소설 장르는 이룰 수 있을 것이라는 믿음 때문이다. '무엇인가'를 완성하는 것은 생활에서는 불가능하며 예술의 영역, 그것도 소설 장르에서만 가능하다는 것이다.

나는 지금 이 바다에서 금방 나온 사람처럼 생소하네. 이 마을이. LST에서 걸어나온 피난민은 헛되이 바다 앞에 섰네. 이 무지한 바다 앞에. 백치와 같은 푸른 짐승 앞에. 그리고 이 바다에서 LST를 내린 한식구들이 종적 없이 사라진 이 실종의 책임자가 누군지 모르는 채로 말일세. 여보게 내게 좀 가르쳐주게.16)

---

15) 위의 책, 116면.
16) 위의 책, 118면.

생활인으로서 현실에서 그 믿음을 회복하는 일은 부조리한 현실을 움직이는 거대한 힘을 밝혀내는 일만큼이나 불가능하다. 현실의 믿음을 되살려놓는 일은 그가 바다 앞에 서서 바다로부터 자신에게로 이어지는 '탯줄의 흔적', 즉 그 많은 시간들의 사이에 놓인 "역사"의 모든 사연들을 알려달라고 요구하는 것만큼이나 불가능한 일일 것이기 때문이다. 준구의 이러한 판단의 근저에는 역사에 대한 순환사관이 자리 잡고 있다. 역사는 결코 조화로운 순리에 따라 일어나는 것이 아니다. "묵은 필름을 끄집어내서 심심파적으로 슬슬 돌리"는 것이 '역사'라는 것, "비밀경찰"이나 "전쟁상인", "흥행사"나 "암흑가의 보스"의 모습처럼 부조리하고, 갈등과 모순으로 점철된 것이 역사라는 것, 그것이 바로 준구의 역사관이다. 이러한 시각에 따라, 그는 현재의 역사 역시 부조리한 것들이 반복되고 그것들이 갈등하고 충돌하는 방향으로 흘러갈 것을 예견하고 있다.

이런 상황에서 생활인으로서 초심으로 돌아가는 길은 전무하다. '인류의 원초적 고향인 바다', 그 바다는 여전히 '원시 그 자체로서의 문화'를 간직하고 있다. 그러나 그 바다로부터 멀리 떨어져 나온 인류는 바다와는 너무 이질적인 '타락한 문명'을 만들었다. 따라서 현재의 문명 상태에서 원시의 바다(초심)로 돌아갈 길은 요원하다. 이 자리에서 준구가 택할 수 있는 것은 현실에 순응하거나 혹은 현실을 초월하거나(도피나 죽음) 하는 두 가지밖에 없다.

준구는 그 두 가지 중 어느 것도 택하지 않는다. 준구가 선택한 것은 소설이다. 예술로서의 소설, 그것을 통해 원시의 바다, 자신의 원래 탯줄이 연결되어 있던 자리로 회귀할 수 있다는 인식. 이것이 준구의 소설관이자 삶이다. 또한 나아가 그것은 작가 최인훈의 소설관이자 삶인 것이다. '초심'으로서의 '원시의 바다'에 대한 지향성, 그 지향성의 유일한 가능태로서의 소설, 이것이 원체험과 관련된 '하늘의 다리'에 내포된 궁극적 의미이며, 작가 최인훈의 글쓰기의 원형이다.

4. '푸른 광장'에서 '황금시대', '바다'의 변주로서 환상

이러한 마지막 장면은 「광장」의 명준이 제3국으로 망명하는 배 위에서 자살을 선택하는 것과 동일한 선에 놓여 있다. 문명사에 대한 비판의식, 그가 지금껏 살아왔던 세계가 환상보다도 더 무너지기 쉬운 현실이었다는 배반 의식 등이 명준과 준구의 내면에서 동시에 발견된다. 그것이 '바다'라는 태고의 세계 앞에서라는 점은 더욱 의미심장하다.

바다 앞에서 새로운 세계를 향한 갈망을 드러내는 것, 그것은 「구운몽」에서도 발견할 수 있다. 혁명가 무리들의 수령이 된 독고 민이 망명하기 위해 배를 타러 떠나는 장면 또한 이상의 맥락과 동일하다. 그가 찾아 떠나는 세계가 곧 다른 동일한 차원에서 사랑으로 매개된 세계라는 점은 「광장」의 명준이나 「하늘의 다리」의 준구가 지향하고자 하는 세계에 다름 아니다.

말하자면, 「하늘의 다리」는 「광장」과 「구운몽」을 통해 보여주었던 작가의 내면 의식을 보다 명징하게 보여준 작품이라 할 수 있다. 글쓰기의 원형이라고도 할 수 있는 그의 LST 체험이 「하늘의 다리」에 이르러서야 비로소 그 실체를 드러내기에 이른 것이다. 이 글의 이러한 판단은 「광장」과 「구운몽」과의 상호 텍스트성에 의거한다. 이를 보다 구체적으로 살펴보자.

우선 「구운몽」과 「하늘의 다리」이다. 「구운몽」은 세 층위의 서사 구조로 이루어지는데, 그 가운데에서도 가장 처음에 등장하는 서사, 즉 독고민이 미궁에 갇혀 숙을 찾아다니는 서사는 「하늘의 다리」의 준구가 한선생의 딸 성희를 찾아다니는 서사와 거의 유사하다. 즉, 후자가 전자를 환기시키고 설명해주는 관계에 놓여 있다. 전자는 환상이라는 틀 안에서 현실과의 관련성을 발견하기 어려울 정도의 난해한 구성으로 되어 있으나, 후자는 전자의 환상을 현실의 상황이라는 배경하에 사건을 풀어나가는 방식으로 짜여 있다. 또한 이들 두 작품은 태초의 세계와 '나' 사이에 놓여 있는 문명체에 대한 비판 의식이 강하게 나타난다.

다음 「광장」과 「하늘의 다리」는 내용의 상징적인 측면에서 유사하다. 「광장」에서 이명준이 마카오로 향하는 배위에 오르는데, 그 배는 홍콩을 경유하여 마카오로 향한다. 그와 마찬가지로 「하늘의 다리」에서 준구는 성희를 찾아 '홍콩'이라는 바를 경유하여 '마카오'라는 술집으로 가서 성희를 만난다. 그리고 「광장」에서 이명준은 바다를 푸른 광장에 비유하면서 그곳에서 갈매기로 표상되는 은혜와 그의 딸을 만난다. 「하늘의 다리」에서 준구는 바다가 자기와 탯줄로 이어진 한 문화라는 것을 실감한다. 두 작품에 등장하는 '바다'는 그것이 태초의 세계임을 환기시킨다. 새로운 삶을 다시 시작하고자 하는 의지는 「광장」이나 「하늘의 다리」 모두에 드러난다. 이 장면은 앞서 언급했듯이 「구운몽」에서는 혁명가의 수령이 된 독고 민이 그들의 뜻에 따라 망명하기 위해 바다로 가는 장면에서도 동일하게 나타난다.

「광장」에서 「하늘의 다리」에 이르는 시간의 간극은 10년에 이른다. 이 긴 시간 속에서 여전히 '바다'로 나가기를 꿈꾸는 최인훈의 시각에는 변화가 느껴지지 않는다. '내가 있는 이곳은 내가 꿈꾸는 현실이 아니다'라는 부정과, '나는 바다, 즉 태고의 세계를 꿈꾼다'라는 지향이 각 작품마다에서 동일하게 변주된다. 그것이 「광장」에서는 "푸른 광장"으로, 「구운몽」에서는 "황금시대"로 그리고 「하늘의 다리」에서는 "바다"로 형상화된다.

그런데, 이상에서와 같이 꿈꾸는 세계는 동일하지만, 최인훈이 파악하고 있는 현실은 결코 동일하지 않다. 분단은 고착화되고, 한국 사회는 더더욱 모순이 심화된 사회로 변화되고 있는 것이다. 이 점은 분명히 짚고 넘어가야 할 문제이다. 한국전쟁이 발발하고 20년이 지난 시점에서, 오히려 부조리와 갈등과 모순이 더욱 극심해졌다는 지적에는 한국 사회를 향한 강한 비판과, 구제불능의 현실 사회에 대한 환멸이 담겨 있다.

따라서 그는 피난민으로서의 20여 년의 삶을 감당하기보다는 오히려 경유지로 서울이라는 도시를 선택한 것이라는, 그리고 곧 다른 세계를 향해 떠날 것이라는 망명객으로서의 위치를 짊어지고자 하였던 것인지 모른다. 피난민이 아닌 망명객으로서의 인식은 「구운몽」을 거쳐 「하늘의 다리」에 이르면서 더욱 확연하게 드러난다. 시간이 흐를수록 현실 사회에 대한 환멸이 더욱 강해진 것 또한 피난민의 굴레에서 벗어나고 싶은 자신을 더더욱 망명객의 자리로 내모는 강한 동력이 되었음은 물론이다.

5. 맺음말

이 글은 최인훈 작품 전반에 나타나는 글쓰기의 원형을 밝히고자 하는 목적으로 기획되었다. 「하늘의 다리」는 최인훈의 다른 작품들에 비해 심층에 놓여 있는 작가의 의식이 분명하게 드러난 작품이다. 무엇보다 예술에 대한 작가의 지향이 어디에서 연원하는지를 알 수 있게 해준다는 점에서 이 작품은 최인훈의 작품 세계에서 중요한 자리를 차지한다.

「하늘의 다리」는 주인공을 통해 생활인과 예술가로서의 자의식을 보여준다. 이 작품에서 주목하는 것은 주인공이 순수예술을 통해서 자아 정체성을 확립해 가는 과정이다. 이 과정에서 주인공은 현실에 대한 환멸로 인해서 좌절하고 다시 새로운 방법을 모색한다. 현실에 대한 환멸로 인해 예술욕은 극대화되고, 그 결과 주인공은 능동적이고 현실 비판적인 인물로 변화되어 간다. 그 결과 월남인이라는 피난민 의식은 망명객 의식으로 심화된다.

「하늘의 다리」에서 '하늘의 다리'는 분단이 고착화된 현재적 상황과, 그 상황에서 벗어나고자 하는 작가의 바람이 투영된 관념적 대상이다. 극복하기 어려운 상황에 대한 인식은 문명 비판을 통해 구체적으로 드러나며, 작가의 궁극적인 지향은 '바다'의 표상으로 구체화된다.

여기에서 '바다'는 「광장」의 '푸른 광장', 「구운몽」의 '황금시대'와 동일한 의미를 갖는다. 이처럼 작가의 지향은 끊임없이 변주되는 가운데 반복적으로 드러나는데, 「하늘의 다리」는 작가의 체험적인 영역과 밀접하게 닿아 있으면서, 작가적 지향의 구체적인 자리를 형상화하고 있다는 점에서 작가의 원형 의식을 보다 선명하게 드러내준다.

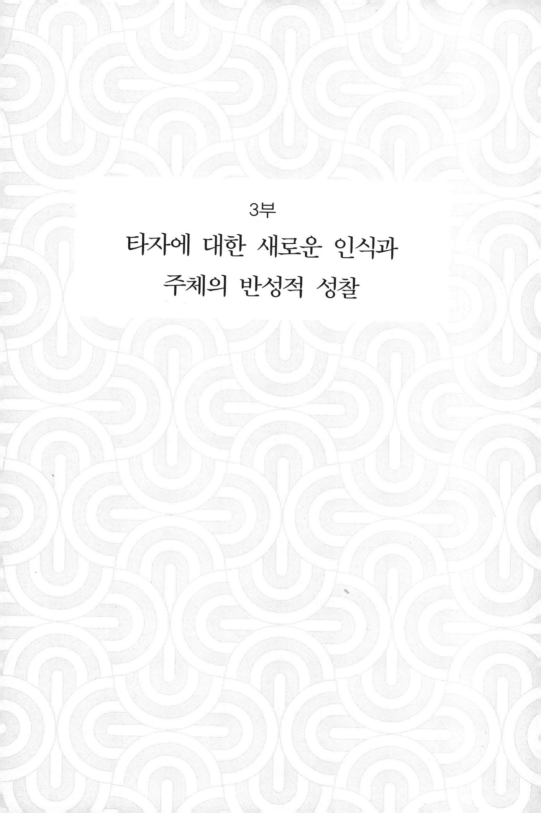

3부

타자에 대한 새로운 인식과
주체의 반성적 성찰

제 1 장

난장이의 발견과 실어증:
조세희 『난장이가 쏘아올린 작은 공』

1. 머리말

조세희는 『난장이가 쏘아올린 작은 공』(1978)으로 문단에 큰 반향을 불러일으킨 이후 『시간여행』(1983)과 『침묵의 뿌리』(1985)를 간행하였다. 『난장이가 쏘아올린 작은 공』에 대한 연구는 작품 발표 당시에는 리얼리즘의 입장에서 작품의 한계를 지적하는 평가[1]와 리얼리즘의 입장을 벗어나 산업사회와의 관계에서 그 의의를 논하는 평가[2]로 크게 대별되고 있다.

1990년대 이후부터 이러한 상반된 연구 시각에서 벗어나 다성성에 관한 연구와 연작형 소설로서의 형식상의 특질,[3] 문체와 수사학에 관

---

1) 성민엽, 「이차원의 전망」, 『한국문학의 현단계 II』, 창작과비평사, 1983.
　황광수, 「노동문제의 소설적 표현」, 『한국문학의 현단계 IV』, 창작과비평사, 1985.
2) 김치수, 「산업사회에 있어서 소설의 변화」, 『문학과지성』, 1979. 가을.
　김우창, 「산업시대의 문학」, 『문학과지성』, 1979. 가을.
3) 황순재, 「조세희 소설연구」, 『한국문학논총』 18, 한국문학회, 1996. 7.

한 연구,4) 환상성에 관한 연구,5) 윤리적 저항성으로서 가난의 정동에 관한 연구6) 등 다양한 시각에서 작품이 갖는 미적 특성을 규명해 내려는 시도가 이루어지고 있다.

김윤식은 『난장이가 쏘아올린 작은 공』은 현실에 대한 탐구를 거치지 않은 이념의 일방적 제시로 인해 현실 인식의 단순성과 윤리적 이분법이라는 한계를 가질 수밖에 없으나 1970년대 공장 노동자의 문제를 본격적으로 다루었다는 점에서 의의를 갖는다고 논하고 있다.7) 그리고, 이 작품이 지닌 지속성에 주목하고, 다성성을 통해 이 작품이 형이상학에 대한 '원리적'인 비판에 근거를 두고 있음을 밝히고 있다.8) 이러한 논의는 조세희의 『난장이가 쏘아올린 작은 공』에 리얼리즘적 측면과 모더니즘적 측면이 혼재되어 있음을 여실히 보여준다. 곧 내용의 측면에서는 리얼리즘에 바탕을 두고 있고, 형식적 기법의 측면에서는 모더니즘의 특성이 강하게 드러난다.

이후, 조세희의 『난장이가 쏘아올린 작은 공』에 대한 논의는 형식과

문홍술, 「뫼비우스 띠와 연작형, 그리고 난장이의 죽음」, 『1970년대 문학연구』, 예하, 1994.

김지미, 「1970년대 연작 소설의 서사 구조 연구」, 서울대 석사논문, 2001.

이경원, 「1970년대 연작소설 연구―이문구, 조세희, 윤흥길을 중심으로」, 이화여대 석사논문, 2006.

4) 김병익, 「난장이, 혹은 소외집단의 언어」, 『상황과 상상력』, 문학과 지성사, 1979.

한미선, 「문체분석의 구조주의적 연구」, 서울대 석사논문, 1986.

이득재, 「문체와 공간」, 『문학과 사회』 1994, 여름.

윤현아, 「조세희 소설의 문체 연구」, 이화여대 석사논문, 2009.

박진영, 「한국 현대소설의 비극성에 관한 수사학적 연구」, 고려대 박사논문, 2010.

5) 신명직, 「조세희의 『난장이가 쏘아올린 작은 공』 연구―환상성을 중심으로」, 연세대 박사논문, 1997.

6) 이정숙, 「1970년대 한국 소설에 나타난 가난의 정동화」, 서울대 박사논문, 2014.

7) 김윤식, 정호웅, 『한국소설사』, 예하, 1993.

8) 김윤식, 「대화성 이론과 소설성 이론」, 『발견으로서의 한국현대문학사』, 서울대학교출판부, 1997.

내용의 이분법적인 접근 방식이 갖는 한계를 극복하고자 새로운 접근 방식에 의해 다양한 논의를 이끌어 내고 있다. 그렇지만 이러한 방법 역시 결과적으로는 문제의식을 내용과 형식의 이분법이라는 자장 안으로 다시 끌어들이게 될 위험성을 다분히 내포하고 있다. 창작 방법이나 문체 등과 같은 문제의식은 형식에 관한 논의의 연장선에, 윤리나 현실 인식과 같은 문제의식은 내용에 관한 논의의 연장선에 놓여 있는 경우가 많다.

이러한 한계를 극복하기 위해서는 조세희 작품에 나타나는 현실 비판과 무의식적 욕망이 서사 구조의 측면과 어떤 상관성을 지니는지 살펴보아야 한다. 이를 위해 인접성 장애와 유사성 장애에 대한 야콥슨의 실어증 논의와, 욕망의 은유 대체와 환유 결합에 대한 라캉의 욕망 이론을 원용하고자 한다.

야콥슨에 따르면, 실어증은 언어 구사 능력에 장애가 발생한 경우를 일컫는다. 언어 구사는 계열체적 관계와 통합체적 관계9)에 의해 이루어진다. 인접성 장애10)는 계열체적 관계는 활발하나 통합체적 관계에

---

9) 소쉬르는 진술을 계열체적 관계와 결합체적 관계로 구분하고 있는데, 결합체적 관계는 현실적으로 문장상에 나타난 둘 이상의 낱말들 사이에서 성립하지만, 계열체적 관계는 현실적으로 문장 속에 주어져 있지 않는 낱말들이나 용어들을 잠재적인 기억 속에서 연상시킴으로써 성립된다. F. de. Saussure, 『일반언어학 강의』, 최승언 역, 민음사, 1990, 146~157면.
  "말이 돌을 운반한다"라는 문장을 발화할 때, '말'은 잠재적 기억 속에 연상되는 '말/소/당나귀' 중에서 선택된 것이고, '돌' 역시 '돌/소금/나무' 중에서 선택된 것이다. 이러한 선택의 축을 '연합 관계=계열체적 관계'라 하고, 이들 선택된 단어들을 문장 단위로 결합하는 것을 '연사체=통합체적 관계'라 한다. J. Fages, 『구조주의의 이해』, 김현 역, 문예문고, 1972, 33~41면.

10) 인접성 장애의 경우, 문장의 길이와 다양성의 정도가 감소한다. 낱말을 보다 고차적인 언어 단위로 형성시키는 구문 규칙을 상실한 것이다. 무문법성으로 인해 문장을 낱말더미로 퇴화시키고 만다. 낱말의 어순이 혼란에 빠지며, 문법적인 대등 관계와 종속 관계, 곧 일치와 지배 체제가 붕괴된다. 예컨대 순수한 문법적 기능을 부여받는 낱말들, 접속사·전치사·대명사·관사가 사라지고 핵심 주제어만 남는 전보문이나

결함이 생긴 경우이다. 곧 선택과 대체 능력은 정상적인 기능을 유지하지만 결합과 문 구성 능력에 장애가 있는 경우를 말한다. 유사성 장애11)는 계열체적 관계에 결함이 생긴 경우로, 결합 곧 문 구성 능력은 비교적 정상이지만 선택 곧 대체 능력에 결함이 있는 경우를 말한다.

인접성 장애가 일어나는 소설 작품의 경우, 기본적인 문장 단위의 성립이 불가능하고 사건의 배열 능력도 결여되어 있어 단문과 짧은 단락, 짧은 글이 주를 이루고 있다. 사건 단위는 거의 존재하지 않으며, 있다 하더라도 미미하거나 단편적이다. 대신 무의식의 욕망에 의해 '선택－대체'된 낯선 기표들의 더미12)만 남아 있다. 유사성 장애가 일어나는

어린아이의 발화와 같은 형태를 취한다. 낱말이 문법적으로 문맥에 의존하는 정도가 낮으면 낮을수록 그것은 인접성 장애자의 말 가운데 완강하게 살아남는다. R. Jakobson, 『문학속의 언어학』, 신문수 편역, 문학과지성사, 1989, 106~107면.

11) 유사성 장애의 경우에는 기억상실증 환자처럼, 상대방의 암시에 대한 응대가 아니거나 실제적 정황에 대한 반응이 아닌 문장을 말하는 데 곤란을 느낀다. 은연중에 콘텍스트를 창조해야 하는 단어들, 예컨대 대명사나 대명 부사들, 연결사나 조동사처럼 단지 문 구성을 위해서만 기능하는 단어들은 특히 보존되는 경향을 보인다. 문장의 골격, 즉 의사소통의 연결 고리만 보존되기도 한다. 대상을 그린 그림도 이름을 떠올리는 것을 억제하는데 말하자면 언어적 부호가 회화적 부호에 의해 대치된다. 대체 능력이 손상되고 문맥을 만드는 능력이 정상일 경우, 유사성에 입각한 언어 운용은 인접성에 근거한 언어 운용에 자리를 내준다. 이런 경우 유사성이 아니라 공간적 혹은 시간적 인접성이 의미론적 언어군의 형성 원리가 됨을 발견할 수 있다. 단어들을 그 사실적 의미에서는 파악하지만 그것들이 갖는 비유적 특성에 대해서는 이해하지 못한다. R. Jakobson, 위의 책, 98~105면.

12) 낯설은 기표의 파악은 소쉬르에서 라캉으로 연결되는 언어활동 법칙에 의해 가능하다. 라캉은 소쉬르가 진술을 결합체적 관계와 계열체적 관계로 구분한 법칙을 무의식의 언어활동에 적용시키고 있다. 그는 계열체적 관계를 은유법에, 결합체적 관계를 환유법으로 설명하고 있다. 은유법은 기표의 한 의미가 유사성에 의하여 다른 기표로 대체되는 경우를 뜻하고, 환유법은 한 의미의 기표가 인접성에 의하여 자리를 옮기는 치환을 말한다. 가령, "그의 다발은 인색하지도 잔인하지도 않았다"에서, '다발'은 무의식의 언어활동에 의한 은유가 일어나고 있다. 곧 '다발'이라는 기표는 일차적으로 '보으츠'라는 기의와 연결되나, 수직적 연상 관계에 의해 '주인/아버지/남근/다산적 정력'이라는 기의로 연쇄적인 관계를 맺는다. (J. Lancan, *Ecrits 1, 2*, Editions de Seuil, Paris, 1966 및 A. Lemaire, 『자크 라캉』, 이미선 역, 문예출판사, 1994 참조)

소설 작품의 경우, 기본적인 문맥 구성도 이루어지고, 서사 구조의 기본에 해당되는 인접한 사건 단위도 일정하게 제시된다. 그러나 이들 사건은 인과관계나 사건의 핵심적인 주제 요소가 결여된 채, 내적 필연적 연관 없이 최소한의 연결 수단에 의해 결합된다.

조세희의 『난장이가 쏘아올린 작은 공』에 실린 작품들의 경우, 인접성 장애나 유사성 장애 중 어느 한쪽으로 치우쳐 그것을 강렬하게 드러내는 작품은 드물고, 대신 두 측면이 서로 혼재되어 있으면서 어느 한쪽이 보다 우세하게 드러나는 경우가 대부분이다. 이러한 기준에 따라 다음 세 가지 유형으로 작품을 분류할 수 있다.

첫째, 유사성 장애가 보다 우세하게 나타나는 작품으로 「기계 도시」, 「은강 노동 가족의 생계비」, 「잘못은 신에게도 있다」를 들 수 있다. 둘째, 인접성 장애가 보다 우세하게 나타나는 작품으로 「뫼비우스의 띠」, 「에필로그」, 「클라인씨의 병」을 들 수 있다. 셋째, 인접성 장애와 유사성 장애가 부분적으로 나타나는 작품으로 「난장이가 쏘아올린 작은 공」을 들 수 있다.

이 글은 이러한 유형 분류에 기초해 세 유형의 작품에 대해 다음 사항을 검토하고자 한다. 첫째, 유사성 장애를 통해 드러나는 작품을 통해, 작가의 현실에 대한 인식이 단편적, 파편적, 피상적임을 밝힐 것이다. 둘째, 인접성 장애가 드러나는 작품에 나타난 낯선 기표들을 통해 무의식의 욕망을 파악하고, 작가가 지향하는 욕망이 무엇이며 그것이 현실과는 동떨어진 관념적 지식(수학적, 과학적)에서 비롯된 것임을 밝힐 것이다. 셋째, 인접성 장애와 유사성 장애가 부분적으로 드러나는 작품을 통해 보다 현실적인 리얼리티를 확보하고 있으나 현실에 대한 총체적인 인식을 드러내는 데에까지는 이르지 못하고 있음을 살펴볼 것이다.

2. 유사성 장애가 우세한 유형

유사성 장애가 우세한 작품으로는 「기계 도시」, 「은강 노동 가족의 생계비」, 「잘못은 신에게도 있다」를 들 수 있다. 「기계 도시」는 은강의 공장 지대를 묘사하면서 그곳 노동자들의 불행한 삶을 통해 현실을 비판하고 있다. 「은강 노동 가족의 생계비」에서는 아버지가 죽고 난 후 은강으로 옮겨가 그곳의 공장을 다니면서 영수가 겪게 되는 일들이 제시되어 있다. 삼남매가 죽어라 공장 일을 해도 그 돈은 최저생계비에도 미치지 못하는 상황에서 영수는 릴리푸트읍을 꿈꾸게 된다. 「잘못은 신에게도 있다」에는 은강의 공장에서 일하는 근로자들의 열악한 근로 조건과 은강의 오염된 환경을 그려내고 있다.

이 세 작품에는 현실의 모순에 대한 인식과 그 비판이 중심을 이루고 있지만, 그러한 인식과 비판이 단편적이고 파편적이며 피상적인 수준에 머물고 있다. 그 이유는 유사성 장애와 밀접한 관련이 있다.

「기계 도시」에서 호텔방에서 여자아이들과 자면서 난장이와 그의 가족들을 떠올리는 윤호는 작품의 후반부에 가면서 난장이 큰아들을 도와 단체를 만들어야겠다고 생각하기에 이른다. 이러한 그의 심리 변화와 관련해 그 필연적 계기에 대한 서술이 결여되어 있다. 윤호의 생활은 윤호가 호텔에서 여자아이들과 자거나 은희와 대화하는 것들을 중심으로 극히 단편적으로 제시되고 있을 뿐이다. 대신 윤호의 회상을 통해 드러나는 난장이 가족들에 대한 이야기가 중심을 이루고 있다. 「기계 도시」의 서사를 정리하면 다음과 같다.

(a) 난장이 아들딸은 기계가 있는 작업장에서 일하면서 최저 수준의 생활을 함

(b) 난장이도 쇠로 된 공구를 사용했음

(c) 난장이가 사는 동네

(d) 은강의 모습

(e) 조사자료 결과에 대한 난장이 아들의 이야기

(f) 은강의 공장에서 난장이의 아들딸이 하는 일

(g) 난장이 큰아들은 은강그룹의 경영주를 죽이겠다고 결심함

(h) 까만 기계가 들어찬 은강 시를 떠올리며 단체를 만들어야겠다고 생각함

이 작품에서 윤호는 난장이의 아들과 딸이 일하는 기계가 있는 작업장을 떠올리면서(a), 난장이도 쇠로 된 공구를 사용했음(b)을 기억한다. 내적 필연성이 없는 이질적인 두 서사 (a)와 (b)가 '기계'와 '쇠'에 의해 연결되고 있다. '기계'와 '쇠'는 유사성에 의해 은유 대체되는 것이 아니라 인접성에 의해 환유 결합되고 있으므로 유사성 장애[13])에 해당된다. 이 결합에 의해 난쟁이와 그의 아들딸은 모두 최저의 생활 조건에서 생활하는 사람들로 묶여진다. '조사 자료'의 경우(e)에도, 유사성 장애에서 볼 수 있는 메타언어적 운용 능력의 상실[14])을 확인할 수 있다.

---

13) 포크를 보고 삼지창으로 연결하지 못하고, 포크 옆에 있는 칼을 연결하는 것과 같다. 인접성을 원리로 하는 환유는 선택적 기능에 장애가 있는 실어증 환자들에 의해서 활용되고 있다. 그들은 '칼'을 '포크'로, '램프'를 '서탁'으로, '파이프'를 '담배 피우다'로 각각 환치할 수 있는 것이다.(R. Jakobson, 앞의 책, 105면)

14) 지표나 도상을 그에 상응하는 언어적 상징으로 번역해 내지 못하는 것을 말한다. 어떠한 대상 언어에 관하여 말하기 위해서는 메타언어가 필요한데 이처럼 명명하는 능력에 결함이 발생할 경우 메타언어가 상실된 것으로 볼 수 있다. 위의 책, 101~103면.

취업 동기(%)

빈 곤	가정 불화	도시 동경	친구의 권유	기 타
58.1	15.1	12.4	11.7	2.1

　난장이의 큰아들은 빈곤 58.1, 인간적인 대우를 해주는 직장 71.6, 항상 피로하다 59.8, 거의 모두 그렇다 39.1, 좀 어려운 이야기다 33.5, 도저히 안 된다 3.8이라는 백분율 숫자를 몇 번에 걸쳐 확인했다. '도저히 안 된다'고 답한 적은 수의 좌절·반항·소외 의식을 난장이의 큰아들은 생각했다.[15]

　노동자 교회 사람들이 노동자를 상대로 한 조사 자료에는 '취업 동기', '원하는 직장 요건', '작업 피로도', '노동조합의 간부들이 회사의 앞잡이라고 생각하는가?', '우리나라에서 부지런히 일하고 아껴 쓰면서 저축하면 누구나 잘살 수 있다고 생각하는가?' 등의 질문이 담겨 있다. 이러한 설문을 통해 취합한 결과들을 난장이 큰아들의 생각을 빌어 표와 숫자로 제시한 것이 위 인용문이다. 이 인용문을 통해, '조사 자료'를 언어적 상징으로 대체하지 못하는 유사성 장애의 한 측면을 읽을 수 있다.

　이처럼 이 작품은 간략한 조사 자료를 통해 얻어진 결과물로 노동자들의 비참한 생활을 드러내면서 부조리한 사회를 비판하고 있는 것이다. 결국 이 작품은 서로 이질적인 서사들이 유사성 장애에 의해 결합되면서, 현실의 단편적 사건들 사이에 내적 필연성이 결여된 과거에 대한 기억, 도표 등이 개입되어 전통적인 서사 구조를 무너뜨리고 있다.

　이러한 유사성 장애에 의한 현실 인식은 작가의 현실에 대한 단편적

---

15) 조세희, 「기계 도시」, 『난장이가 쏘아 올린 작은 공』, 이성과힘, 2005, 188~189면.

인식에 기인한다. 곧 작가의 피상적이고 파편화된 현실 인식에 의해 현실의 단면 단면은 포착하지만, 그것을 전체적인 맥락으로 연결시켜 그 본질적인 측면으로 나아가지 못하고 있는 것이다. 이로 인해 이 작품에 제시되고 있는 은강에 대한 윤호의 인식은 피상적인 관찰에 머물게 되고, 은강 공장 노동자의 구체적인 삶에 대한 접근은 차단되는 것이다.

유사성 장애에 의한 현실의 단편적 인식은 「은강 노동 가족의 생계비」에서도 볼 수 있다. 이 작품의 서사 단위를 보면 다음과 같다.

　(a) 릴리푸트읍 이야기 - 행복한 난장이들
　(b) 아버지의 생활과 죽음을 떠올림(푸른 녹이 낀 놋수저를 끌고 가는 아버지의 꿈)
　(c) 은강그룹 계열 회사의 공장에서 일하는 삼남매와 어머니의 이야기(가계부)
　(d) 또다른 릴리푸트읍을 꿈꾸는 영수

(a)와 (d)에서는 은강은 '릴리푸트읍'처럼 난장이들에게 행복을 채워줄 수 있는 곳이 아님을 제시하고 있다. (b)는 '푸른 녹이 낀 놋수저'에서 자면서 흔들어도 깨지 않는 꿈을 꾸는 아버지와 관련된 사건을 다루고 있다. (c)는 어머니의 가계부를 제시하면서 최소한의 경제생활에도 못 미치는 돈을 받기 위해 일하는 공장 노동자의 모습을 드러내고 있다.

이러한 이질적인 서사인 (a)~(d)가 유사성 장애에 의해 환유 결합되고 있다. 곧 '릴리푸트 읍'(a, d), '푸른 녹이 낀 놋수저'에서 자면서 흔들어도 깨지 않는 꿈을 꾸는 아버지(b), 어머니의 '가계부'(c)가 환유 결합되고 있다. 이를 통해, 이 작품은 최소한의 경제생활에도 못 미치는 돈을 받기 위해 일하는 공장 노동자의 모습을 제시하고 있다. 동시에 난장이가 행복한 삶을 영위하는 '릴리푸트읍'과의 대비를 통해, 기계에 얽매여 부속품으로 전락해버린 은강의 공장 노동자의 모습을 강조하고 있다.

유사성 장애에 의한 환유 결합은 각각의 서사 단위 내에도 일어난다. 가령 (b) 서사를 보면 은강의 현실에 대한 비판과 아버지에 대한 회상이 환유 결합되어 있음을 볼 수 있다. (b)에서, '나'는 아버지가 죽고 은강으로 돌아와 공장에 취직한다. 그 공장에서 해고를 당할 위기에 처하자 '나'는 그 공장에서 나와 다른 공장으로 가게 된다. 한 공장에서 해고당하면 다른 공장에 취직할 수 없는 기업의 경영 논리가 지배하는 현실 때문에 '나'는 해고당하기 전에 다른 공장으로 자리를 옮기는 것이다. 이처럼 폭압적이고 냉혹한 기업 논리를 비판하는 과정에서 '나'는 아버지와의 기억을 단편적으로 떠올린다.

> 우리는 반 줌의 재를 흐르는 물 위에 뿌려넣었다. 영호와 나는 눈물을 주먹으로 씻어내리며 울었다.
> "숙제 다 했니?" (…) "이게 숙제야요."
> 아버지는 내가 그린 그림을 들여다보았다.
> "먹이 피라미드야요." (…) "이 맨 밑이 녹색 식물로 일단계야요. 이 식물들을 먹는 동물이 이단계이고, 식물을 먹는 동물을 잡아먹는 작은 육식 동물이 삼단계, 또 이것을 잡아먹는 큰 육식 동물이 맨 위의 사단계야요." (…) "형처럼은 못 해요. 그래도 전 알아요. 우리는 이 맨 밑야요. 우리에겐 잡아먹을 게 없어요. 그런데, 우리 위에는 우리를 잡으려는 무엇이 세 층이나 있어요."
> "아버지도 쉬셔야지!"
> 어머니가 말했다.16) (밑줄: 인용자)

---

16) 조세희, 「은강 노동 가족의 생계비」, 위의 책, 198~199면.

'나'는 아버지의 재를 뿌리다가, '나'의 어린 시절에 생물책에 나오는 '먹이 피라미드' 관계를 그린 '나'의 그림을 아버지가 들여다보던 기억을 떠올린다. 그 기억이 회상 형식으로 '나'의 현실 비판적 사건에 삽입되면서 이질적인 두 사건이 환유 결합된다. 이처럼 기업의 경영 논리에 지배당하는 공장 노동자의 고통스러운 삶을 다루다가 그것을 생물책의 먹이 피라미드 관계와 결합시키는데, 그 결과 현실 비판은 일정한 한계를 지니게 된다.

이러한 유사성 장애의 측면은 '가계부'를 통해서도 확인할 수 있다. 앞서 「기계 도시」에 제시된 '조사 자료'처럼 이 작품에서도 '가계부'가 일종의 도표로 제시되고 있다. '조사 자료'의 경우와 마찬가지로 '가계부' 역시 언어적 상징으로 대체되지 못한 유사성 장애에 해당한다.

이 작품은 최저생계비에도 못 미치는 돈을 받으면서 은강에서 생활하는 비참한 노동자의 삶과 행복한 릴리푸트 읍을 대비하고 있다. 그렇지만, 유사성 장애로 인해 이질적인 사건이라 할 수 있는 꿈과 회상과 도표 등이 필연적인 연관 관계 없이 결합되고 있다. 그 결과 이 작품에서 현실 문제에 대한 인식은 단편적이고 파편적으로 제시되고 있다.

「잘못은 신에게도 있다」에도 유사성 장애가 일어나고 있다. 이 작품의 서사 단위는 다음과 같다.

　(a1) 아버지가 꿈꾼 세상과 내가 그린 세상
　(b) 생물체가 죽어가는 공장 주변의 환경
　(c) 영국과 프랑스의 비인간적 노동 환경과 은강 노동자들의 환경
　(d) 오염된 환경 속에서 난장이 가족의 생활
　(e) 공장 노동자들의 열악한 노동 조건(회의록)
　(a2) 아버지가 꿈꾼 세상이 옳았다고 생각함

이 작품은 아버지와 내가 꿈꾸는 세상을 (a)에 제시하고 여기에 이질적인 서사 (b), (c), (d), (e)를 환유 결합하고 있다. 각각의 단편적 서사는 은강의 오염된 환경을 비판하고 있으나, 필연적인 연관 관계 없이 연결되고 있다. (a)에 제시된 이상 사회는 (b), (c), (d), (e)에 제시된 은강의 현실과 철저하게 대비되고 있다. 그럼으로써 아버지와 '나'가 꿈꾸는 세상과 그들이 처한 현실 상황이 전혀 다르다는 것을 강조하고 있다. 그러나 이러한 대비에 의해 드러나는 현실 비판은 내적 필연성이 결여된 단편적 회상이나 회의록 등을 환유 결합하는 방식에 의해 파편적으로 제시되고 있다.

> 사용자 2: "옷핀?"
> 어머니: 옷핀을 잊지 마라, 영희야.
> 영희: 왜, 엄마.
> 어머니: 옷이 뜯어지면 이 옷핀으로 꿰매야 돼.
> 노동자 3: "그 옷핀이 저희 노동자들을 울리고 있어요."
> 영희: 아빠보고 난장이라는 아인 이걸로 찔러버려야지.
> 어머니: 그러면 안 돼, 피가 나.
> 영희: 찔러버릴 거야.
> 노동자 3: "밤일을 할 때 일어나는 일입니다. 누구나 새벽 두세 시가 되면 졸음을 못 이겨 깜빡 조는 수가 있습니다. 반장이 옷핀으로 팔을 찔렀습니다."17) (밑줄: 인용자)

위 인용문은 회의록 내용의 일부이다. 회의록은 앞서 살펴본 '조사자료'나 '가계부'처럼 메타언어의 운용 능력을 상실한 유사성 장애에 해당한다. 큰아들의 회상을 통해 제시되는 회의록을 보면, 사용자와 노

---

17) 조세희, 「잘못은 신에게도 있다」, 위의 책, 224면.

동자의 대화 중간중간에 어머니와 영희의 대화가 삽입되어 있다. 공장에서 야간작업 중에 조는 노동자들을 깨우는 수단으로 옷핀이 사용되는 사건을 두고 사용자와 노동자가 대화를 나누고 있다. 여기에 옷을 꿰매는 데 옷핀을 사용해야지 옷핀으로 사람을 찔러서는 안 된다고 하는 어머니와 영희의 대화가 환유 결합되어 있다. 두 가지 대화는 '옷핀', '찌르다'라는 표현에 의해 연결되고 있으나, 내적으로 필연적 연관은 매우 약화되어 있다.18) 이처럼 이질적인 사건들의 환유 결합으로 인해 이 작품 역시 현실 인식의 깊이가 결여된 피상적 인식에 머물고 있을 뿐이다.

요컨대, 유사성 장애가 우세한 작품들의 경우, 소외된 노동자의 현실과 임금 문제 등을 고발하면서 모순된 현실에 대한 비판을 드러내고 있다. 그러나 단편적인 사건들이 내적 필연성을 지니면서 전체적인 통일성을 이뤄내는 것이 아니라, 도표, 가계부, 회의록 등에서 보듯 유사성 장애에 의해 인접한 사건 단위로 연결되고 있을 뿐이다. 이로 인해 이들 작품들에 나타나는 현실 인식의 측면은 단편적이고 피상적인 수준에 머물고 있을 뿐이며, 이들을 전체적인 현실의 문맥과 연결시켜 그 본질적인 통찰을 하는 데까지 나아가지 못하고 있다.

---

18) 라캉은 치환과 환유의 예로 하이네가 수이예라는 사람과 파리 살롱에서 이야기하는 부분을 들고 있다. 살롱에 재계의 거물이 들어오자 많은 사람들이 그를 둘러싸는 것을 보고, 수이예가 "자 보세요, 19세기는 황금 송아지를 숭배하고 있습니다."라고 탄식하자, 하이네가 그 말을 받아 "아니, 저 송아지는 나이를 먹었습니다"라고 말한다. 이것은 수이예가 은유로 사용한 송아지를 하이네는 글자 그대로 받아들여 "그는 송아지가 아니라 늙은 수소"라고 대꾸한 것이다. 여기서 '황금 송아지'가 '늙은 수소'로 변한 것은 그 의미가 화폐의 영역에서 나이의 영역으로 이동됨으로써 발생한 것이다. 곧 의미의 동일한 진로 변경이기에 치환이고, 송아지와 늙은 수소의 관계는 환유의 관계이다. A. Lemaire, 앞의 책, 290~304면.

3. 인접성 장애가 우세한 유형

인접성 장애가 우세한 작품으로 「뫼비우스의 띠」, 「에필로그」, 「클라인씨의 병」을 들 수 있다. 이 유형은 이질적인 서사가 결합된다는 점에서 일단 유사성 장애 형태를 취한다. 그러나 이 유형의 작품에서 이질적인 서사 단위는 앞의 유사성 장애가 우세한 작품에 비해 그 단위수가 현저히 약화된다. 대신 하나의 서사 단위 내에 있는 여러 요소가 다른 서사 단위의 요소들과 유사성에 의해 은유 대체되는 측면이 강화된다. 따라서 이 유형은 무의식의 욕망에 의해 선택된 서사 내의 여러 요소들이 낯선 기표들로 작동하면서 은유 대체되는 측면이 강화되어 있다. 이에 따라 유사성 장애가 우세한 작품의 경우 이질적이지만 현실과 관련된 여러 가지 인접한 서사가 결합되면서 현실에 대한 인식이 강화되고 있는 반면, 이 유형은 작가의 무의식적 욕망이 강화되고 있다.

먼저 「에필로그」의 서사 단위를 살펴보면 다음과 같다.

    (a1) 수학교사의 이야기
    (b) 꼽추와 앉은뱅이의 이야기
    (a2) 수학교사의 이야기

수학교사의 이야기가 중심을 이루는 (a1)과 (a2)에 대비해 볼 때 (b)는 이질적인 서사이다. 이처럼 서로 다른 서사가 내적 필연성에 의해 연결된 것이 아니기에 이는 유사성 장애에 해당된다. 그러나 (b) 서사를 보면, 꼽추와 앉은뱅이라는 등장인물의 특징도 다소 현실성을 결여하고 있고, 그들이 서 있는 배경조차 모호하다는 점에서 추상적인 성격을 강하게 드러낸다. 앞서 살펴본 유사성 장애가 우세한 작품의 경우, 난장이의 아들과 딸 혹은 '지섭'이라는 실제적인 인물과 은강과 같은 구체적인 현실 공간이 자리하고 있다. 반면 이 작품에서 (b) 서사는 구체적인 현실이 아니라 보다 추상화된 현실에 해당한다. 따라서 이 작품에서 (b) 서사는 (a) 서사의 내용을 추상적인 영역에서 압축하여 그 내용 요소를 은유 대체하기 위한 단위로 파악해야 한다. 그 결과 이 작품은 인접성 장애가 우세한 특징을 보여준다.

이 작품에서 (b) 서사는 꼽추와 앉은뱅이가 자신들을 이용해서 돈을 벌고 도망가 버린 사장을 찾으러 가는 도중에 도로에서 '개똥벌레'를 발견하고 그것을 쫓아가다가 결국 죽게 된다는 내용을 담고 있다. (b) 서사의 이러한 내용 요소가 (a) 서사의 내용 요소와 어떻게 은유 대체되는지를 살펴보면 다음과 같다.

(i) "봐! 개똥벌레야!" 친구의 목소리가 들려왔다. "저게 어떻게 살아 남았을까!" 그러나, 친구가 보이지 않았다. 꼽추는 분리대를 향해 뛰어가고 있었다. (…) "보라구!" 꼽추는 분리대 앞에 모로 쓰러져 있었다. 그가 손을 들어 가리켰다. 꽁무니에 반짝이는 불을 단 한 마리의 작은 반디가 바른쪽 숲을 향해 날아갔다.[19]

(ii) 나는 제군이 아직 모르는 작은 혹성으로 우주여행을 떠나기로 했다. (…) 내가 방금 안주머니에서 꺼낸 이 작은 지도가 그들에게서 받은 HR도이다. 내가 갈 혹성은 이 지도의 왼쪽 위에서 바른쪽 아래로 내려가 구부러진 대각선의 중앙에 위치해 있다. 그곳 혹성인들은 식물처럼 무기물에서 유기물을 합성하는 능력을 갖고 있다.[20]

---

19) 조세희, 「에필로그」, 앞의 책, 316면.
20) 위의 글, 317면.

(i)은 (b) 서사에 해당하고, (ii)는 (a) 서사에 해당한다. (i)에서 꼽추와 앉은뱅이가 쫓아가는 '개똥벌레'는 (ii)에서 수학교사의 '우주여행'이라는 기표로 은유 대체된다.

'저게 어떻게 살아남았을까'라는 발화를 통해 볼 때, '개똥벌레'는 꼽추와 앉은뱅이가 꿈꾸는 이상적인 상태에 해당한다는 것임을 짐작할 수 있다. 그리고 꼽추와 앉은뱅이가 '개똥벌레'를 쫓다가 죽음을 맞이하게 되는 비극적인 상황은 '개똥벌레'로 표상되는 이상적인 상태에 결코 도달할 수 없다는 것을 의미한다. 이를 통해 꼽추와 앉은뱅이는 자신들의 이상 세계에 도달하지 못하고 자신들을 착취하는 '사장'과 같은 현실의 억압적 요소에 의해 죽음에 이르게 될 것임을 암시한다.

수학교사는 '우주인'은 "식물처럼 무기물에서 유기물을 합성하는 능력을 갖고 있"는 반면, 현실 세상에는 "식물이나 다른 동물을 먹어 영양으로 하는 동물"들이 있다고 이야기한다. 수학교사가 '우주인'을 찾아 '우주여행'을 하겠다는 것은 약육강식과 적자생존의 논리로 가득 찬 현실을 벗어나고 싶다는 욕망의 표현이다.

수학교사의 이야기에서 또 하나 주목할 것은 'HR도'이다. 별의 밝기와 온도를 나타내는 것이 'HR도'이다. 수학교사가 우주인에게서 받은 'HR도'로 우주여행을 하겠다는 것은 현실에서는 불가능한 일이나 다름 없다.

여기서, (i)의 '개똥벌레'는 (ii)의 '우주인', '우주여행', 'HR도'와 은유 대체되어 이상 세계를 의미하며, (i)의 '사장'은 (ii)의 '식물이나 다른 동물을 먹어 영양으로 하는 동물'과 은유 대체되어 현실의 억압 요소를 의미한다.

이러한 은유 대체를 통해 이 작품에 나타나는 욕망의 지향점이 구체적이지 않고 모호하거나 실현 불가능한 것임을 알 수 있다. 현실을 '사장', '식물이나 다른 동물을 먹어 영양으로 하는 동물'로 은유 대체하는 것에서 보듯, 이 작품에는 현실의 본질적 모순에 대한 천착이 결여되어 있다. 그 결과 그러한 모순을 극복할 수 있는 방법이나 지향점 역시 '개똥벌레', '우주인'처럼 추상화되면서 실현 불가능한 것이 될 수밖에 없는 것이다.

현실의 모순 극복을 위한 욕망의 기표가 갖는 추상성은 「뫼비우스의 띠」와 「클라인씨의 병」을 통해서도 확인된다. 「뫼비우스의 띠」는 위에서 언급한 「에필로그」와 동일한 서사 단위를 갖는다. 이 작품의 (b) 서사에는 꼽추와 앉은뱅이가 부동산 브로커 사내를 위협해 그로부터 입주권 판매의 차액을 받아내고 그를 차에 태워 불을 질러 죽이는 사건이 제시되어 있다. 이들이 돈을 받아도 궁핍한 삶에는 여전히 변화가 없다. 이들은 사회로부터 소외당한 채로 정상적인 생활을 영위하지 못하는데, 이들이 꿈꾸는 삶은 (a) 서사에서 수학교사가 언급한 '뫼비우스의 띠'라는 기표로 은유 대체된다.

'뫼비우스의 띠'는 '안과 겉을 구별할 수 없는' 속성을 지니는 것으로, 내부와 외부라는 구별이 무화된 세계를 의미하는 '기표'이다. 수학교사는 '뫼비우스의 띠'라는 은유 대체된 기표를 통해, 당위적인 삶과 현실적인 삶은 서로 닮아야 함에도 불구하고 현실에서는 그렇지 못함을 비판한다. 당위적인 삶은 '뫼비우스의 띠'가 의미하는 안과 밖의 구분이 무화된 세계, 즉 가난한 자와 부자가 공존하는 세계이다. 그러나 현실적인 삶은 꼽추와 앉은뱅이로 은유 대체된 가난한 자와 부동산 브로커 사내로 은유 대체된 부자의 대립이 강하게 작동하고 있다. 수학교사는 '뫼비우스의 띠'를 교과서에서 가르치는 논리의 차원으로 받아들이도록 하는 교육이 아니라 그 논리를 현실의 차원에서 실천하도록 만드는 교육을 갈망함으로써, 당위적 삶과 현실적 삶이 닮기를 욕망하고 있는 것이다.

「클라인씨의 병」의 경우, 앞의 두 작품보다 유사성 장애에 의한 현실적 사건의 결합이 보다 강화되지만, 목사와 과학자와의 대화를 통해 무의식의 욕망이 주로 은유 대체되어 표출되고 있기에 인접성 장애가 우세하다고 볼 수 있다. 「클라인씨의 병」의 서사 단위는 다음과 같다.

> (a) 애꾸눈 할아버지 이야기
> (b) 난장이 아버지에 대한 기억
> (c) 목사와 과학자와 지섭과의 만남을 통해 클라인씨의 병의 의미를 깨달음

「뫼비우스의 띠」에 등장하는 꼽추와 앉은뱅이처럼, 「클라인씨의 병」에 등장하는 난장이 역시 비정상적인 인물로 현실에서 소외당한 이를 은유 대체하고 있다. 또한 입구와 출구의 구분이 없는 '클라인씨의 병'의 기표 역시 '뫼비우스의 띠'라는 기표와 동일한 의미를 띤다. 곧 '클라인씨의 병'이라는 기표를 통해 입구와 출구, 내부와 외부, 가난한 자와 부자의 구분이 없는 열린 공간을 욕망의 지향점으로 설정하고 있는 것이다.

결국 「뫼비우스의 띠」와 「클라인씨의 병」이라는 두 작품 모두 (b) 서사를 통해 현실에 소외된 인물들의 비참한 삶을 추상적이고 단편적으로 제시한 뒤, (a), (c) 서사를 통해 현실을 초월하고자 하는 욕망을 표출하고 있다. 그것이 '뫼비우스의 띠'와 '클라인씨의 병'이라는 기표로 은유 대체되고 있다.

여기서 뫼비우스의 띠와 클라인씨의 병이라는 기표를 통해 제시되는 욕망 역시 현실의 본질적 모순에 대한 천착에서 비롯된 것이라기보다는 다분히 수학 내지 과학적 지식과 관련된 관념적인 것임을 알 수 있다. 과학자를 통해 '클라인씨의 병'의 의미를 파악한 난장이 큰아들은 과학적, 추상적인 논리를 구체적 현실에 그대로 적용시키고 있다.

> 이 병에서는 안이 곧 밖이고 밖이 곧 안입니다. 안팎이 없기 때문에 내부를 막았다고 할 수 없고, 여기서는 갇힌다는 게 아무 의미가 없습니다. 벽만 따라가면 밖으로 나갈 수 있죠. 따라서 이 세계에서는 갇혔다는 그 자체가 착각예요.[21]

인접성 장애가 우세한 세 작품에서 현실의 모순 극복의 지향점으로 설정된 '우주여행'과 '뫼비우스의 띠'와 '클라인씨의 병'이라는 기표는 관념적 지식에 바탕을 둔 추상적이고 비현실적인 것에 해당된다. 그것은 관념과 논리의 세계에서나 가능한 것이지, 가진 자가 못 가진 자를 극도로 억압하는 모순된 현실에서는 실현 불가능한 것이다.

4. 인접성 장애와 유사성 장애가 부분적으로 일어나는 유형

「난장이가 쏘아올린 작은 공」은 난장이 가족들이 살던 집을 철거당하게 되는 과정을 중심으로 하여, 아버지의 죽음과 영희의 가출에 대한 이야기를 담고 있다. 이 작품은 3개의 장으로 나뉘어 있다. 각 장은 영수의 시선, 영호의 시선, 영희의 시선을 중심으로 하여 사건이 전개되고

---

21) 조세희, 「클라인씨의 병」, 위의 책, 262면.

있다. 1장을 중심으로 하여 인접성 장애와 유사성 장애가 부분적으로 일어나고 있으며, 나머지 2개의 장은 1장에 비해 어느 정도 전통적 서사 구조의 형태를 유지하고 있다.

영수의 시선에 의해 구성되는 1장의 서사 단위는 다음과 같다.

> (a1) 아버지가 입주권을 팔기로 결정함
> (b) 영희가 우는 것을 보며 어렸을 적 사건을 떠올림
> (a2) 아버지가 책 읽는 모습을 보며 아버지의 고생을 떠올림
> (c) 어머니가 명희어머니와 대화하는 것을 보며 명희를 떠올림
> (a3) 아버지가 사라짐
> (a4) 아버지의 책을 읽으며 지섭과 아버지의 대화를 떠올림
> (a5) 아버지가 굴뚝 위에 서 있는 것을 봄

1장에서는 입주권을 팔기로 결정한 것에 대해 영수가 식구들의 반응을 보는 내용(b, c)과 사라진 아버지가 공장 굴뚝 위에 서 있는 것을 발견하게 되는 내용(a5)이 결합되고 있다. 이 내용이 전개되는 가운데, 영희의 어렸을 적 사건, 아버지의 고생, 명희에 대한 단편적인 과거 기억이 회상의 방식으로 삽입되고 있다.

> "그런데, 이게 뭡니까? 뭔가 잘못된 게 분명하죠? 불공평하지 않으세요? 이제 이 죽은 땅을 떠나야 됩니다."
> "떠나다니? 어디로?"
> "달나라로!"
> "애들아!"
> 어머니의 불안한 음성이 높아졌다. 나는 책장을 덮고 밖으로 뛰어나갔다. 영호와 영희는 엉뚱한 곳을 찾아 헤매고 있었다. 나는 방죽가로 나가 곧장 하늘을 쳐다보았다. 벽돌 공장의 높은 굴뚝이 눈앞으로

다가왔다. 그 맨 꼭대기에 아버지가 서 있었다. 바로 한걸음 정도 앞에 달이 걸려 있었다. 아버지는 피뢰침을 잡고 발을 앞으로 내밀었다. 그 자세로 아버지는 종이비행기를 날렸다.[22] (밑줄: 인용자)

아버지가 사라진 것을 알고 어머니는 아이들을 밖으로 보내 아버지를 찾도록 했다. 아버지가 놓고 간 책을 읽고 있던 영수는 지섭과 아버지의 대화를 떠올린다. 영수는 어머니의 목소리에 굴뚝 위에 서 있는 아버지의 모습을 발견한다.

이 과정에서 보듯, 영수는 상황에 따라 반응하면서 단편적인 회상을 하고 시선을 인접한 사건으로 이리저리 옮기고 있다. 따라서 영수의 시선은 각 사건을 본질적인 인과관계와 관련해서 파악하지 못하고 있음을 보여준다. 이처럼 영수의 시선을 중심으로 한 1장에는 이질적 사건을 단순 결합하는 유사성 장애가 일차적으로 나타나고 있다. 이 외에도 1장에는 단편적인 과거 기억, 꿈, '철거 계고장'이나 '철거 확인원' 등의 도표가 부분적으로 삽입되면서 유사성 장애가 일어나고 있다.

2장에는 사라진 영희를 찾으러 다니는 일과, 마지막 저녁을 지섭과 함께 하고 집을 철거하게 되는 사건이 영호의 시선을 통해 전개되고 있다. 3장에는 집을 나간 이후 브로커의 집으로 가서 철거 계고장을 들고 나와 다시 행복동으로 오기까지의 영희의 상황이 영희의 시선으로 전개되고 있다. 2장과 3장에는 1장과 달리 유사성 장애가 거의 일어나지 않고 있다. 결국 이 작품에는 1장을 중심으로 하여 유사성 장애가 부분적으로 일어나고 있는 것이다. 따라서 유사성 장애가 우세한 작품들과 대비해 볼 때, 유사성 장애가 부분적으로 일어나는 이 작품에서 난장이 일가의 열악한 삶과 모순된 현실에 대한 묘사는 어느 정도 현실적 설득

---

22) 조세희, 「난장이가 쏘아 올린 작은 공」, 위의 책, 103면.

력을 확보하고 있다. 그러나 부분적으로 일어나는 유사성 장애에 의해 그러한 현실적 설득력 역시 일정한 한계를 지니게 된다.

한편 이 작품에서 인접성 장애 역시 1장의 '난장이'를 중심으로 해서 부분적으로 일어나고 있다. '달나라', '머리카락좌의 성운', '오십억 광년 저쪽', '미국 휴스턴에 있는 존슨 우주 센터' 등의 낯선 기표가 그것이다. 그러나 난장이가 욕망하는 '우주선'과 '달나라' 등과 같은 기표 역시 지섭을 매개로 한 『일만년 후의 세계』라는 책에서 비롯된 관념적 지식에 기초한 것이기에, 당대 한국의 현실에서는 추상적이고 비현실적인 의미를 띨 수밖에 없다. 난장이가 달나라에 가기 위해 벽돌공장 굴뚝에서 종이비행기를 날리며 달을 향해 뛰어 오르는 이유는 욕망이 갖는 이러한 추상성과 관념성에서 비롯된다.

5. 맺음말

조세희의 『난장이가 쏘아올린 작은 공』에 실린 작품들의 경우, 인접성 장애나 유사성 장애 중 어느 한쪽으로 치우쳐 그것을 강렬하게 드러내는 작품은 드물고, 대신 두 측면이 서로 혼재되어 있으면서 어느 한쪽이 보다 우세하게 드러나는 경우가 대부분이다. 이러한 기준에 따라 다음 세 가지 유형으로 작품을 분류할 수 있다.

첫째, 유사성 장애가 보다 우세하게 나타나는 작품으로 「기계 도시」, 「은강 노동 가족의 생계비」, 「잘못은 신에게도 있다」를 들 수 있다. 둘째, 인접성 장애가 보다 우세하게 나타나는 작품으로 「뫼비우스의 띠」, 「에필로그」, 「클라인씨의 병」을 들 수 있다. 셋째, 인접성 장애와 유사성 장애가 부분적으로 나타나는 작품으로 「난장이가 쏘아올린 작은 공」을 들 수 있다.

첫째 유형에 해당하는 작품들의 경우, 소외된 노동자의 현실과 임금 문제 등을 고발하면서 모순된 현실에 대한 비판을 드러내고 있다. 그러나 단편적인 사건들이 내적 필연성을 지니면서 전체적인 통일성을 이뤄내는 것이 아니라, 도표, 가계부, 회의록 등에서 보듯 유사성 장애에 의해 인접한 사건 단위로 연결되고 있다. 이로 인해 이들 작품들에 나타나는 현실 인식의 측면은 단편적이고 피상적인 수준에 머물고 있을 뿐이며, 이들을 전체적인 현실의 문맥과 연결시켜 그 본질적인 통찰을 하는 데까지 나아가지 못하고 있다.

둘째 유형에 해당하는 작품들의 경우, 이질적인 서사가 결합된다는 점에서 일단 유사성 장애 형태를 취한다. 그러나 이 유형의 작품에서 이질적인 서사 단위는 앞의 유사성 장애가 우세한 작품에 비해 그 단위 수가 현저히 약화된다. 대신 하나의 서사 단위 내에 있는 여러 요소가 다른 서사 단위의 요소들과 유사성에 의해 은유 대체되는 측면이 강화된다. 따라서 이 유형은 무의식의 욕망에 의해 선택된 서사 내의 여러 요소들이 낯선 기표들로 작동하면서 은유 대체되는 측면이 강화되어 있다. 이 유형의 작품에서 현실의 모순 극복의 지향점으로 설정된 '우주여행'과 '뫼비우스의 띠'와 '클라인씨의 병'이라는 기표는 관념적 지식에 바탕을 둔 추상적이고 비현실적인 것에 해당된다. 그것은 관념과 논리의 세계에서나 가능한 것이지, 가진 자가 못 가진 자를 극도로 억압하는 모순된 현실에서는 실현 불가능한 것이다.

셋째 유형에 해당하는 작품의 경우, 인접성 장애나 유사성 장애가 우세한 작품과 비교해 볼 때 어느 정도 전통적 서사 구조의 형태를 유지하고 있다. 그러면서 부분적으로 인접성 장애와 유사성 장애가 일어나고 있다. 「난장이가 쏘아올린 작은 공」을 보면, 1장을 중심으로 하여 인접성 장애와 유사성 장애가 부분적으로 일어나고 있으며, 나머지 2개의 장은 1장에 비해 어느 정도 전통적 서사 구조의 형태를 유지하고 있다. 1장에는 이질적 사건을 단순 결합하는 것 외에 단편적인 과거 기억, 꿈, '철거 계고장'이나 '철거 확인원' 등의 도표가 부분적으로 삽입되면서 유사성 장애가 일어나고 있다. 한편 인접성 장애는 '난장이'를 중심으로 해서 부분적으로 일어나고 있다. '달나라', '머리카락좌의 성운', '오십억 광년 저쪽', '미국 휴스턴에 있는 존슨 우주 센터' 등의 낯선 기표가 그것이다. 이처럼 부분적으로 일어나는 유사성 장애와 인접성 장애로 인해 이 작품은 현실적 설득력의 측면에서 일정한 한계를 지니면서 동시에 무의식적인 욕망의 기표 역시 추상성을 띠고 있다.

조세희는 『난장이가 쏘아올린 작은 공』에서, 가난한 자와 부자의 대립구도를 통해 노동자의 비참한 현실을 그려내면서 안/밖, 가난한 자/부자의 대립이 무화된 '뫼비우스의 띠'와 '클라인씨의 병'으로 표현되는 세계를 지향하고자 하였다.

소설사적 관점에서 조세희가 제시한 '뫼비우스의 띠'와 '클라인씨의 병'으로 상징되는 안과 밖, 가진 자와 못가진 자의 대립이 완화되는 세계는 1970년대의 핵심 지배 담론인 이항 대립을 극복하고자 하는 작가적 치열성의 산물이다. 이러한 작가적 지향성은 도시와 농촌, 가진 자와 못 가진 자의 중간항인 위성도시와 중산층을 주인공으로 한 양귀자의 「원미동 사람들」을 염두에 둘 때 정당한 것이라 할 수 있다.

그러나 그 정당성에도 불구하고, 작가 조세희의 현실에 대한 인식의 피상성과 단편성, 그리고 모순 극복의 방법이 지니는 관념성과 추상성으로 인해 『난장이가 쏘아 올린 작은 공』은 일정한 한계를 지닌다는 점은 지적되어야 할 것이다. 작가의 이러한 한계가 이후의 작품 세계를 결정하게 된다. 『시간여행』에서는 신애라는 중산층 인물을 주인공으로 내세우지만 구체적인 현실의 측면은 거의 배제되어 있다. 대신 꿈속에서 만날 수 있는 '어린왕자'의 세계라는 추상적이고 환상적인 세계를 전면화한다. 관념적 지식에 기초한 욕망이 극단으로 치달려 꿈과 환상의 세계로 나아간 것이다. 반면 사진과 기록물인 『침묵의 뿌리』의 경우, 관념적 지식에 기초한 욕망을 거세시키고 현실에 대한 단편적이고 파편적인 인식의 극단으로 치달은 작품에 해당한다.

제 2 장

베트남전쟁의 은유화와 소설화 양상

1. 머리말

베트남에 한국군을 파병하기 시작한 1965년 이후 베트남전쟁이 직,
간접적인 소재로 작품에 등장하기 시작한다. '한국군 파병 환송식'이나
'베트남 난민(보트피플)', 베트남 참전 군인 등을 예로 들 수 있는데, 1970
년에 발표된 황석영의 「탑」 이후 최근에 이르기까지 베트남전쟁은 여
러 작가들에 의해 꾸준히 소설의 소재로 사용되어 왔다.

베트남전쟁 소설에 대한 연구가 본격적으로 등장하기 시작한 것은
1980년대에 들어서면서부터이고, 평론의 틀을 벗어나 본격적인 연구의
형태로 논의가 이루어지기 시작한 것은 1990년대에 이르러서이다. 지금
까지 이루어진 논의들을 살펴보자면, 박영한, 황석영 등의 개별 작품론1)

---

1) 조남현, 「갈등의 심화과정―쑤안촌의 새벽」, 『열한자루의 몽당연필』, 평민사, 1979.
   김윤식, 「사이공 탈출의 소설적 의미」, 『월간중앙』, 1980. 3.
   정호웅, 「두 편의 전쟁소설―인간의 새벽, 갈쌈」, 『문예중앙』, 1987, 봄.
   민병욱, 「황색인의 역사적 고통과 의지」, 『문학사상』, 1989. 8.
   정호웅, 「베트남 민족해방투쟁의 안과 밖―「무기의 그늘」론」, 『외국문학』, 1990, 봄.
   김철, 「제국주의와 정치적 무의식」, 『구체성의 시학』, 실천문학사, 1993.

에 집중한 연구, 베트남전쟁의 의미를 다각도로 추출해 내는 연구,2) 세계 현대사 속에서 그 성격을 규정(제3세계적 인식)하려는 연구,3) 반제국주의적 의식의 측면에서 접근하는 연구,4) 베트남전쟁과 한국전쟁의 연관성을 찾는 연구5) 등으로 나누어 볼 수 있다.

베트남전쟁이 전면에 등장하고 있는 작품들의 경우 발표 시기에 따라 그 형상화 방식이 다양하게 나타난다. 베트남전쟁이 시사하는 혹은 환기시키는 상징적인 의미는 당대의 사회 상황과 밀접한 관련을 맺고 있다. 그로 인해 베트남전쟁에 대한 본질적인 이해와 폭넓은 형상화가 상황의 제약에 크게 영향 받을 수밖에 없었다. 그러다가 구소련과 동구권의 몰락, 베트남과의 수교를 기점으로 최근에는 이러한 제약으로부터 자유로운 여건하에서 작품을 발표할 수 있게 되었다. 이러한 변화는 연구 성과로도 이어져, 초기의 연구 시각에서 접근할 수 없었던 영역으로 논의의 폭을 확장할 수 있게 되었다. 그 결과 최근의 논의에서는 베트남전쟁 소설에 대한 종합적인 조망을 시도함으로써 보다 본질적인 논의의 성과들을 이끌어내고 있다.6)

2) 조남현, 「전쟁소설의 넓이와 깊이—박영한의 작품세계」, 『땅콩껍질속의 연가/인간의 새벽』, 한국문학사, 1984.
3) 김윤식, 앞의 논문.
   유우제, 「한국문학에 투영된 '월남전'」, 『현대공론』, 1988. 5.
   민병욱, 앞의 논문.
4) 정호웅, 「베트남 민족해방투쟁의 안과 밖—「무기의 그늘」론」, 앞의 논문.
   김윤식, 정호웅, 「제3세계적 시각의 획득과 반제국주의 의식의 형상화」, 『한국소설사』, 문학동네, 2000.
5) 박덕규, 「문제성과 대중성—이상문 장편소설 『황색인』」, 『황색인』 3, 현암사, 1989.
   임헌영, 「월남전 소재 소설과 민족문학」, 『우리시대의 소설읽기』, 글, 1992.
   정종현, 「베트남전 소설 연구」, 동국대 석사논문, 1998.
   고명철, 「베트남전쟁 소설의 형상화에 대한 문제」, 『현대소설연구』, 한국현대소설학회, 2003. 9.
6) 유우제, 앞의 논문.
   최원식, 「한국소설에 나타난 베트남전쟁」, 『리영희선생화갑기념문집』, 두레, 1989.

그렇지만 논의의 폭이 확장되었다는 것이 보다 풍성하고 심도 있는 연구 성과로 이어지기 위해서는 사회학적인 접근 방식에서 벗어나야 할 필요성이 제기된다. 작품에서 제기되는 사건이나 주제가 베트남전쟁인 만큼 사회학적인 고찰의 연장선상에서 베트남전쟁 소설에 접근할 경우 기존의 논의가 보여주었던 성과를 답습할 수밖에 없다는 한계를 노정한다. 또한 베트남전쟁 소설에 포함되는 개별 작품을 깊이 있게 분석하지 않고 표층적인 차원에서 접근할 경우에도 기존의 연구 성과를 넘어서기 어려운 것이 사실이다. 따라서 이러한 한계로부터 벗어나기 위해서는 작품 그 자체에 주목하여 그 특징과 의미를 이끌어내는 작업이 필수적으로 요구된다.

논의의 이해를 돕기 위해 우선 베트남전쟁의 전개 과정을 간략하게나마 살펴보고자 한다. 베트남전쟁은 크게 네 단계에 걸쳐 변화되었다. 처음에는 항불 독립 투쟁으로 프랑스의 베트남 식민지화(1863. 5)부터 제2차 세계대전 종전까지 100여 년에 걸쳐 이루어졌다. 두 번째는 전(全) 베트남 민주공화국을 수립하게 된 1945년 9월부터 인도차이나 휴전 협정이 성립된 1954년 7월까지 베트남 북부를 중심으로 프랑스로부터의 독립 투쟁을 위한 베트남 독립동맹의 무력 투쟁이 일어난다. 2차 대전

박덕규, 「베트남전 체험과 제국주의 비판 문제」, 『문학과 탐색의 정신』, 문학과지성사, 1992.
임헌영, 위의 논문.
서은주, 「한국소설 속의 월남전-집단광기의 역사, 그 고통의 담론」, 『역사비평』, 1995. 가을.
정종현, 「베트남전 소설 연구」, 동국대 석사논문, 1998.
고명철, 「베트남전쟁 소설의 형상화에 대한 문제」, 『현대소설연구』, 한국현대소설학회, 2003. 9.
박진임, 「한국소설에 나타난 베트남전쟁의 특성과 참전 한국군의 정체성」, 『한국현대문학연구』 14, 한국현대문학회, 2003. 12.
김윤식, 「한국문학의 월남전 체험론-전쟁체험에서 문학체험에 이르기」, 『한국문학』, 2008, 봄.

이후 프랑스에 의한 재식민화를 거부한 독립 투쟁이라 할 수 있다. 세 번째는 1955년 남베트남 공화국 수립으로 베트남의 분단이 고정되는 시기이다. 네 번째는 미국에 의해 수립된 고 딘 디엠 정권의 부패와 독재로 인해 1960년에 결성된 민족해방전선을 중심으로 남베트남 내란이 일어난다. 1965년 통킹만 사건을 계기로 미군의 군사 개입이 시작되고, 민족해방전선과 월맹과의 연대하에 미국과의 전쟁으로 변모, 확대된다. 1975년 남베트남의 항복으로 통일이 이루어지고 베트남전쟁이 종전된다.

베트남전쟁의 전개 과정에 나타난 성격은 다음과 같은 다양한 시각에 의해 규정된다. 베트남전쟁은 각기의 입장에 따라 공산주의 침략 전쟁, 제국주의 전쟁, 신식민지 전쟁, 백인과 유색인종의 전쟁, 양대 정치 이데올로기의 투쟁, 후진·저개발 민족 대 선진 문명 민족의 전쟁, 강대국의 대리전쟁, 민족해방전쟁, 혁명 또는 반혁명 전쟁 등으로 투영된다. 그러나 베트남전쟁의 당사자가 베트남 민족이라는 점에 주목하여 볼 경우, 이상과 같은 긴 전쟁의 역사 속에서 베트남 민족의 의사는 '베트남 국민의 민족해방과 분단된 민족의 재통일'[7]이라는 명제에 집약시킬 수 있다. 위의 전개 과정을 통해 볼 때 베트남전쟁은 한국의 격변기에 해당하는 일제 식민지 이후 휴전에 이르기까지의 시기와 비슷한 과정을 겪은 것으로 파악할 수 있다. 베트남전쟁 소설과 분단 문학과의 밀접한 관련성이 지적되는 이유가 바로 여기에 있다.

이상의 논의를 바탕으로 하여 이 글에서는 베트남전쟁 소설의 중심 구조를 밝히고(2장), 그 변이 양상을 면밀히 살핌으로써 베트남전쟁 소설의 유형을 도출해 내고자 한다(3장).

---

7) 이상과 관련한 자세한 논의는 이영희, 『베트남전쟁』, 두레, 1985 참조

2. 베트남전쟁 소설의 중심 구조

지금까지 발표된 베트남전쟁을 다루는 소설들을 대상으로 하여,8) 전체 작품이 공유하고 있는 공통 구조를 추출하면 다음과 같다.

    A. 베트남전쟁 참가
    B. 베트남전쟁 체험 – 전장
    C. 베트남전쟁 체험 – 후방
    D. 귀국(이후)

이 네 가지 구조는 베트남전쟁 소설 대부분의 작품에 전면적으로, 혹은 부분적으로 나타나고 있다. 이 네 가지 구조 중 어느 구조가 강조되느냐에 따라 베트남전쟁 소설의 유형이 달라지는데, 이를 크게 세 가지 유형으로 묶을 수 있다. 각 유형의 하위 항목을 구조화할 때는 인물, 배경, 갈등의 원인 등을 주요 기준으로 삼았다.

---

8) 이 글에서 대상으로 언급하고 있는 작품은 다음과 같다. 발표 연도를 기준으로 하여 괄호 안에 장편/단편의 길이 구분을 명기하도록 한다. 황석영의 「탑」(단편, 『조선일보』, 1970. 1. 6), 「돌아온 사람」(단편, 『월간문학』, 1970. 6), 「낙타누깔」(단편, 『월간문학』, 1972. 5), 「몰개월의 새」(단편, 『세계의 문학』, 1976. 가을), 『난장』(장편, 1977. 11~1978. 7), 박영한의 『머나먼 쏭바강 1』(장편, 민음사, 1978), 『인간의 새벽』(장편, 『월간중앙』, 1979. 10~1980. 2), 김용성의 「나신의 제단」(단편, 고려원, 1981), 이상문의 「탄흔」(단편, 『월간문학』, 1983. 4), 「다림질」(『월간문학』, 1983. 10), 황석영, 『무기의 그늘』(장편, 형성사, 1985), 안정효의 『전쟁과 도시』(『실천문학』, 1985. 6~7. 『하얀전쟁』으로 개제), 이원규의 『훈장과 굴레』(장편, 『현대문학』, 1986. 3~1987. 2), 이상문의 『황색인 1』(장편, 『한국문학』, 1986. 4~6), 최우식의 『전장 그리고 여인들』(장편, 명지출판사, 1988), 이상문의 「기억속의 그림자」(『노동문학』, 1989. 4), 조한주의 『잃어버린 신화』(장편, 남도, 1989), 이상문의 『베트남별곡』(판, 1990), 이원규의 「천사의 날개」(『현대문학』, 1992), 지요하의 『회색정글』(장편, 글사랑, 1992), 안정효의 『하얀전쟁 2』(장편, 고려원, 1993), 『하얀전쟁 3』(고려원, 1993), 이재인의 『악어새』(장편, 옐맨, 1993), 오현미의 『붉은 아오자이』(영림카디널, 1995), 이대환의 『슬로우 불릿』(『작가』, 1996, 봄), 박정환의 『느시 1, 2』(장편, 문이당, 2000).

첫 번째 유형(I)은, A 구조와 B 구조가 강조되는 경우로, 주로 전장에 대한 체험과 그로 인한 전쟁 환멸이 중심 내용을 이루고 있다. 이 유형에서 A 구조와 관련하여 화자의 신분(지식의 정도, 직급, 국적)과 월남 파병 동기가 무엇인가라는 점에 따라 작품의 내용이 달라진다. 먼저, 화자의 신분은 대학생(지식인)/일반, 장교/파견 요원/사병(보직), 한국인/외국인으로 나타난다. 또한 화자를 한국인 화자로 내세우지 않고 다양화함으로써 시각을 다각화시키는 방식을 추구하는 경우도 있다.

한편 월남 파병 동기는 농촌 출신의 고학생인 경우, 대부분 가난 때문에 지원 입대한 방식을 취하고 있으며, 용병에 대한 자각과 전쟁에 대한 환멸이 잘 드러난다. 대학생인 경우 경제적 여건에 의한 지원 입대도 있지만, 대부분 현실 도피의 방편으로 지원하고 있는데, 이 경우 환멸보다는 현실에 대한 대결 의식을 갖고 귀국하는 방식을 취하고 있다.

B 구조는 다음과 같은 하위 구조 단위를 갖는다.

    B. 베트남전쟁 체험 – 전장(전쟁에 대한 환멸)
        b-1. 동료 혹은 전우의 죽음
        b-2. 적군 혹은 무고한 베트남인에 대한 가혹 행위 및 살상
        b-3. 상사 혹은 동료와의 갈등(명예욕/가학 행위/부패)
        b-4. 죄의식 혹은 전쟁에 대한 환멸

두 번째 유형(II)은, B 구조와 C 구조가 강조되는 경우로, 베트남전쟁에 대한 본질적이고 총체적인 접근이 이루어지면서 전쟁을 이데올로기의 대립으로 파악하고 있다. 여기서 C 구조는 다음과 같은 하위 구조 단위를 갖는다.

    C. 베트남전쟁 체험 – 후방에 가까운 전장(용병으로서의 한계와 전

쟁에 대한 인식)

　c-1. 미군과의 갈등(처우/인종차별/종교/부패)

　c-2. 베트남인과의 갈등(반공 의식/민족주의적 인식(배타적 인
　　　식)/사회주의적 인식)

　c-3. 베트남인과의 화해 혹은 베트남인들의 전쟁에 대한 태도
　　　이해

　특히 c-2에서 베트남인과의 갈등이 드러나는데, 이를 통해 베트남인
의 반공 의식, 민족주의적 인식, 사회주의적 인식 등이 총체적으로 나타
나거나, 혹은 단편적으로 한 부분이 강조되기도 한다. 이에 따라 작품의
특질이 달라진다.

　세 번째 유형(Ⅲ)의 경우, D 구조가 중점적으로 다루어지고 있다. 여
기서 D 구조의 하위 단위는 다음과 같다.

　D. 귀국(이후)

　　d-1. 전쟁으로 인한 정신적 혹은 육체적 외상

　　d-2. 베트남 방문

　　　　베트남 사회의 전쟁 후유증을 접하게 됨

　　　　참전 전우 혹은 전쟁 당시 만났던 베트남인과의 재회

　　　　귀국

　베트남전쟁 이후 귀국한 인물들이 한국에서 겪는 후유증은 d-1에서
나타나고 있는 반면, 1990년대에 들어서면서부터는 d-2의 하위 구조가
새롭게 나타나기 시작한다. 여기에서는 주로 베트남에서의 전쟁 후유증
을 그려낸다. d-1, d-2의 하위 구조는 한 작품에서 동시적으로 나타나지
않고, 둘 중 어느 한쪽이 우세하게 나타나는 양상을 보인다.

이상의 세 유형을 바탕으로 베트남전쟁 소설에 나타나는 중심 구조를 정리하면 다음과 같다.

A. 베트남전쟁 참가(지원/의무)
B. 베트남전쟁 체험 - 전장(전쟁에 대한 환멸)
  b-1. 동료 혹은 전우의 죽음
  b-2. 적군 혹은 무고한 베트남인에 대한 가혹 행위 및 살상
  b-3. 상사 혹은 동료와의 갈등(명예욕/가학 행위/부패)
  b-4. 죄의식 혹은 전쟁에 대한 환멸
C. 베트남전쟁 체험 - 후방에 가까운 전장(용병으로서의 한계와 전쟁에 대한 인식)
  c-1. 미군과의 갈등(처우/인종차별/종교/부패)
  c-2. 베트남인과의 갈등(반공 의식/민족주의적 인식(배타적 인식)/사회주의적 인식)
  c-3. 베트남인과의 화해 혹은 베트남인들의 전쟁에 대한 태도 이해
D. 귀국(이후)
  d-1. 전쟁으로 인한 정신적 혹은 육체적 외상
  d-2. 베트남 방문
     베트남 사회의 전쟁 후유증을 접하게 됨
     참전 전우 혹은 전쟁 당시 만났던 베트남인과의 재회
     귀국

이 글에서는 베트남전쟁 소설을 위의 네 가지 중심 구조 중 어느 구조가 강조되느냐에 따라 그 내용과 특질이 달라진다는 판단하에, 전체 작품을 세 가지 유형(I, II, III)으로 나누어 그 특질을 살펴보고자 한다.

3. 베트남전쟁 소설의 세 유형

3-1. 전장 체험과 전쟁에 대한 환멸이 중심이 된 소설

이 유형(I)에 속하는 작품들은 A, B, C, D 구조 가운데 A, B 구조가
강조되는 경우가 대부분이다. 여기에 속하는 작품은 다음과 같다.

> 황석영의 「탑」(『조선일보』, 1970. 1. 6), 「몰개월의 새」(『세계의 문
> 학』, 1976, 가을), 박영한의 「쑤안촌의 새벽」(『세계의 문학』, 1978, 겨
> 울), 이상문의 「탄흔」(『월간문학』, 1983. 4), 안정효의 『하얀전쟁 2』
> (고려원, 1993), 박정환의 『느시 1, 2』(문이당, 2000)

이 중 주목되는 작품이 「몰개월의 새」, 「탑」, 「쑤안촌의 새벽」, 「탄흔」
이다. 「몰개월의 새」는 A 구조가, 「탑」, 「쑤안촌의 새벽」, 「탄흔」은 B
구조가 중점적으로 드러나고 있다. 특히 후자의 경우, B 구조가 강조되
면서 C 구조도 어느 정도 강조되고 있는데, 물론 이 강조의 정도는 두
번째 유형보다는 미약하다.

A 구조가 강조된 「몰개월의 새」는 인간다운 삶을 영위할 수 있는 가
능성이 차단된 전쟁에 대해 비판적인 시선을 던지고 있다. 의무병으로
파월되는 주인공은 몰개월에서 '미자'라는 창녀를 만난다. 그는 매달
파월 장병을 실은 수송 차량의 뒤로 눈물을 흘리며 쫓아오는 그녀들의
행위를 이해하지 못한다. 그러다가 귀국하는 길에서야 그녀들의 이별
의식이 무엇을 의미하는지 느끼게 된다. 곧 누구든지 고귀한 삶을 영위
할 수 있어야 함에도, 전쟁은 이러한 모든 가능성을 차단한다는 것을
이들의 이별 의식을 통해 깨닫는다.

B 구조가 강조된 박영한의 「쑤안촌의 새벽」은 미육군 보병학교 출신 －미군 중위－미국인(헤롤드 무어) 화자를 중심으로 전장, 전시 상황을 그리고 있다. 헤롤드 중위는 사살당한 전우들의 죽음(b-1)에 대한 보복의 일환으로 베트남 여인을 강간하고 죽이려고 하는 병사들의 행위(b-2)를 방조한다. 베트남 여인을 구하려는 경험 많은 흑인 중사를 오히려 인종차별적인 행위와 언사로 되받으며 철저히 무시한다.(b-3) 자신의 지위에 대한 오만함으로 인해 그는 소대원들을 죽음으로 몰고 가게 되고, 자신은 흑인 사병의 도움으로 죽음을 면하나, 그를 구한 흑인 사병은 죽고 만다.(b-4) 이 작품은 미군 내에서도 백인과 흑인 간의 인종차별이 이루어지는 상황을 상징적으로 언급하고 있으며, 미군에 의해 자행되는 민간인의 강간 및 살해 행위가 방조되고 오히려 전과를 올리는 상황으로 전도되는 아이러니한 상황에 대해 비판하고 있다.

황석영의 「탑」은 베트남인들의 신앙을 상징하는 '탑'을 중심에 두고 한국군과 미군이 대립한다. 베트콩과의 교전에서 탑을 지키느라 R포인트의 대원이 거의 전멸(b-1, 2)하게 되었다. 다음날 미군에게 R포인트를 인계하면서 탑의 중요성을 이야기하지만, 미군은 추호의 망설임도 없이 탑을 불도저로 밀어버린다. '우리들이 지킨 것은 다만 개같은 목숨에 지나지' 않는다는 표현에서 드러나는 바, 용병으로서의 한계 및 서양(기독교)과 동양(불교)의 종교적인 갈등(c-1)이 첨예하게 나타난다. 탑을 밀어버리는 미군의 오만함 뒤에는 미국이라는 거대한 힘이 자리하고 있음을 시니컬하게 드러낸다.

또한 이 작품에 등장하는 오상병은 R포인트로 차출되기 전 파견대에서 근무하던 시기에 책임 조장과의 마찰(b-3)을 겪는다. 위조 카드를 만들어 물품을 사오도록 시키거나 혹은 보급병과의 접선을 요구하는 책임 조장의 물욕에 환멸(b-4)을 느끼기도 한다. 한국군의 부패상을 반영하는 동시에 베트남전쟁의 이면에 놓여 있는 부패한 자본의 실상을 보여주는 이와 같은 상황 설정은 이후『무기의 그늘』에서도 다시 발견할 수 있다.

이 작품은 단편이라는 한계로 인해 전쟁의 본질적인 면모를 통찰하지 못하였다는 한계를 갖는다. 그렇지만 구조상의 차이가 있다는 점에도 불구하고, 이데올로기의 대립이 어느 정도 드러나 있다는 점에서 두 번째 유형에 가까운 면모를 보여준다.

3-2. 이데올로기 대립으로 전쟁을 파악하는 소설

이 유형(Ⅱ)에 속하는 작품은 기본적으로 네 가지 구조 층위를 균형 있게 취급하면서, 특히 B와 C 구조를 중점적으로 다루고 있다. 여기에 속하는 작품은 다음과 같다.

> Ⅱ-1: 황석영『무기의 그늘 상, 하』,[9] 박영한『머나먼 쏭바강 2』[10]
> Ⅱ-2: 박영한의「머나먼 쏭바강 1」(장편으로 개작. 민음사, 1978),
> 이원규의『훈장과 굴레』(『현대문학』, 1986. 3~1987. 2), 최우
> 식의『전장 그리고 여인들』(명지출판사, 1988), 조한주의『잃

---

9) 황석영의『무기의 그늘』은『난장』이라는 제명으로 이미 1977년 11월부터 1978년 7월에 걸쳐『한국문학』에 일부 발표된 바 있다. 창작과비평사에서 간행된『무기의 그늘』상권의 절반에 못 미치는 분량이기는 하지만, 안영규, 팜 민, 팜 꿰엔 등과 같은 중심인물의 성격을 어느 정도 형상화하고 있으며, 미군의 "민간인 부녀자 강간 살해 사건"에 대한 조사보고서 형식의 서술도 제시하고 있다. 이미 작품의 얼개와 인물의 배치가 이루어진 상황이라 할 수 있다. 따라서 이 작품의 인물 배치와 유사성을 보이는 박영한의『인간의 새벽』이나 이상문의『황색인』등이『난장』의 발표 이후에 등장하였다는 점은 이 작품의 중요성과 선도성을 입증해준다. 이 글에서는 1997년에 창비에서 간행된 판본을 참조함.

10)『인간의 새벽』(『월간중앙』, 1979. 10~1980. 2)을 개제. 이 글은 이가서(2004) 판본 참조

어버린 신화』(남도, 1989), 지요하의『회색정글』(글사랑, 1992), 이상문의『황색인 1』(『한국문학』, 1986. 4~6), 이재인의『악어새』(옐맨, 1993)

이들 작품 중, C 구조를 다루면서, 베트남인과의 갈등을 다루는 c-2의 하위 구조와 관련하여, 베트남인의 반공 의식, 민족주의적 인식(배타적 인식), 사회주의적 인식이 드러나는 작품(Ⅱ-1)과 드러나지 않는 작품(Ⅱ-2)으로 나눌 수 있다. 전자에 속하는 것이 황석영의『무기의 그늘 상, 하』와 박영한의『머나먼 쏭바강 2』이다.

그 외의 작품은 후자에 속하는데, 이들 작품은 C 구조를 지니고 있으나, 그 구조가 대부분이 베트남인과의 갈등보다는 여인과의 사랑에 치중하고 있다. 가령『훈장과 굴레』를 살펴보면, 대학생−장교(R.O.T.C)−한국인(박성우)을 중심으로 하여 전장, 전시의 상황을 담아내고 있다. 작품의 주된 내용은 민사 장교인 주인공 박성우가 평정 지역 D급의 촌락을 A급으로 만들기 위해 노력하는 과정에 해당한다. 작가는 이 작품에서 휴머니즘적인 인도주의를 표방함으로써 전쟁에 대한 시각이나, 용병으로서의 갈등과 같은 베트남전쟁 소설의 가장 일반적인 시각마저도 사상해버리는 한계를 낳는다.

『머나먼 쏭바강 1』[11]의 경우, 이 작품은 대학생−사병−한국인인 황일천 병장을 화자로 내세우고 있다. 후방에 가까운 전장을 배경으로 뚜이(베트남 여인)와의 사랑과 그녀를 만나지 못해 안타까워하는 상황이 작품의 절반 이상을 차지하고 있어, 감상적인 휴머니즘의 차원에 머무르

---

11) 이 작품은 「머나먼 쏭바강」(『세계의 문학』 1977. 6, 중편)으로 발표된 다음 해 민음사에서 장편으로 간행되었고, 다시 1992년 민음사에서『머나먼 쏭바강 1부−쏭바강의 노래』와『머나먼 쏭바강 2부−사이공 아름다워라』로 묶여 간행된다. 이 글은 이 가서(2004) 판본을 참조하였다.

고 말았다. 물론 한국군 내부의 비리에 대한 비판과 베트남 여인의 민족주의적인 의식을 형상화하면서, 용병에 불과한 자신의 처지를 깨닫고, 전쟁의 비합리적이고 제국주의적인 성격을 비판하고 있는 내용도 있다. 그러나 비판적인 시각에 대한 형상화는 Ⅱ-1 유형의 작품과 비교해 볼 때 파편적이고 단편적이다. 뚜이의 편지에 기대어 민족주의적인 의식을 형상화하고 있다는 점은 그 단적인 예이다.

『황색인 1』의 경우도 위의 작품과 마찬가지로 민족주의적인 의식을 중심으로 하여 전쟁의 과정을 그려내고 있다. 대학생－사병－한국인인 박노하는 합동 연락사무소에 전출되면서 베트남의 왕조 복구 운동을 간접적으로 지원하는 군수품 유출에 가담하게 된다. 의식적인 행위라기보다는 선임자의 업무를 그대로 이어받는 정도에서 임무를 수행하고 있다는 점, 그리고 베트남인들의 민족해방을 위한 노력이 어떠한 의미를 갖고 있는가에 대한 진지한 성찰이 작품 내에서 이루어지지 않고 있다는 점에서 이 작품은 여러 한계를 노정하고 있다.[12]

따라서 이들 작품들은 제외하고, C 구조를 본격적으로 다루고 있는 작품들을 대상으로 하여 이 유형의 특질을 살펴보고자 한다. 먼저 두 작품을 중심 구조에 따라 그 내용을 정리하면 다음과 같다.

황석영의 『무기의 그늘 (상, 하)』
베트남전쟁에 징병 군인으로 참전
b-1. 베트남인 동료 토이의 죽음

---

12) 특히 베트남과 한국의 전쟁의 상동성을 입증하기 위해 도식적인 장치들을 작품에 무리하게 도입시키고 있다는 점은 가장 큰 한계로 꼽을 수 있다. 프랑스인과의 사이에서 태어난 '띡'과 일본인과의 사이에서 태어난 '박일우' 등과 같은 인물을 통해 식민 지배의 역사를 상징적으로 그려내고자 하는데, 이는 지나친 우연성의 사례로 꼽을 수 있다. 이러한 점은 박덕규(「문제성과 대중성」, 앞의 글)의 논의에서 분명하게 지적되고 있다.

b-2. 민족해방전선의 아지트 습격(팜 민을 죽임)

b-3. 베트남에서 만난 사람들을 다시 만나길 거부함

b-4. 상사가 블랙마켓 관여를 명령

c-1. 미 CID 보고서 제시, 미군의 블랙마켓 거래

c-2. 람 장군, 팜 꿔엔, 오혜정, 구엔 쿠옹, 토이, 스태플리, 팜 민, 구엔 타트

d-1. 귀국선 승선

박영한의 『머나먼 쏭바강 2』

UPI 특파원(마이클)/난민 봉사자, 신문 기자(뚜이)

b-1. 어머니와 마이클의 죽음(뚜이)

b-2. 요원 암살, 배신자의 처단(키엠)

b-3. 동료 살해에 대한 죄의식(키엠)

b-4. 동료의 가학 행위, 이념에 대한 갈등(키엠)

c-1. 마이클과의 언쟁을 통해 드러남(뚜이)

c-2. 프랑쇼즈, 투안, 마이클, 뚜이, 키엠, 로베르토, 루우, 트린

d-1. 보트피플이 되어 한국으로 향함(뚜이, 키엠)

이들 두 작품은 베트남전쟁의 본질을 가장 잘 형상화했다는 평가를 받는다. 어떠한 점에서 앞서 언급한 Ⅰ유형의 작품과 변별되는가를 살펴보기 이전에 이 작품들이 의미를 가질 수밖에 없는 몇 가지 중요한 점들을 짚고 넘어갈 필요가 있다. 위의 두 작품은 비슷한 시기에 연재되기 시작하였으며, 1980년대 장편들에 많은 영향을 끼쳤다는 점[13])에서 중요한 위치를 점하고 있다. 이들 작품은 두 가지 측면에서 공통점

---

13) 이상문의 『황색인』과 이재인의 『악어새』는 서사 구조 및 인물 설정에서 거의 동일한 양상을 보인다. 이들 작품 외에도 베트남전쟁을 다룬 소설들의 직, 간접적인 영향 관계는 일일이 언급하기 어려울 정도로 많은데, 영향 관계의 대부분은 박영한과 황석영의 작품과 밀접한 관련을 지니고 있다.

과 차이점을 보인다.

첫째, 인물과 관련된 측면이다. 먼저, 인물의 설정에 있어서, 두 작품 모두 이념적인 색채가 짙은 외국인을 중심인물로 내세우고 있으며, 중심 화자 일변도의 서술 방식을 고수하지 않고 화자를 다각화시킴으로써 다양한 시각을 총체적으로 형상화하고자 하였다는 점이 공통된다. 그리고 한 집안 안에서 이념이 다른 형제를 배치하고 있다는 점 또한 공통적인 특징이다.

『무기의 그늘』은 대학생-합동수사대 요원-한국인(안영규)을 중심 화자로 내세우고 있으며, 후방에 가까운 전장과 전시를 중심으로 하고 있다. 그리고 가족 내 대립 관계가 설정되어 있는데, 의과 대학생, 중퇴-베트남 민족해방전선의 보조 공작원-베트남인(팜 민), 법률학도, 육군간부학교 출신-남베트남군 람장군의 부관 실장-베트남인(팜 꿰엔) 등이 그들이다. 전자(동생)는 사회주의와 밀접하게 관련되어 있는 민족주의자를 표상하고, 후자(형)는 자본주의를 대표하는 부패 군인을 표상한다. 이들 외에도 블랙마켓의 장사꾼인 구엔 쿠옹(형)과 구엔 타트(동생-민족해방전선 공작원)도 가족 내에서의 은밀한 대립 관계를 형성한다.

『머나먼 쏭바강 2』는 UPI 특파원-미국인(마이클), 대학생-베트남 여인(빅 뚜이)을 중심 화자로 내세우고 있으며, 비교적 후방에 가까운 전장과 전시 상황을 그리고 있다. 이 작품에서도 법대 학생-민족해방전선의 공작원-베트남인(키엠)과 대학생-혁명정부의 성장-베트남인(트린) 등으로 화자가 다각화되고 있다. 키엠은 민족주의자로서 사회주의 사상을 거부하며, 여자를 겁탈하는 동료를 죽이고 국외로 탈출함으로써 이념에 대한 회의를 보여준다. 트린은 혁명정부의 '성장'으로 베트남에 입성하며, 이념에 투철하면서 잔인하고도 질투 어린 인물로 형상화된다.

다음, 인물을 형상화하는 측면에서는 이 두 작품이 차이를 보인다.『무기의 그늘』에서 각 인물들은 거의 동일한 비중을 차지하고 있다. 다른 작품들과 비교해 볼 때, 한국군 사병은 반공 의식에 근거하여 전쟁을 파악하는 경우가 대부분인데 반해 이 작품에서는 중립적인 시선을 가진 화자(안영규)를 내세우고 있다는 점에서 변별된다. 이는 베트남전쟁을 보다 객관적으로 파악하고자 하는 작가의 의도가 반영된 결과라 할 수 있다. 그리고 남베트남의 부패한 군인 팜 꿰엔의 비중이『머나먼 쏭바강 2』에서 그려지는 부패 군인들과 비교하여 월등하다. 민족해방전선의 공작원인 팜 민은『머나먼 쏭바강 2』의 키엠에 비해 이념에 투철한 인간형으로 그려지고 있다. 이 외에도 많은 인물들이 등장하고 있으나,『무기의 그늘』의 경우에는 자본주의 이데올로기를 표상하는 부패한 인물들이 많이 등장하고,『머나먼 쏭바강 2』의 경우에는 혁명정부의 간부들도 부패한 인물들로 등장하고 있다. 이 작품은 양 이념의 축에 모두 부정적인 시각을 보내고 있기는 하지만, 중심 화자(마이클) 설정에서도 이미 반공 의식을 반영하고 있으며, 여러 인물들이 자유민주주의를 지향한다는 점에서, 자본주의 쪽에 더욱 긍정적인 시선을 던지고 있다.

이들 작품이 다른 장편들과 비교하여 두드러지는 특징은『머나먼 쏭바강 2』의 경우 사이공을 탈출하여 한국으로 향하는 뚜이와 키엠을 통해서 한국전쟁과 베트남전쟁의 상동성, 혹은 상황의 유사성을 드러내고 있다는 점이다.『무기의 그늘』역시 부패한 군 장성과 양공주 출신의 한국 여인인 오혜정을 통해서 한국전쟁과 베트남전쟁의 상동성을 이끌어내고 있으며, 여기에 더해 당대의 한국 사회에 대한 비판적인 시선을 동시에 드러내고 있다. 이러한 점은 다른 장편들에서는 발견하기 어려운 설정으로, 두 작품에 대한 알레고리적인 차원에서의 독해가 가능함을 시사한다. 그리고 보다 중요한 것은 이들 작품이 한국전과 베트남전의 상동성을 환기시킴으로써 분단 문학의 새로운 가능성을 열었다는 점에 있다.

둘째, 이원적인 대립항의 설정에서 두 작품 모두 제국주의/반제국주의(민족주의), 식민주의/독립 투쟁, 백인/황인, 서양/아시아, 기독교/불교, 현대/전근대 등을 제시하고 있다. 그리고 베트남의 남과 북의 대립을 부패한 독재 정권과 혁명정부의 대립으로 파악하고 있는 것도 동일하다.

『무기의 그늘』은 위의 인용문에서도 파악할 수 있듯이 남베트남의 다낭시를 배경으로 경제 논리에 치중하여 전쟁에 대한 비판적 시각을 형상화하고 있다.

> PX란 무엇인가. 큰 함석창고 안에 벌어진 디즈니랜드. (…) PX란 무엇인가. CBV 폭탄 한 개로 길이 1마일, 너비 4분의 1마일에 걸쳐서 백만 개 이상의 쇠파편을 뿌릴 수 있고, 3백 에이커를 단 4분 동안에 동물과 식물이 살지 못할 고엽(枯葉)지대로 만들 수 있는 기술을 가진 나라의 국민들이 사용하는 일상용품을 파는 곳이다. (…) 갈보와 목사와 무기 밀매업자가 사이좋게 드나들던 기병대 요새의 잡화점이다. (…) 아시아의 더러운 슬로프 헤드들에게 문명을 가르친다.14)
>
> 양키가 머물 때에만 이 축제는 지속될 수 있는 것이다. 축제를 장식할 모든 물건들은 끊임없이 새끼를 쳐서 서로 그물망처럼 굳게 연결되어 밖으로 아무것도 새어나가지 못하게 울타리를 쳐놓는다. 저 피의 밭에 던진 달러, 가이사의 것, 그리고 무기의 그늘 아래서 번성한 핏빛 곰팡이꽃, 달러는 세계의 돈이며 지배의 도구이다. 달러, 그것은 제국주의 질서의 선도자이며 조직가로서의 아메리카의 신분증이다. 전세계에 광범하게 펼쳐진 군대와 정치적 힘 보태기.15)

---

14) 황석영, 『무기의 그늘』1, 앞의 책, 66~67면.
15) 황석영, 『무기의 그늘』2, 위의 책, 271면.

안영규가 파견 부대에 도착했을 때 강수병이 그에게 한 다음과 같은 말은 이를 단적으로 보여준다. "공연히 도덕책 들추지 말라 그거야. 여긴 쓰레기통 속이야. 너는 오물에 목까지 깊숙이 빠졌어. 헤엄치면 살지만 허우적대면 더 깊이 빠져 죽는다."(1-45면) 또한 '미 CID의 조사보고서'의 형식으로 '민간인 부녀자 강간 살해 사건'과 '밀라이 마을에서의 작전 중 과오에 대한 참고 보고서', '가혹 행위에 관한 조사보고서' 등을 제시함으로써 평화와 자유를 수호하겠다는 미국의 전쟁 명분이 허위에 지나지 않음을 비판하고 있다. 그리고 각 장별로 중심인물을 배분하여 시각을 달리 하는 방식을 취하고 있어 각 인물의 성격이 명확히 드러나는 방식을 취하고 있다.

반면에 『머나먼 쏭바강 2』는 반공주의와 휴머니즘에 기대어 전쟁의 비인간적이고 비합리적인 측면을 부각시키고 있다.

> 실로 배가 동지나해를 거쳐오는 동안 눈으로 직접 본 것만 쳐도 난파선은 네 척이나 있었다. 얼마나 많은 목숨들이…. 새 정부는 또 화교 축출 정책을 쓰리라는 소문이 나돌지 않던가. 화교든 뭐든 그들도 인간인 것이다. (…) 누가 이런 전쟁을 일으켰을까? 그러나 쌓여온 분노가 되살아났다. "시체… 버리지 마." 가냘픈 선장의 목소리가 들렸다. 안돼요! 여자는 속으로 울부짖었다. 여자는 전신의 힘을 짜내어 시체를 힘껏 뱃전 너머로 밀었다.[16]

사이공 탈출과 남베트남의 항복이 이루어지기까지(1975년 3월 12일~4월 30일)의 기간 동안에 벌어지는 매일의 급박한 동향을 다각적으로 서술하는 방식을 취하고 있으며, 마지막에는 남베트남의 패망 이후 보트

---

16) 박영한, 『머나먼 쏭바강』 2, 앞의 책, 329면.

를 타고 사람의 시체를 먹은 갈매기를 잡아먹으며, 한국을 향해 항해하는 뚜이와 키엠의 모습이 그려져 있다. 인간다운 삶이 불가능한 극한의 상황에서 뚜이를 통해 강조하는 것은 "살고 싶다"라는 단 한마디에 지나지 않을 것이다.

그러나 두 작품 모두 이원적인 대립항을 설정하고 있기는 하지만, 독재 정권의 대립항에 해당하는 혁명정부의 활동에 대해 독재 정권의 부패상만큼이나 깊이 있는 형상화를 이끌어내지 못하고 있다는 한계를 갖는다. 또한 반제국주의적 시각이 부각되고는 있으나, 정작 그 중요한 배경이 되는 항불 독립 투쟁이나 베트남 민족사에 대해서는 요약적 서술로 간략히 처리하고 있다는 점(『무기의 그늘』에는 트린 아저씨라는 인물로 민족사에 대한 설명을 대신함), 이념의 제시를 관념적으로 혹은 간접적(선언문의 제시, 책 내용의 인용 등)으로 처리한 점 등은 극복되어야 할 부분이라고 판단된다.

3-3. 전쟁의 상흔, 후유증 중심의 후일담 소설

이 유형(Ⅲ)에 해당하는 작품들은 현재의 시점에서 베트남전쟁의 경험이 교차 서술되거나 혹은 회상에 의해 떠올려지는 방식으로 이루어지고 있으며, 특히 D 구조가 부각된다. 여기에 해당하는 작품은 다음과 같다.

황석영의 「돌아온 사람」(『월간문학』, 1970. 6), 「낙타누깔」(『월간문학』, 1972. 5), 김용성의 『나신의 제단』(고려원, 1981), 이상문의 「다림질」(『월간문학』, 1983. 10), 안정효의 『전쟁과 도시』(『실천문학』, 1985. 6~7, 『하얀전쟁』으로 개제), 이상문의 「기억속의 그림자」(『노동문학』,

1989. 4), 이상문의 『베트남별곡』(판, 1990), 이원규의 「천사의 날개」(『현대문학』, 1992), 안정효의 『하얀전쟁 3』(고려원, 1993), 오현미의 『붉은 아오자이』(영림카디널, 1995), 이대환의 『슬로우 불릿』(『작가』, 1996, 봄)

이 중 d-1 구조가 중심을 이루는 작품으로는 「돌아온 사람」, 「낙타누깔」, 『나신의 제단』, 『하얀전쟁 1』, 「천사의 날개」, 『슬로우 불릿』을, d-2 구조가 중심을 이루는 작품으로는 『베트남별곡』, 『하얀전쟁 3』, 『붉은 아오자이』를 꼽을 수 있다.

안정효의 『하얀전쟁 1』[17]은 대학생－사병－한국인이자 귀국 이후 출판사의 편집부장이 된 한기주를 화자로 내세워 전장과 전시 상황, 그리고 전후의 상황을 병치하여 구성하고 있다. 정신이상을 보이는 변진수가 한기주에게 끊임없이 연락하고 만나기를 약속하지만, 한기주는 번번이 변진수를 만나지 못한다. 아내와의 불화로 이혼에 이르고, 직장에서도 한직으로 밀려난 그는 변진수가 건네 준 총으로 변진수가 애원하는 소원을 들어주기로 마음먹는다. 결국 한기주는 변진수를 총으로 쏜다. 이러한 사건의 흐름 사이에 과거 베트남전 전장의 경험들이 병치된다.

> 대리전쟁에서 우리들은 죽음의 손익계산서에 아무것도 기록하지 못했다. 그것은 우리들이 백지 답안지를 낸 전쟁 시험이었다. 남은 것은 백색의 공간뿐, '정의의 십자군'은 아무것도 눈에 보이지 않고, 아무 자취도 남기지 못한 하얀 전쟁을, 하얗기만 한 악몽을 견디고 겨우 살아서 돌아왔을 따름이었다. 미국의 첫 번째 에베레스트 등반대 대장이었던 다이렌휘드는 "에베레스트를 정복한 감상이 어떠냐?"…"아무도

---

17) 안정효, 『하얀전쟁』, 고려원, 1989. 판본 참조

에베레스트는 정복하지 못한다. 그냥 올라갔다 내려올 따름이지"라고 말했다. 그렇다, 우리들은 속수무책인 백지 답안지를 내야 했던 남의 전쟁을 그냥 다녀왔을 뿐이지, 사이공의 이름이 호지명시라고 바뀌는 것을 막아낼 수가 없었다.[18]

이 작품에서 전쟁에 대한 시각은 한기주의 관념 속에서 펼쳐진다. 생경한 미국 문화의 거친 도입이라든지, 단편적이고 표피적인 과학적, 철학적 지식들을 작품 안에 그대로 쏟아내는 방식으로 인해 서술은 끊임없이 서사의 흐름을 끊는다. 이를 작가가 의도한 것이라 보기는 어렵다. 오히려 작품에 용해되지 않은 채 파편적으로 지식들이 나열되어 있는 것에 지나지 않는다는 판단이 더욱 적절할 것으로 보인다. 뿐만 아니라 작품에 등장하는 인물이나 배경 등의 장치를 이용하여 상징적인 효과, 의미의 확대를 꾀하는 시도는 거의 드러나지 않는다. 다만 오로지 한기주의 관념을 통해서만 전쟁에 대한 시각이 전달될 뿐이라는 점은 이 작품이 갖는 치명적인 한계라고 할 수 있다.

이대환의 『슬로우 불릿』은 비교적 전장의 상황이 잘 나타나 있지만, 역시 후일담에 속하는 소설이라고 볼 수 있다. 이 작품은 중학교 졸업의 베트남 참전 군인인 김익수를 화자로 내세우고 있다. 그는 화학전을 담당하여 고엽제 후유증으로 죽음을 앞두고 있는 환자이다. 이 작품에서는 전후 20년이 훨씬 지난 시점에서 전장과 전시를 회상의 방식에 의해 제시하고 있다.

오현미의 『붉은 아오자이』는 한국 방문—아버지와 재회—베트남 귀국의 형식을 띠고 있어 d-2의 변형된 구조를 보여준다. 직업학교 학생으로 라이 따이한인 보티 송 탄홍을 중심 화자로 내세우고 있으며, 그

---

18) 위의 책, 330면.

녀의 아버지는 베트남에 파견된 미국 회사의 민간인 기술자로 등장한다. 한·베트남 교류를 통해 한국으로 건너와 아버지를 찾게 되는 사건을 담고 있다.

위에서 언급하고 있는 소설들은 아래와 같은 두 유형으로 나뉜다. d-1의 경우에는 전쟁의 참혹함을 경험한 인물이 주위와의 불화 속에서 현실에 적응하지 못하고 소외되는 과정을 주로 그리고 있다. 한국전처럼 한국인 모두의 직접적인 체험에 기초한 공감대를 형성하지 못함으로 인해, 월남전 참가자의 외상이 더욱 심화되는 양상을 보이고 있다는 점에서, 대사회적인 관심을 불러일으키고자 하는 의도가 강하게 드러나 있다. d-2의 경우에는 후일담의 형식으로 베트남과의 교류가 다시 이루어지기 시작한 1992년 이후의 소설들이 대부분이어서 전쟁 이후 베트남 사회가 겪고 있는 전쟁의 후유증이라 할 수 있는 불구자, 기형아, 전쟁고아, 라이따이한 등과 같은 문제들을 접하게 되고, 이에 대해 속죄 혹은 참회의 감정을 드러내고 있다.

4. 맺음말

이상에서 살펴본 바, 베트남전쟁 소설은 크게 세 유형으로 나뉜다.

Ⅰ유형의 경우, A, B 구조가 중심을 이루면서, 주로 전장 체험을 바탕으로 하여 전쟁을 단편적으로 다루고 있다. 초기 단편들과 1980년대 발표된 장편들 중 고발문학이나 르포의 성격을 지닌 작품들이 여기에 해당한다.

Ⅱ유형의 경우, B, C 구조가 중심을 이루면서, 전쟁에 대한 인식이

심화되고 본질적인 인식에까지 나아가고 있는데, 『무기의 그늘』과 『머나먼 쏭바강』이 그 대표적 작품이다. 이들 작품은 전쟁에 대한 본질적이고도 다면적인 파악을 바탕으로 한국전과 베트남전의 상동성을 암시적으로 형상화하고 있다.

III 유형의 경우, D 구조가 중심을 이루면서, 대부분 후일담 형식을 취하고 있다. 이를 통해, 대사회적인 관심을 불러일으키는 동시에 전쟁의 현재성을 환기시킴으로써 베트남전쟁에 대한 재의미화 작업과 다양한 시각에 의한 창작이 지속될 필요성을 제기하고 있다.

베트남전쟁 소설은 식민 지배와 전쟁, 분단이라는 한국전쟁과의 상동성을 보여준다. 그로 인해 분단 문학에 있어 새로운 시각의 가능성과 객관적인 인식의 가능성을 열었다고 할 수 있다. 무엇보다 1970~80년대에 작가들의 자유로운 창작 활동이 불가능한 상황에서 베트남전을 통해 분단된 현실에 대한 반성적인 성찰이 가능했다는 점은 베트남전쟁 소설의 가장 큰 기여라고 할 수 있다. 이러한 점으로 인해 분단 문학과의 밀접한 관련성에 대한 더욱 심도 있는 고찰이 요청된다.

제 3 장

전쟁 미체험 세대에 의한 타자와의 공존 모색

1. 머리말

한국전쟁이 발발한 지 60여 년이 지난 현재, 한국전쟁을 다루는 작품들은 한국 소설사에서 중요한 한 계열체를 이룰 정도로 많이 축적되어 있다. 이들 작품들에 대해 대부분의 기존 연구는 한국전쟁과의 시간적 거리를 중심으로 하여, 전쟁 문학, 전후 문학, 분단 문학으로 분류하여 그 특징을 논하고 있다.1) 또한 전쟁과 분단을 이데올로기 측면에서 접근하는 유형, 비이데올로기 측면에서 접근하는 유형으로 나누고, 전자에는 최인훈의『광장』계열을, 후자에는 분단 문제를 휴머니즘의 입장에서 다루는 황순원의「학」계열과 애니미즘의 입장에서 다루는 윤흥길의「장마」계열을 그 대표적인 작품으로 들고 있다.2) 이러한 논의들

---

1) 신경득,『한국전후소설연구』, 일지사, 1983.
　김승환,「분단문학과 분단시대」, 김승환·신범순 엮음,『분단문학비평』, 청하, 1987.
　황송문,『분단문학과 통일문학』, 성문각, 1989.
　유학영,『1950년대 한국 전쟁·전후소설 연구』, 북폴리오, 2004.
2) 조남현,『한국현대소설유형론연구』, 집문당, 2004.
　문흥술,『문학의 본향과 지평』, 서정시학, 2007.

은 전쟁 내지 분단 소설의 소설사적 의의와 그 특징을 밝히는 데 일정한 기여를 하고 있다.

여기서 이 글은 한국전쟁을 어떻게 논의할 것인가와 관련하여 두 가지 준거를 제시하고 있는 김윤식의 논의[3])에 주목하고자 한다. 첫째, '역사적 계기를 머금고 있는 시간 개념'이다. 이 측면은 역사적, 사회적 가치관의 전환과 밀접하게 연관된다. 세계사 전체의 흐름과 관련하여 볼 때, 한국전쟁의 1차적 지표는 '1950년 전후의 국제정치적 환경'에 의한 냉전 체제가 된다. 2차적 지표는 베트남전쟁 종식과 더불어 7·4 공동선언 이후 냉전 체제식 지표가 그 효력을 상실하면서 생겨나는데, 그것은 한국전쟁의 기원을 민족 자체 내에서 찾는 태도의 전환을 가져온다. 여기에서 분단 고착화에 대한 죄의식이 생겨난다. 둘째 '세대 간의 인식 차이'이다. 체험 세대, 유년기 체험 세대, 미체험 세대로 나뉘는 세대 분류를 통해 한국전쟁이 내면화되는 과정과 문학 양식의 변화를 두루 추적해볼 수 있게 된다.

이 논의에서 주목할 것이 미체험 세대의 전쟁 내면화 과정이다. 전후 60여 년이 지난 지금의 작가들에게 한국전쟁은 미체험의 영역에 속한다. 이 미체험 세대로서의 작가들의 작품에 주목할 때, 과연 이들의 작품에도 여전히 전쟁은 냉전 체제의 산물로 받아들여지고 있는지, 그리고 분단 고착화에 따른 죄의식이 내재되어 있는지를 검토하는 일은 문학사적 안목에서 볼 때 매우 의미 있는 일이 아닐 수 없다.

먼저, 미체험 세대 작가가 한국전쟁을 본격적으로 다루는 일은 지난할 수밖에 없다. 이들 작가에게 한국전쟁은 과거의 '역사적 사실'이기에, 한국전쟁을 다루는 소설을 쓴다는 것은 역사소설을 쓰는 일에 비견

---

3) 김윤식, 「한국전쟁문학─세대론의 시각」, 『1950년대 문학연구』, 예하, 1991, 11~39면.

될 것이다. 곧 창작 방법적 측면에서 볼 때, 역사적 기록물에 의거하여 전쟁 상황을 재구성하고 여기에 작가의 역사관을 투사하는 작업이 요청된다. 그런데 이 경우, 미체험 세대 작가는 체험 세대나 유년기 체험 세대가 이룩한 소설적 성과를 극복해야 한다는 장벽에 봉착한다. 이를 돌파하는 일은 체험 세대나 유년기 체험 세대가 가질 수 없는 미체험 세대 작가만의 역사관 혹은 세계관에 기초할 때 가능할 것이다.

다음, 이와 관련하여 주목할 것은 미체험 세대의 전쟁에 대한 관점이다. 이 관점은 작가 개인의 고유한 것이면서 동시에 작가가 뿌리내리고 있는 당대 한국 사회의 역사적 상황과 긴밀하게 연결되어 있는 보편적인 것이어야 한다.

이 두 가지 항목에 주목할 때, 미체험 세대 작가가 다루는 전쟁 소설이 이전의 체험 세대와 유년기 체험 세대의 그것과 뚜렷하게 변별되는 지점이 무엇이냐를 검토하는 것은 오늘날 미체험 세대의 전쟁에 대한 작가의식이 어떠하냐를 검토하는 일이면서, 동시에 현 단계 한국 소설이 나아가야 할 전쟁 소설의 방향이 무엇인지를 검토하는 것과 맞물려 있다.

이 글은 이러한 입장에서 미체험 세대가 전쟁을 사유하는 새로운 방식에 대해 고찰하고자 한다. 이를 위해, 전쟁의 외연을 넓힐 필요가 있다. 곧 한국전쟁만을 다루는 작품을 넘어서, 한국 사회가 직, 간접적으로 관계를 맺은 베트남전쟁[4]과 이라크전쟁을 다루는 작품도 논의의 대상에 포함하고자 한다.

미체험 세대에서 가장 두드러지는 작품의 경향은 베트남전쟁, 이라

---

4) 베트남전쟁을 다룬 소설은 베트남 파병 이후부터 현재까지 꾸준히 발표되고 있다. 이에 관하여 주지영, 「베트남전쟁 소설의 구조와 유형」, 『한국문예창작』 17, 문예창작학회, 2009, 107~131면 참조.

크전쟁과 같은 '전쟁' 일반을 다룸으로써 우회적으로 한국전쟁에 대한 기존의 인식과는 변별되는, 혹은 그러한 인식을 넘어설 수 있는 새로운 인식을 확보하려 한다는 것이다. 작품에서 한국전쟁을 직접적으로 거론하지 않더라도, 전쟁에 대한 사유는 '한국전쟁'과 관련하여 그 의미가 전유될 수밖에 없다.

이 글에서는 베트남전쟁과 이라크전쟁을 다룬 방현석의 「랍스터를 먹는 시간」(『랍스터를 먹는 시간』, 창비, 2003),[5] 한국전쟁을 다룬 김연수의 「뿌 넝쉬」(『나는 유령작가입니다』, 창비, 2005),[6] 이라크전쟁을 다룬 정미경의 「무 화과나무 아래」(『발칸의 장미를 내게 주었네』, 생각의 나무, 2006)[7]의 세 작품을 통해 미체험 세대가 전쟁을 사유하는 방식에 대해 고찰해보고자 한다.

2. 다층적 시선: 방현석의 「랍스터를 먹는 시간」

방현석의 「랍스터를 먹는 시간」은 베트남 꽝떠이성의 조선소에서 관

---

5) 신정자, 「이데올로기의 환상과 재인식─방현석 소설」, 『인문학연구』 36, 조선대학교 인 문학연구원, 2008, 85~104면.
박수연, 「기억의 서사학─방현석론」, 『실천문학』 71, 2003. 8, 110~128면.
홍기돈, 「강철은 어떻게 단련되는가?」, 『실천문학』 73, 2004. 2, 396~400면.
양진오, 「자기 안의 타자들을 긍정하는 존재의 성취」, 『내일을 여는 작가』 38, 2005, 봄, 365~374면.
6) 정재림, 「불가능을 실연하는 유령작가의 글쓰기: 김연수의 문학세계」, 『작가세계』 73, 2007.
장성규, 「재현 너머의 흔적을 복원시키는 소설의 욕망: 2000년대 역사소설에 대한 성 찰과 전망」, 『실천문학』, 2007, 여름.
손정수, 「살아남은 자의 운명, 이야기하는 자의 운명: 김연수론」, 『작가세계』 73, 2007.
손종업, 「거울 속의 유령작가와 역사소설의 미궁: 김연수론」, 『오늘의 문예비평』, 2009.
이혜원, 「김연수 소설의 자의식적 글쓰기: 『나는 유령작가입니다』를 중심으로」, 『문예 시학』, 2010.
7) 문흥술, 「새로운 지평을 개진하는 소설」, 『문학의 본향과 지평』, 서정시학, 2007, 14~ 48면.

리자로 일하는 '건석'이 화자로 등장한다. 건석은 베트남전에 참전했던 아버지가 베트남 여인과의 사이에서 낳은 배다른 형을 부끄러워하면서도, 형이 D중공업에 다니면서 벌어주는 돈으로 대학에 다닌다. 형이 공장 파업에 휘말려 의문사를 당한 뒤 베트남으로 온 건석은, 그곳에서 모계사회를 유지하며 살아가는 에데족의 딸 '리엔'을 사랑하여 결혼하고자 한다. 그러나 한국인이라는 이유로 그녀 집안의 반대에 부딪친다. 건석은 조선소에서 관리자 '김 부장'과 노동자 '러이'가 쌍방 폭행으로 끌려간 일을 해결하기 위해 공안에 갔다가 '팜 반 꾹'을 통해 러이의 신원을 파악하게 된다. 건석은 조선소를 그만둔 러이를 만나기 위해 팜 반 꾹과 함께 러이의 고향 자딘으로 간다. 그곳에서 전쟁 당시 집단 학살이 자행된 마을의 참상과 전선에서 만난 여인을 찾아다닌다는 러이의 사연을 듣는다. 그곳에서 돌아온 건석은 집단 학살에서 살아남은 팜 반 꾹이 리엔의 외삼촌이라는 것과, 아버지가 그 집단 학살을 저지른 한국 부대의 부대원이라는 사실에 괴로워한다. 그렇지만 리엔은 자신의 부족이 모계사회라며 건석과 결혼하겠다는 의지를 굳힌다.

이 줄거리에서 주목할 것은 베트남전쟁과 이라크전쟁에 대한 인식 차이다. 이 작품에 등장하는 인물들 중, 국가의 부름을 받아 베트남전쟁에 참전했고 베트남의 한국 조선소 관리자로 일하는 '김 부장', 집단 학살에서 가족을 잃고 살아남아 전사가 되었다가 전장에서 사랑하는 여인을 잃은 '러이', 러이와 마찬가지로 집단 학살에서 살아남아 북한으로 유학을 떠난 '팜 반 꾹'은 전쟁 경험 세대로서의 인식을 보여준다. 한편, 러이의 마을사람들을 집단 학살한 부대가 아버지가 속해 있던 부대라는 것을 알고 괴로워하는 '건석', 건석이 사랑하는 '리엔' 등은 전쟁 미체험 세대이다.

이들 인물들을 중심으로 전쟁에 대한 각각의 시각을 살펴볼 수 있다. 첫째, 베트남전쟁에 대한 인식 차이는 김 부장과 러이를 통해 드러난다. 조선소 관리자 김 부장은 반공을 핵심으로 삼는 당대 한국의 국가 이데올로기와 자본의 논리에 침윤되어 베트남전쟁을 바라본다. 김 부장은 회식 자리에서 베트남인들을 '베트콩'으로 비하하는 발언을 일삼으며 그들을 안하무인으로 대한다. 그러다가 베트남 민족해방전선 전사이면서 조선소의 노동자로 일하는 러이와 싸움이 벌어져 공안에 끌려오지만, 김 부장은 그곳에서도 베트남을 비하하는 발언을 일삼는다.

> "콩새끼를 콩이라고 그러지 콩나물이라 그러나?"
> 김부장은 안하무인이었다.
> "공안들 태반이 그 출신들입니다."
> "그래? 게임도 안 되는 것들이, 우리 한국군이 철수 안했으면 이 새끼들은 전부……"
> 김부장은 이로 아랫입술을 말아물며 말끝을 흐렸다. 사내의 입에서 우리말이 튀어나온 것은 바로 그 다음 순간이었다.
> "박정희군대가 철수 안했다면?"
> 사내의 한국말 발음은 상당히 정확했다. 그리고 그 한마디는 전쟁 시기에 사내가 어느 편에 서 있었는지를 드러내는 것이었다. 박정희군대. 베트남민족해방전선(NLF) 쪽의 사람들은 한국군이라는 용어는 물론이고 따이한이라는 표현도 사용하는 법이 없었다.
> "삼십년 전에 우리가 철수 안했으면 베트콩새끼들이 판치는 빨갱이 세상이 되지도 않았어, 자식아."
> 김부장은 마침내 절대 넘어서지 말아야 할 선을 넘어섰다. 더구나 손에 말아쥐고 있던 모자까지 사내에게 집어던졌다.[8]

---

8) 방현석, 「랍스터를 먹는 시간」, 『랍스터를 먹는 시간』, 창비, 2003, 93면.

'콩새끼', '게임도 안되는 것들', '베트콩새끼들이 판치는 빨갱이 세상' 등은 베트남전쟁에 참여한 전사, 현재 베트남의 노동자, 그리고 베트남 사회주의를 비하하고 모독하는 발화이다. 김 부장의 이와 같은 발화에는 미국의 우방으로 자유민주주의를 수호하기 위해 참전했다는 인식과 사회주의화된 베트남에 대한 이데올로기적 적대감이 내재해 있다. 더불어 가난한 국가의 국민을 경멸하고 비하하는 태도가 내포되어 있으며, 관리자로서 노동자를 비인격적으로 모독하는 태도 또한 내포되어 있다.

김 부장은 이 일로 곤욕을 치른 후, '국가가 보내서 베트남전쟁에 참전했고, 회사가 보내서 베트남에 왔다'면서 '밥그릇' 때문에 어쩔 수 없었다고 자조한다. 그렇지만 김 부장은 현재의 베트남을 이해하려고도, 전후의 베트남에 남겨진 문제에 대해 고민하려고도 않는다. 김 부장의 시선은 철저히 국가 이데올로기와 자본의 논리에 종속되어 있다.

'러이'는 베트남 민족해방전선의 전사로서 김 부장과는 철저하게 대척적인 자리에 있다. 그는 조선소 노동자로 일하고 있지만, 전쟁 당시 '불사조 러이'라는 호칭으로 불렸던 전사였다. 그는 어릴 적 한국군이 마을을 쑥대밭으로 만든 일로 어머니와 여동생을 잃고 혼자 살아남았다. 이후 죽은 마을 사람들의 수만큼 한국군을 죽이겠다는 일념으로 전사가 되어 전투에 앞장선다. 러이는 전장에서 만난 북한군 여전사 이니를 사랑하게 되면서 살고 싶다는 욕망을 느끼게 된다. 그렇지만 러이는 사랑의 감정에 휘말리지 않기 위해 더욱 전투적으로 싸움에 나선다. 그러다가 이니가 실종된다. 전쟁이 끝난 후에도 러이는 이니를 찾는 일을 포기하지 않는다.

러이를 통해서 두 가지 시선이 드러난다. 먼저, 러이가 전쟁에 참전한 것은 사회주의 이데올로기에 대한 신념이나 국가의 부름과는 무관하다는 점이다. 그는 무고한 양민을 무차별적으로 집단 학살하는 전쟁의 참혹상에 대한 반발로 전쟁에 참가한다. 러이의 고향 '자단'에 간 건석은 그날이 '따이한 제삿날'이라는 것과 그날에 얽힌 사연을 듣는다. 러이의 어머니와 여동생은 당시 러이의 마을 주민이 집단 학살 당할 때 죽는다. 베트남전쟁 당시 미군과 한국군은 게릴라의 근거지가 될 만한 농촌 마을의 민간인들을 학살했다. 한국군이 저지른 '하미' 학살, 미군이 저지른 '미라이' 학살은 그 대표적인 예[9]이다. 러이의 고향 마을 자단에 자행된 집단 학살은 그러한 학살의 단적인 예라 할 수 있다.

학살에서 살아남은 러이는 자신의 몸에 무수히 박힌 수류탄 파편이 주는 고통을 견디어낸다. 그럼으로써 자신의 몸에 학살의 기억을 각인시킨다.

> "우리는 베트콩이 아니다."
> 남베트남 정부가 발행한 신분증을 내보이며 호소하던 끼엣씨가 가장 먼저 총알밥이 되었다. 그리고 지옥의 시간이 지나갔다. 러이가 정신을 차렸을 때 총소리는 멎어 있었다. 화약과 피비린내 속에서 들려오는 신음소리는 총소리보다 더 무서웠다. 한번도 들어본 적이 없는 소름끼치는 신음소리가 그의 귀를 파고들었다. 고개를 들자 주변 사람들의 창자가 논바닥에 쏟아져나와 김을 뿜고 있었다. (…) 둔중한 무엇인가가 날아와 그의 발꿈치에 닿았고, 러이는 달아나기 위해 본능적으로 몸을 일으켰다. 그것이 살아 있는 자들을 확인하기 위해 던진 씨레이션 깡통이었다는 것을 러이는 알지 못했다. 그는 그것이 수류탄인 줄 알았다. 뒷덜미를 잡는 어머니의 손을 뿌리치고 그는 내달렸다. 그 순간 그의 뒤로 진짜 수류탄이 날아왔다.[10]

9) 권헌익, 『학살, 그 이후』, 아카이브, 2012.
10) 방현석, 앞의 책, 145면.

집단 학살에 대한 러이의 기억과 증언, 전쟁 참전은 베트남전쟁을 자본주의와 사회주의 이념의 대립으로 보고, 그리고 전쟁으로 인한 죽음을 각각의 이념을 위한 숭고한 희생으로 내세우는 시선을 정면으로 거부하는 자리에 있다.

다음, 통일된 사회주의 국가 베트남은 개방경제 노선을 선택하면서 "과거를 닫고 미래로 가자"라는 슬로건을 내건다. 이 슬로건은 베트남전쟁은 '과거의 역사'라는 인식을 내포하고 있다. 그러나 러이에게서 베트남전쟁은 지나간 '과거의 역사'가 아니라 현재에도 진행되고 있는 아픔이다. 그 아픔은 북한군 여전사 이니와의 사랑에 연결되어 있다. 러이는 30년도 더 된 과거의 기억 속에서 고통스러워하며 실종된 이니의 행방을 지금까지도 찾아다닌다.

> 부대 전체가 고립된 채 이니가 말라리아에 걸려 죽어가고 있을 때 적의 포위망을 뚫고 50리 밤길을 헤치고 약을 구해온 것이 러이였다는 사실을 아는 사람은 그들 둘말고 아무도 없었다. 난 그때 이미 말라리아로 이 낯선 땅에서 죽었어, 부대를 떠나기 직전 러이가 내미는 반지를 받아 시큰둥하게 주머니에 집어넣으며 그녀는 그렇게 말했다. 이니가 맡은 임무는 전황을 역전시키기 위한 대부대작전의 척후였다. 건석의 머릿속에 팜 뚜 언의 일기가 떠올랐다. 게릴라전에서 대부대작전을 유도하는 척후임무란 곧 전멸을 뜻하는 것이었다.
> "『전쟁일기』를 보면 부대 내 연애는 엄격히 금지되어 있었다던데?"
> "아직 앞부분만 읽었고 뒷부분을 못 읽었군. 뒷날 그는 이렇게 쓰고 있지. 도대체 어떤 규율이 사선에 선 청춘남녀의 사랑을 막을 수 있나. 폭풍우가 치는 광야에 번개와 같이 날아드는 것이 전사의 사랑이다."[11]

---

11) 위의 책, 160면.

러이는 그의 활약상으로 최연소 영웅의 칭호를 받는다. 그러나 그에게 중요한 것은 국가로부터 부여받은 칭호와 명예가 아니라 그가 사랑하는 여자의 행방이다. 곧, 국가, 민족, 해방이라는 거대 담론에 의해 의미화되는 전쟁이 아니라 한 개인의 사적인 분노와 복수, 그리고 삶과 사랑에 의해 전쟁의 의미가 조명되고 있는 것이다. 그 결과 러이에게서 베트남전쟁은 30년 전에 '끝난' 전쟁이 아니라 현재에도 이어지고 있는 고통으로 기억된다. 국가는 기념비나 영웅의 칭호, 훈장을 통해 전쟁의 흔적을 공공의 것으로 추모하고 그럼으로써 점차 그 기억을 망각해가지만, 러이는 자신의 몸에 박힌 수류탄 파편으로 끊임없이 고통을 현재화하고, 사랑하는 사람의 흔적을 찾아다니는 것이다.

이 사랑이 러이로 하여금 베트남전쟁을 현재 진행형으로 인식하게 한다. 전쟁에 대한 러이의 이러한 인식은 베트남전쟁을 국가 통일과 재건을 위해 선전하고 이용하는 베트남 사회주의 정권 자체에 대한 반발로 연결된다. 결국 러이의 시선은 사회주의 국가로 통일된 베트남의 국가 이데올로기를 그 내부로부터 균열시킨다.

둘째, 베트남전쟁과 한국의 이라크전쟁 파병에 대한 인식 차이다. 이에 대한 인식은 러이의 마을 노인과 팜 반 꾹을 통해 제시된다.

　　(i) "처음부터 우리가 따이한을 증오했던 것은 아니네. 따이한은 미국 때문에 어쩔 수 없이 참전한 용병일 뿐 적이 아니라고 우리는 배웠고, 또 그렇게 믿었네."[12]

　　(ii) "그러네, 따이한들도 불쌍했지 않은가. 독립성이 있고 부자인 나라라면 미국이 쥐여준 총을 들고 이 먼 나라까지 왜 왔겠나. 우리도

12) 위의 책, 149면.

불쌍했지만 따이한들은 우리보다 더 불쌍했던 셈이지. 우리야 제 땅을 지키고 살려니까 어쩔 수 없이 죽고 싸우고 했지만 아무 관계도 없는 남의 나라에 와서 죽고 다친 따이한들은 뭔가."13)

러이의 마을에서 만난 노인은 '따이한'에게 자신의 가족을 잃고 혼자 살아남은 사람이다. 그럼에도 불구하고 노인은 용병으로 참전해서 희생 당한 '따이한'에 대해 동정의 시선을 보낸다. 따이한은 강대국인 미국 의 힘의 논리에 의해 어쩔 수 없이 참전한 용병이라는 것이다.

(i) "지금까지 당신들에게 베트남전쟁에 개입한 책임을 묻지 않은 게 당신들에게 책임이 없어서라고 생각하나. 오해하지 말게. 그건 아 직 당신네 나라가 국제사회에서 책임을 질 수 있는 나라의 축에 들지 못하기 때문일 뿐이네. 당신이 괜찮은 사람인 줄은 알아. 그러나 만약 당신이 이 나라에서 살려고 한다면 당신의 나라가 한 일과, 지금 하고 있는 일이 어떤 것인지 좀더 정확히 알아야 할 필요가 있어. 우리 베 트남은 당신네 나라보다 훨씬 가난했지만 책임 있는 나라로서 행동했 네."14)

(ii) 당신들이 이라크에서 무엇을 얻을지는 모르지만 반드시 잃게 될 것이 무엇인지는 지금도 알 수 있네. 가장 먼저 잃을 것이 인간의 품위고 그 다음에 잃을 것이 나라의 품위겠지. 품위 따위를 생각하기 에는 당신의 나라가 아직도 그렇게 가난한가.15)

팜 반 꾹은 베트남전쟁을 한국의 이라크 파병 문제와 연관시킨다. 그 는 한국전쟁에서는 전쟁의 피해 당사자로서, 또 베트남전쟁에서는 전쟁

13) 위의 책, 151면.
14) 위의 책, 171면.
15) 위의 책, 177면.

의 가해자로서의 경험을 했던 한국이 또 다시 이라크전쟁에 개입한 것을 문제 삼는다. 여기서 팜 반 꾹은 '책임'(i)과 '품위'(ii)를 강조한다. 베트남은 가난했음에도 불구하고 책임 있는 나라로서 행동했다. 그런데 베트남보다 훨씬 잘 사는 한국은 지금 이라크에 파병을 하였다. 과거 베트남전쟁에 한국이 개입한 것은 가난했기 때문에 어쩔 수 없는 일로 이해한다. 그러나 지금 한국은 잘 살면서 또 다시 이라크에 용병을 파병했다. 그로 인해 한국은 인간의 품위를 잃을 것이고, 나아가 나라의 품위를 잃을 것이다. 품위를 잃지 않기 위해서는 "우선 다른 나라의 인민에게 총구를 들이대거나 그들의 총구 앞에 서야하는 까닭부터 숙고하지 않으면 안 된다."는 것이다. 그의 이러한 생각은 전쟁에 의해 강토가 폐허가 되고 민간인들이 무고하게 희생되는 일이 더 이상 있어서는 안 된다는 판단에 바탕을 두고 있다.

셋째, 베트남전쟁과 이라크전쟁으로 표상되는 폭력적인 전쟁을 극복하는 방식에 대한 인식이다. 이는 팜 반 꾹과 리엔을 통해 제시된다. 먼저, 팜 반 꾹의 경우, 그의 전쟁에 대한 반성적 성찰은 인간의 삶이 어떠해야 하는가에 대한 숙고로 이어진다. 이를 통해 그는 전쟁 극복 방식으로 자연과 인간이 공존하는 삶의 방식을 제시한다.

"저 아이들의 아버지들이 열고 물소들이 넓힌 길을 이 차가 지금 가고 있는 거야."

히우의 표정을 확인하지는 못했지만 출발하는 차체의 흔들림이 거칠지는 않았다. 와이퍼가 앞유리창을 가린 빗줄기를 걷어내며 다시 시야가 열렸다.

물소의 맨등에 앉아 고스란히 비를 맞으며 어둠을 밟고 집으로 돌아가는 어린 소년들의 뒷모습에는 범접해서는 안 될 삶의 근원적인 그무엇이 서려 있었다. 팜 반 꾹의 얘기 탓이었을까. 이 길의 주인은 처음부터 물소와 소년들의 것이었을 것만 같았다. 그들에게는 비킬 수 있는 길도 없었지만, 비켜야 할 이유도 없었다. 누구에게도 그들에게 경적을 울리고 전조등을 껌뻑일 권리는 없다.16)

러이의 고향 자딘으로 가는 길에 팜 반 꾹과 건석 일행은 물소 떼와 마주친다. 운전사 '히우'는 물소 떼를 향해 경적을 울려보지만 물소는 꿈쩍도 하지 않는다. 인간이 가는 길을 물소 떼가 가로막고 있는 것이 라고 판단하는 것이 '히우'의 생각이라면, 팜 반 꾹의 생각은 다르다. 물소 떼가 넓힌 길을 인간이 가고 있다는 것이 그의 생각이다. 자연이 만들어 놓은 것들을 인간이 쟁취하고 지배하는 관계가 아니라, 자연과 인간이 조화롭게 공존하는 삶이야말로 올바른 삶이라는 것이다.

이런 관점에서 전쟁은 인간이 자연을 지배하듯 인간이 다른 인간을 지배하기 위해 벌이는 싸움이다. 서로의 희생과 상처만 남게 될 것이 분명한 데도 인간은 전쟁을 통해 인간을 지배하려는 야욕을 멈추려하지 않는다. 그 순간 인간이 품위를 잃고 또 나라가 품위를 잃는다. 지배와 파괴가 아니라 공존과 조화를 지향할 때 비로소 인간의 품위를 지킬 수 있는 것이다.

그러한 품위는 모계사회를 이루며 살고 있는 '에데'족의 리엔을 통해 보다 그 의미가 강화된다. 건석은 자신의 아버지가 베트남전쟁에 참전 한 용사였으며, 베트남 여인과의 사이에서 낳은 아이가 자신의 형이라 는 점과, 아버지의 부대가 러이와 팜 반 꾹의 고향 마을 사람들을 집단 학살한 사건을 두고 괴로워한다. 리엔은 그런 건석을 이해하고 포용하 면서, 결국 건석과 결혼한다. 이 결혼은 집단 학살을 저지른 한국에 대 한 베트남인의 용서를 의미한다. 또한 그 결혼은 베트남전쟁에서 베트

---

16) 위의 책, 135면.

남에 상처를 가한 한국이 그 기억을 잊지 않으면서 그런 행위에 대해 반성할 때, 한국과 베트남이 화해를 이룰 수 있다는 의미를 내포하고 있다.

베트남전쟁 및 이라크전쟁과 관련하여 한국인과 베트남인의 다층적인 시선이 결합되면서, 이 작품은 베트남전쟁의 의미와 전쟁 이후 그 후유증을 앓고 있는 사람들의 삶을 여러 각도에서 조명해낸다. 그리고 전쟁을 보다 총체적인 시선에서 다각적으로 조망하면서 전쟁의 기억을 현재화시키고, 거대 담론에 침윤되어 국가의 논리와 자본의 논리로 재단되는 전쟁의 당위성을 비판한다. 그러면서 그러한 대립과 갈등, 모순을 극복할 수 있는 방식으로 자연과 인간, 그리고 인간과 인간의 공존과 조화를 제시한다. 이와 같은 시선을 통해서 이 작품은 기존 베트남전쟁 소설에서는 보지 못했던 새로운 관점과 시각을 확보한다.

3. 미시사적 시선: 김연수의 「뿌넝숴」

김연수의 「뿌넝숴」는 한국전쟁에 참전한 중국인 점쟁이가 들려준 지평리 전투에 대한 이야기를 담고 있다. 이 작품은 중국인 점쟁이 '나'가 화자로 등장하여 자신이 손가락을 잃게 된 사연을 한국인 작가에게 들려주는 방식을 취하고 있다.

이 작품은 '고작 일백년도 지나지 않아 망각할 그런 따위의 사실을 기록한 책', 곧 역사 기록과 관련하여 '나'와 '자네(한국 작가)' 사이에서 간접화되어 오가는 질문과 대답이 틀 서사로 기능하고, '나'와 인민군 여전사인 '그녀'의 이야기가 내부 서사로 기능한다.[17] 여전사와의 사랑이라는 내부 서사가 틀 서사에서 제시되는 전사(戰史)라는 거대 담론을 균열시키는 방식으로 작품의 의미가 구조화된다.

틀 서사에서, '나'는 왜 손가락이 잘려나갔느냐고 묻는 '자네'에게 다음과 같이 그 사연에 대해 들려주면서 이야기를 풀어나간다. '나'는 인민지원군으로 '조선전쟁'에 참가하기 전 항일전쟁과 해방전쟁을 겪었다.

> 미군 사령부는 몇 가지 이유 때문에 중국군이 조선전쟁에 참전할 수 없으리라고 속단했어. 그렇지, 몇가지지. 그 정도면 충분해. 모든 게 바뀌기에는 말이야. 그게 옳은 이유였든 그릇된 이유였든 그런 건 중요하지 않아. 모든 게 바뀌고 나면 말이야. 자네는 몇 번이나 전쟁을 겪어봤는가? 한번도 겪어보지 못했다고? 음, 그럴 수도 있겠군. 시대가 바뀌었으니까. 들어봐, 전쟁은 우리가 살아가는 삶을 닮았어. 몇 가지 이유만 있으면 완전히 딴판이 되어버리거든. 하하하, 재미있나? 조심하게. 사실 전쟁은 재미있지만, 전쟁 이야기는 재미없어. 전쟁에는 진실이 있지만, 전쟁 이야기에는 조금의 진실도 없으니까. 내가 전쟁이란 삶을 닮았다고 하지 않았는가? 누가 자네에게 삶에 대해 이야기한다면, 그것도 아주 재미있는 이야기를 들려준다면 먼저 하품을 하게나. 지금 내 꼴이 그렇긴 하지만. 삶은 살아가는 것이지, 이야기하는 게 아니거든. 항일전쟁, 해방전쟁, 조선전쟁까지 도합 세 번의 전쟁을 겪은 내 몸은 전사(戰史) 따위에는 전혀 귀를 기울이지 않지. 하지만 하품이 나오더라도 참게나. 내게 왜 손가락이 잘려나갔느냐고 먼저 물어본 사람은 자네니까.[18]

---

17) 틀 서사(frame structure)는 틀과 내부가 결합된 이야기이다. 틀을 a, 내부를 b로 볼 때, 단일 이야기가 결합된 틀 서사는 'a+b+a'라는 구조를 취하지만, 틀 서사가 복잡해질 경우, 'a1+b1+a2+b2+b3+a3'와 같은 배열 형태를 보여준다. 이에 대해서는 E. Goffman, *Frame Analysis*, New York: Happer Colophon, 1974 참조. 「뿌녕쉬」의 경우, 복잡한 틀 서사로 이루어져 있다. '나'와 '자네'의 틀이 혼재되어 있으면서 그 사이에 내부 이야기 또한 산재해 있는 형태이다.
18) 김연수, 「뿌녕쉬」, 『나는 유령작가입니다』, 창비, 2005, 60~61면.

여기에서 주목할 것은 '나'가 '몸'이 기억하고 있는 경험을 중요하게 여기고 있다는 것이다. 이는 한국전쟁을 기록한 전사(戰史)와 그 전사에는 기록되지 않은 인물의 체험의 대비를 통해 언급되고 있다.

전쟁을 겪은 삶은 내부 서사의 중심 내용을 이루는데, 내부 서사에서 '나'는 '오른손 검지와 중지가 잘'려 나간 부상자로 등장한다. '왜 손가락이 잘려나갔'는가 하는 질문에 대한 답변 형태로 제시되는 부상당한 몸과 관련된 서사야말로 틀 서사에 제시된 역사 기록물로서의 전사를 전면 부정하는 역할을 하면서, 동시에 전쟁을 극복할 수 있는 방식이 무엇인가를 제시하는 역할을 한다.

'나'는 지평리 전투에서 부상당한 후 군인으로서의 기능을 상실한다. 따라서 지평리 전투에서 부상을 입은 시기를 기점으로 '나'의 시선이 달라진다.

> 내가 말했어. 정의는 우리에게 있으니 우리는 분명히 이 전쟁에서 이길 것이다. 전쟁이 끝나고 나면 너를 찾아갈 것이다. 저 하현달처럼 아름다운 세상이 바로 우리의 것이다. 그걸 위해서라면 나는 기꺼이 죽을 수도 있다. 그런데 그녀가 내 손을 뿌리쳤어. 전쟁터에서 올려다보는 하현달 따위는 하나도 아름답지 않다고 말하더군. 그러고 나서 그녀가 뭐라고 말했던가? 나를 사랑하는가? 사랑한다. 얼마나 사랑하는가? 죽을 만큼 사랑한다. 당장 그녀를 안지 않으면 견딜 수가 없었으므로 나는 애원하듯이 대답했어. 하지만 그녀는 이렇게 말하더군. 죽음이 도처에 널린 이런 곳에서 인간의 목숨 따위는 필요없다. 목숨 따위는 정의에나 바쳐라. 아무리 피를 뽑아서 수혈해도 되살릴 수 없었던 병사들로 가득한 지평리에나 던져버려라. 숨이 턱 막히더군. 목숨으로도 증명할 수 없는 게 세상에 있다는 것을 비로소 알게 됐으니까. 국가는 내게 목숨 정도만 원했지. 그러나 그녀는 내게 그 이상의 것을 원했어.[19]

'나'는 인민 지원군으로서 '정의'의 명분으로 국가에 의해 동원된다. '정의'라는 국가의 대의에 사로잡힌 '나'는 전쟁을 몸과 가슴이 떨리게 하는 것으로 여기고, 출정을 '온몸이 터져나갈 것' 같은 '세상을 쩌렁쩌 렁 울리는 소리', '단숨에 역사가 바뀌는 소리'로 여긴다. 그리고 그렇게 여기는 것이 바로 '사내의 몸'이라고 말한다. 이러한 인식은 부상을 입 기 전, 인민 지원군으로서 역할과 기능을 수행할 수 있을 때의 '나'의 관점에 해당한다.

그러나 '나'는 '부상병' 혹은 '낙오자'가 된 뒤 전쟁에 대한 관점이 달 라진다. 부상당한 '나'는 '나'를 살리기 위해 인민군 대열에서 자발적으 로 이탈한 간호병인 '그녀'를 만나 사랑에 빠진다.

> 낙오됐다는 게 분명해질수록 나는 더욱더 그녀에게 애원했다네. 비 명을 지르게 해달라고. 눈물을 흘리게 해달라고. 아프게 해달라고. 그 녀는 그런 내 손을 잡고 말했어. 자신이 지평리에서 본 것에 대해서는 정말 말할 수 없다고. 뿌넝숴. 뿌넝숴. 그날 밤, 도합 800그램의 피를 병사들에게 수혈하면서 세상의 모든 남자들의 손가락을 자르고 싶었 던 그 마음을 도저히 말할 수는 없다고. 다시는 총을 잡지 못하도록 다 잘라버리고 싶은 그 마음을.[20]

'낙오자'로서 '나'의 절망과 고통스러운 모습은 '그녀'의 전쟁에 대한 사고, 곧 '세상의 모든 남자들의 손가락을 자르고 싶었던 그 마음'과 결 부되면서 전쟁의 폭력성과 그 원흉으로서의 '남성'에 대한 비판을 보다 강화시킨다. 그 결과 '그녀'가 손가락을 자르고 싶었던 이유가 '다시는 총을 잡지 못'하게 하려는 의도에서 비롯되었다는 점이 부각되면서,

---

19) 위의 책, 72~73면.
20) 위의 책, 74면.

'그녀'가 지향하는 것이 인간다운 삶의 향유에 있다는 것을 짐작할 수 있도록 한다.

> 나는 다리를 쓰지 못했기 때문에, 그리고 전쟁에 환멸을 느낀 그녀는 원대 복귀를 포기했기 때문에. 그 일주일 동안 전투기의 굉음과 포성과 총성은 사방에서 들려왔지만, 아군도 적군도 그 어느 쪽도 우리를 찾아오지 않았어. 낮 동안에는 적기의 공습을 받을 수도 있었기 때문에 숲속에 들어가 그저 하염없이 앉아 있었고 밤에는 다시 농가로 기어들어가 아프다고 소리치며, 또 미안하다고 말하며 서로의 몸을 탐했지. 공포도, 불안도, 절망도 없었던 나날이었지. 낮에 숲속 덤불에 앉아 있을 때는 서로 기억하는 시를 들려주면서 시간을 보냈지.[21]

'나'는 차츰 전쟁에 환멸을 느끼는 '그녀'의 시선에 동화되어 간다. '낙오자'가 되었다는 '몸'에 대한 자각 혹은 심리적 절망감, 죽음과도 같은 고통을 맛봄으로써 오히려 살아 있다는 것을 확인하게 되는 아이러니 등은 그와 같은 '나'의 태도 변화를 야기하는 요인이다. 그런 '나'와 '그녀'는 기록의 역사 밖으로 밀려난다. 그들이 머물고 있는 지평리 인근의 농가는 전쟁 상황에서 일종의 공백 지대, 잉여의 공간이 된다.

> 살아 있다는 건 그토록 부끄럽고도 황홀하고도, 무엇보다도 아픈 일이더군. 아프다는 게, 소리를 지를 수 있다는 게, 눈물을 흘릴 수 있다는 게 그 순간만큼 기뻤던 적은 없었어. 그래서 아파서 견딜 수가 없었는데도 계속하라고 채근할 수밖에 없었던 거야. 우리는 쉬지 않고 몸을 섞었어. 죽음이 지척이었으니까. 그녀는 지평리에서 본 것들을 잊을 수 없을 것이라고 말했네. 지평리에서 그녀가 본 것들, 그건 아마도 내가 본 것과 다르지 않겠지. 그러니까 흩날려 들판을 가득 메운

---

21) 위의 책, 71면.

매화 꽃잎을 봤겠지. 내가 물었어. 지평리에서 너는 무엇을 봤느냐?
그녀는 대답했어. 뿌넝숴. 뿌넝숴.[22]

'나'와 '그녀'가 있는 공간은 살아 있다는 것의 환희와 기쁨, 부끄러움과 고통이 넘쳐흐른다. 그러나 그 공간의 모든 것은 기록으로 담아내지 못한다. 그것은 '나'와 '그녀'의 '몸'에 각인될 뿐이다. 그것은 "미처 입으로 말할 겨를이 없어 심장으로 말하는", 또한 "미처 귀로 들을 틈이 없어서 심장으로 듣게 되는" '시(詩)'로서 전달될 수 있는 것이며, "세상 가장 작은 소리에도 쫑긋 귀를 세우는 사람들"에 의해서만 감지될 수 있는 것이다.

그 결과 '나'는 '남성의 폭력'과 '전쟁의 잔혹성'에 대한 반성적 시선을 획득하면서, 남성 중심의 전쟁과 관련해 '타자'의 자리로 옮겨 앉는다. 그렇게 획득된 '타자'의 자리에서 '기록물로서의 전사'는 부정된다. 국가의 요구나 이데올로기적 숭고함 따위를 내세워 전쟁의 필연성을 강조하고, 각종 숫자와 남성 중심적인 전쟁의 언어로 전쟁을 미화하는, 그러면서 백년도 지나지 않아 망각되고 마는, 그 모든 역사적 기록물은 전면 부정된다. 따라서 '나'에게서 전쟁은 몸에 각인되는 것이고, 말해질 수 없는 것이 된다. 역사는 '나'의 사라진 손가락에, 그리고 '몸'에 흔적으로 남아 기억되는 것이다.

혹시 한국에 있을 때, 조선전쟁과 관련한 책을 읽은 적이 있는가? 거기에는 지평리전투가 어떻게 기록돼 있는가? 지평리전투에서 죽은 인민지원군 병사들에 대해서는 뭐라고 기록돼 있는가? 이곳 역사책에 기록된 죽은 미군과 마찬가지로 다만 숫자로만 남아 있는 게 아닌가?

---

22) 위의 책, 71면.

그것도 잔뜩 부풀린 숫자로만. 지평리전투에서 죽은 인민지원군의 숫자는 5천명에 달했다네. 그 처참한 광경을 어떻게 말할 수 있겠는가? 뿌넝쉬. 뿌넝쉬. 역사라는 건 책이나 기념비에 기록되는 게 아니야. 인간의 역사는 인간의 몸에 기록되는 거야. 그것만이 진짜야. 떨리는 몸이, 흘러내리는 눈물이 말해주는 게 바로 역사야. 이 손, 오른손 검지와 중지가 잘려나간 이 손이 진짜 역사인 거야. 생각해보게나. 조선전쟁이 일어난 지 채 일백년도 지나지 않았는데, 이 나라로는 한때 우리가 괴뢰군이라고 부르던 한국인들이 자유롭게 왕래하지 않는가? 지평리에서 죽은 병사들에 대해서는 다 잊어버린 셈이지. 고작 일백년도 지나지 않아 망각할 그런 따위의 사실을 기록한 책과 기념비라니. 그게 바로 지금 자네가 손에 들고 있는 책이 아닌가? 그런 책 따위는 다 던져버리게나. 내 손보다도 못한 그따위 책일랑은. 나는 죽고 나서도 이 손가락의 사연은 잊지 못할 거야. 바로 이런 게 역사란 말이야.[23]

‘나’와 ‘자네’의 관계에서 ‘나’는 역사를 증언하는 구술자라 할 수 있다. 역사는 기록되는 것이 아니라고 말하는 것은 그 기록 자체가 갖는 재현 불가능성, 곧 기록되지 못하고 잉여 지대로 빠져나가는 것들이 있음을 환기시킨다. 그리고 ‘역사’를 기록한 책과 기념비와 같은 것들은 곧 망각에 의해 사라지게 될 ‘휴지 조각’에 불과하다는 것을 강조한다.

이 작품은 ‘기록된 역사’가 중심이 되는 사건의 서술이 아니라 그 ‘기록된 역사’의 바깥으로 빠져나가는 ‘흔적’들과 ‘경험’에 대한 구술을 통해 ‘기록된 역사’의 권위에 균열을 가하고 그 허구성을 드러낸다. 이를 위해 남쪽과 북쪽의 전사에서 자유로운 이름 없는 중국 인민해방군을 주인공으로 내세운 것이다. 곧 이 작품은 한국전쟁을 거시사의 입장에서 바라보던 종래의 태도에서 벗어나 미시사의 입장에서 접근하여 거

---

23) 위의 책, 69~70면.

시사의 이면에 감추어진 비극적인 역사를 복원하고 있는 것이다.24) 이를 통해 이 작품은, 전쟁 미체험 세대에게 있어서 '한국전쟁'이 '역사'로서 사유될 수밖에 없다면, 그것은 '한국전쟁의 역사'는 물론이거니와 '역사 일반'을 어떻게 바라볼 것인가라는 관점의 문제도 심도 있게 고민해야 한다는 것을 강조한다. 더불어, 미체험 세대 작가가 한국전쟁을 다룰 때, 체험 세대나 유년기 체험 세대가 이룩한 소설적 성과를 극복하기 위해서 취할 수 있는 새로운 창작 방법과 관련해 그 한 기준을 제시하고 있는 것으로 보인다.

4. 미디어 사가(史家)의 시선: 정미경의 「무화과나무 아래」

정미경의 「무화과나무 아래」는 분쟁 지역을 돌아다니는 다큐멘터리 감독인 '나'가 화자로 등장한다. '나'는 인도에 가서 다큐멘터리를 찍다가 신장병을 앓게 되고, 그 후 낯선 나라(카이탁 공항으로 제시)에서 사형수의 장기를 이식받아 목숨을 연장한다. 이후 '나'는 다른 사람의 목숨을 산 대가로 살아간다는 죄의식에 빠지게 된다. 이를 떨쳐내고자 분쟁 지역을 자원해서 들어가 다큐멘터리를 찍어오는데, 그 다큐멘터리로 상을 받는다. 다시 그 후일담을 취재하기 위해 '나'는 전쟁 때문에 '코드 레

---

24) 미시사의 입장에서 볼 때, 거시사는 지배 이데올로기나 권력 관계에 의해 왜곡된 형태로 기술되는 엘리트의 역사이다. 미시사는 평범한 하층민들의 일상생활의 세계를 촘촘하게 복원하고자 한다. 이를 위해 미시사는 하층민의 세계에 직접 닿아 있는, 기록되지 않은 구전 문화나 그 자료에 주목한다. 민담, 설화는 물론이고 재판 기록, 특이한 사건 기록, 민속학, 인류학, 형태학, 신화학 같은 인접 학문의 다양한 자료를 활용한다. 곽차섭, 「까를로 진즈부르그와 미시사의 도전」, 『미시사란 무엇인가』, 푸른역사, 2000, 252~255면.

드'가 내려진 이라크로 간다. 그리고 그곳에서 만난 '하산'을 통해 이라크전쟁과 자신의 신장이식이 갖는 의미에 대해 생각하게 된다.

이 줄거리에서 주목할 것은 세 가지 의미구조이다. 첫째, 21세기 정보사회에서 전쟁을 바라보는 관점의 측면이다. 이 작품에서 '나'의 직업은 다큐멘터리 감독이다. '나'는 이라크전쟁을 보복과 분노로 얼룩진 전쟁으로 여긴다.

> 내가 필름에 담아온 것은 서로의 꼬리를 물기 위해 돌고 돌다가 결국은 허파가 터져 죽는 어리석은 짐승들의 도시였다. 미움은 미움을, 죽음은 당연히 죽음을 불렀다. 팔루자에서, 누가 먼저 시작했느냐는 말은 닭과 달걀의 논쟁과 다를 게 없다. 자국민의 참수를 시점으로 미국의 잔혹한 보복이 시작되었다지만 그 피살의 동기에 대해선 입을 다물고 있었다. 보복은 지속적이고 집요했다. 봉쇄당한 채, 속절없는 폭격 아래 이미 엄청난 민간인이 사상을 당한 그곳엔 제대로 남아난 게 아무것도 없었다. 법도, 치안도, 질서도. 그럴 수밖에. 그곳엔 인간이 없었으니.25)

미디어의 기록은 대중의 정서를 자극하고, 흥분시키고, 교란시킬 뿐이다. 원인도, 과정도, 결과도 오로지 상업적 쓸모에 의해 삭제되고, 이용되고, 전파된다. 다큐멘터리라고 해도 전부를 보여주지 않는다. 수많은 관점 중에 단 하나의 관점만이 기획 의도에 따라 선택되기 마련이다.

그런 점에서 '나'는 카메라를 매개로 한 일종의 방관자, 응시자이다. '나'는 상투적인 시선과 편집에 의해 미디어 이미지에 알맞은 기록만을 남긴다. 이러한 시선은 달리 말하자면 21세기 정보사회의 '사가(史家)'의 것에 해당한다. 기존의 '사가'와는 달리, 정보사회의 '사가'는 일종의

25) 정미경, 「무화과나무 아래」, 『발칸의 장미를 내게 주었네』, 생각의 나무, 2006, 13면.

상품 제작자이다. 이런 사가에 의해 미디어 이미지로 기록되는 전쟁이란 돈벌이 수단, 혹은 유희용 게임, 관음증 유발 기제와 같은 것에 지나지 않는다.

　　(i) 전장은 아득한 곳에 있었다. 실제 현장보다 우리나라 방송화면 이 더 볼만했다고 했다. 입체 시뮬레이션 스튜디오를 따로 설치해서 가상전투 장면까지 보여주니 국영게임채널이 따로 없었다 했다.26)

　　(ii) 박수와 환호소리. 등에 땀이 밴다. 상투적인 편집이고 그 이전 에 상투적인 시각의 촬영일 뿐이었다. 어차피 제 삶은 안정적이길 원 하면서 타인의 삶은 충격적이길 바라는 속물들의 수요에 대한 공급이 니까. 전쟁을 원하는 자들은 저 땅에서 너무 먼 곳에 있고 전쟁을 원 하지 않은 자들만이 부서져가는 풍경, 내가 찍은 건 그것이다.27)

수요와 공급이라는 자본의 논리, 가상현실과 같은 구현 효과, 신선한 충격 요법, 불쾌감의 배제, 일상의 망각과 같은 미디어 기록의 기본 지 침은 철저하게 상업화된 21세기 정보사회의 '사가(史家)'의 태도를 보여 준다. 그러한 미디어 영상 기록물은 더 이상 현실의 리얼리티를 '있는 그대로' 반영해주지 않는다. 다만 상업화된 '환영'만을 전달28)할 뿐이다.

둘째, 이라크전쟁을 바라보는 관점의 측면이다. 기획 의도에 따른 영 상의 촬영과 편집만을 일삼거나, 상업적 목적으로 제작을 요구하는 제 작자의 의도에 맞게 수동적으로 다큐를 제작해야 하는 '나'는 이라크전 쟁의 본질적인 원인과 그 의미에 대해서 아무런 고민도 하지 않는다.

---

26) 위의 책, 35면.
27) 위의 책, 45면.
28) F. Jameson, 「포스트모더니즘─후기 자본주의의 문화논리」, 정정호 외, 『포스트모더니 즘론』, 터, 1990, 180~182면.

다만 '나'는 사형수의 신장을 이식받은 그 일에 대한 죄의식으로 분쟁 지역을 돌아다니며 '탈출의 마지막 발걸음을 딛는 망명자의 심정'으로 지금까지 자신을 스스로 사지로 내몰았던 것이다.

그러던 '나'는 '나'를 따라다니는 '사형수의 그림자'를 좇아 '나'의 죄의식의 근원이 된 카이탁의 그 일에 대해 기록해 보고자 하는 생각을 품게 된다. 그것을 계기로 이라크전쟁에 대한 인식이 변화한다. 이러한 인식 변화는 작품 첫 부분에 제시된 장면과 마지막 부분에 제시된 장면의 비교를 통해 확인할 수 있다.

> 암만의 퀸 알리야 대로.
> 호텔 로비에서 바라보는 풍경은 일주일 전과 다름이 없다.
> 빛과 어두움이 칼로 그은 듯 선명하게 나누인 거리. 지독하게 강렬한 햇살과 그 빛이 만들어내는 완전한 어두움의 대비. 자연이라는 그릇에 담기는 게 인간의 삶이고 영혼일진대 끝없이 이어지는 분쟁과 피를 보고야마는 극단을 선택하는 이들의 삶은 이 가혹한 자연이 그들의 영혼에 새긴 성품의 그림자가 아닌가 싶다.[29]

작품의 서두에 제시된, 암만의 퀸 알리야 대로에서 바라본 풍경의 모습이다. '나'는 그 거리의 인간들과 그들이 살고 있는 가혹한 자연 환경을 일치시켜 바라보며 '끝없이 이어지는 분쟁'과 '피를 보고야마는 극단을 선택'하는 이유를 이라크인들의 '성품'에서 찾는다. 이는 이라크전쟁의 원인을 이라크인들에게서 찾는 강대국의 시선에 다름 아니다. 그러나 '나'의 이와 같은 인식은 작품의 말미에서 수정될 것을 요구받는다.

"이렇게 살아 있으면서 노래를 하고 춤을 추고 오늘처럼 차를 타고

---

29) 정미경, 앞의 책, 9면.

여행을 할 수 있다는 게 얼마나 행복해요?"

아홉 살짜리가 말하는 행복, 이라는 단어는 적어도 이곳에선 죽음, 이라는 단어보다 더 어색하다. 하산의 곱슬거리는 머리카락 사이로 한껏 기운 햇살이 부서진다. 햇빛 조각이 하산의 머리 위에서 엉기어 하산은 불타오르는 희생양처럼 보인다.

하산의 아버지가 하산을 불러 그늘로 들어오게 한다. 무성한 이파리 사이로 무화과 열매가 탐스럽다. 하산이 나더러 무화과나무 아래로 들어오라고 손짓하며 뭐라고 외친다. 최초의 인간들은 선악과를 따먹고 난 후 무화과나무를 찾았다지.

……그러자 두 사람은 눈이 밝아져 자기들이 알몸인 것을 알고 무화과나무 잎을 엮어 앞을 가리웠더라.

태초의 인간에겐 무화과 이파리로 가릴 수 있을 만한 분량의 부끄러움밖엔 없었을까.[30]

오늘 살아 있는 것에 행복을 느끼고, 노래하고 춤을 추며, 곳곳에 위험이 도사리고 있는 사지로의 이동을 여행이라고 생각하는 '하산'의 모습. 그 모습에서 '나'는 이라크전쟁의 의미가 무엇인지를 깨닫는다. 그 깨달음은 이라크전쟁에 저항군으로 참전한 이라크인 '아부'의 '행복'으로 연결된다. 아부는 전쟁 전 전기 배선공이었는데, 전쟁으로 인해 자신이 누리던 '최소한의 행복'을 빼앗겨 버렸다. 아부는 그 최소한의 행복을 되찾기 위해 저항군이 되었고, 전쟁 종료 후 가게를 내고자 하는 소박한 꿈을 가지고 있다.

아부와 하산을 통해, 이라크전쟁은 강대국이 힘없는 이라크인들의 최소한의 행복을 빼앗은 전쟁으로 의미화된다. 이러한 강자에 의한 약자의 행복 빼앗기는 이라크전쟁 같은 국가 단위의 전쟁에만 국한되는

---

30) 위의 책, 63면.

것이 아니다. '나'는 인도에서 카스트라는 폭력적인 신분 제도 때문에 아들을 잃은 '비제이' 엄마의 절규를 들었다. 또 '나'는 내가 살기 위해 돈을 주고 가난한 나라 사형수의 신장을 이식받았다. '카스트 제도'와 '나'가 힘 있는 자라면, '비제이'와 그 엄마 그리고 사형수는 힘없는 자이다.

힘 있는 자에 의한 힘없는 자의 최소한의 행복 빼앗기는 전쟁이라는 영역에서만 일어나는 것이 아니라, 전 세계 곳곳의 일상에서 무한 반복되고 있다. 그리고 그러한 모든 영역에서의 행복 빼앗기는 힘 있는 자가 자신만의 행복을 추구하기 때문에 일어나는 것이다. 이 깨달음의 순간, '나'는 이라크전쟁은 이라크에서만 일어나는 것이 아니라, 카스트 제도가 지배하는 인도에서, 또 돈이면 무엇이든 할 수 있다는 사고가 만연한 한국에서, 나아가 지구촌 전체에서 일상적으로 반복되고 있음을 뼈아프게 확인한다.

셋째, 일상에 만연한 이라크전쟁식의 폭력을 극복하는 방식과 관련된 측면이다. 그것은 '나'의 애인 '수명'과 관련된 사랑의 서사에 집약되어 있다. '나'가 신장을 구하지 못하고 있을 때, 애인 수명은 '나'에게 자신의 신장을 이식시켜주려 한다. "부부라고 쉽게 제 살 한 점 떼어주지 않는 시대"에 '나'에게 자신의 신장을 기증하려 한 애인 수명을 통해, '나'는 세상을 어떻게 살아야 하는지를 깨닫는다. 그것은 '나'와 '너'가 더불어 공존하는 것이다. '나'만의 행복을 위해 '너'의 행복을 빼앗는 것이 아니라, '나와 너가 아닌 우리' 모두의 행복을 추구하는 삶이다. 그러한 인식의 전환이야말로, 일상에서 자행되는 이라크전쟁식의 폭력을 극복할 수 있는 유일한 방법이다.

수명이 알지 못한 것이 있다. 나는 나를 피해 어디론가 가는 것이 아니라 나를 찾아 달려가고 있는 것이라 생각한다. 다만 나는 그 길을 외면하고 있을 뿐이다. 멀리 돌아갈 것이 없지 않은가. 나 자신이 한 편의 비루한 다큐인데. 비제이 엄마의 외마디 비명 같은 하소연, 갑작스러운 발병, 긴 투병 끝에 얼굴도 모르는 또 한 명의 비제이의 신장을, 아니 목숨을 빼앗은 나, 그런 나를 두고 다른 얼굴의 나를 찾아 헤매고 있는 것이다.

그러니 나는 내가 지난날 밟아갔던 길, 적나라한 생의 열망이 색색의 속옷에 아로새겨져 있던 카이탁, 밤의 어둠을 틈타 달려갔던 곳, 비행기와 낡은 버스를 타고 사막을 가로질러 도착했던 그 병원에 대해 먼저 기록해야만 할 것이다.

트럭은 무화과나무 아래를 달려가는데, 하산은 쉼 없이 깔깔거리는데, 그런데, 나는 어디로 가는 것일까.[31]

'나'는 지금껏 이라크전쟁식의 폭력이 횡행하는 시대를 외면 혹은 방관해왔다. '비제이 엄마의 외마디 비명 같은 하소연', '긴 투병 끝에 얼굴도 모르는 또 한 명의 비제이의 신장을, 아니 목숨을 빼앗'고도 그것을 모르는 척했다. 그리고 이라크전쟁이 벌어진 이유도 이라크인의 타고난 성품 때문이라 인식했다. 그런 '나'는 무화과나무 아래에서 춤을 추는 하산을 보면서 부끄러움을 느낀다.

이러한 인식의 전환은 '나'를 인간의 고통과 죽음을 관음증적 시선으로 바라보는 미디어의 상업적인 응시로부터 벗어나게 했다. 나아가 그것은 '나'로 하여금 자신의 생명을 연장하기 위해 힘없는 이의 목숨을 돈으로 산 '죄 지은 자'라는 반성적 성찰을 하도록 했다. 그리고 그러한 반성적 성찰은 '나'와 '너'가 아닌 '우리'라는 공동체의 행복을 추구함으로써 이라크전쟁식 폭력을 극복할 수 있는 방법이 무엇인지를 깨닫게 만든다.

---

31) 위의 책, 64~65면.

5. 맺음말

전쟁 미체험 세대 작가가 다루는 전쟁 소설이 이전의 체험 세대와 유년기 체험 세대의 그것과 뚜렷하게 변별되는 지점이 무엇이냐를 검토하는 것은 오늘날 미체험 세대의 전쟁에 대한 작가 의식이 어떠하냐를 검토하는 일이면서, 동시에 현 단계 한국 소설이 나아가야 할 전쟁 소설의 방향이 무엇인지를 검토하는 것과 맞물려 있다.

이 글은 이러한 입장에서 미체험 세대가 전쟁을 사유하는 새로운 방식에 대해 고찰하였다. 이를 위해, 전쟁의 외연을 넓혀, 한국전쟁만을 다루는 작품을 넘어서, 한국 사회가 직, 간접적으로 관계를 맺은 베트남전쟁과 이라크전쟁을 다루는 작품도 논의의 대상에 포함하였다.

방현석의 「랍스터를 먹는 시간」은 베트남전쟁과 이라크전쟁과 관련하여 한국인과 베트남인의 다층적인 시선이 결합되어 있다. 이를 통해, 이 작품은 베트남전쟁의 의미와 전쟁 이후 그 후유증을 앓고 있는 사람들의 삶을 여러 각도에서 조명해낸다. 그리고 전쟁을 보다 총체적인 시선에서 다각적으로 조망하면서 전쟁의 기억을 현재화시키고, 거대 담론에 침윤되어 국가의 논리와 자본의 논리로 재단되는 전쟁의 당위성을 비판한다. 그러면서 그러한 대립과 갈등, 모순을 극복할 수 있는 방식으로 '인간의 품격'과 '나라의 품격'을 문제 삼고, 자연과 인간, 그리고 인간과 인간의 공존과 조화를 제시한다. 이와 같은 시선을 통해서 이 작품은 기존 베트남전쟁 소설에서는 보지 못했던 새로운 관점과 시각을 확보한다.

김연수의 「뿌녕숴」는 한국전쟁을 다루고 있다. 이 작품은 한국전쟁 당시 부상당한 인물의 '구술'을 통해 한국전쟁을 이데올로기 대립 내지 국가의 요구 따위로 기술한 '기록된 역사'의 허구성을 비판하면서 역사를 바라보는 관점을 문제 삼고 있다. 이를 위해 남쪽과 북쪽의 전사에서 자유로운 이름 없는 중국 인민해방군을 주인공으로 내세운 것이다. 곧 이 작품은 한국전쟁을 거시사의 입장에서 바라보던 종래의 태도에서 벗어나 미시사의 입장에서 접근하여 거시사의 이면에 감추어진 비극적인 역사를 복원하고 있는 것이다. 이를 통해 이 작품은 미체험 세대 작가가 한국전쟁을 다룰 때, 체험 세대나 유년기 체험 세대가 이룩한 소설적 성과를 극복하기 위해서 취할 수 있는 새로운 창작 방법과 관련해 그 한 기준을 제시하고 있다.

정미경의 「무화과나무 아래」는 이라크전쟁을 다루고 있다. 이 작품에서는 기존의 '사가'와는 달리, 정보사회의 '사가'는 일종의 상품 제작자임을 강조하고 있다. 이런 사가에 의해 미디어 이미지로 기록되는 전쟁은 돈벌이 수단, 혹은 유희용 게임, 관음증 유발 기제와 같은 것에 지나지 않음을 보여준다. 또한 이라크전쟁은 강대국이 힘없는 이라크 사람들의 최소한의 행복을 빼앗은 전쟁으로 의미화된다. 이러한 강자에 의한 약자의 행복 빼앗기는 이라크전쟁 같은 국가 단위의 전쟁에만 국한되지 않고, 전 세계 곳곳의 일상에서 무한 반복되고 있다. 이러한 반성적 성찰을 통해, '나'와 '너'가 아닌 '우리'라는 공동체의 행복을 추구함으로써 이라크전쟁식 폭력을 극복하고자 한다.

이들 작품에 나타난 전쟁에 대한 사유를 통해, 현 단계 전쟁 미체험 세대로서의 작가가 나아가야 할 전쟁 관련 소설의 방향이 무엇인지를 검토할 수 있을 것이다.